〈이상한 변호사 우영우〉 대본집의
독자가 되어주셔서
감사합니다!

문 지 원

이상한 변호사 우영우

문지원 대본집

이상한 변호사 우영우 2

1판 1쇄 인쇄 2022. 9. 5.
1판 1쇄 발행 2022. 9. 15.

지은이 문지원

발행인 고세규
편집 김민경, 길은수 디자인 유상현 마케팅 김새로미 홍보 이혜진
발행처 김영사
등록 1979년 5월 17일(제406-2003-036호)
주소 경기도 파주시 문발로 197(문발동) 우편번호 10881
전화 마케팅부 031)955-3100, 편집부 031)955-3200 | 팩스 031)955-3111

값은 뒤표지에 있습니다.
ISBN 978-89-349-4239-9 04810
     978-89-349-4352-5 (세트)

홈페이지 www.gimmyoung.com   블로그 blog.naver.com/gybook
인스타그램 instagram.com/gimmyoung   이메일 bestbook@gimmyoung.com

좋은 독자가 좋은 책을 만듭니다.
김영사는 독자 여러분의 의견에 항상 귀 기울이고 있습니다.

이상한 변호사 우영우

2

문지원 대본집

김영사

이상한 줄 알지만 안 하기가 힘든 생각이 하나 있습니다.
'평행우주 어딘가에는 우영우라는 이상한 변호사가 실제로 존재할지도 몰라!'

　평행우주 속에 실존하는 우영우 변호사를 떠올려봅니다.

　우영우 변호사의 하루는 자기만의 규칙으로 가득합니다.
'우영우 김밥'으로 시작해 '털보네 김초밥'으로 끝나는 식사,
문을 열고 눈을 감은 뒤 속으로 '하나 둘 셋'을 세고 나서야 하는 입장과
정명석 변호사의 말이 끝나기 전에 하는 퇴장,
비뚤게 놓인 물건들을 반듯하게 정렬하는 습관과
"제 이름은 똑바로 읽어도 거꾸로 읽어도 우영우입니다.
기러기 토마토 스위스 인도인 별똥별 우영우."라는 거창한 자기소개…

　우영우 변호사의 머릿속은 자신이 좋아하는 것들로 가득합니다.
헌법, 민법, 형법, 민사소송법, 형사소송법, 행정법, 상법,
대왕고래, 혹등고래, 범고래, 남방큰돌고래, 외뿔고래, 양쯔강돌고래, 흰고래,
고래의 조상인 파키케투스, 암불로케투스, 로도케투스, 도루돈,

기러기, 토마토, 스위스, 인도인, 별똥별, 우영우, 역삼역처럼
똑바로 읽어도 거꾸로 읽어도 같은 말이 되는 단어들…

저는 이 드라마를 통해서 자기만의 규칙과 자신이 좋아하는 것들로 가득한 우영우 변호사의 세계가 얼마나 아름다운지 보여드리고 싶었던 것 같아요. 덧붙여, 제가 얼마나 우영우 변호사를 좋아하는지도요. 좋아하는 마음이 너무나 큰 나머지 드라마를 보시는 여러분들까지도 우영우 변호사를 저만큼이나 좋아하게 되길 바랐습니다.

평행우주 속에 실존하는 우영우 변호사는 아마도 저나 여러분에게 큰 관심이 없을 거예요. 우리는 고래도 아니고, 잘생기고 다정한 이준호 씨도 아니니까요. 그래도 괜찮습니다. 그런 게 또 우영우 변호사의 매력이지요. 저는 그저,

그 어느 우주에서든 우영우 변호사가 영원히 행복했으면 좋겠습니다.

일러두기

- 이 책은 문지원 작가의 드라마 대본 집필 형식을 최대한 따랐습니다.

- 드라마 대사는 글말이 아닌 입말임을 감안하여, 한글맞춤법과 다른 부분이 있더라도 대사 표현을 살렸습니다.

- 말줄임표와 띄어쓰기는 한글맞춤법과 다른 부분이라 해도 대사 시 호흡의 양을 다양하게 표현하고자 한 작가의 의도를 반영하였습니다.

- 쉼표, 느낌표, 마침표 등의 구두점도 작가의 의도를 따랐습니다. 마침표가 없는 것 역시 작가의 의도입니다.

- 이 책은 작가의 최종 대본으로, 방송되지 않은 부분이 포함되어 있습니다.

- 대본에 등장하는 지명, 단체, 인물, 기관, 사건 등은 실제와 관련이 없습니다.

차례

"제 이름은 똑바로 읽어도 거꾸로 읽어도 우영우입니다.
기러기 토마토 스위스 인도인 별똥별 우영우."

자폐 스펙트럼을 가진 우영우는 강점과 약점을 한 몸에 지닌 캐릭터다. 164의
높은 IQ, 엄청난 양의 법조문과 판례를 정확하게 외우는 기억력, 선입견이나
감정에 사로잡히지 않는 창의적인 사고방식이 우영우의 강점이다. 동시에 우영
우는 정서적 공감 능력이 부족하고 사회성이 떨어지며 감정 표현에 미숙하다.
감각이 예민해 종종 불안해하고, 몸을 조화롭게 다루지 못해 걷기, 뛰기, 젓가락
질, 신발 끈 묶기, 회전문 통과 등에 서툴다. 우영우는 극도의 강함과 극도의 약
함을 한 몸에 지닌 인물이자, 높은 IQ와 낮은 EQ의 결합체이며, 우리들 대부분
보다 뛰어난 동시에 우리들 대부분보다 어설픈 존재다. 우영우는 한마디로, 흥
미롭다.

 이런 우영우가 하필이면 변호사가 되겠다고 한다. '자폐(自閉)'는 이름부터가
'자기 안에 갇혀있다'는 뜻이다. 그런 사람이 보수적이고 엄격한 법조계에 뛰어
들어 '남의 입장을 헤아려 변호하는 일'을 하겠다고 나선다. 과연 자폐인은 변
호사가 될 수 있을까? 이 드라마는 얼핏 불가능해 보이는 이 일이 가능함을 보
여줄 것이다. 그리고 그 과정이 무척 재미있다는 것을 느끼게 할 것이다.

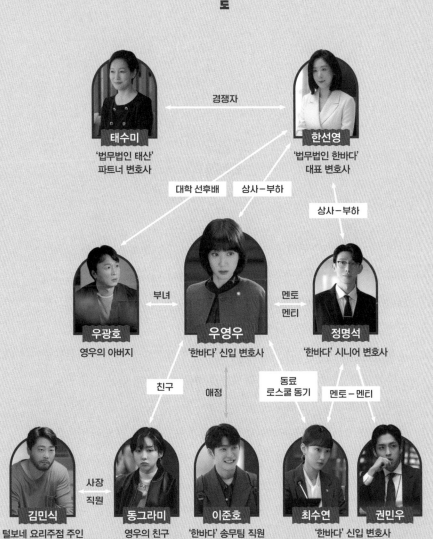

태수미
'법무법인 태산'
파트너 변호사

한선영
'법무법인 한바다'
대표 변호사

경쟁자

대학 선후배

상사-부하

상사-부하

우광호
영우의 아버지

부녀

우영우
'한바다' 신입 변호사

멘토
멘티

정명석
'한바다' 시니어 변호사

친구

애정

동료
로스쿨 동기

멘토-멘티

김민식
털보네 요리주점 주인

사장
직원

동그라미
영우의 친구

이준호
'한바다' 송무팀 직원

최수연
'한바다' 신입 변호사

권민우
'한바다' 신입 변호사

9

우영우

여, 27세

#'법무법인 한바다'의 신입 변호사

우영우는 독특하다. 어디를 보는지 알 수 없는 눈빛, 조화롭지 못한 걸음걸이와 몸동작, 특이한 목소리, 단조로운 억양, 걸어 다니는 사전처럼 지나치게 정확한 말투… 자폐 스펙트럼 장애에 대해 아는 사람이라면, 아마도 첫눈에 영우가 자폐인임을 짐작할 수 있을 것이다.

우영우는 흥미롭다. 엉뚱하고 솔직한 우영우의 모습은 때로는 사람들을 놀라게 하고, 틀에 박힌 규칙들을 새롭게 바라보게 한다. 다른 신입 변호사들과 경쟁에 놓이기도 하고, 한번도 경험하지 못한 사건 앞에 당황하기 일쑤인 우영우. 그러나 자신만의 방식으로 한계를 극복하고 새로운 시각으로 사건을 해결해 나간다.

우영우는 용감하다. 사회성이 부족한 사람은 혼자서 하는 일을 택하기 쉽다. 영우라면 재판연구원으로 일하다 판사가 될 수도, 대학교수가 되어 법률연구를 할 수도 있을 것이다. 하지만 영우의 선택은 변호사다. 남의 입장에서 생각하고 남의 이익을 대변하는 일. '자기 안에 갇히는 장애'를 가진 영우에겐 무척이나 어려운 일을 굳이 하겠다고 나선다. 이유도 단순하다. 남을 도울 때 영우는 행복하기 때문이다. 자신의 약점을 감추기보다 정면 돌파해보겠다는 씩씩한 영우. 이 보수적이고 엄격한 법조계에서 과연 영우는 훌륭한 변호사가 될 수 있을까?

정명석

남, 43세

#영우의 멘토 #'법무법인 한바다'의 시니어 변호사

정명석의 삶은 아버지처럼 살지 않기 위한 몸부림이다. 명석의 아버지는 일하기 싫어하고 놀기 좋아하는 한량이었다. 어머니는 혼자 힘으로 명석을 키우느라 고생했고 명석은 그 은혜에 보답하려 열심히 공부했다. 조금이라도 게을러질 때면 혹시라도 아버지의 한량 기질을 물려받은 걸까 봐 두려웠다. 끊임없이 스스로를 몰아세우고 채찍질한 결과, 명석은 많은 것을 이루었다. 서울대학교 법과대학에 합격해 재학 중에 사법시험에 붙었고, 사법연수원을 우수한 성적으로 마친 뒤 군법무관으로 복무했다. 제대 후엔 곧바로 국내 2위의 대형 로펌인 '법무법인 한바다'에서 일하기 시작했다. 법조계에 골품제도가 있다면 명석이 바로 '성골'일 것이다. 변호사가 된 후에도 그의 채찍질은 멈추지 않았다. 고액 연봉을 주는 만큼 한바다의 업무량은 엄청나게 많았다. 너무 힘들어 그만두고 싶었던 적도 많았지만 명석은 자기 안의 한량 아버지를 몰아내는 퇴마사의 심정으로 일에 매진했다.

그럴수록 건강은 나빠졌고 아내와도 이혼을 해야 했지만, 명석은 40대 초반 나이에 한바다의 대표 변호사 한선영의 두터운 신임을 받는 시니어 변호사가 되었다.

명석은 똑똑하고 부지런한, 일명 '똑부' 상사다. 실력 있고 합리적이며 배울 점이 많지만, 부하들의 둔한 일처리를 답답해한다. 그에게 훈련되지 않은 신입 변호사를 가르치는 일은 커다란 인내심을 요구하는, 답답한 일이다. 이미 신입 두 명을 맡았는데, 선영이 웬 자폐가 있는 애까지 떠넘긴다. '장애인 변호사를 고용하는 생색은 대표가 낼 거면서 뒤치다꺼리는 나더러 하라네…' 싶어 명석은 기가 막힌다. 하지만 선영이 보기에, 명석만큼 부하들의 장단점을 정확히 파악해 그에 맞는 멘토링을 해주는 상사는 없다. '천재 자폐인'처럼 가르치기 어려운 부하라면 당연히 명석에게 맡겨야 한다.

명석은 일터가 곧 전쟁터라고 생각하는 사람이다. '장애가 있다고 일 못하는 것을 배려해주지 않겠다, 오히려 더 제대로 가르치겠다!'라는 마음으로, 똑부 상사 정명석은 이상한 부하 우영우를 만난다.

이준호
남, 29세
#'법무법인 한바다'의 송무팀 직원

이준호는 한평생 어딜 가든 인기가 많았다. 그의 매력을 설명하는 말들은 다음과 같다. '치명적인 눈웃음' '안기고 싶은 어깨' '매달리고 싶은 팔뚝'

'매너남' '댄디 가이의 정석' '큰 강아지 상' '멍뭉미 폭발해 털 날려…'

'훈훈하다'는 말을 너무 많이 들어 더울 지경인 준호의 진짜 매력은 자신의 인기를 의식하지도 이용하지도 않는다는 점이다. 오는 여자 안 막는다는 식으로 사람을 만난 적은 없다. 준호는 자신의 팬과 연애하고 싶지 않다. 좀 이상하게 들릴까 봐 입 밖에 꺼내진 않지만, 사실 그의 이상형은 '존경할 수 있는 여자'다. 준호는 무뚝뚝하지만 잘난 어머니와 그 어머니를 지극정성으로 사랑하는 아버지를 보며 자랐다. 아들의 눈에 두 사람은 행복해 보였다. '존경할 수 있는 여자'를 찾는 준호의 무의식에는 아마 부모의 영향도 있을 것이다.

지방대 법학전문대학원 교수인 어머니의 영향으로, 준호는 자신도 법조계의 일원이 되고 싶었지만 판사·검사·변호사나 교수가 될 만큼 공부를 잘하지는 못했다. 대신 준호는 법무법인 한바다의 송무팀 직원이 되었다. 주로 소송에 관한 다양한 업무를 보조하고, 가끔은 사건 현장에 나가 추가 증거를 확보한다. 한바다에서도 준호의 인기는 여전해 변호사, 비서, 직원 나눌 것 없이 많은 여성들의 구애를 받았다.

그 어떤 유혹에도 마음이 움직이지 않던 준호 앞에, 손이 많이 가는 이상한 변호사가 나타나 아른거린다. 회전문을 통과하지 못해 도움 없인 들어오지도 나가지도 못하고, 젓가락질이 서툴러 반찬을 집어주지 않으면 맨밥만 먹게 될 저 여자. 그러다가도 종종 보여주는 신묘한 기억력과 참신한 발상에 감탄하게 만드는 여자. 자기도 모르게 우영우 변호사를 존경하게 될까 봐, 준호의 마음이 자꾸 두근거린다.

한선영

여, 50세

#'법무법인 한바다'의 대표 변호사

한선영은 평생 태수미와 경쟁해왔다. 이는 아버지 때부터 정해진 일이었다. 1975년 태수미의 아버지가 '법무법인 태산'을 세우자, 3년 뒤인 1978년 한 선영의 아버지가 '법무법인 한바다'를 만들었다. 그때부터 대한민국의 로 펌 세계는 '높은 산'과 '넓은 바다'의 경쟁구도였다. 언제나 태산이 한바다 를 이겨왔지만 말이다.

한선영과 태수미는 성장 과정도 비슷하다. 대형 로펌 창립자의 딸로 태 어나 서울대학교 법과대학을 졸업하고, 사법시험에 합격해 사법연수원을 마친 뒤 유학을 가 미국 변호사로 일하고 돌아와 아버지의 로펌을 이어받 는 코스. 선영은 '부동의 1위 태산과 만년 2인자 한바다'로 굳어가는 판세 를 깨고, 한바다를 1등 로펌으로 만들려 한다. 이는 아버지의 유언 때문이 기도 하지만, 수미에 대한 괘씸함 때문이기도 하다.

대학 시절 선영은 대기업 '강천'의 회장 아들인 최규호와 사귀었다. 정략 결혼 따위가 아니었다. 적어도 선영에게는 진짜 사랑이었다. 그러나 선영 과 규호 사이에 결혼 이야기가 오갈 무렵 갑자기 규호가 잠수를 타더니 난 데없이 수미와 결혼을 했다. 강천과 태산 사이의 정략결혼이었다. 엄청난 배신감과 수치심에 당시 선영은 자살을 생각할 만큼 괴로워했다. 못난 전 애인 규호도 밉지만 나쁜 년 수미는 더 싫다. 욕심 많은 수미 년은 최근 법 무부 장관 자리까지 노리는 것 같다. 성공한다면 태산의 힘은 더 강해질 것 이다. 이 생각만 하면 선영은 자다가도 벌떡 일어나 담배를 찾게 된다.

선영에게 태산과 수미를 무너뜨리고 한바다를 1위 로펌으로 만들겠다는 것은 단순한 사업 계획이 아니다. 그것은 선영의 인생 목표다.

태수미

여, 50세

#영우의 엄마 #'법무법인 태산'의 파트너 변호사

태수미는 한평생 '다 가진 여자'로 살아왔다. 부, 명예, 좋은 집안, 미모, 실력까지 수미는 정말로 다 가졌다. 서울대학교 법과대학에 다녔던 20대 초반, 수미는 문득 의심해보았다. '다 가지지 않아도 괜찮지 않을까? 부, 명예, 좋은 집안 따위 없어도 난 잘 살 수 있지 않을까?' 마침 수미의 눈앞에 부, 명예, 좋은 집안 따위 없어도 남자답고 씩씩한 우광호가 있었다. 수미는 광호와 사랑에 빠졌고 서툴게 연애하다 덜컥 아이를 가졌다. 임신을 하고 나니 정신이 번쩍 들었다. 광호에 대한 사랑은 놀랍게도 한순간에 식어버렸다. 그제야 수미는 인정했다. '나는 다 가져야 되는 여자구나. 다 가진 삶에 너무 익숙해서, 다 갖지 않으면 안 되는 사람이구나.'

수미는 조용히 아이를 낳았다. 수미의 부모와 광호 외엔 아무도 모르는 비밀이었다. 간호사가 아이를 안아보겠냐고 물었지만, 수미는 아이의 얼굴이 궁금하지 않았다. 아이를 광호에게 버리듯 넘겨주고 수미는 도망쳤다. '가진 게 없는 남자의 아내이자 엄마' 대신 '판사·검사·변호사'가 되길 선택했던 당시 수미의 나이는 스물세 살이었다.

그 이후, 수미는 바쁘게 살았다. 스스로에 대한 오판으로 인해 수렁에 빠질 뻔했던 인생을 얼른 다시 궤도에 올려놓아야 했다. 수미는 사법시험에 합격해 사법연수원을 마친 뒤, 부모가 권한 남자와 군말 없이 결혼했다. 상대는 대기업 강천의 회장 아들인 최규호였다. 수미는 규호와 미국으로 떠나 아들을 낳고 미국 변호사로 활동하다 귀국했다. 아버지의 로펌을 물려받기 위해서였다.

요즘 수미는 '더 가질 궁리' 중이다. 태산의 대표 변호사 자리를 잠시 내려놓고 법무부 장관이 되어볼까 한다. 그런 수미 앞에 영우가 나타난다. '다 가진 여자'의 아킬레스건, 낳자마자 버리고 도망쳤던 그 아이 때문에, 수미의 인생이 다시 흔들린다.

권민우
남, 29세

#영우의 동료 #'법무법인 한바다'의 신입 변호사

권민우는 얄밉다. 하나대학교 법학전문대학원을 다녔던 시절엔 술에 취한 선배한테 이런 말을 들은 적 있다. "혹시 너… 권력에 민감한 친구라서 권민우인 건 아니지?" 그러자 주변에 있던 동기들이 공감한다는 듯 웃었다. 선배만은 웃지 않았다. "인생 그렇게 살지 마, 권민우. 너 아주 얄미워." 그날부터 민우의 별명은 '권력에 민감한 친구'가 되었다. 민우는 잠시 스스로를 돌아보았다. 자신의 행동이 얄밉다는 말도 이해는 가지만 살아남으려면 어쩔 수 없다는 생각, 선배 지는 뭐 얼마나 선한 인간이기에 훈수질인가 하는 생각이 들었다. 민우는 어깨를 으쓱하고 그날의 기억을 지워버렸다.

민우는 성공하고 싶다. 그러자면 때론 권모술수도 필요하다고 생각한다. 경쟁자의 약점을 찾아내 공격하는 것은 승자의 지혜며, 필요할 때 이용하고 짐이 될 때 버리는 건 생존본능이다. 학창시절부터 지금까지 이런 정신으로 살았기에 치열한 경쟁을 뚫고 한바다의 신입 변호사가 될 수 있었다고, 민우는 생각한다.

이런 민우 앞에 영우가 나타난다. 민우의 머리가 바쁘게 돌아간다. '영우가 서울대에서 공부 잘하기로 유명했다는 이야기는 들었다. 변호사시험을 만점 가까이 받았다는 소문도 돈다. 대표님 낙하산을 타고 왔다는 건 사실일까?' 민우는 본능적으로 영우를 분석해 약점을 찾으려 한다. 영우의 약점이 자폐라면 그것을 공격하는 일도 서슴지 않을 것이다. 민우에게, 영우는 위험한 경쟁자다.

최수연

여, 27세

#영우의 동료 #'법무법인 한바다'의 신입 변호사

최수연은 '봄날의 햇살' 같다. 밝고 따뜻하고 긍정적이며 착하다. 주변 사람들을 기꺼이 돕는다. 하지만 요즘 들어 수연은 봄날의 햇살로 살기 참 피곤하다는 생각을 한다. 특히 로스쿨이나 로펌처럼 경쟁이 치열한 곳에서는 더 어렵다. 수연은 자기도 모르게 남을 돕고 나서, 그러느라 뺏긴 시간과 에너지를 아까워한다. 그래놓고 그런 걸 아까워하는 자신이 또 못마땅하다. 악착같이 경쟁해야 하는 현실과 남을 도우려는 본성 사이에서 늘 갈등하는 것이다.

수연과 영우는 서울대학교 법학전문대학원 동기다. 로스쿨 시절, 영우는 수연에게 참 난감한 존재였다. 천성이 착한 수연의 눈에는, 영우의 부족한 점들이 먼저 보인다. 그래서 자기도 모르게 큰언니처럼 영우를 챙기고 도와준다. 그러다 둘이 경쟁해야 하는 때가 되면, 항상 영우가 너무 쉽게 자신을 이기는 것이다. 이에 수연이 '영우는 천재인데, 도대체 내가 뭐라고 천재를 돕는다며 설쳤을까? 악착같이 내 공부만 해도 이길까 말까 하는 애를…' 하고 후회할 때면, 꼭 수연의 눈앞에 물병을 따지 못해 쩔쩔매고 있는 영우의 안타까운 모습이 보이는 것이다. 그래서 수연은 영우와 최대한 멀리 떨어져 지냈다. '보지도 말고 돕지도 말자'는 전략이었다.

그런데 하필 한바다에서, 같은 팀에 배정된 동료이자 경쟁자로 영우를 만난 것이다. 1층 로비 회전문 앞에서 쿵 짝짝거리는 영우의 모습이 수연은 벌써부터 안쓰럽다. '회전문 지나려다 넘어지기라도 하면… 아니야, 내가 누굴 걱정해? 저러다가도 뭔가 점수 매길 때가 되면 어일우, 어차피 일등은 우영우였지. 그래, 내 갈 길이나 가자.' 영우를 모른 척, 애써 돌아서는 수연의 마음이 복잡하다.

우광호
남, 52세

#영우의 아버지 #분식집 사장

가난한 농가에서 태어난 우광호가 열심히 공부해 서울대학교 법과대학에 합격했을 때, 광호의 미래가 '분식집을 부업으로 하는 전업아빠'일 것이라고 예측한 사람은 아무도 없었다. 대학 시절, 광호는 서울법대 후배인 태수미와 사랑에 빠졌고 서툴게 연애하다 덜컥 아이를 가졌다. 법조계 명문가의 딸인 수미는 임신 사실에 정신이 번쩍 들어 자신의 인생에서 광호와 아이를 지우고 싶어 했다. 광호는 수미에게 애원했다. "아이는 죄가 없다. 지우지 말고 낳아만 달라. 그러면 내가 아이를 데리고 법조계를 떠나 조용히 살겠다." 고심 끝에 수미는 아이를 낳았고 광호는 그 아이를 데리고 수미 곁을 떠났다. '판사·검사·변호사' 대신 '미혼부'가 되길 선택했던 당시 광호의 나이는 스물다섯 살이었다.

광호는 아이의 이름을 영우라 지었다. '꽃부리 영'에 '복 우.' 광호에게 영우는 '꽃처럼 예쁜 복덩이'였지만, 키우기 힘든 딸이기도 했다. 영우는 아기 시절 광호와 눈을 맞추지 못했고, 이름을 불러도 반응이 없었으며 다섯 살이 넘도록 말을 못했다. 10대 때는 또래들과 어울리지 못해 늘 왕따였다. 성인이 된 지금도 영우는 젓가락질이 서툴고, 신발 끈을 묶지 못하며 대중교통의 미로 속에서 종종 길을 잃는다. 이런 딸을 돌보느라 광호는 제대로 된 직업을 가질 수 없었다. 과외·학습지 교사, 영어책 번역, 보험·정수기·자동차판매원, 각종 단기 알바 등을 전전하다, 결국 집 바로 아래층을 임대해 작은 분식집을 차렸다. 필요하면 언제든 집으로 달려가 딸을 챙기기 위해서다.

영우를 키우는 일은, 한편으론 재밌기도 했다. 영우는 초등학교 입학 전이미 집 안에 있는 책 전부를 외웠는데, 특히 광호가 대학 시절 봤던 법률서적을 좋아했다. 영우가 처음 했던 말은 "아빠"나 "엄마"가 아니라 "상해죄"였다. 세 들어 살던 다세대주택의 집주인이 광호를 때리자 "사람의 신체를 상해한 자는 7년 이하의 징역, 10년 이하의 자격정지 또는 1천만 원 이하의 벌금에 처한다."고 말한 것이다. 당시 영우의 나이는 다섯 살, 그때까지 말을 한 마디도 하지 않아 병원에 갔다가 '자폐성 장애' 진단을 받고 돌아오던 길이었다. 그날부터 광호는 영우와 법률 용어로 소통했다. "너 계속 떠들면 경찰 아저씨가 어흥 한다."는 말은 통하지 않았지만 "공공장소에서 고성방가를 하면 경범죄로 처벌될 수 있다."고 하면 조용해졌기 때문이다.

　그렇게 좌충우돌 애지중지 고생하며 키운 딸이 이제는 변호사가 되겠다고 한다. 광호는 걱정 또 걱정이다. 초등학교에 입학해 로스쿨을 졸업할 때까지 늘 1등을 했던 똑똑한 아이지만, 자폐가 있다. '영우가 꿈을 이루지 못해 좌절하면 어쩌나?' 법조계 거물급 인사로 활발히 활동 중인 수미의 존재도 난감하다. '지금까지 숨겨온 엄마의 존재를 영우에게 언제 어떻게 말해야 할까?'

동그라미
여, 27세
#영우의 친구 #털보네 요리주점 아르바이트

동그라미를 만난 많은 사람들은 속으로 '또라이네…'라고 생각한다. 국립국어원의 정의에 따르면 또라이는 '상식에서 벗어나는 사고방식과 생활방식을 가지고 자기 멋대로 하는 사람'이다. 마약에 취한 듯 멍한 눈빛과 수상한 태도로 비의 '깡'을 읊조리는 모습, 알바 중 실수를 꾸짖는 사장에게

"아이―씨, 그럼 내일부터 콘돔 입고 출근할게요. 좃 됐으니까."라고 대꾸하는 모습, 영우에게 '일취월장'의 뜻을 아느냐고 묻더니, "일요일에 취하면 월요일에 장난 없다!"라며 혼자 낄낄대는 모습을 보고 있으면 '또라이네…'라는 생각이 절로 든다.

그라미는 영우의 친구이자, 사회성을 가르쳐주는 스승이다. 그라미의 또라이 행각을 보고 있으면 '누가 누굴 가르쳐…'라는 생각이 들지만, 영우의 눈에 그라미는 인싸 중의 인싸, 사회생활 만렙의 신과 같은 존재다. 그라미와 영우는 고등학교 1학년 때 같은 반이었다. 당시 영우는 "전교 1등 그 찐따" 혹은 "자폐"라 불리며 동급생들의 괴롭힘을 힘겹게 버텨내고 있었다. 알고 보면 착한 그라미가 괴롭힘을 몇 번 막아주자 영우는 그라미를 졸졸 따라다녔다. 그라미와 함께일 땐 안전하다는 것을 깨달았던 것이다. 그라미도 영우와 다니는 기분이 나쁘지 않았다. 그라미를 늘 혼내기만 했던 교사들도 영우와 함께일 땐 더없이 친절했다. 그렇게 '또라이'와 '찐따'는 한 쌍이 되어, 험난한 학교생활을 함께 헤쳐나갔다.

그라미는 털보네 요리주점에서 아르바이트를 한다. 고등학교 졸업 후 지금까지 그 어떤 일도 오래 하지 못했지만, 이번엔 "털보 사장이 잘해주고 직원 밥이 맛있어서" 꽤 오래 일하고 있다. 영우는 이 주점의 단골손님이다. 영우가 사회생활과 대인관계에 관한 고민을 털어놓으면 그라미와 털보 사장이 머리를 맞대 해결책을 알려준다. 그 모습을 보노라면 '저래서 해결이 될까…' 싶지만, 그래도 이들을 응원하게 된다. 또라이와 찐따의 10년 우정 파이팅!

· 9화 ·

구뽕   어린이의 미래를 위한다는 학교와 학원, 그리고 부모의 간교한 주문을
현재에 물리치고, 나, 어린이 해방군 총사령관 방구뽕은 '지금 당장 행복
한 어린이'를 위해 노래한다. 애들아아~ 노오올~자아~!

· 10화 ·

영우   키스할 때… 원래 이렇게 서로 이빨이 부딪칩니까?

· 11화 ·

영우   사람이 유도리가 있어야지!

· 12화 ·

영우   류재숙 변호사는… 한바다에선 만나볼 수 없는 종류의 변호사잖아.
멸종되지는 않았으면 좋겠어.

· 13화 ·

명석　　나는 뭘 위해서 그렇게 살았던 걸까?

· 14화 ·

명석　　그래? 보람 있는 시간들이었을까?

· 15화 ·

영우　　내 안은 나 자신으로 가득 차있어서 가까이 있는 사람들을 외롭게 만듭
니다. 언제 왜 그렇게 만드는지도 모르고, 어떻게 해야 안 그럴 수 있는
지도 모릅니다.

· 16화 ·

영우　　오늘 아침 제가 느끼는 이 감정의 이름은 바로… '뿌듯함'입니다!

지 원 서 (법학전문대학원)

성명	우영우	성별	여
생년월일	960918	휴대폰	010-756-5252
E-mail	wooyoungwoo@gorae.com		
주소	서울특별시 마포구 합정동 84-2		

	학교명	기 간	학 과
학력 사항	서울대학교	2019.03~2022.02	법학전문대학원 법학전공
	서울대학교	2015.03~2019.02	경제학부
	화문고등학교	2012.03~2015.02	인문계

법학전문대학원 기수	(서울대학교)법학전문대학원 (12)기					
법학전문대학원 성적	1학기	4.3	4학기	4.3	종합	4.3/4.3 100/100 수석 졸업
	2학기	4.3	5학기	4.3		
	3학기	4.3	6학기	4.3		

외 국 어	종류	Level, 점수 등	자격 사항	취득연도	내용
	TOEIC	990		2022.04	변호사시험 합격
	TEPS	600			

희망분야	법무법인 한바다에 입사한 후 환경, 국내소송, 공정거래의 직무를 희망합니다.

특기사항	로스쿨을 수석으로 졸업했으며 재학 기간 동안 한 번도 수석을 놓친 적이 없습니다. 변호사 시험도 우수한 성적인 1550점으로 합격했습니다.

첨부서류	1. 자기소개서

INSERT 화면의 특정 동작이나 상황을 강조하기 위해 삽입한 화면으로 이 화면을 삽입함으로써 상황이 명확해지고 스토리가 강조되는 효과가 있다.

FLASHBACK 과거 회상을 나타내는 장면 효과로, 현재 일어나고 있는 사건의 인과를 설명할 때 쓰이거나, 인물을 성격을 말하기 위해 쓰이기도 한다.

MONTAGE 따로따로 편집된 장면들을 짧게 끊어서 연결해 하나의 긴밀하고도 새로운 내용으로 만드는 편집 기법을 의미한다.

CUT TO 하나의 씬이 끝나고 다음 씬으로 넘어가는 장면 전환 효과를 뜻한다.

(N) 등장인물 사이에 오가는 대사가 아닌 독백이나 시청자를 향한 설명을 뜻한다.

"저는 피고인의 변호인으로서,

피고인의 사상 그 자체를 변호하려고 하는 겁니다."

9화

피리부는
사나이

S#1.   PROLOGUE : 한티 초등학교 정문 (외부/낮)

평일 오후 2시경.

서울시 강남구에 위치한 '한티 초등학교' 정문 앞.

하교하는 초등학생들과 그들을 맞는 부모들,

학원 교사들로 혼잡하다.

도로변엔 노란색 학원 버스들이 줄지어 서있다.

그중 '무진학원'이라 적힌 커다란 버스에 3, 4학년쯤 된

초등학생들이 탄다.

S#2.   PROLOGUE : 무진학원 버스 (내부/낮)

버스 안에 탄 12명의 초등학생들.

어제까지 이 버스를 운전했던 **운전사**(60대/남)가

지금은 버스 앞자리에 거의 눕듯이 앉아 쿨쿨 자는 걸
이상하게 여기면서도, 아이들은 각자의 자리에 익숙하게
앉아 저마다 할 일을 한다.
스마트폰으로 게임을 하는 아이, 문제집을 펼치는 아이,
이어폰으로 음악을 듣는 아이, 과자를 꺼내 먹는 아이,
잠을 청하는 아이…
그때, 운전석에 앉아있던 20대 남자가 벌떡 일어나더니
아이들에게 외친다.

남자   원래 이 버스는 '학원 가는 버스'였다. 공부를 무진장 시켜
이름부터 무진학원이라는 무진학원에 가는 버스였다. 하
지만 어린이 해방군 총사령관인 내가 이 버스를 점령했다.
지금부터 이 버스는 '학원 안 가는 버스'다. 학원 안 가는
버스에 탄 걸 환영한다.

잘생긴 얼굴을 덥수룩한 수염과 머리로 덮고
낡은 군복에 베레모를 쓴 남자.
이상하게 반짝이는 눈빛이 꼭 정신이 살짝 나간
체 게바라 같다.
남자를 보는 초등학생들의 얼굴에 놀람과 두려움,
호기심이 섞여있다.
김민지(10세/여)가 용기를 내 묻는다.

민지   아저씨 누구예요?

남자 나는 어린이 해방군 총사령관, 이름은 방구뽕이다.

아이들이 웃는다.

민지 이름이 진짜 방구뽕이에요?
구뽕 이름이 진짜 방구뽕이다.

방구뽕(26세/남)이 군복 안주머니에서
주민등록증을 꺼내 아이들에게 건넨다.
주민등록증을 돌려보는 아이들.
진짜 '방구뽕'이라 적혀있어 깔깔거린다.

구뽕 학원 안 가는 차에 탄 여러분에게는 어린이 해방군에 입
대할 자격이 주어진다. 입대를 원하지 않고 학원에 가기를
원하는 어린이는 지금 당장 이 버스에서 내려라.

구뽕이 절도 있는 동작으로 활짝 열린 버스 문을 가리킨다.
별로 내리고 싶지는 않은 듯 아이들이 머뭇거린다.
이세원(10세/남)이 구뽕의 주민등록증을 만지작거리며
씩씩하게 묻는다.

세원 어린이 해방군이 뭔데요?
구뽕 어린이 해방군은 노는 거다. 어린이 해방군은 놀고, 놀고,
또 논다. 놀다가 죽지 않은 게 기적일 정도로 논다. 너무 재

미있어서 내장이 흑흑! 흐느낄 정도로 논다.

"내장이 흑흑!" 하며 실감 나게 흐느끼는 구뽕의
모습에 아이들이 또 웃는다.
이영화(11세/여)가 핸드폰을 꺼내며 묻는다.

영화   엄마한테 물어봐도 돼요?

구뽕   (강하게) 안 돼!

구뽕이 군복 안주머니에 손을 넣더니
손가락으로 총 모양을 만들어 꺼낸다.
영화를 향해 손가락 총을 겨누는 구뽕.
진짜 총이 아닌 줄 알면서도 영화와 아이들이
살짝 겁을 먹는다.

구뽕   어린이 해방군이 되기 싫다면 지금 당장 버스에서 내려라.
         엄마한테 물어보는 건 안 돼. 학원에 가는 대신 놀고, 놀고,
         또 놀아서 어린이 해방을 이루겠다는 우리의 뜻을 엄마가
         이해할 것 같나?

영화   아니요…

영화가 핸드폰을 슬그머니 내려놓자 구뽕도
손가락 총을 거두더니 경건하게 차렷 자세를 취한다.

구뽕   어린이 해방군은 선언한다. 하나, 어린이는 지금 당장 놀아
야 한다. 둘, 어린이는 지금 당장 건강해야 한다. 셋, 어린
이는 지금 당장 행복해야 한다. 어린이의 미래를 위한다는
학교와 학원, 그리고 부모의 간교한 주문을 현재에 물리치
고, 나, 어린이 해방군 총사령관 방구뽕은 '지금 당장 행복
한 어린이'를 위해 노래한다. (노래하듯이 음을 붙여서 크게) 얘
들아아~ 노오올~자아~!

강한 신념에 찬 구뽕의 눈빛이 반짝거린다.
그런 그를 바라보는 아이들의 표정이 마치 주문에
걸린 듯 멍―하다.

TITLE:

〈이상한 변호사 우영우〉

S#3.   **법원 (외부/낮)**

프롤로그의 사건이 발생한 지 이틀 뒤.
영우가 명석의 전화를 받으며 법원 앞 계단을 오른다.

명석   (소리) 우영우 변호사, 법원 도착했어요?
영우   네. 구속 영장 실질 심사에 늦지는 않을 것 같은데 피의자
를 접견할 시간이 충분하지 않아 걱정입니다. 사건 자료도

못 봤고요.

명석   (소리) 그거야 사건을 방금 맡았으니 어쩔 수 없지. 준호 씨
       가 자료 들고 법원으로 갔으니까 얼른 받아서 보세요.

영우   네.

영우가 전화를 끊고 법원 안으로 들어간다.

S#4.   법원 (내부/낮)

법원 출입구 근처 보안 검색대를 통과하는 영우.
먼저 와있던 준호가 영우를 발견하고 반갑게 다가온다.
준호의 환한 미소에 영우가 잠깐 멈칫하지만
곧 아무렇지 않은 척한다.
구속 영장 실질 심사가 열릴 법정을 향해 걸으며
대화하는 두 사람.

준호   (사건 자료 건네며) 피의자는 26세 남성이에요. '미성년자 약
       취 유인' 혐의로 체포됐고요. 이틀 전 무진학원 버스를 탈
       취해 그 안에 타고 있던 열두 명의 초등학생들을 근처 야
       산으로 데려갔답니다.

영우   (자료 보며) 음? 한바다에 이 사건을 의뢰한 사람이 무진학
       원 원장님이라 들었는데, 아닙니까?

준호   맞습니다. 피의자는 무진학원 원장님의 셋째 아들이에요.

한마디로 어머니가 운영하는 학원 버스를 아들이 탈취한 거죠.

영우   (자료 뒤적이며) 초등학생들을 산에 데려가서 뭘 했습니까?

준호   그냥… 놀았답니다.

영우   네?

준호   납치한 아이들과 이런저런 놀이를 하며 네 시간 가까이 놀았대요. 학원 버스 운전사의 신고로 경찰이 출동해 피의자를 체포했고요.

사건의 정황이 잘 이해 가지 않아 고개를 갸웃거리는 영우.
준호가 그런 영우의 얼굴에서 뭔가를 발견한다.

준호   변호사님, 잠깐만요. 속눈썹이…

준호가 영우에게 가까이 다가가
얼굴에 붙은 속눈썹을 떼어내려 한다.
하지만 잘 떼어지지 않아 마주 선 시간이 길어진다.
순간 영우의 머릿속에 지난 기억이 떠오른다.

FLASHBACK :
제7화. 명석의 사무실.
키스라도 할 것처럼 가깝게 서있는 영우와 준호.
서로를 바라보는 눈빛과 숨결이 뜨겁다.
머리부터 발끝까지 몸이 닿은 곳은 한 군데도 없지만

영우의 심장은 쿵쾅쿵쾅!

그야말로 터질 것처럼 빠르게 뛴다.

'아, 나는 이 사람을 좋아하는구나…'

몰려오는 깨달음에 어지러운 영우. 두 눈을 꼭 감아버린다.

CUT TO:

현재, 법원.

그날의 감정이 되살아나 영우의 얼굴이 붉어진다.

그 모습을 보는 준호의 얼굴도 상기된다.

건전하기 이를 데 없는 분위기의 법원 청사에서

잠시 야릇해진 두 사람.

준호가 찰거머리 같던 속눈썹을 드디어 떼어낸다.

준호	속눈썹이… 잘 안 떨어지네요. 겨우 뗐어요.
영우	네. 음, 그럼 저는 피의자를 만나러 가보겠습니다.
준호	아, 네.

영우가 사건 자료를 끌어안고 법정을 향해 걸어간다.

멀어지는 영우의 뒷모습을 보며 마음이 복잡해진

준호가 한숨을 쉰다.

S#5.   피고인 대기실 내 접견실 (내부/낮)

법정 옆에 마련된 피고인 대기실 내 변호인 접견실.
사건 자료를 한 글자라도 더 보려고 바쁘게 읽던 영우.
유리 차단막 너머로 수갑을 찬 구뽕이 다가와 마주 앉자
고개를 든다.

구뽕   누구십니까?

영우   저는 법무법인 한바다의 변호사 우영우입니다. 똑바로 읽
        어도 거꾸로 읽어도 우영우. 기러기 토마토 스위스 인도인
        별똥별 우영우. 오늘…

순간 '피의자 이름이 뭐지?' 싶어 영우가 서류를 본다.
'방구뽕'이라 적힌 이름에 '이게 뭘까?' 아찔해지지만
곧 정신을 차리고,

영우   오늘 방구뽕… 방구뽕 씨의 변호를 맡았습니다.

구뽕   나는 변호사 필요 없습니다.

영우   제가 사건을 맡지 않으면 법원이 직권으로 국선 변호사를
        선임할 겁니다. 그걸 원하십니까?

구뽕   변호사 없이 재판받을 수는 없습니까?

영우   없습니다. 시간이 없으니 바로 묻겠습니다. '방구뽕'이라는
        이름은 본명입니까?

구뽕   왜요?

영우   이름이 이상해서요. 판사님이 부정적으로 볼까 봐 걱정됩
니다.

그러자 구뽕이 영우를 가만히 쳐다본다.

구뽕   내 이름을 말하면 어린이들은 웃습니다. '우영우' 따위의
이름으로는 그 어떤 어린이도 웃길 수 없어요. '기러기 토
마토 스위스 인도인 별똥별'을 덧붙인 건 나쁘지 않은 시
도였지만 그래도 약해요. 적어도 '우주코딱지'나 '우주똥
구멍' 정도는 돼야죠.

영우   네?

구뽕   '어린이는 웃지만 어른은 화를 내는 이름을 갖고, 그 이름
에 걸맞게 사는 것.' 그것이 내가 하려는 혁명입니다.

'이 사람, 변호하기 어렵겠구나…'
불길한 예감에 영우의 머리가 아득해진다.

S#6.   **법정 (내부/낮)**

구속 영장 실질 심사.
판사석에 **판사**(50대/남) 한 명이 앉아있고,
구뽕은 피고인석에, 영우는 변호인석에 앉아있다.

판사	피의자, 이름이 뭡니까?
구뽕	(씩씩하게) 방구뽕입니다.

어린이가 아닌 판사는 '방구뽕'이란 이름에 웃지 않는다.
오히려 짜증스럽다는 듯 살짝 인상을 쓴다.
판사의 굳은 표정에 영우가 초조해진다.

판사	본명입니까? 부모님이 지어준 이름이에요?
구뽕	2년 전에 방구뽕으로 개명했습니다. 이제는 방구뽕이 제 본명입니다.
판사	(한숨) 직업은 무엇입니까?
구뽕	(더 씩씩하게) 어린이 해방군 총사령관입니다.

'방구뽕'보다 더 끔찍하게 들리는 '어린이 해방군 총사령관'
이란 대답에 영우가 자기도 모르게 벌떡 일어나 외친다.

영우	이의 있습니다!
판사	뭐요? 피의자 인정신문 하는데 이의는 무슨 이의입니까? 변호인까지 왜 이래요?
영우	아… 죄송합니다. 피의자의 대답에 너무 놀라 말이 잘못 나왔습니다.
판사	(빈정대며) 네. 나도 참 놀랍네요.
영우	판사님, 제가 방금 사건을 맡은 탓에 피의자를 접견할 시 간이 부족했습니다. 피의자가 제대로 된 답변을 할 수 있

도록 잠깐만 상의해도 되겠습니까?

판사 빨리하세요. 빨리.

영우가 빨리 옆자리 구뽕에게 속삭인다.

영우 (작게) 어린이 해방군 총사령관이라니, 지금 무슨 소리 하는 겁니까?

구뽕 (작게) 그게 내 직업입니다.

영우 (작게) 그런 식으로 대답하면 구속당합니다. 방구뽕 씨가 멀쩡한 정신의 소유자로, 도주와 증거 인멸의 우려가 없다는 걸 보여줘야 합니다.

구뽕 (작게) 그게 내 직업입니다.

영우 (작게) 아무리 그렇게 말해봤자 판사님은 '무직'이나 '미상'이라고 적습니다. 제발 내 말을 들으세요.

영우의 간절함에 구뽕도 고집이 꺾이는 듯
기세가 조금 누그러든다.

판사 다시 묻겠습니다. 피의자, 직업이 뭡니까?

어쩔 수 없다는 듯 한숨을 푹 내쉬는 구뽕.

구뽕 무직…

구뽕을 바라보는 영우의 눈빛에 희망이 싹튼다.
하지만 다음 순간,

구뽕 …이나 미상이라고 적지 마십시오, 판사님! 제 직업은 어린이 해방군 총사령관입니다!

S#7. 한바다 회의실 (내부/낮)

영우, 민우, 명석과 마주 앉아있는
구뽕의 어머니이자 무진학원 원장인 **최성숙**(56세/여).
명품 옷과 완벽한 화장으로 꾸민 강단 있는 모습이
유명 학원 원장답다.

성숙 결국… 우리 아이는 구속된 건가요?

명석 (난처해하며) 네. 아드님의 생각이 워낙 확고해 법원으로서도 걱정이 된 모양입니다. 어린이 해방군 총사령관이 직업이라고 한다든가 또… (영우에게) 주소를 묻는 질문에는 뭐라고 대답했다고 했지?

영우 "어린이의 마음속"에 산다고 했습니다.

영우의 말에 성숙이 한숨을 쉰다.

명석 아드님이 구치소 생활에 적응하기 어려울 것 같다고 원장님께서 걱정 많으셨는데… 죄송합니다.

성숙 아니에요. 우리 애가 대답을 그따위로 한 탓이죠.

민우 아드님이 산에 데리고 갔던 그 학생들은 어떻게 됐습니까? 무진학원에 계속 다니나요?

성숙 열두 명 전부 그만뒀어요. 학원비도 다 환불해줬고요. 소문이 워낙 빠르고 평판에 예민한 동네라 덩달아 그만둔 다른 원생들도 꽤 됩니다.

명석 아이고, 힘드시겠습니다. 그 열두 명 학생들의 부모님들하고는 혹시 만나보셨습니까?

성숙 경찰서에서 만났을 때 미안하다고 사과한 게 다예요. 그 이후엔 저도 정신이 없었고요. 연락해봐야 할까요?

명석 네. 피해 아동 부모들이 쓴 처벌불원서를 받는다면 아드님의 감형에 큰 도움이 될 겁니다. 그 부모들이 합의금을 요구할 수는 있겠지만요.

성숙 그 정도는 각오해야죠. 그럼 합의금 준비해서 처벌불원서 받아볼게요.

명석 네. 저희도 열심히 재판 준비하겠습니다.

성숙 애들 아빠 일찍 세상 떠나고… 저 혼자 아들 셋 키우기가 결코 만만하지 않았어요. 그래도 저요, 아들 셋을 전부 서울대 보낸 엄마예요. 그랬던 제 경험 고스란히 살려 무진학원도 차린 거고요. 우리 애들만 잘되면 뭐해요? 남의 애들도 다 같이 잘돼야죠. 그런데 정작… 제가 남의 애들 돌보느라 우리 애 삐뚤어지는 걸 놓쳤네요.

성숙의 눈시울이 붉어진다.
이를 보는 명석, 영우, 민우의 마음도 무겁다.

성숙　　변호사님, 저요. 수임료는 얼마든지 드릴 수 있어요. 구치
　　　　소 가는 건 못 막았지만 우리 애 교도소는 보내지 말아야
　　　　지요. 꼭 좀 도와주세요.

S#8.　　**털보네 요리주점** (내부/밤)

여느 때처럼 오픈주방 앞 바 테이블에 앉은 영우.
그라미가 김초밥과 맥주를 갖고 와 옆자리에 앉는다.

그라미　　우영우 김초밥 나왔다.
영우　　　맥주는 안 시켰는데.
그라미　　아, 이건 내 꺼.

그라미가 맥주를 꿀꺽꿀꺽 들이켠다.
주방에서 일하던 민식이 그런 그라미를 보고
고개를 절레절레 젓는다.
한편 뭔가 고민이 있는 것 같은 영우.
망설이다 입을 연다.

영우　　　음… 있잖아. 좋아한다고 말했는데 상대가 아무런 답변이

없으면… 그건 그냥 아무런 답변이 없는 거지?

그라미   (놀라) 뭐?! 좋아한다고 해? 누가?!

영우   내가.

그라미   이준호한테?

영우   응.

그라미   헐! 이 우영우영우 좀 봐? 부뚜막에 아주 성큼성큼 올라갔네? 털보 사장! 들었어요? 우영우도 남자한테 고백을 하는 판에 내가 지금 여기서 접시나 닦을 땐가!

민식   무슨 소리야? 접시는 오늘도 내가 닦았는데! (영우에게) 근데 손님, 보기랑 다르시네요~ 용감하세요.

그라미   정확히 뭐라고 했는데? 너 또 막 이상한 소리 한 거 아냐?

그라미의 말에 기억을 떠올려보는 영우.

FLASHBACK:

제8화, 경해도청 휴게실.
영우가 준호에게 말한다.

영우   그날… 제 분당 심박수가 엄청났습니다. 이준호 씨를 전혀 만지지 않았는데도 심장이 매우 빠르게 뛰었습니다. 그렇다면 좋아하는 게… 맞는 것 같습니다.

영우의 고백에 이번엔 준호의 심박수가 빨라진다.
준호가 결심한 듯, 용기 내 입을 연다.

준호	변호사님, 저는…
영우	(뭔가를 보고 놀라) 설마… 도망치는 겁니까?
준호	네?

CUT TO :

현재, 털보네 요리주점.

그라미	뭐, 메디컬 드라마야 뭐야. 우리끼리 한 분당 심박수 얘길 거기서 그대로 하면 어떡해?
민식	그래도 손님의 뜻은 전달됐을 거 같은데요? '널 보면 내 심장이 두근두근! 내가 널 좋아한다!' 그 뜻이잖아요?
그라미	이준호는 뭐래? (준호 성대모사) "변호사님, 저는…" 하고 그다음에?
영우	그다음엔 도망치는 박유진 씨를 쫓아 함께 달리느라고 이야기하지 못했어. 그 뒤로 현재까지 아무런 답변이 없고.
그라미	그 뒤로 현재까지? 왜?
영우	음… 모르겠어. 나를 좋아하지 않아서일까?
그라미	(갸웃) 아닌데? 저번에 보니까 이준호 너 완전 좋아하던데?
영우	이준호 씨는 계속… 친절하고 다정해. 날 보면 웃고 속눈썹도 떼어줘.
그라미	뭐! 속눈썹?! 속눈썹은! 속눈썹은 진짜 좋아하는 건데?! 안 그래요? 안 좋아하는데 남의 속눈썹을 막 만져?
민식	안 좋아해도 속눈썹은 떼어줄 수 있지. 잘못해서 눈에 들어갔다가 실명 위기가 올 수도 있고.

영우	한 번 더 물어볼까? 어떻게 생각하는지?
그라미	아니!!! 미쳤냐?
민식	저도 그건 아닌 것 같아요.
그라미	너도 잘해주면 어때? 완전 잘해주면서 아무 말도 하지 마. 이준호도 헷갈리게.
영우	(어려워) 헷갈리게… 잘해줘? 음… 어떻게 하는 거지?
그라미	음… (역시 어려워 민식에게) 털보 사장은 어떻게 잘해줘요? 누구랑 사귀고 싶을 때?
민식	나? 나야 뭐… 의자 빼주고, 차 문 열어주고 그러지. 같이 걸을 때는 차 안 다니는 길 안쪽으로 걷게 하고, 짐도 들어주고.

어디까지나 민식이 했을 때 어울리는 행동들이지만
그 점을 미처 생각하지 못한 영우는 민식의 말을 모두…
명심한다.

S#9.   구치소 접견실 (내부/낮)

구치소 안에 마련된 변호인 접견실.
유리벽으로 나뉜 칸막이 방들 중 한 곳에 영우,
민우와 구뽕이 마주 앉아있다.
피고인 대기실과는 달리, 구치소 접견실엔
유리 차단막이 없다.

구치소에 수감된 지 얼마 지나지 않았는데도
눈에 띄게 수척해진 구뽕.
얼굴과 목 곳곳에 멍든 자국과 상처가 보인다.

민우   혹시… 맞았어요? 구치소에서? 누구랑 싸운 건가?

아무 말도 하지 않는 구뽕.
그런 구뽕이 답답하다는 듯 말을 잇는 민우.

민우   방구뽕 씨가 미성년자들을 약취 유인한 건 사실이지만 특
별히 괴롭히지는 않았잖아요. 감형될 가능성은 충분해요.
근데 그러려면 우선 방구뽕 씨가 본인의 잘못을 인정하고
반성해야 됩니다.
구뽕   '미성년자들'이라는 표현이… 거슬립니다.
민우   네?

순간 빠직하는 민우. 영우가 질문한다.

영우   미성…(녀자들이라 하려다 말고) 피해자들을 산에 데려간 후
에는 무엇을 했습니까?
구뽕   '피해자들'은 더 별로입니다. 그들 모두 어린이 해방군에
입대했으니 '어린이 해방군들'이라고 부르면 어떻습니까?
영우   음… 싫습니다. '어린이들'이라고 하겠습니다. 납치한 어
린이들을 산에 데려간 후에는 무엇을 했습니까?

'어린이들'이라는 표현은 참을 만했던 걸까?
구뽕의 표정이 누그러든다.

구뽕   어린이 해방군 입대식을 했습니다.

S#10.   산 (외부/낮) - 과거

사건 당일. 서울시 강남구에 위치한 작은 산의 중턱.
구뽕과 12명의 아이들이 어린이 해방군 입대식을 한다.
구뽕이 한없이 진지한 태도로 '어린이 해방 선언문'을
낭송한다. 그 모습에 구뽕 주위를 삐뚤빼뚤 둘러싼 아이들이
키득거린다.

구뽕   대한민국 어린이의 적은 학교와 학원, 그리고 부모다. 그
         들은 어린이를 놀지 못하게 한다. 그들은 행복한 어린이와
         건강한 어린이를 두려워한다. 그들은 불안해하는 어린이,
         고통받는 어린이, 복종하는 어린이를 원한다. 그들은 대한
         민국의 법과 제도를 조종해 어린이를 더 바빠지고, 더 나
         빠지게 만들어 어른이 되기도 전에 세상을 등지게 한다.
세원   인정!

세원의 장난스런 추임새에 아이들이 웃는다.
구뽕이 낭송을 이어간다.

구뽕	어린이 해방군은 선언한다. 하나, 어린이는 지금 당장 놀아야 한다.

구뽕이 복창하라는 뜻으로 아이들을 쳐다본다.
이를 모르는 아이들이 가만히 있자,

구뽕	다 같이 따라 한다. 하나! 어린이는 지금 당장 놀아야 한다!
아이들	(딱딱 맞추지 못하고 제각각) 하나, 어린이는 지금 당장 놀아야 한다.
구뽕	(크게) 둘! 어린이는 지금 당장 건강해야 한다!
아이들	둘! 어린이는 지금 당장 건강해야 한다!
구뽕	(더 크게) 셋! 어린이는 지금 당장 행복해야 한다!
아이들	셋! 어린이는 지금 당장 행복해야 한다!

처음엔 소심하게 따라 하던 아이들도 '셋'에 이르자
목소리가 우렁차다.
구뽕도 만족한 듯 아이들을 향해 고개를 끄덕인다.

구뽕	어린이의 미래를 위한다는 학교와 학원, 그리고 부모의 간교한 주문을 현재에 물리치고, 나, 어린이 해방군 총사령관 방구뽕은 '지금 당장 행복한 어린이'를 위해 노래한다. (노래하듯 음을 붙여서 크게) 얘들아아~ 노오올~자아~!

MONTAGE :

자전거 탄 풍경의 '보물'이 울려 퍼지는 가운데, 구뽕과 아이들이 놀고, 놀고, 또 노는 모습이 몽타주로 펼쳐진다.

인공적인 놀이기구 하나 없는 산속에서
걷고, 뛰고, 구르고, 뒹구는 아이들.
나뭇가지와 도토리, 돌멩이를
줍기 위해 온 산을 헤매고 다닌다.
바위든 나무든 높은 데가 있으면 괜히 기어올랐다가
괜히 뛰어내리는 아이들.
'내장이 흑흑 흐느낄 정도로 논다'는 게 이런 걸까?
푹신한 낙엽 더미 위로 펄쩍펄쩍 몸을 날릴 때마다
깍—깍— 아이들의 즐거운 비명 소리가 터져나온다.

다 함께 모은 나뭇가지와 도토리를 칼과 총, 총알과 수류탄으로 삼아 구뽕과 아이들이 칼싸움과 총싸움을 한다.
쫓고, 쫓기고, 죽고, 죽이는 모두의 얼굴에서 웃음이
떠나지 않는다.

넓적한 돌멩이로는 비석치기를 한다.
한 아이의 돌이 다른 아이의 돌을 쓰러뜨릴 때마다
"아아—!" "아아~" 감격과 탄식의 소리가 뒤섞인다.
비석을 가랑이 사이에 낀 채 어기적어기적 걸어가
엉덩이로 다른 아이의 비석을 겨누어 맞추는

일명 '똥싸기'를 할 때는 아이들의 웃음소리로만
온 산을 다 채울 수 있을 것 같다.
구뽕과 아이들이 힘들게 끌고 온 군고구마 드럼통도
제 역할을 한다. 고구마 하나하나를 정성껏 구워
아이들에게 나눠주는 구뽕. 이미 흙투성이인 아이들이
군고구마의 까만 재로 더 까매진다.
캠핑 컵 몇 개에 우유를 담아 나눠 마시는
아이들의 표정이 더없이 행복하다.

CUT TO :

현재, 구치소 내 접견실.

민우	뭐, 생각보다 엄청 기발한 놀이를 한 건 아니네요.
구뽕	엄청 기발한 놀이를 해야 한다는 그런 생각이 상술에 찌든 어린이 캠프와 체험 없는 체험 학습을 만드는 겁니다. 신기하면서도 교육적인 경험을 시켜주겠다고 어린이를 여기 돌리고 저기 돌리면 놀이는 사라져요. 가만히 드러누워서 떠가는 구름을 보며 히죽거려도 그 순간 어린이의 얼굴에 웃음이 있고 행복이 있으면 그게 진짜 놀이에요.

구뽕의 확신에 찬 말에 영우의 마음이 조금… 움직인다.
동시에 고민이 많아지는 영우. 망설이다 입을 연다.

영우	방구뽕 씨는 어린이 놀이에 관한 자기만의 철학을 갖고 있

는 것 같습니다. 그런데 그 철학이 방구뽕 씨 감형에 도움이 될지 모르겠습니다.

구뽕　감형은 어머니가 원하는 거지 내가 원하는 게 아닙니다. 내가 원하는 건… 어린이 해방이에요.

S#11.　**한바다 구내식당** (내부/낮)

점심 메뉴로 김밥이 나오는 날의 한바다 구내식당.
영우와 준호가 김밥이 담긴 각자의 식판을 들고
함께 걷는다. 방구뽕에 대해 이런저런 수다를 늘어놓으며
즐거워하는 영우.
영우가 즐거울수록 준호의 심기는 불편해진다.

영우　한번은 방구뽕 씨가 이런 말도 했습니다. 이름이 '우주코딱지'나 '우주똥구멍' 정도는 돼야 어린이를 웃길 수 있다고요. (웃음) 언젠가 어린이를 변호할 일이 생기면 임시 개명을 해야겠습니다.

준호　오늘 방구뽕 씨 얘기 많이 하시네요. 고래 얘기는 한 번도 안 하시고. 변호사님답지 않게.

준호의 말에 담긴 불편한 기색을 알아채지 못하는 영우.
잠시 멈춰 서 '내가 그랬던가?' 생각해본다.

영우	음… 방구뽕 씨는 나보다 더 이상한 사람 같아서…
준호	같아서요?
영우	같이 있으면 좋아요.

영우가 살짝, 웃는다.
영우의 미소가 예쁘다고 생각하면서도 준호는 왠지…
기분이 나쁘다.

준호	와, 방구뽕 씨는 좋겠다. 변호사님이 누구 얘기하면서 이렇게 웃는 거 난 처음 보네.

자기도 모르게 조금 굳어진 표정을 감추려,
준호가 앞장서 걸어간다.
그제야 퍼뜩 '이준호에게 잘해주기' 미션이 생각난 영우.
"아!" 하고 종종걸음으로 준호를 앞질러 가더니
빈 테이블에 본인 식판을 대충 내려놓고 준호가 앉을
의자를 먼저 착 빼준다.

영우	여기 앉으십시오.
준호	(당황) 네? 왜…
영우	식판을 들고 있어 의자 빼기가 불편하지 않습니까? 여기 앉으십시오.
준호	아, 네… 감사합니다.

의자 등받이를 잡은 채 앉으라고 손짓하는 모습이

'사귈 마음으로 잘해주려는 사람'보다는

'오늘 처음 출근한 종업원' 같은 영우.

어리둥절해하면서도, 준호가 그 의자에 앉는다.

영우도 준호의 맞은편에 앉으며 뭔가 더 잘해줄 것이

없는지 둘러본다.

영우	아! 단무지 좋아합니까? 제 단무지를 더 드릴까요?
준호	아니요. 저 단무지 괜찮습니다.
영우	네, 그럼 식사 맛있게 하십시오.

'이준호에게 잘해주기' 미션을 해낸 영우가

만족스럽게 식사를 시작한다.

그런 영우를 바라보는 준호의 표정이 얼떨떨하다.

S#12. 법정 (내부/낮)

첫 공판.

재판장(50대/남)을 포함한 판사 3명이 판사석에 앉아있고

피고인석에 앉은 구뽕 옆으로는 변호인들인 명석,

영우, 민우가 앉아있다. 증인석엔 학원 버스 운전사가 있고

검사(40대/남)가 그를 신문한다.

국민참여재판이라 7명의 남녀 배심원들이 배심원석에

앉아있다.

운전사   미숫가루를 마셨더니 갑자기 온몸이 나른—해지대요? 그
                 러다 정신을 차려보니까 버스가 산 밑에 주차돼있는 겁
                 니다. 너무 놀라서 핸드폰을 보니 네 시간이 넘게 흘러있
                 고요.

검사   그럼 증인은 잠에서 깨자마자 경찰에 신고한 겁니까?

운전사   네. 경찰이 와서 내가 상황을 설명하고 있는데 그때 딱! (구
                 뽕을 가리키며) 저 친구가 무슨 피리 부는 사나이마냥 애들
                 을 쭈욱 끌고 산에서 내려오더라고요. 그래가지고 경찰이
                 검거를 한 거죠.

검사   피고인이 증인에게 미숫가루를 건넸을 때 증인은 피고인
                 이 무진학원 원장의 아들이라는 걸 알고 있었습니까?

운전사   네. 저 친구가 그전에도 가끔 학원에 왔었어요. 지금 생각
                 하면 학원 버스 배차 시간 같은 거, 그런 정보를 캐낼라고
                 왔었지 싶은데…

민우   이의 있습니다. 증인의 추측입니다.

재판장   인정합니다. 증인, 추측 말고 사실만 말해주세요.

벌떡 일어나 이의 제기를 한 뒤 다시 자리에 앉는 민우.
구뽕이 그런 민우를 보며 뭔가 말하고 싶어 하지만
일단 참는다.

운전사   아, 네. 하여간 학원 사람들이 저 친구가 원장님 막내아들

이라고 말을 해줘서 저도 누군지는 알고 있었습니다.

검사   그렇기 때문에 증인은 피고인이 건넨 미숫가루를 아무런
의심 없이 받아 마신 거군요?

운전사   그렇죠. 원장님 아들이 미숫가루에 약을 타서 줄 거라고
누가 생각하겠습니까?

영우   이의 있습니다. 미숫가루에 약을 탔다는 것 또한 증인의
추측입니다. 증명된 사실이 아닙니다.

이번엔 영우가 일어나 이의 제기를 한다.
그러자 구뿡이 입을 열어,

구뿡   아닙니다. 이의 없습니다!

명석   네?

민우   네?

영우   네?

구뿡의 말에 놀라 얼음처럼 그대로 멈춘 영우, 민우, 명석.
재판장이 그런 넷을 보며 한숨을 쉰다.

재판장   피고인, 뭐라고요?

구뿡   우영우 변호사는 이의가 있는지 몰라도 저는 이의 없다고요.

재판장   피고인, 변호인이랑 같은 편인 건 알고 있죠?

재판장의 말에 검사가 쿡— 웃음을 참는다.

구뽕	아까 전에 이의 있다고 한 것도 저는 괜찮습니다. 이의 없습니다.
명석	저, 재판장님.
구뽕	(명석 말을 가로막으며) 기사님 말씀이 다 맞습니다. 학원 버스 정보 캐내려고 무진학원에 갔던 것도 맞고, 제가 미숫가루에 수면제를 타서 기사님한테 준 것도 맞습니다. (운전사에게) 저 때문에 난처하셨다면 죄송합니다. 어린이 해방을 위해 어쩔 수가 없었습니다.
운전사	아, 네, 뭐.
재판장	알겠습니다. (속기사에게) 지금 피고인이 한 말 그대로 기록하세요.

태연한 표정의 구뽕과 달리,
명석, 영우, 민우와 방청석에 앉은 준호의 얼굴에서는
핏기가 사라진다.

S#13. 차 (내부/밤)

법원에서 한바다로 돌아가는 길.
준호가 운전을 하고 조수석엔 민우가,
뒷자리엔 영우와 명석이 타고 있다.
성숙과 통화하던 명석이 전화를 끊더니 한숨을 쉰다.

민우	무진학원 원장님이세요?
명석	응. 처벌불원서를 한 장도 못 받으셨다네?
영우	어린이들이 열두 명이나 되는데… 한 장도요?
명석	아직 확실한 건 아닌데, 원장님 말로는 피해 아동 부모들이 무진학원을 상대로 단체 소송까지 생각하는 거 같대.
준호	아휴… 큰일이네요.

잘 풀리지 않은 재판에다 처벌불원서를
못 받았다는 소식까지…
무거운 차 안 분위기 속에서 영우가 생각에 잠긴다.

영우	음… 제가 어린이들을 만나보면 어떨까요?
명석	어?
영우	방구뽕 씨가 저지른 사건이 부모들로서는 소송을 생각할 만큼 화나는 일이겠지만 그 어린이들한테는… 어쩌면 신나고 재밌었던 추억일지도 모릅니다. 방구뽕 씨가 처벌받을 거라는 걸 알면 어린이들이 부모를 설득해줄 수도 있어요.
민우	애들한테 선불리 접근했다가 부모들이 알면 큰일 나요. 가뜩이나 지금 부모들이 애들 안전 문제로 예민할 텐데.
영우	그럼 선불리 접근하지 말고, 길을 걷다 우연히 마주친 느낌으로 자연스럽게 접근하면 어떨까요?
명석	길을 걷다 우연히 마주친 느낌으로 자연스럽게 접근하는 게… 가능할까? 우변인데?
영우	네?

명석의 말에, 준호가 자기도 모르게
웃음이 나오려는 걸 참는다.

민우	(준호에게) 안 바쁘면 우변이랑 같이 가주든가.
준호	(백미러로 뒷자리 보며) 아, 그럴까요?
명석	그럼 두 사람이 다녀와요. 너무 무리해서 설득하려고 하지 말고. 그냥 사건에 대해서 애들이 어떻게 생각하는지 알아보는 정도로만.

S#14. 법무법인 한바다 (외부/밤)

평일 오후 9시경.
한바다 빌딩 밖으로 나온 영우와 준호가 함께 걷는다.

| 준호 | 학원 끝나는 시간쯤 아이들 동선은 다 비슷비슷하니까 일단 학원가로 가볼까요? 택시 타고 가요. |
| 영우 | 네. |

영우가 갑자기 우왕좌왕하더니 자리를 바꿔
준호를 길 안쪽으로 걷게 한다.

| 준호 | 왜 그러세요? |
| 영우 | 안쪽으로 걸으십시오. 차가 인도로 들이닥치는 상황을 가 |

정해보면 길 안쪽이 더 안전합니다.

준호 그런 상황을 가정해본다면 제가 바깥쪽으로 걷는 게 낫지 않을까요? 제가 변호사님보다는 더 빠르게 피할 수 있을 것 같아요.

준호가 다시 자리를 바꿔보려 하지만
영우는 절대 비켜줄 생각이 없다.
길 바깥쪽으로 걷기 위한 준호와 영우의 어색한 경쟁.
결국 준호가 포기하고 안쪽으로 걷는다.
그러나 이 정도로는 만족할 수 없었던 걸까?
영우가 도로변에 선 택시를 향해 재빨리 걸어가더니
문을 착 열어준다.

영우 타십시오.

택시 문을 붙잡은 채 어서 타라고 손짓하는 모습이 역시나
'사귈 마음으로 잘해주려는 사람'보다는 '오늘 처음 출근
한 벨보이' 같은 영우.
난처해하면서도, 준호가 택시에 탄다.

준호 감사합니다…

그렇게 또 한 번의 '이준호에게 잘해주기' 미션을 해낸 영우.
쾅! 택시 문을 닫는 표정이 아주 만족스럽다.

S#15.   패스트푸드점 (내부/밤)

대치동 학원가에 위치한 어느 패스트푸드 햄버거 가게.
늦은 시간이라 한산한 가게 안에 쪼끄만 여자아이 민지가
고등 수학 문제집을 풀면서 혼자 햄버거를 먹고 있다.
가게 안으로 들어온 영우와 준호.
준호가 핸드폰 속에 있는 피해 어린이들 사진과 민지의
얼굴을 대조해본다.

준호   김민지 학생? 한티 초등학교 3학년이죠?

민지가 놀라 경계하는 눈빛으로 준호를 본다.
준호가 민지의 긴장을 풀어줄 만한 말을 찾고 있는데,
영우가 나선다.

영우   방구뽕 씨 압니까?

'방구뽕'이라는 이름을 듣자, 민지가 웃는다.

민지   알아요.
영우   우리는 방구뽕 씨의 친구들입니다.
민지   아~

민지가 또 웃는다.

준호	근데… 저녁을 지금 먹는 거예요? 밤 9시가 넘었는데?
민지	오늘은 일찍 먹은 건데? 무진학원 다닐 때는 밤 10시까지 아무것도 못 먹었어요. 무진학원은 다 '자물쇠 반'이라서요.
영우	'자물쇠 반'이요? 그게 뭡니까?
민지	어, 학원 끝날 때까지 아무도 밖에 못 나가는 거예요. 쉬는 시간이 아예 없어서 편의점도 못 가요. 화장실 가고 싶으면 손들어서 허락 맡고 가야 돼요.
영우	그쯤 되면 학원이 아니라… 감옥 아닌가요?
준호	방구뽕 씨 일로 민지 학생한테 물어보고 싶은 게 있는데… 혹시 시간 괜찮아요?

그 말에 민지가 핸드폰으로 시간을 보더니
화들짝 놀라 짐을 챙긴다.

민지	어? 망했다! 저 늦었어요. 스터디카페 가야 되는데.
준호	스터디카페요…? 이 시간에요?
민지	무진학원 그만두고 새로 다닐 데 찾을 때까지 뒤처지면 안 되니까요. 엄마가 그동안에는 스터디카페 다니래요.

혹독한 민지의 스케줄에 감히 더 붙잡을
엄두를 내지 못하는 준호와 영우.
민지가 짐을 싸는 모습만 멍하니 보고 있는데,

민지	근데요. 방구뽕 아저씨 감옥 갔어요?

| 영우 | 지금 구치소에 있긴 한데 교도소에는 아직 안 갔습니다. |
| 민지 | 그렇구나. 나 이거 계속 갖고 있는데. |

민지가 필통에서 뭔가를 꺼내더니 영우와 준호에게
보여준다. 민지의 쪼끄만 손바닥 위에 있는,
쪼끄만 도토리 한 개.

| 민지 | 그때 산에 갔을 때 주웠어요. 딴 건 다 버렸는데 이거는 그냥 안 버렸어요. |

민지가 가방을 멘다. 서둘러 밖으로 나가려다가,

| 민지 | 저기 횡단보도 건너면 편의점 있는데요. 거기 다른 애들 많아요. 그때 산 같이 갔던 애들도 있을 거예요. 걔네한테 물어보세요. |

S#16.　편의점 (내부/밤)

영우와 준호가 대치동 학원가에 위치한 편의점 안으로
들어온다. 다른 애들이 많을 거라는 민지의 말과는 달리
아직은 한산한 내부.
준호가 **편의점 주인**(40대/여)에게 묻는다.

준호	이 근처 학원 다니는 학생들은 밤 10시 넘어야 편의점에 오나요?
주인	네? 아, 그렇죠. 그때 학원들이 끝나니까. (시간을 확인하고) 이제 좀 있으면 몰려들 오겠네요. 그때 되면 아주 전쟁이에요. 저녁밥 전쟁.
영우	그럼 학생들이 10시가 넘어서야 저녁을 먹는 겁니까?
주인	그렇더라고요. 여기 오는 애들 다 수십억짜리 아파트 사는 금수저들이라 사 먹는 것도 좀 다를 거 같은데 전혀 안 그래요. 컵라면, 삼각 김밥, 소시지 그냥 그런 거 먹어요. 달고 짜고 매운 인스턴트 음식들.

드디어 밤 10시.
학원 건물에서 쏟아져나온 학생들이 편의점으로 몰려온다.
초등학생, 중학생, 고등학생 할 것 없이 모두가 달려들어
늦은 저녁들을 후다닥 챙겨먹는 모습이 그야말로
'저녁밥 전쟁'이다.
컵라면에 물을 받아놓고 테이블에 앉아 핸드폰 게임을 하는 남중생들, 앉을 곳이 없어 계산대 근처를 서성이며 닭튀김을 뜯는 여고생, 전자레인지에 돌린 핫바를 입에 물고 버스정류장을 향해 뛰는 여중생, 커피 우유와 에너지 드링크만 한 아름 계산대로 들고 온 초등학생들…
학생들 상대하느라 정신없는 와중에도,
주인이 영우와 준호에게 말을 건넨다.

주인   애들이 마실 거 살 때 뭘 보는 줄 아세요? 카페인 함량이에
          요. 높을수록 좋아해. 커피 우유 중에 카페인 엄청 센 거 있
          거든요? 초등 애들도 다 그걸 물처럼 마시는데 보고 있으
          면 좀 그렇죠. 지금부터 저걸 저렇게 마시면 고3 땐 뭐로
          버티나…

          방금 커피 우유와 에너지 드링크를 산 초등학생들이
          편의점 밖으로 나간다. 자기 몸집의 반만 한 학생용
          캐리어 가방을 끌며 걷는 모습이 안쓰럽다.

주인   눈에 띄게 키가 작고 맨날 피곤해 보이는 애들이 있어요.
          그런 애들은 백이면 백 과학고, 영재고 트랙 밟는 애들이
          에요. 먹는 것도 그렇지만 잠을 푹 안 재우니까 애들이 작
          아. 저기 보이죠? 딱 저런 애들.

          주인이 편의점 밖에 서있는 두 명의 초등학생들,
          영화와 세원을 가리킨다.
          남매인 둘은 비슷한 생김새에 비슷한 옷차림이다.
          무슨 일인지 울고 있는 세원과 그 옆에 서서
          한숨만 푹푹 쉬는 영화.
          영우가 영화의 목과 세원의 손목에서 뭔가를 발견한다.
          자세히 보면, 도토리로 만든 목걸이와 팔찌다.

영우   어? 도토리?

영우와 준호가 재빨리 편의점 밖으로 나간다.

S#17. 편의점 앞 (외부/밤)

여전히 서럽게 울고 있는 세원.
영우가 대화를 시도한다.

영우   왜 웁니까?

투박하기 그지없는 말 걸기에,
영화가 긴장하며 영우를 경계한다.
준호가 얼른, 아까 민지에게 먹혔던 방법을 쓴다.

준호   혹시 방구뽕 아저씨 알아요? 우리는 방구뽕 아저씨 친구들
          이에요.

'방구뽕'이라는 이름을 듣자,
영화의 얼굴에 슬쩍 미소가 떠오른다.
세원도 울음을 그치더니 준호를 본다.

영화   저 방구뽕 알아요.
세원   저도 알아요.
영화   (자기 목걸이를 내밀며) 이거 방구뽕 아저씨랑 산에 갔을 때

주운 거로 만들었어요. (세원의 팔찌를 보이며) 얘는 이거 만들고요.

준호   와, 대단하다~ 정말 잘 만들었네요. 근데 왜 울고 있었어요?

영화   아, 얘 오늘 미정 받아서요.

준호   미정? 그게 뭐예요?

영화   10시까지 미션을 다 못 끝내면 미정이에요.

영우   무슨 미션 말입니까?

세원   수학 문제 푸는 미션이요. 3시부터 풀었는데 나만 다 못 풀었어요. 너무 힘들어요.

영우   3시부터 10시까지 수학 문제를 푸는 게 초등학생의 미션이라고요?

영화   어? 엄마 차다!

영화가 길 건너 횡단보도 앞에 깜박이를 켜고 선
외제차를 반갑게 가리킨다.
집에 갈 생각에 신나는 듯 세원의 팔을 잡아끌며
횡단보도로 향하는 영화.
영우가 멀어지는 남매에게 다급히 묻는다.

영우   저기, 방구뿡 씨가 감옥에 가면 좋겠습니까?

영화와 세원이 뒤를 돌아본다.

영화   아니요!

세원   아니요!

영우   그럼 혹시… 방구뽕 씨랑 또 놀고 싶어요?

영우의 질문에 영화가 멈칫한다.
길 건너 차에 탄 엄마가 들을까 살짝 눈치를 보더니,
대답 없이 그냥 웃는다.
그때, 횡단보도가 녹색 불로 바뀐다.
영화가 다시 세원을 잡아끌며 횡단보도를 건너려는데
세원이 영화의 손을 뿌리치고 영우에게 달려온다.
영우의 귀에 대고 무어라 귓속말을 하더니 다시
누나에게 돌아가는 세원.
남매의 뒷모습을 보는 영우의 표정이 복잡해진다.

S#18.   명석의 사무실 (내부/낮)

명석이 앉아있는 책상 맞은편에 선 영우.
구뽕 못지않게 반짝이는 눈빛으로 명석을 향해 웅변한다.

영우   열 살, 열한 살밖에 안 된 어린이들이 학교와 학원에 갇혀
        매일 12시간씩 공부를 하며 제대로 먹지도 자지도 못하고
        있습니다. 마치 좁은 수조에 갇혀 매일 쇼를 하며 냉동 생
        선이나 받아먹는 돌고래들처럼요. 수족관에 사는 범고래는
        등지느러미가 이렇게 (손으로 휘어진 등지느러미 모양 만들며)

옆으로 휘어져있습니다. 넓은 바다에서 뛰놀아야 하는데 좁은 공간에 갇혀 학대를 받다보니…

명석　(말 끊으며) 고래 얘기 그만. 하고 싶은 말이 뭡니까?

영우　방구뽕 씨가 학대당하는 어린이들을 구조해 긴급 조치를 취한 거라고 주장하면 어떻겠습니까?

영우와 한 발짝 떨어진 채 소파에 걸터앉아 있던 민우가 피식 비웃는다.

민우　애들을 학교랑 학원에 보낸 게 학대라고요? 아니 그럼 경찰에 신고를 했어야지 왜 애들을 납치했대? 뭣보다 미성년자 약취 유인은 동기, 목적 불문이에요. 의도가 아무리 선했어도 죄는 성립한다고요.

영우　그러면… 본 사건은 어린이들의 동의를 구한 경우였다고 주장하면요? 당시 학원 버스 문은 활짝 열려있었고, 방구뽕 씨는 어린이들에게 함께 가고 싶지 않으면 버스에서 내리라고 두 차례나 말했습니다.

민우　미성년자의 동의만으론 안 되잖아요. 보호자의 동의까지 받았어야지.

민우의 구구절절 맞는 말에, 영우가 할 말을 잃는다.

명석　우영우 변호사, 나도 피고인 상황 안타까워요. 어찌 보면 애들 데리고 신나게 놀았을 뿐인데 구속까지 하다니 거참 너무하네, 싶다고. 근데 그럴수록 우리는 정신을 똑바로 차려야지. 피고인이 늘어놓는 궤변에 휩쓸려서 자꾸 이상한 소리할 겁니까?

명석에게 대꾸할 말을 찾지 못한 영우가 한숨을 쉬자
이를 보는 민우의 표정이 의기양양해진다.

S#19.   11층 복도 (내부/낮)

명석의 사무실에서 나온 영우와 민우.
때마침 복도를 지나던 수연의 범상치 않은 모습에 놀란다.
클럽이라도 가는 사람처럼 화장을 빡세게 한 얼굴.
그런 수연이 예쁘다는 생각이 자기도 모르게 들어,
민우가 당황한다.

민우   (놀란 나머지 우물쭈물) 뭐… 왜… 어디가요?

영우   (민우와 마찬가지) 음… 너… 어디가?

수연   그냥 뭐… 소개팅.

민우   소개팅? 우리 준호는 어쩌고?

수연   우리 준호는 무슨… 아, 됐어요! 하여간 똥 촉.

혹시나 영우가 오해할까 봐 화들짝 민우를 핀잔하는 수연.
하지만 영우는 아무것도 눈치채지 못한 채 멍하니 있다.

수연	나 이제 진취적으로 살 거예요. 좋은 남자 있으면 소개나 좀 해줘요. 내가 쟁취할 거니까.
민우	진취적으로… 쟁취요?
수연	아무리 권민우 변호사라도 주변에 괜찮은 남자 하나쯤은 있을 거 아니에요. 생각나는 사람 없어요?
민우	아무리 권민우 변호사라도…?
영우	나 있어. 생각나는 사람.

의외의 말에 수연과 민우가 놀라 영우를 본다.

영우	잘해주는 방법을 많이 아는 남자야. 의자 빼주고, 차 문도 열어주고, 같이 걸을 때는 길 안쪽으로 걷게 하고, 짐도 들어준댔어.
수연	(솔깃) 그래?
영우	응. 김초밥도 잘 만들어. 내가 다음에 소개해줄게.

S#20. 커피숍 (내부/낮)

명석, 영우, 민우, 성숙과 11명의 피해 아동 **어머니들**(30~40대)이 커피숍 안에 있는 커다란 테이블에 둘러앉아 있다. 영화와 세원 남매의 어머니가 성토한다.

남매 어머니	그때라도 경찰이 검거를 했으니까 망정이지 쪼금만 더 늦었

어봐. 무슨 끔찍한 일을 저질렀을지 몰라요. 강간범처럼 돌변할지 어떻게 아냐고!

명석 어머니들의 분노와 걱정, 저희도 충분히 이해합니다. 그런데 소송은 정말로 많은 시간과 에너지를 필요로 합니다. 그 결과가 꼭 원하는 대로 나온다는 보장도 없고요. 번거로운 소송을 하실 필요 없이 저희한테 원하시는 바를 알려주시면 어떻겠습니까? 최성숙 원장님은 어머니들께 진심 어린 사과를 드릴 준비가 되어 있습니다.

민지 어머니 아니, 원장님만 진심 어린 사과를 하면 뭐해요? 방구뽕인가 뭔가 하는 개는 당당하기만 하던데! 걔, 경찰서에서 하는 말 들었어요? 우릴 무슨, 애들 행복 따위는 안중에도 없고 대학 보내는 데만 혈안이 된 파렴치한 부모 취급을 하잖아!

어머니 1 나도 그게 분하더라고. 우리가 애들을 고생시키고 싶어서 고생시킵니까? 다 애들의 미래를 위해서 그러는 거죠! 공부 습관 잡아줘야 할 나이에 놀자는 대로 놀게 두면 애들 인생이 어떻게 되겠어요?

쉽게 가라앉지 않을 것 같은 어머니들의 분노에,
성숙이 자리에서 일어나더니 무릎을 꿇는다.

성숙 우리 애, 정신이 아프고 모자란 애입니다. 지가 무슨 말을 하는지도 모를 거예요. 다들 자식 키우는 엄마잖아요. 이번 한 번만 엄마의 아량으로 우리 애 용서해주세요. 다시는

71

	이런 일 없도록 단속할게요.
어머니 2	(빈정대며) 아니, 언제는 잘난 아들 둔 엄마라면서요~ 아들 셋 서울대 보낸 걸로 장사하실 때는 언제고 이제 와 애가 아프고 모자라요?
성숙	제가 오만했습니다. 제가 잘못했어요. 사과를 원하시면 사과를 드리고 합의금을 원하시면 합의금을 드릴게요. 우리 애, 교도소 생활을 견디기에는 너무 약한 아이입니다. 감옥에 보냈다가 극단적인 선택이라도 할까 봐 이렇게 부탁드리는 거예요.

자존심 따위 다 내려놓고 어머니들을 향해
손이 발이 되도록 비는 성숙.
그 애처로운 모성에 어머니들이 조용해진다.
이를 보는 영우의 마음이 복잡하다.

CUT TO :

시간이 흘러 11명의 어머니들이 떠난 후의 커피숍.
민우가 어머니들이 서명한 11장의 처벌불원서를
확인한 뒤 봉투에 담는다.

민우	열한 장 전부 확인했습니다. 서명 날인 다 받았습니다.
명석	이게 다 원장님의 진심 어린 호소 덕분입니다. 애쓰셨습니다.
성숙	변호사님들도 수고하셨어요.

기가 다 빨려나간 사람처럼 힘없이 앉아있는 성숙을
남겨두고 명석, 영우, 민우가 자리에서 일어난다.

명석 저희는 먼저 가보겠습니다.

성숙 네. 저는 좀… 앉아있다 갈게요.

명석과 민우가 커피숍 문가로 걸어간다.
한편 그 자리에 우두커니 서있던 영우.
잠시 망설이더니,

영우 최성숙 원장님.

성숙 네?

영우 방구뽕 씨가 정신이 아프고 모자란 사람이라는 말씀, 자신
이 무슨 말을 하는지도 모를 거라는 말씀… 방구뽕 씨의
변호사로서 저는 그렇게 생각하지 않습니다.

무슨 소리인가 싶어 성숙의 표정이 잠깐 멍해진다.
그러다 곧 피식, 힘없이 웃는다.

성숙 그럼 우리 아이 상태가 정상인가요? 변호사님이야 우리 애
몇 번 안 만나보셨으니까 좋게 봐주시는 거죠.

영우 몇 번 안 만나본 저도 좋게 보니까요. 어머니는 더 좋게 보
셔야 하지 않습니까? 무슨 말을 하려고 하는지, 한 번쯤은
마음을 열고 들어보셔야 하지 않습니까?

성숙의 표정이 다시 멍해진다.

영우 어린이들은 방구뽕이란 이름만 들어도 웃습니다. 어린이
      들은 방구뽕 씨가 주장하는 어린이 해방의 의미를 이해하
      고 있어요. 방구뽕 씨를 이해하지 못하는 건… 어른들뿐
      입니다.

      FLASHBACK:

      영우와 준호가 편의점 앞에서 영화와 세원을 만났던 날.
      영우가 멀어지는 남매를 향해 소리친다.

영우 그럼 혹시… 방구뽕 씨랑 또 놀고 싶어요?

      그러자 세원이 영화의 손을 뿌리치고 달려오더니
      영우의 귀에 대고 귓속말을 한다.

세원 맨날 맨날 놀고 싶어요. 해방되고 싶어요.

S#21. **법정 (내부/낮)**

      두 번째 공판.
      증인석에 정신과 **의사**(40대/남)가 앉아있다.
      민우가 신문한다.

74

민우   증인은 피고인을 어떻게 진단합니까?

의사   피고인은 망상 장애 환자입니다. 망상 장애 중에서도 과대
          형 망상 장애라 할 수 있겠네요.

          아들에게 유리한 증언임을 알면서도 막상 들으니
          기분이 좋지 않은 듯, 방청석에 앉은 성숙이 한숨을 쉰다.
          그때, 영우의 귀에 범고래의 울음소리가 들린다.
          영우가 놀라 주위를 둘러본다.
          수족관 생활을 오래한 듯 등지느러미가 휘어진 범고래
          한 마리가 법정 안으로 유유히 헤엄쳐 들어오는 것이 보인다.
          영우 바로 앞까지 헤엄쳐온 범고래와 눈이 마주친 순간,
          범고래는 사라진다.

민우   이상입니다.

          그사이 증인 신문을 마치고 자리로 돌아오는 민우.
          영우가 벌떡 일어선다.

영우   저… 증인에게 추가 질문하겠습니다.

          '추가 질문?' 민우와 명석의 표정이 어리둥절하다.
          영우가 증인 앞으로 나간다.

영우   열두 명의 어린이들이 다녔던 무진학원은 자물쇠 반 운영

으로 유명합니다. 증인은 자물쇠 반이 뭔지 아십니까?

의사   자물쇠 반이요? 모릅니다.

영우   자물쇠 반이란 학생들을 종일 붙잡아 두고 공부만 시킨다
는 뜻으로, 무진학원에 다니는 어린이들은 학원이 끝나는
밤 10시까지 밖으로 나갈 수 없습니다. 쉬는 시간과 식사
시간은 아예 주어지지 않고 화장실도 허락을 받고 가야 하
는데, 하루에 화장실을 두 번 이상 다녀오는 어린이는 공
부할 준비가 안 되었다며 집에 돌려보낸다고 합니다.

영우의 말에 담긴 어린이들의 가혹한 현실에,
배심원들이 술렁거린다.
재판 내내 땅만 쳐다보고 있던 구뽕이 고개를 든다.
모처럼 생기가 도는 구뽕의 얼굴.
눈빛이 이상하게 반짝거린다.
반면 영우의 의도를 어렴풋이 짐작한 명석과
민우는 불안하다.

영우   무진학원은 숙제를 안 해오는 어린이를 체벌해도 좋다는
학부모의 동의서를 받는 걸로도 유명한데, 학부모들 사이
에서 이런 무진학원의 인기는 최고입니다. 이런 사실에도
불구하고, 증인은 여전히 피고인의 현실 해석과 신념이 망
상 장애 환자라 할 만큼 왜곡됐다고 보십니까?

뭐라 대답할지 몰라 우물쭈물하는 의사.

당황한 명석이 영우에게 속삭인다.

명석　　(작게) 우영우 변호사! 뭐하는 겁니까!
구뽕　　(작게) 끝까지 질문하게 해주세요. 부탁입니다.

구뽕의 만류에 하는 수 없이 '영우 말리기'를 포기하는 명석.
한편 성숙은 너무나 오랜만에 보는 구뽕의 표정에 놀라
자기도 모르게,

성숙　　(혼잣말처럼) 저… 우리 아들 표정 좀 보세요.
방청객　　네?

성숙 옆자리에 앉아있던 **방청객**(30대/남)이 어리둥절해
되물으면서도, 성숙의 시선을 따라 구뽕의
얼굴을 쳐다본다. 삶의 희망을 되찾기라도 한 듯,
환한 얼굴로 영우를 바라보는 구뽕.

성숙　　(작게) 도대체… 무슨 말이 하고 싶어서 저런 얼굴일까요?

영우가 말을 잇는다.

영우　　열 살, 열한 살밖에 안 된 어린이들이 매일 12시간씩 공부
　　　　를 하느라 제대로 먹지도 자지도 쉬지도 놀지도 못합니다.
　　　　그런데도 대한민국 어린이의 적이 학교와 학원, 그리고 부

모가 아니란 말입니까?

여전히 아무런 대답도 못 하는 의사.
이상하게 흘러가는 상황을 보다 못한 재판장이 나선다.

재판장   변호인, 이 증인은 변호인이 신청한 증인이에요. 왜 변호인
이 나서서 피고인한테 불리한 증언을 받으려고 합니까?

영우   피고인한테 불리한 증언을 받으려는 게 아니라…

재판장   (말 끊으며) 변호인이 입증하고 싶은 게 뭡니까? 피고인의
현실 해석과 신념에는 아무런 문제가 없으니 피고인은 망
상 장애 환자가 아니라는 말을 듣고 싶은 거예요?

영우   네, 그렇습니다.

재판장   그게 피고인에게 불리한 증언이 될 수 있다는 건 알고 있
습니까?

영우   재판장님, 피고인은 현존하는 사회 체제에 반대하는 사상
을 가지고 개혁을 꾀하는 행위를 함으로써 성립하는 죄를
지은 사람, 다시 말해 '사상범'입니다. 도덕적으로 비난받
아야 마땅한 죄를 저지른 '파렴치범'이 아닙니다. 피고인
이 망상 장애 환자라는 진단을 받는다면 그건 피고인의 감
형에는 도움이 될지 모르지만 어린이 해방에 대한 피고인
의 사상은 욕되게 할 것입니다. 저는 피고인의 변호인으로
서, 피고인의 사상 그 자체를 변호하려고 하는 겁니다.

재판장   이 재판은 피고인의 죄를 묻기 위해 있는 거지 피고인의
사상을 널리 알리려고 있는 게 아닙니다. 변호인의 뜻이

어쨌하든 재판장으로서 내가 묻고 싶고 또 물어야 하는 질문은 분명해요. (구뽕에게) 피고인! 피고인은 피고인이 저지른 행위를 반성합니까?

법정 안 모두의 시선이 구뽕에게 쏠린다.
제발 감형에 유리한 대답을 하길 바라는 마음에,
애가 타는 성숙.

명석	재판장님, 피고인에게 진술을 거부할 권리가 있음을…
구뽕	(명석의 말 끊으며) 아니요. 반성하지 않습니다.
재판장	그럼 앞으로도 이와 같은 범죄를 또 저지를 거예요?
구뽕	네.

한 치의 망설임도 없는 당당한 대답에
재판장의 표정이 차갑게 굳는다.
사라져버린 희망에 한숨을 내쉬는 성숙.
명석과 민우, 영우의 표정도 어둡다.

S#22. **법원 복도 (내부/밤)**

법원 내 남자 화장실 앞 복도.
명석이 화장실 밖으로 나오자 기다리고 있던
민우가 다가간다.

복도를 걸으며 대화하는 두 사람.

민우   변호사님. 우영우 변호사 그냥 두실 겁니까?

명석   응?

민우   사전에 협의되지 않은 돌발 행동으로 재판을 망쳤잖습니까?

명석   (떠올리니 심란해 한숨) 뭐, 주의를 줘야죠. 일단 얘기해보고…

민우   (말 끊으며) 이번에도 주의만 주시는 겁니까? 페널티 없어요?

무슨 뜻인가 싶어 걸음을 멈추고 서서 민우를 보는 명석.

민우   사소한 실수도 아니고 재판 결과를 뒤집을 만큼 큰 잘못을
            했는데…

명석   (말 끊으며) 우리 전에도 이런 얘기 하지 않았어요? 그때는
            우변이 무단결근을 했으니까 페널티를 줘야 한다고 했었
            지? 권민우 변호사, 페널티 되게 좋아하네? 그래서 게시판
            에도 그런 글 쓴 건가?

명석이 의미심장한 눈빛으로 민우를 한 번 보더니
스윽 지나쳐 걸어간다.
'지금 날 비난하는 건가?' 우두커니 남겨진
민우의 얼굴에 불쾌감이 스친다.
몇 걸음 앞서 걷던 명석이 뒤를 돌아보더니,

명석   같이 일하다가 의견이 안 맞고 문제가 생기면 서로 얘기해

서 풀고 해결을 해야죠. 매사에 잘잘못을 가려서 상을 주고 벌을 주고… 나는 그렇게 일 안 합니다.

할 말 마친 뒤 다시 저벅저벅 걸어가는 명석.
이를 보는 민우의 눈빛이 뭔가를 결심한 듯, 결연하다.

S#23.   구치소 접견실 (내부/낮)

영우와 명석이 구뽕과 마주 앉아있다.

명석   변론 전략에 관해 변호사들 사이에 이견이 있었습니다. 이를 재판 전에 충분히 조율하지 못한 점, 사과드립니다.

영우   사과드립니다.

구뽕   저는 좋았습니다. 우영우 변호사님한테 감사할 따름입니다. 다만 어머니가 화내지 않으셨을지…

명석   어머니께서도 다행히 이해해주셨습니다.

구뽕   그래요?

명석   네.

의외의 말에 구뽕이 놀란다.

명석   처벌불원서를 받은 건 감형에 유리하지만, 피고인의 반성하지 않는다는 진술은 가중 처벌 요소입니다. 판사의 작량

감경 또한 기대하기 어려울 것 같고요. 어쩌면… 집행유예
는 힘들 수도 있습니다.

구뽕 그건 상관없습니다. 한 가지 변호사님들께 부탁이 있어요.

명석 부탁이요?

구뽕 제가 최후 진술을 하는 날, 어린이 해방군들을 재판에 불
러주십시오.

영우 네?

구뽕 마음껏 놀면서 행복했던 기억을 남겨주고 싶어서 한 일인
데, 해방군들의 기억 속에 '그렇게 마음껏 논 대가는 결국
징역형이구나.' 이렇게만 정리될까 봐 두렵습니다. 어린이
해방군 총사령관으로서, 처벌을 받더라도 당당하게 받는
모습을 보여주고 싶습니다. 내가 한 일을 단 한 번도 부끄
러워하지 않았다는 것을 보여주고 싶습니다.

구뽕의 눈빛이 또, 이상하게 빛난다.
들어주기 쉽지 않은 부탁에 영우와 명석이 한숨을 쉰다.

MONTAGE:

영우, 민우, 명석이 어머니들을 찾아다니며 어린이들을
재판에 참석시키려 설득하는 모습이 몽타주로 펼쳐진다.

S#24.   민지의 집 거실 (내부/낮)

민지가 사는 아파트의 거실.
민지 어머니가 영우, 명석과 마주 앉아있다.

명석   갑자기 이런 말씀 뜬금없지만 저… 공부 잘했습니다.

민지 어머니   네?

명석   서울대 나왔고… 음, 졸업 전에 사법시험 합격했습니다.

민지 어머니   아, 네…

명석이 '이젠 네 차례'란 뜻으로 영우를 쳐다보지만
그 눈빛을 이해하지 못하는 영우가 우두커니 있자,

명석   우영우 변호사는 어디 나왔지?

영우   아? 아! 저도 서울대 나왔습니다.

명석   또?

'또? 뭘 더 말해야 하지?'
영우가 고민하다가,

영우   (이거 맞냐는 듯 명석 보며) 또… 서울대 로스쿨도 나왔습니
          다…?

명석   (정답) 그렇죠! 둘 다 수석 졸업.

자랑스럽게 덧붙이는 명석.
민지 어머니의 얼굴에 '어쩌라고?' 하는 표정이
둥실 떠오른다.

S#25.   커피숍 (내부/낮)

영우, 민우와 마주 앉아있는 영화와 세원 남매의 어머니.
민지 어머니처럼 남매의 어머니도 '어쩌라고?' 하는
표정이다.

민우   돌이켜보면, 변호사가 되어야겠다는 꿈을 일찍 가진 것이
         좋은 성적의 비결이었던 것 같습니다. (눈치 주며) 안 그래
         요? 우영우 변호사?

영우   (눈치 보며) 아, 네. 저도 그랬던 것 같습니다.

남매 어머니   그래요?

         그제야 변호사들의 말에 흥미를 갖기 시작하는
         남매의 어머니.

         CUT TO :

         민지의 집 거실.

명석   김민지 학생이 이번 재판을 방청한다면 김민지 학생의 성

적 향상 및 동기 부여에 큰 도움이 될 겁니다. 판사, 검사, 변호사가 일하는 모습을 코앞에서 보는 게 흔한 경험은 아니지 않습니까?

영우 맞습니다. 이번 재판을 방청함으로써 김민지 학생은 저절로 서울대에 가고 싶어질 것입니다.

명석 아이들 안전 문제는 걱정하지 마십시오. 저희 변호사들이 학생들을 직접 인솔해서 법정까지 데려가겠습니다.

민지 어머니 어머, 그래주시겠어요? 아이참, 나는 우리 딸이 이과 쪽이라고 생각했는데~ 갑자기 로스쿨 간다고 하면 어쩌나?

상상만으로도 즐거운 듯 까르르 웃는 민지 어머니.
명석과 영우도 함께 웃는다.

S#26.   **한바다 11층 복도 (내부/낮)**

서류가 가득 든 종이 상자를 들고 걷던 준호.
마침 사무실에서 나오는 영우를 보고 반갑게 멈춰 선다.

준호 아, 변호사님! 무진학원 원장님께서 학원 버스 빌려주신대요. 아이들이랑 법정 갈 때 그 버스로 가면 될 것 같아요.

영우 네.

영우가 준호의 양팔에 들린 종이 상자를 보며

잠시 잊고 있던 '이준호에게 잘해주기' 미션을 떠올린다.

영우   제가 들겠습니다.

준호   네?

준호의 상자를 다짜고짜 빼앗는 영우.
무거워서 휘청거리면서도 막 전진한다.

영우   (낑낑) 어디로… 어디로 갑니까?

어이없다는 얼굴로 영우의 뒷모습을 잠시 지켜보던 준호.
한숨을 푹 내쉬더니 영우에게 달려가 상자를 다시 뺏는다.

준호   변호사님, 저한테 왜 그러세요?

영우   네?

준호   저한테… 잘해주시잖아요. 의자도 빼주고, 길 안쪽으로 걷게 하고, 차 문도 열어주고, 이제는 제 짐까지… 왜 그러시는 거예요? 제가 변호사님한테 뭐 실수한 거 있어요?

영우   그런 거 없습니다. 저는 그냥…

준호가 영우의 다음 말을 기다린다.
어떻게 대답하는 게 좋을지 몰라 우물쭈물하던 영우.
결국 입을 열어,

| 영우 | 좋아해서요. 좋아해서 잘해줬습니다. |

어쩌다보니 영우가 또 고백하게 된 상황.
준호는 이번에도 대답을 하지 못한다.

S#27.   무진학원 버스 (내부/낮)

하교시간,
한티 초등학교 정문 앞 버스에 탄 12명의 어린이 해방군들.
앞자리엔 명석, 영우, 민우가 각자의 노트북을 보며
바쁘게 일하고 있다. 한발 늦게 버스에 탄 준호가
어린이들의 숫자를 척척 세어보더니,

| 준호 | 그럼 출발하겠습니다. |

하고 운전석으로 향한다.
세원이 장난기 가득한 얼굴로 준호에게 묻는다.

| 세원 | 아저씨는 이름이 뭐예요? 아저씨도 방구뽕 그런 거예요? |
| 준호 | 아니, 내 이름은… |

그때 '이때다!' 싶은 영우가 벌떡 일어서더니
준호의 대답을 가로챈다.

영우	'이똥구멍'입니다.

아이들이 자지러진다.

민지	진짜요? 이번에는 이똥구멍이에요?
영우	네. 우리는 방구뿡 씨의 친구들이니까요. 이 사람은 이똥구멍이고, 저는 '우주코딱지'입니다.

아이들의 웃음소리가 버스 안을 가득 채우고,
준호도 씨익 웃는다.
한편 명석과 민우가 '우린 어쩌나?' 하는 눈빛을
교환하는데 아니나 다를까,

영화	아저씨랑 아저씨는요? 이름이 뭐예요?
명석	우리? 우리는 그냥 뭐…

명석이 아이들을 본다.
일제히 웃을 준비를 하고 있는 개구쟁이 표정들.
그 옆엔 '애들 실망시킬 생각 마라!' 하는 눈빛의 영우와 준호.
명석이 고민하는 사이 민우가 선수를 친다.

민우	(제법 유치원 교사 같은 말투로) 나는 '권웅가'라고 해.

이제는 더 이상 피할 곳이 없는 명석.

눈을 질끈 감더니,

명석   나는… '정뿡뿡'이야.

아이들이 웃는다.
모두의 행복한 깔깔 소리를 가득 실은 채,
버스가 출발한다.

S#28.   법정 (내부/낮)

세 번째 공판. 최종 변론이 있는 날.
방청석에 12명의 어린이들이 줄 맞춰 앉아있는 풍경이
새롭다. 길게 이어진 재판에 살짝 지친 모습들.

재판장   피고인, 마지막으로 하실 말씀 있습니까?

재판장의 말에 구뿡이 자리에서 일어난다.
어린이들의 시선이 모두 구뿡에게로 향한다.

구뿡   우선… 어린이를 키우는 어른들에게 몇 말씀 드립니다. 어
린이는 지금 당장 놀아야 합니다. 나중은 늦습니다. 대학에
간 뒤, 취직을 한 뒤, 결혼을 한 뒤에는 너무 늦습니다. 비
석치기, 말뚝박기, 땅따먹기, 고무줄놀이를 하기에는 너무

늦습니다. 불안으로 가득한 삶 속에서 행복으로 가는 유일
한 길을 찾기에는 너무 늦습니다.

구뽕의 담담한 목소리에 법정 안이 조용해진다.
방청석에 앉은 성숙이 그 누구보다도 깊게, 한숨을 내쉰다.
구뽕이 어린이들을 향해 돌아서더니 갑자기 척!
차렷 자세를 취한다.

구뽕   (지금까지와 달리 크고 또렷하게) 어린이 해방군은 선언한다!
            하나! 어린이는 지금 당장 놀아야 한다!

그러자 세원이 작은 목소리로,
하지만 분명하게 따라 한다.

세원   하나. 어린이는 지금 당장 놀아야 한다.
구뽕   둘! 어린이는 지금 당장 건강해야 한다!

이번엔 영화와 민지도 목소리를 더한다.

아이들   둘! 어린이는 지금 당장 건강해야 한다!

예상치 못한 복창에 법정이 웅성거린다.
어린이들이 누구인지 궁금한 듯 배심원들도
방청석을 가리키며 수군댄다.

| 재판장 | 다들 조용히 하세요! 피고인 외에는 발언할 수 없습니다. |

재판장의 호통에 어린이들이 움찔한다.
영우가 일어선다.

| 영우 | 재판장님, 저 어린이들은 본 사건의 피해자들입니다. 재판장님의 허락이 있는 경우, 피해자는 재판 중 자신의 의견을 진술할 수 있는 권리가 있습니다. 어린이들의 어린이 해방 선언문 복창을 피해자 의견 진술의 하나로 받아들여 주시면 안 되겠습니까? |

처음 들어보는 낯선 요청에 재판장이 머뭇하는 사이,
구뽕이 다시 첫 번째 조항부터 우렁차게 외친다.
그러자 재판장이 말릴 틈도 없이 씩씩하게 복창하는 아이들.

구뽕	하나! 어린이는 지금 당장 놀아야 한다!
아이들	하나! 어린이는 지금 당장 놀아야 한다!
구뽕	둘! 어린이는 지금 당장 건강해야 한다!
아이들	둘! 어린이는 지금 당장 건강해야 한다!
구뽕	셋! 어린이는 지금 당장 행복해야 한다!
아이들	셋! 어린이는 지금 당장 행복해야 한다!
구뽕	어린이의 미래를 위한다는 학교와 학원, 그리고 부모의 간교한 주문을 현재에 물리치고, 나, 어린이 해방군 총사령관 방구뽕은 '지금 당장 행복한 어린이'를 위해 노래한다.

(노래하듯이 크게) 얘들아아~ 노오올~자아~!

법정 안에 쩌렁쩌렁 울려 퍼지는 "얘들아~ 놀자!"
어린이들을 향해 경례를 하는 어린이 해방군
총사령관의 눈에 눈물이 맺힌다.
그때, 영우의 귀에 또다시 범고래의 울음소리가 들린다.
영우가 소리 나는 쪽을 돌아본다.
등지느러미가 흰 범고래가 법정 밖으로 유유히 헤엄쳐
나가는 것이 보인다.

S#29.   준호/민우의 집 거실 (내부/낮)

따뜻한 햇살이 거실을 비추는 주말 오후.
준호와 민우가 식탁에 마주 앉아 배달 온
짜장면과 탕수육의 포장을 벗긴다.
어딘가 멍— 한 표정의 준호 대신 재빠르게 손을
움직이는 민우.

민우   짜장면에 고춧가루 뿌려?

준호   어.

민우   탕수육에 소스 부어?

준호   어.

민우   누구야?

준호	어?

무슨 소리인가 싶어 준호가 민우를 본다.

민우	네가 좋아하는 사람. 최수연 아니면 누구야?
준호	누군지가 그렇게 중요하냐? 너는?
민우	누군지 알아야 형아가 도와주지. 딱 보니까 너 요즘 뭐가 잘 안 풀리는데? 병든 닭처럼 한숨만 푹푹 쉬는 게.

민우의 말에 준호가 또 병든 닭처럼 한숨을 푹 쉰다.
물어보긴 했지만 대단한 관심은 아닌 듯 다시 짜장면에
집중하는 민우.
준호가 슬그머니 고민을 털어놓는다.

준호	그다음이… 잘 상상이 안 가.
민우	뭐가?
준호	좋아하는… 그다음. 뭔가 이게 보통 일이 아니라는 생각이 들고. 엄청난 각오가 있어야 할 것 같고. 괜히 시작했다가 서로… 힘들어질까 봐 무섭고.
민우	백년가약 맺냐? 뭐가 그렇게 심각해? 만나보고 별로면 좋 내면 되지.
준호	그런… 얼마 못 갈 것 같은 마음으로는 시작하면 안 돼, 이 사람은.
민우	(피식) 얼마 못 갈 것 같은 마음인가봐? 사실은?

준호	(발끈) 아니야! 그런 마음!
민우	그럼 가! 답 나왔네.
준호	가?
민우	가!

준호의 눈빛이 서서히 또렷해지더니 벌떡 일어나
집 밖으로 나가버린다.
남겨진 민우가 당황해 주절거린다.

| 민우 | 진짜 가? 관계를 진전시켜보라는 은유적인 표현이었는
데…? |
|---|---|

S#30. 한바다 1층 로비 (내부/낮)

주말임에도 한바다에 나와 일한 뒤 일찍 퇴근하는 영우.
평소처럼 여닫이문으로 나가려다가 문득,
회전문에 도전해보고 싶어진다.
영우가 로비에 한복판에 서서 회전문을 가만히 바라본다.

영우	쿵 짝짝. 쿵 짝짝.

심호흡을 하더니 결심한 듯 회전문을 향해 돌진하는 영우.

S#31. 법무법인 한바다 (외부/낮)

회전문 진입까지는 성공한 영우,
나오는 타이밍을 놓쳐 계속 돈다.
그때 누군가 회전문을 잡아준다.
집에서 뛰쳐나와 헐레벌떡 한바다로 온, 준호다.
영우가 빌딩 밖으로 빠져나온다.

영우   아, 감사합니다.
준호   저⋯ 할 말이 있어요.

영우가 준호의 '할 말'을 기다린다.
막상 그 모습을 보자 말문이 턱 막히는 준호.
하지만 용기를 내, 오래전부터 너무나 하고 싶었던
말을 꺼낸다.

준호   좋아해요. 너무 좋아해서 제 속이 꼭⋯ 병든 것 같아요.

S#32.   EPILOGUE : 우영우 김밥 (내부/밤)

그날 밤.
분식집 테이블에 시금치를 산처럼 쌓아놓고 다듬던 광호.
누군가 들어오는 소리에 문가를 쳐다보고⋯ 놀란다.

너무나 예상 밖인 '누군가'의 정체는 바로 수미다.

수미   나 들어가도 되지?

말과는 달리, 문가에 서서 분식집 내부를
가만히 훑어보는 수미.
이를 보는 광호의 얼굴이 딱딱하게 굳는다.

S#33.   **EPILOGUE : 우영우 김밥 앞 (외부/밤)**

한편, 분식집 맞은편에 세워진 차 안에서
수미의 모습을 몰래 촬영한 누군가.
제8화에 등장했던 정의일보 기자다.
수미가 우영우 김밥 안으로 들어가자,
기자가 방금 찍은 사진들을 확인한다.

기자   (사진 보며 혼잣말) 이 시간에 수행원도 없이 혼자 김밥 집에
왔다… (퍼뜩) 가만있어 봐, 우영우면… 그 한바다 변호사?

왠지 모를 특종 예감에,
기자의 눈빛이 날카롭게 빛난다.

〈끝〉

"저와 하는 사랑은 … 어렵습니다."

"네. 그런 것 같아요."

"그래도 하실 겁니까?"

10화

손잡기는
다음에

S#1.   PROLOGUE : 지하철 (내부/낮) - 과거

한 달 전.

운행 중인 지하철 안 의자에 정자세로 앉아있는 영우.

휴일인 듯 편한 복장으로, 헤드셋을 쓴 채 혹등고래의
노랫소리를 듣고 있다.

그때, **양정일**(23세/남)이 우당탕탕! 영우 앞쪽으로 달려오고,

그 뒤로 두 명의 남자 **경찰들**(30대/40대)이 정일을 쫓는다.

정일이 뒤를 돌아보느라 살짝 주춤한 사이,

30대의 **경찰 1**이 부웅─ 몸을 날려 정일을 덮쳐 누른다.

경찰 1이 정일에게 수갑을 채우자 40대의 **경찰 2**가
숨을 헐떡이며 다가온다.

눈앞에서 일어난 갑작스러운 상황에 놀란 영우.

오른손으로 왼손 손등을 꾹 누르며 진정하려
애쓰지만 온몸이 경직된다.

정일	아! 왜 이래요! 나 아무 짓도 안 했는데!
경찰2	아무 짓도 안 한 새끼가 도망을 그렇게 치냐? 니 죄를 니가 아니까 튄 거 아냐!

경찰1이 수갑을 채운 정일을 거칠게 일으켜 세운다.
자세히 보니 정일은 호리호리한 몸매에 귀엽게 생긴
얼굴이다.

정일	영장 있어요? 예?! 영장 있냐고!
경찰2	하이고, 꼴에 영장 같은 소리 한다! 어디서 경찰 드라마 좀 봤나봐?
경찰1	(정일 잡아끌며) 허튼소리 말고 일단 가. 경찰서 가서 얘기해.
영우	구속 영장이 없으면 불법 체포입니다.

여전히 잔뜩 경직된 채 손등을 계속 누르면서도,
어딜 보는지 모를 애매한 시선으로 건조하게 참견하는 영우.
정일과 경찰들이 멈칫하며 영우를 본다.

경찰2	불법 체포라뇨? 이 아가씨 큰일 날 소리 하네. 이거 긴급 체포예요. 도주하는 피의자를 우리 경찰이 긴급하게 붙잡은 거라고. 이럴 때는 영장 없어도 되는 거 알아요, 몰라요?
영우	긴급 체포인 경우라도 형사소송법 제200조의 5는 동일하게 적용됩니다. '검사 또는 사법경찰관은 피의자를 체포하는 경우 피의 사실의 요지, 체포의 이유와 변호인을 선임

할 수 있음을 말하고 변명할 기회를 주어야 한다.' 일명 '미
란다 원칙'이라고 하는데, 모르십니까?

정일   (기세등등해져) 나 지금 불법 체포당한 거네? (다 들으라는 듯
크게) 경찰이! 시민을! 불법 체포했네!!!

'이때다!' 싶은지 경찰 1의 손을 뿌리쳐가며
크게 외치는 정일.
이에 지하철 안의 사람들이 정일과 경찰들을 보며
수군거린다.

경찰 2 아니, 누가 안 한대? 우리도 지금 하려고 했어! 미란다 원칙!

영우   미란다 원칙은 체포를 위한 실력 행사에 들어가기 전에 미
리 고지해야 합니다. 방금처럼 수갑을 먼저 채우면 안 됩
니다.

경찰 2 (버럭) 이봐요! 경찰들이 공무 집행하는데 왜 자꾸 방해해!
아가씨가 무슨 변호사라도 돼?!

영우   네.

경찰 2 '네?'

영우   저는 법무법인 한바다의 변호사 우영우입니다. 똑바로 읽
어도 거꾸로 읽어도 우영우. 기러기 토마토 스위스 인도인
별똥별 우영우.

영우의 자기소개에 잠시 멍해지는 경찰들과 정일.
곧 경찰 2가 정신을 차리고 상황을 수습한다.

경찰 2   (경찰 1에게) 야, 수갑 풀어.

경찰 2의 짜증 섞인 지시에 경찰 1이
정일의 손에서 얼른 수갑을 푼다.

경찰 2   (영우 들으라는 듯) 양정일 씨! 당신을 현 시각부로 긴급 체포
            합니다. 당신은 변호인을 선임할 수 있고, 불리한 진술을
            거부할 수 있으며, 체포적부심을 신청할 수 있습니다. (영우
            에게) 됐어요?
영우   아니요. 양정일 씨가 어떤 혐의로 체포되는지를 알려주지
            않았습니다.

경찰 2가 마지막 남은 인내심을 쥐어짜듯 영우를 노려보며,

경찰 2   '장애인에 대한 준강간.'
영우   (놀라) 네?
경찰 2   저 쓰레기 새끼가 지적 장애가 있는 여성을 성폭행했다고.
            됐습니까?

'내가 도와준 사람이 하필이면
장애인 준강간죄를 저질렀다고?'
지적 장애는 아니지만 '장애가 있는 여성'이기도 한 영우.
불쾌한 놀라움에, 표정이 딱딱하게 굳는다.

TITLE:

〈이상한 변호사 우영우〉

S#2.　　구치소 접견실 (내부/낮)

한 달 뒤 현재.
구치소 안에 마련된 변호인 접견실.
유리벽으로 나누어진 좁은 칸막이 방들 중 한 곳에
영우와 수연이 앉아있다.
곧 정일이 **교도관**(40대/남)에게 이끌려 접견실 안으로
들어온다. 영우를 발견하자 정일의 표정이
환하게 밝아지더니 세상 반갑게 손을 흔든다.
뻔뻔하리만큼 친근하게 구는 정일의 모습에
어이가 없는 수연. 반면 영우는 정일이 보내는
과한 반가움의 신호를 읽지 못해 무덤덤하다.

정일　　와아— 진짜로 와주셨네요! 너무너무 감사해요! 한바다의
　　　　기러기 토마토 변호사님을 꼭 좀 불러달라고, 제가 우리
　　　　부모님한테 얼마나 졸랐는지 몰라요. 알고 보니까 완전 셀
　　　　럽이시더라고요! 신문에도 막 나오고! '대한민국 최초의
　　　　자폐인 변호사! 기러기 토마토!'
영우　　제 이름은 우영우입니다.
정일　　에이~ 알죠, 알죠. 하지만 저는 왠지 기러기 토마토 변호

사님이라고 부르고 싶은걸요? 그래도 돼요?

정일이 영화 〈슈렉 2〉의 장화 신은 고양이 같은
눈빛을 발사한다. 하지만 이번에도 정일의 애교를
느끼지 못한 영우는 그저 건조하게,

영우   안 됩니다. 우영우 변호사라고 부르십시오.

정일   (시무룩) 네… 누나.

누나 앞에 투정 부리는 막냇동생처럼 입술을 삐죽대는 정일.
그 꼴을 보다 못한 수연이 엄격하고 근엄하며
진지하게 말한다.

수연   양정일 씨, 지금 장애인 준강간으로 기소됐어요. 처벌이 얼
마나 무거운 범죄인지 아세요? 일반적인 강간죄의 법정형
이 3년 이상의 유기징역인데 장애인에 대한 강간죄는 무
려 무기징역 또는 7년 이상의 징역형이라고요. 지금 기러
기 토마토 같은 소리나 할 때가 아닌데 심각성을 잘 모르
시는 것 같네요.

정일   저 그런 나쁜 짓 안 했어요! 우리 '양모바'랑 '뜨밤' 보낸 건
맞지만 강간이라뇨? 강간은 때리고 욕하고 강제로 막… 그
런 거잖아요.

수연   양모바요?

영우   뜨밤?

정일	아, 제가 혜영이 누나 부르는 애칭이에요. 양모바. '양정일 밖에 모르는 바보.' 뜨밤은… 아시죠? (수줍게) '뜨거운 밤.'
수연	아무리 애칭이라도 바보가 뭐예요, 바보가! 지적 장애 있는 분한테.
정일	누나도 나 바보라고 불러요. '혜모바, 혜영이 누나밖에 모르는 바보.'
영우	음… 운율을 제대로 맞추려면 '신모바'라고 해야 하지 않습니까? 피해자 이름이 신혜영이니까요. 혹은 신혜영 씨 애칭을 '정모바'로 바꾸…
수연	(말 끊으며 엄근진하게) 우영우 변호사, 그게 지금 중요합니까?
영우	(잠시 생각해보고) 아니요.
정일	누나랑 저요… 서로 사랑하는 사이예요. 가해자, 피해자… 그런 거 진짜 아니에요.
영우	양정일 씨가 신혜영 씨와 성관계를 맺기 위해 폭력을 행사하거나 협박을 하지 않았다는 건 알겠습니다. 신혜영 씨도 경찰 조사 과정에서 그렇게 진술했으니까요. 하지만 완력이 없었다고 해도 성범죄는 성립할 수 있습니다. 대표적인 경우가 준강간이죠. 게다가 이 사건은 '성폭력 범죄의 처벌 등에 관한 특례법…'
정일	(말 끊으며) 아! '성폭법!' 저도 알아요. 검사가 맨날 얘기해서.
영우	(끊긴 말 이어) 제6조 4항에 따르면 '신체적인 또는 정신적인 장애로 항거불능 또는 항거곤란 상태에 있음을 이용하여 사람을 간음'한 경우에도 처벌을 받습니다.
수연	그러니까 검찰은 양정일 씨가 신혜영 씨의 정신적인 장애

를 '이용하여' 성관계를 맺었다고 보는 거예요.

정일   아휴, 제가 이용하긴 뭘 이용해요. 나 그런 사람 아니라니까요!

수연   신혜영 씨 이름으로 신용카드를 발급받게 해서 수백만 원에 달하는 데이트 비용을 신혜영 씨 혼자 다 내게 했잖아요. 두 사람, 서로 알게 된 지 반년도 안 됐는데 그 짧은 사이에 신혜영 씨가 양정일 씨한테 사준 옷, 신발, 시계 값만 천오백만 원이 넘어요. 이래도 이용한 게 아니에요? 사기죄 혐의까지 추가되지 않은 게 다행이에요, 지금!

정일   그거야, 제가 아직은 어려서 자리를 못 잡았고… (답답하는 듯) 아휴, 혜영이 누나는 집이 좀 살잖아요. 잘사는 누나가 연하 남친 데이트 비용 좀 내준 거, 그것도 범죄예요?

수연   장애가 없는 분이 애당초 '어울림'에는 왜 가입했어요? 카페 소개부터 떡하니 '지적 장애, 발달 장애, 자폐 장애를 가진 사람들의 모임'이라고 되어있는데?

정일   좋은 뜻으로 가입한 거예요. 그런 모임엔 자원봉사할 사람도 필요하잖아요. 그렇게 어울림 활동을 하다가 혜영이 누나를 알게 됐고… (당시를 떠올리니 수줍다는 듯) 첫눈에 반해그만 사랑에 빠졌어요. 저라고 이렇게 될 줄 알았겠어요? 제 영혼을 떨리게 하는 운명적 사랑을 하필 거기서 만날줄 알았겠냐고요!

사랑에 빠진 로미오처럼 웅변하는 정일.
하지만 영우와 수연의 반응이 신통치 않자 답답하고 억울해,

정일	아니, 대체 왜 다들 내 말을 안 믿어주는 거예요? 혜영이 누나한테 장애가 있어서인가? 비장애인이 지적 장애인을 찐으로 사랑했다는 게 그렇게 믿기지가 않는 일이에요?
영우	음…
수연	누가 그렇대요? 우리는…
정일	(말 끊으며) 장애가 있는 분들은요, 착하고 순수해요. 사랑받을 자격이 충분하다고요. 기러기 토마토 변호사님은 알 거예요. 맞죠, 누나?

영우를 바라보며 동의를 구하는 정일의 간곡한 눈빛.
이를 보는 수연은 어처구니가 없다.
한편 무슨 생각을 하는 걸까? 영우의 표정이 복잡해진다.

S#3. 명석의 사무실 (내부/낮)

명석이 앉아있는 책상 맞은편에 나란히 선 영우와 수연.
명석이 정일의 사건 자료를 살펴본다.

명석	(혼잣말처럼) 하아… 어디서 이런 골치 아픈 사건을 달고 왔대?
영우	2호선 지하철에서… 달고 왔습니다.
명석	안 봐도 보인다, 보여. 우변 막 '불법 체포기 어쩌고, 영장주의가 어쩌고…' 그러면서 잘난 척했죠? 이러니까 어디 가서 변호사인 거 티 내봤자 좋을 게 없다는 거예요.

영우	네. 앞으로는 어디 가서 변호사인 걸 티 내지 않도록 주의 하겠습니다.
명석	성범죄는 대부분 단둘이 있는 데서 벌어지잖아. 그러니 증 거라고는 피해자의 진술뿐인 경우가 많아요. 그런 상황에 서 피고인을 변호하려면 뭘 해야 돼? 피해자 진술의 신뢰성 을 깎아 들어가야죠. 그런데 피해자가 지적 장애인이다? 그 러면 당연히 진술이 구체적이지 않거나 일관되지 않을 때 가 많지. 그런 사정을 뻔히 알면서도 피해자 진술의 신빙성 을 공격해야 한다는 게 변호사로선 참… 하기 싫은 일이죠.
수연	지금이라도… 이 사건 안 맡으면 어떨까요? 한바다보다 작 은 로펌에 맡기면 일단 수임료를 아낄 수 있잖아요. 양정 일 씨 부모님한테도 그 편이 더 좋을 거 같은데.
명석	뭐, 난 그것도 나쁘지 않은 생각 같은데 우변은 어때요?

명석과 수연이 영우를 쳐다본다.
곰곰이 생각에 잠기는 영우.

영우	저는… 양정일 씨를 변호하고 싶습니다.
수연	왜? 정명석 변호사님 말씀대로 양정일을 변호하려면 결국 피해자를 공격해야 돼. 그래가면서까지 굳이 이 사건을 맡 을 이유가 있어?
영우	양정일 씨의 주장이 진실일 수도 있잖아.
수연	너 그 말 같지도 않은 얘기들을… 믿어?
영우	믿어…보고 싶어. 신혜영 씨와 진심으로 사랑하는 사이였

다는 말이 사실이면 좋겠어.

생각 정리가 안 돼 혼란스러워하면서도
진심 어린 영우의 눈빛.
명석이 한숨을 내쉬며 잠깐 고민하더니,

명석	그렇게까지 피고인을 믿어보고 싶으면 사건 해야지, 뭐. 진행하세요.
영우	네.
명석	최수연 변호사도 같이.
수연	네?
명석	피고인을 믿고 싶은 마음이 앞설 때는 사건을 감정적으로 대하기가 쉬워요. 우변이 그런 실수 하지 않게, 최수연 변호사가 옆에서 워워 시켜주세요.
수연	워워요…?
명석	응. (양손을 들어 가라앉히는 손짓하며) 워—워.

제6화 때 명석이 영우에게 내렸던 '워워 미션'을
이번엔 수연이 받는 상황.
이 상황이 썩 내키지 않는 수연이 조용히 한숨을 쉰다.

S#4. 털보네 요리주점 (내부/밤)

언제나처럼 김초밥이 놓인 바 테이블에 앉아있는 영우.
옆자리에는 그라미가 앉아있고,
맞은편 주방에는 민식이 서있다.
영우가 무슨 말을 한 걸까?
그라미와 민식이 놀란 얼굴로 영우를 보고 있다.

그라미   헐! 대박! 더 자세히 말해봐. 그때의 공기, 햇살, 구름, 풍속,
기온에 습도까지 하나도 빼놓지 말고 다!

영우   음, 그러니까…

영우가 준호의 고백을 들었던 그때를 떠올린다.

FLASHBACK:

제9화. 법무법인 한바다의 빌딩 앞.
영우와 준호가 회전문 앞에 마주 서있다.

준호   저… 할 말이 있어요.

영우가 준호의 '할 말'을 기다린다.
막상 그 모습을 보자 말문이 턱 막히는 준호.
하지만 용기를 내, 오래전부터 너무나 하고 싶었던
말을 꺼낸다.

| 준호 | 좋아해요. 너무 좋아해서 제 속이 꼭… 병든 것 같아요. |

CUT TO :

현재, 털보네 요리주점.
준호의 고백이 간지러워 맥반석 오징어들처럼 오그라들면
서도 "으흑!" "꺄악!" 흥미진진한 비명을 내지르는
그라미와 민식.

| 그라미 | (쿵) 와—씨, 좋아해서 병들었대. 닥터 불러! 구급차 불러! |
| 민식 | (짝) 거기 119죠? 네? 그냥 119가 아니라… 사랑의 119라 고요? |

뭐가 그렇게 웃긴지 깔깔대는 그라미와 민식.
하지만 영우는 심각하다.

영우	문제는 그다음이야. 좋아하는… 그다음. 이제 뭘 어떡해 야 돼?
그라미	그때는 뭐라고 대답했는데? 좋아한다는 말 듣고 난 다음에?
영우	음…

영우가 다시 그때를 회상한다.

FLASHBACK :

S#5.   법무법인 한바다 (외부/낮)

회전문 앞에 마주 서있는 영우와 준호.
앞선 고백 후 이어지는 상황이지만 제9화에서는
보이지 않았던 부분이다.
준호의 말에 당황해 정신이 멍해진 영우.
뭘 어찌해야 할지 몰라 갑자기 눈을 감더니
오른손으로 왼손 손등을 누른다.
이를 본 준호가 영우의 상태를 걱정할 때쯤
영우가 눈을 번쩍 뜬다.

영우   기, 기러기 토마토 스위스 인도인 별똥별… 역삼역. 역삼역!

영우가 준호 등 뒤로 보이는 역삼역을 향해… 도망친다.

준호   변호사님?

준호가 영우를 불러보지만,
뒤도 돌아보지 않고 오직 역삼역을 향해
최대 속도로 멀어져가는 영우.

CUT TO :

현재, 털보네 요리주점.

민식	그럼 고백을 받고 도망…치신 거예요?
그라미	이 새끼? 먹튀네, 먹튀! 사랑의 먹튀!
영우	음… 당시에는 아무런 생각도 나지 않아서… 그 자리를 벗어나고만 싶었어. 나, 무례하게 행동한 거지?
민식	뭐, 무례하다기보다는…
그라미	이상하게 행동한 거지.
영우	음…
그라미	됐고. 빨리 수습해. 상황 더 꼬이기 전에.
영우	어떻게 수습해?
그라미	이준호랑 사귀어야지.
민식	엥? 좋아한다는 말 한마디 들었다고 바로 사귀어? 먼저 데이트도 좀 해보면서 서로 알아가야죠.
영우	그건 어떻게 하는 겁니까?
민식	데이트요? 뭐, 별거 있나요? 밥 같이 먹고, 차 같이 마시고, 영화도 보고, 노래방도 가고… 그냥 그러는 거죠. 찾아보면 할 건 많아요.
그라미	오~ 가만 보면 이 털보 사장, 지식이 참 많아? 여친도 없으면서.

민식을 놀리며 킥킥대는 그라미의 말에,
잊고 있던 뭔가가 떠오른 영우.

FLASHBACK :

제9화. 법무법인 한바다의 11층 복도.

영우와 민우가 화장을 빡세게 한 수연과 마주친 상황.

수연   나 이제 진취적으로 살 거예요. 좋은 남자 있으면 소개나
          좀 해줘요. 내가 쟁취할 거니까.

민우   진취적으로… 쟁취요?

영우   나 있어. 생각나는 사람.

의외의 말에 수연과 민우가 놀라 영우를 본다.

영우   잘해주는 방법을 많이 아는 남자야. 의자 빼주고, 차 문도
          열어주고, 같이 걸을 때는 길 안쪽으로 걷게 하고, 짐도 들
          어준댔어.

수연   (솔깃) 그래?

영우   응. 김초밥도 잘 만들어. 내가 다음에 소개해줄게.

CUT TO :

다시 현재, 털보네 요리주점.

영우   제가… 소개해도 되겠습니까? 여자 친구?

민식   네?

그라미   뭐? 나는? 야, 나도 소개해줘!

영우   (그라미 말 무시) 최근 들어 좋은 남자를 진취적으로 쟁취하
          겠다고 결심한 봄날의 햇살 같은… 선녀입니다.

그라미   좋은 남자를 진취… 쟁취… 봄날의 햇살의 선녀?

민식	어휴, 대단한 분이시네!
그라미	야! 나는? 어? 나는!
영우	너는 음…
민식	언제 소개해주실 건데요? 나 다이어트 해야 되겠다!

소개팅에 대한 기대로 민식의 눈빛이 반짝거린다.

S#6.   법정 (내부/낮)

첫 공판.
재판장(60대/남)을 포함한 판사 3명이 판사석에 앉아있고
피고인석에 앉은 정일 옆으로는 변호인들인 명석, 영우,
수연이, 배심원석에는 7명의 남녀 배심원들이 앉아있다.
방청석에는 준호와 피해자인 **신혜영**(27세/여),
혜영의 어머니(50대), 혜영이 속한 장애인 단체 어울림의
회원들이 보라색 조끼를 입고 앉아있다.
방금 모두진술을 마친 **검사**(40대/여)가 자기 자리로 돌아간
다.

재판장	변호인, 모두진술하세요.

어디 무슨 말을 할지 들어나 보자는 듯
방청석의 어울림 회원들이 정일과 변호사들을

차갑게 노려본다. 법정 안의 대부분이 이미
'혜영 편'인 분위기를 눈치챈 정일.
수연이 모두진술을 하러 일어서자 다급하게 말리더니,

정일   기러기 토마토 변호사님이 해주시면 안 돼요?

영우   네?

정일   여기 사람들… 다 우릴 째려보잖아요. 누나가 변호사인 걸
          알면 못 그럴 거 같은데.

영우   네?

어리둥절한 영우와 달리,
정일의 의도를 금세 파악한 명석.

명석   음, 피고인 말씀도 일리가 있네요. 모두진술은 우변이 합시
          다. 이 재판이 '장애인 대 비장애인' 구도처럼 보이지 않게.

재판장   (피고인과 변호사들 보며) 진술 안 합니까?

명석   죄송합니다. 바로 시작하겠습니다. (영우에게 작게) 우변이
          첫 재판 때 했던 말 있죠? 자폐가 있으니 양해하라는 말.
          그거부터 하세요.

영우가 등 떠밀리듯 엉거주춤 일어선다.

영우   저는 자폐 스펙트럼… (강조하려다 너무 크게) '장애!'가 있습
          니다.

준비 없이 말하느라 차 떼고 포 떼고
그저 '장애!'만 힘차게 외쳐버린 영우.
명석과 정일이 법정 안 사람들의 반응을 살핀다.
판사들과 배심원들은 어리둥절할 뿐 나쁘지 않은 분위기
지만, 이런 말을 해야 하는 영우의 기분은⋯ 썩 좋지 않다.
방청석에 앉아있는 준호가 그런 영우를 안쓰럽게 바라보
고, 영우의 의도를 알아챈 검사는 쯧쯧 혀를 찬다.

영우   (하기 싫은 숙제하듯 작고 빠르게) 그래서 말이 어눌하고 행동
이 어색할 수 있으니 양해 부탁합니다. 음⋯ (다시 원래 톤으
로) 피고인은 이 사건 공소 사실을 모두 부인합니다. 피고
인 양정일 씨와 피해자 신혜영 씨는 서로 사랑하는 연인
사이로, 합의 하에 성관계를 했습니다.

영우의 말이 끝나기가 무섭게 어울림 회원들이 야유한다.
"거짓말!" "헛소리!" "합의 좋아하네!" 등의 날카로운 말들.
이런 상황은 처음 겪는 영우. 당황해 우물쭈물한다.

재판장   어허, 다들 조용히 하세요. 법정 예절 모릅니까?

재판장의 제지에 겨우 조용해지는 법정.
영우가 심호흡을 하며 진정하려 애쓴 뒤
다시 변론을 이어간다.

| 영우 | 양정일 씨와 신혜영 씨는 '알콩달콩'이라는, 연인들을 위해 개발된 애플리케이션을 사용했습니다. 지난 3월 13일, 두 사람은 알콩달콩의 채팅 기능을 통해 다음과 같은 대화를 나눴습니다. |

영우가 말하는 사이,
수연이 법정에 설치된 큰 스크린에 자료를 띄운다.
정일과 혜영이 썼던 커플 앱, 알콩달콩의 채팅창 화면이다.
'ID 혜모바'와 'ID 양모바'가 나눈 대화가 보인다.

| 영우 | 혜모바는 피고인의 애칭으로 신혜영밖에 모르는 바보라는 뜻이고, 양모바는 피해자의 애칭으로 양정일밖에 모르는 바보라는 뜻입니다. 성이면 성, 이름이면 이름으로 운율을 통일되게 맞추지 않은 점이 아쉽지만, 아무튼 두 사람의 대화를 유의 깊게 봐주십시오. |

영우의 안내에 따라,
법정 안 사람들이 스크린을 본다.

〈채팅창 내용〉

혜모바	(채팅) 양모바 잘잣어? 코노 갓다가 오저치고?
양모바	(채팅) 방금깼엉.
혜모바	(채팅) ㅎㅎㅎ아주 푹잣네~~~ 어제 뜨밤보내서 그런가?
양모바	(채팅) 에에~ 몰라몰라여. 수주비수주비

혜모바	(채팅) 오늘도 뜨밤 고?
양모바	(채팅) 아앗앗! 나 오늘은 엄마랑 학원 등록해야대. 커피.
혜모바	(채팅) 언제 끝나요오? 양모바 언능 보고시푼뎅~

줄임말과 혀 짧은 소리로 이루어진 오글거리는 대화에
혜영 어머니가 한숨을 쉬고, 재판장은 고개를 갸웃거린다.

재판장	'코노 갓다가 오저치고?'
영우	'코노'는 '코인 노래방' '오저치고'는 '오늘 저녁 치킨 고?' 의 줄임말입니다. '뜨밤'은 '뜨거운 밤'의 줄임말로 성관계 를 의미하고요.
재판장	'수제비수제비'는요?
영우	(채팅창에서 '수제비수제비'를 찾다가) 음, 혹시 '에에~ 몰라몰라 여.' 다음에 있는 '수주비수주비' 말씀이십니까?
재판장	아? '수주비수주비'예요?
영우	네. '수줍다'는 단어를 변형한 표현인 것 같습니다. 유사한 변형으로 '언제 끝나요오?'와 '보고시푼뎅…'
재판장	(말 끊으며) 그것들은 무슨 말인지 알겠습니다. 설명 안 해 도 돼요.

세상 건조하고 무뚝뚝한 말투로 혀 짧은 말들을 읽어내는
영우 때문에, 갑자기 '웃음 참기 챌린지'가 시작된 명석과
수연.
고생하는 두 사람과 달리,

정일은 남의 일 구경하듯 해맑은 표정이다.

영우   검찰은 신혜영 씨의 진술서를 바탕으로, 이 채팅이 이루어지기 하루 전인 3월 12일에 양정일 씨가 신혜영 씨를 성폭행했다고 주장합니다. 하지만 '잘잣어?'로 시작해 '언능 보고시푼뎅~'으로 끝나는 이 채팅이 과연 성폭행 가해자와 피해자가 나눈 대화일까요? 서로에게 푹 빠진 연인이 나눈 사랑의 채팅이라고 보는 것이 합당하지 않습니까?

     영우의 말에 수긍하는 듯 몇몇 배심원들이
살짝 고개를 끄덕인다.
그러자 보다 못한 혜영 어머니가 벌떡 일어나 외친다.

혜영 어머니   행간을 봐야죠, 행간을! 별명 지어 부르고, 보고 싶다 타령하면 다 사랑입니까? 저 제비 같은 새끼가 우리 혜영일 꾀어내서 노래방이며 치킨이며 (차마 말하기 괴로워 잠깐 망설이다) 응? 모텔이며! 그냥 다 지 좋을 대로 얻어내서 즐긴 거잖아요!

재판장   아니, 오늘 왜들 이래요? 자꾸 허락 없이 발언하면 퇴정입니다!

검사   재판장님, 저분은 이 사건의 피해자인 신혜영 씨의 어머니입니다. 재판장님의 허락 없이 발언한 건 잘못이지만…

     검사가 얼른 일어나 재판장의 기분을 달래려 하지만,

누구도 달래줄 기분이 아닌 혜영의 어머니는 할 말을
참지 않는다.

혜영 어머니 저놈이 어떤 수법으로 우리 혜영일 농락했는지 저기 다 담
겨있는데! '사랑의 채팅'이요? (영우에게) 변호사라면서 그
것도 구분 못 합니까?

재판장 어머니! 조용히 하시라니까요!

어울림 회원 중 하나가 화가 잔뜩 난 혜영의 어머니를
겨우 끌어 앉힌다. 자리에 앉으면서도 영우를 노려보길
멈추지 않는 혜영 어머니.
여러모로 곤혹스러운 상황에 영우의 호흡이 거칠어진다.
한편 어머니 옆에 앉은 혜영도 이 상황에 놀란 듯
고개를 푹 떨군 채 오른손으로 왼손 손등 위를 세게
긁어댄다.

S#7. **커피숍 (내부/낮)**

민우가 제8화에 나왔던 정의일보 기자와 마주 앉아있다.
법무법인 한바다와 친해 호의적인 기사를 많이 써준다는
기자이자, 영우가 수미의 딸인 걸 알고 영우의 사진을
몰래 찍었던 바로 그 기자다.

민우	우영우 변호사요?
기자	네. 저번에 그러셨는데? 우영우 변호사 관련해서 뭔가 좀 아신다고.
민우	아… 그거 뭐, 별거 아니에요.
기자	뭔데요? 우리 변호사님 표정이 별거 아닌 게 아닌데?
민우	아니, 뭐… 한바다 사내 게시판에 누가 글을 올렸더라고요. 대표님이 우변 아버지 대학 후배라서 우변을 한바다에 꽂아줬다, 뭐 그런 거요.
기자	(살짝 실망) 음… 그게 다예요?
민우	네?
기자	태수미 쪽이랑은 뭐 없고?
민우	태수미요?
기자	(진짜 모르나 찔러보듯) 우영우 변호사가 태수미 변호사 딸이라던데?

'우영우가 태수미의 딸이라고?'
너무 놀라 눈이 휘둥그레지는 민우.
곧 몰려오는 여러 생각에 머릿속이 복잡해진다.

S#8.　**법무법인 한바다 (외부/밤)**

늦은 시간이라 오가는 사람이 거의 없이 한적한 밤.
퇴근하는 준호가 회전문을 통과해 빌딩 밖으로 나온다.

준호를 기다리느라 아까부터 빌딩 앞에 홀로 서있던 영우.
막상 준호를 보자 잠시 머뭇대지만 곧 용기 내 말을 건다.

영우   아직도… 나를 좋아합니까?

준호가 뒤를 돌아본다.
영우를 향해 다가가더니,

준호   네. 좋아해요. 저번엔 그냥 가버리셔서 섭섭했고요.
영우   아… 그때는… 죄송합니다.

미안해 어쩔 줄 몰라 하는 영우의 모습에 준호가 웃는다.

영우   아직도 나를 좋아하면… 바로 사귀지 말고 먼저 데이트를
       해보면서 서로를 알아가면 어떻겠습니까?
준호   (웃음) 좋은 생각이네요.

영우가 메고 있던 서류 가방에서 서류를 꺼내 준호에게
건넨다. '데이트 시 할 일들'이란 제목 아래
범상치 않은 할 일들이 눈에 띈다.
'돌고래 해방을 위한 2인 시위' '김밥 맛집 투어' '조깅하면
서 쓰레기 줍기' '똑바로 말해도 거꾸로 말해도 똑같은 말
찾기' '생물 다양성 탐사…'

영우	데이트 시 할 일들을 조사해 목록을 만들었습니다.
준호	(서류 넘겨보며) 와, 많네요!
영우	네.
준호	'집에 데려다주기'는 없어요, 여기에?
영우	음… 없습니다.
준호	그럼 추가할까요? 오늘은 제가 변호사님 집까지 바래다드릴게요.
영우	아… 추가… 네.
준호	(서류 보며) '집에 데려다주는 길에 손잡기'도 없네요?
영우	없습니다. 있다고 하더라도 손잡기는 쉽지 않아요. 아버지도 종종 저와 손을 잡고 싶어 했지만 최대 57초까지만 가능했습니다.
준호	그래요? 57초 이상 잡으면 어떻게 되는데요?
영우	손을 놓고 싶어집니다. 견딜 수 없을 만큼이요.
준호	그렇구나…

알겠다는 듯 고개를 끄덕이며, 조금 머쓱하게 웃는 준호.
영우가 머뭇머뭇 고민하더니,

영우	57초까지만이라도 잡겠습니까?
준호	아? 괜찮으시겠어요?

영우가 핸드폰을 꺼내 타이머 앱으로 57초를 맞춘다.
타이머의 '시작' 버튼을 누르기 전 준호를 향해

손을 스윽 내미는 영우.

준호가 주변을 살짝 둘러본 뒤 영우의 손을 잡는다.

영우가 시작 버튼을 누른다. 1초, 2초, 3초, 4초, 5초…

싫은 일을 참아내듯 눈을 꼭 감고 있던 영우가

결국 준호의 손을 놔버린다.

영우	안 되겠습니다.
준호	(살짝 서운) 아… 네.
영우	죄송합니다.
준호	그럼 오늘은 '집에 데려다주기'만 해요. '손잡기'는 다음에.
영우	손잡기는 다음에.

서운한 마음을 애써 숨기며 역삼역을 향해 걷는 준호.

영우가 어색한 걸음걸이로 준호를 따라간다.

S#9. 법정 (내부/낮)

두 번째 공판.

검사가 증인석에 앉아있는 정신과 **의사**(40대/여)를 신문한다.

검사	피해자의 지적 장애는 정확히 어느 정도입니까?
의사	신혜영 씨는 IQ가 65인 '경도 지적 장애'로, 교육을 통해 사회생활 및 직업생활이 가능한 정도입니다. 13살, 그러니까

초등학교 6학년 정도의 발달 연령이라 보시면 되겠습니다.

검사가 판사들과 배심원들 앞에 혜영의 진술서를
한 번 들어 보인 후, 의사에게 건넨다.

검사   경찰 조사 과정에서 작성된 피해자의 진술서입니다. 증인
도 보셨죠? 정신과 의사로서 이 진술서에 대해 어떻게 판
단하십니까?

의사   전체적으로 신빙성이 있다고 판단합니다. 성폭행이 벌어
진 당시 상황에 대해서 구체적으로 묘사하고 있고, 피해자
의 생각이나 감정에 대해서도 일관되게 표현하고 있어요.

검사   피해자의 생각이나 감정이요? 이를테면 어떤 것들이죠?

의사   (진술서 보며) 성행위가 시작되자 '기분이 나빠졌다.' '무서
웠다.' '엄마한테 혼날 것 같아서 싫었다.' 등으로 비교적
분명하게 표현하고 있습니다.

검사   그렇다면 피해자는 왜 피고인의 행동에 저항하지 못한 걸
까요?

의사   그 이유는 군이 제가 추측할 것 없이 진술서에 나와있습
니다. (진술서 보며) '싫다고 했더니 삐졌다.' '울먹였다.' '쩐
사랑이 아니라고 했다…' 지적 장애인들은 애정을 위장하
거나 친분 관계를 이용한 가해 행위에 특히 취약합니다.
피해자 역시 원치 않는 성행위를 거부하면 이 관계를 잃게
될까 봐 두려웠던 것으로 보여요. 제대로 거절하는 방법
자체를 몰랐을 가능성도 높고요.

검사	네. 이상입니다.
재판장	변호인, 반대 신문하세요.

재판장의 말에 수연이 일어나 증인석으로 간다.

수연	증인, 신혜영 씨가 피고인과 나눈 채팅을 보신 적 있습니까?
의사	없습니다.
수연	검찰의 주장에 따르면 지난 3월 12일은 피고인이 신혜영 씨를 성폭행한 날입니다. 이날 신혜영 씨는 채팅을 통해 피고인에게 이러한 말들을 했습니다. 밑줄 친 부분을 읽어 주시겠습니까?

수연이 의사에게,
정일과 혜영의 알콩달콩 채팅창 출력물을 건넨다.

의사	(담담하게) '사랑해.' '보고싶어요오. 연락 많이 기다리고 햇 엉.' '계속계속 함께하쟈.'
수연	이와 같은 사랑의 표현들은 비단 3월 12일에만 볼 수 있는 게 아닙니다. 피고인이 구속돼 더 이상 채팅을 할 수 없게 됐을 때까지, 두 사람의 채팅창은 피고인을 향한 신혜영 씨의 애정 표현으로 가득합니다. 이에 대해, 증인은 어떻게 생각하십니까?
의사	대단히… 가슴 아픈 일이라고 생각합니다.
수연	네?

의사   우리는 누구나 사랑하고 싶고, 사랑받고 싶습니다. 그건 지적 장애인도 마찬가지예요. 아니, 오히려 그 욕구가 더 크죠. 평소 남들로부터 원하는 만큼의 애정과 관심을 받기 힘든 경우가 많으니까요. 신혜영 씨의 이 간절한 사랑 표현들만 봐도 알 수 있지 않습니까?

안쓰러움이 담긴 따뜻한 눈빛으로
방청석의 혜영을 바라보는 의사.
의사의 공감 어린 태도에 수연이 잠시 할 말을 잃고,
혜영의 어머니도 딸을 향한 복잡한 감정에 한숨을 쉰다.

의사   문제는, 지적 장애인의 경우 불순한 목적을 가진 접근을 자신에 대한 순수한 애정으로 착각할 때가 많다는 거예요. 정상적인 관계와 부당한 관계를 구별하는 능력이 약하기도 하고요. 그런 면에서… 신혜영 씨에게 온전한 '성적 자기 결정권'이 있다고 보기는 어렵습니다.

수연   방금 전 증인은 신혜영 씨의 진술서가 일관되며 구체적이라고 했습니다. 그런데 지금은 신혜영 씨가 정상적인 관계와 부당한 관계조차 구별할 수 없다고 하시네요. 진술서를 신빙성 있게 작성할 능력은 있지만, 성적 자기 결정권은 없는 상태라… 너무 모호한 진단 아닙니까? 도대체 신혜영 씨는 어떤 상태인 거죠?

의사   저는… 스스로를 지키는 힘에 대해 이야기하는 겁니다. 사랑인 줄 알았던 관계가 사기와 기만, 폭력이었던 경험은 누구나 할 수 있어요. 하지만 대부분의 사람들은 그런 일을 겪더라도 스스로를 지킬 수 있습니다. 같은 실수를 반복하지 않으려 노력하고요. 하지만 신혜영 씨처럼 장애를 가진 경우는 다릅니다. 당시 상황을 신빙성 있게 진술하는 능력이 있더라도 피고인의 악의적인 접근으로부터 스스로를 지키는 힘은 약하다는 거예요. 전 제 진단이 모순이라 생각하지 않습니다.

의사의 대답이 먹히는 것 같은 법정 분위기에,
수연은 물론 명석과 영우, 정일의 표정이 어두워진다.

S#10.　법원 복도 (내부/낮)

법원 내 여자 화장실 앞 복도.
영우가 화장실 밖으로 나오자 근처에서 서성대고 있던
혜영이 다가간다. 다가가긴 했으나 말 한마디 못 하고
그저 가만히 서있는 혜영.
영우 역시 이 상황을 어떻게 해야 할지 몰라 우두커니
있다가,

영우　　　할 말 있습니까?
혜영　　　네네. 근데…
혜영 어머니　(크게) 혜영아! 신혜영!

저 멀리, 혜영의 어머니가 혜영을 발견하고 부리나케
달려온다. 아직 붙잡힌 것도 아닌데 이미 잔뜩
혼난 사람처럼 몸을 움츠리는 혜영.
어머니에게 가야 할지 영우에게 말을 해야 할지 몰라
우왕좌왕하더니,

혜영   나 혼자 있어요. '바학' 가면.
영우   네? 바학이요?

혜영이 어머니를 향해 달려간다.
어린아이 꾸짖듯 엉덩이를 팡팡 때리며
혜영을 끌고 가는 혜영 어머니.
암호 같은 말과 함께 덩그러니 남겨진 영우에게,
수연이 다가온다.

수연   나 방금 검사한테 들었는데 양정일 이 사람, 전에도 이런
        적이 있대.
영우   어?
수연   어울림이랑 비슷한 단체에서 또 다른 지적 장애인이랑 사
        귀다가 경찰 조사를 받은 적이 있나봐.
영우   그래…? 양정일 씨 범죄 경력 기록에는 아무것도 없었는데?
수연   그때는 성범죄 혐의가 아니었고 그 여자분 카드로 데이트
        비용을 너무 많이 쓴 게 문제가 됐었대. 양정일이 돈을 물
        어주고 피해자 쪽이랑 합의를 했기 때문에 경찰이 사건을

검찰로 안 넘기고 조사를 종결한 거지.

영우	(충격) 그게… 언제인데?
수연	그렇게 옛날도 아니야. 작년이랜다. '영혼을 떨리게 하는 운명적 사랑'이라더니… 역시 다 헛소리였어.
영우	음… 양정일 씨를 만나야겠어.

영우가 굳은 표정으로 저벅저벅 걸어나간다.
"야! 야!" 하며 영우를 따라가는 수연.

S#11. 구치소 접견실 (내부/낮)

구치소 안 변호인 접견실.
영우와 수연이 정일과 마주 앉아있다.

영우	사실입니까?
정일	아니. 그게요, 누나…
수연	피고인, 우영우 변호사한테 자꾸 '누나, 누나' 하지 마세요. 듣기 거북합니다.
정일	아이참, 변호사님…
영우	신혜영 씨와 진심으로 사랑하는 사이라고 했잖습니까? 첫눈에 반해 사랑에 빠졌다고, 본인도 그렇게 될 줄 몰랐다고 했잖습니까?
정일	맞아요! 그거 다 맞는 말이에요!

수연	자원봉사한답시고 지적 장애인 단체마다 돌아다니면서 속이기 쉬운 상대를 고른 건 아니고요? 작년 사건이 처음인 건 맞아요? 신혜영 씨는 대체 몇 번째 피해자인 겁니까?
정일	몇 번째 피해자라니요! 무슨 말씀을 그렇게 하세요?! 나 그런 사람 아니에요!
영우	양정일 씨와 신혜영 씨가 진심으로 사랑하는 사이가 아니라면 변론을 계속할 이유가 없습니다. 사임하겠습니다.
정일	네? 변호사님! (수연 보며) 변호사님!!!
수연	저도 우영우 변호사와 같은 뜻이에요.
정일	저랑 혜영이 누나! 찐사랑 맞아요! 찐사랑이 꼭 첫사랑이어야만 하는 건 아니잖아요. 제발 제 말 좀 믿어주세요…

빌듯이 애원하는 정일의 두 눈에 눈물이 맺힌다.
이를 보는 영우와 수연의 마음이 무겁다.

S#12. 덕수궁 돌담길 (외부/밤)

'데이트를 해보면서 서로를 알아가기'의 일환으로,
이번에는 덕수궁 돌담길을 걷는 영우와 준호.

준호	양정일 씨 사건, 정말로 사임하실 거예요?
영우	네. 내일 정명석 변호사님과 이야기한 뒤 사임계를 내려고 합니다.

준호	아이고, 그러시구나…
영우	연인들이 덕수궁 돌담길을 걸으면 헤어진다는 말, 들어보셨습니까?
준호	(놀라) 아니요? 그런 말이 있어요?
영우	네. 과거 덕수궁 돌담길 북쪽에는 대법원과 함께 서울 가정 법원이 있었습니다. 이혼을 하려면 덕수궁 돌담길을 걸어가야 했기 때문에 그런 말이 생겼다고 합니다.

그 말에 우뚝 멈춰 서는 준호.
영우가 어리둥절해하며 따라 선다.

준호	그러면 우리, 그만 걸어야 하는 거 아니에요?
영우	(놀라) 아? 그런 말을 믿으십니까? 과학적 근거가 전혀 없습니다. 게다가 서울 가정 법원은 1995년에 서초동으로 이전했다가 2012년에는 다시 서울 행정 법원과 함께 양재동으로…
가영	준호 오빠!

제3화에 등장했던 가영과, 준호의 **대학 동기들 2명**(20대/남)이 우연히 준호를 발견하고 반갑게 다가온다.
커피숍에 들렀다 나온 길인지 셋 다 테이크아웃한
커피를 들고 있다.
가영과 동기들의 모습에 준호의 마음이 왠지 불안해진다.

134

가영	오빠랑 이렇게 또 마주치네?! 대박 신기하다~
동기1	그러게. 이준호! 오랜만이다.
동기2	안 그래도 너 어떻게 사나 궁금했는데.
준호	어, 어. 다들 잘 지냈어?

가영이 준호 옆에 멀뚱멀뚱 서있는 영우를 보더니
제3화 때의 기억이 떠오르는 듯,

| 가영 | 아…! 이분, 저번에 그… |

뒷말을 왠지 알 것 같아 준호가 가영의 입을
막으려는데 가영의 말이 한발 먼저 앞서 나간다.

가영	나누리?
준호	아휴, 그런 거 아니라니까!
가영	아, 아니에요? 그럼…

가영과 동기들에게 말을 하려다가
자기도 모르게 멈칫하게 되는 준호.
결국, 말하기로 마음먹고 입을 연다.

준호	나 지금 데이트 중이야.
가영	(조금 놀라) 네?
영우	(가영이 진짜 못 들었다고 생각해 또박또박) 데이트 중입니다.

'덕수궁 돌담길 걷기' 데이트.

준호   나랑 같이 일하는 분이야. 우영우 변호사님. 다들 인사해.

영우   안녕하십니까? 우영우입니다. 똑바로 읽어도 거꾸로 읽어

도 우영우. 기러기 토마토 스위스 인도인 별똥별 우영우.

동기1   아…

동기2   네…

가영   안녕하세요?

영우를 향해 어색하게 인사하는 가영과 동기들.
문득, 영우가 그런 세 사람의 손에 나란히 들린
커피 컵에 집중한다.
컵 홀더마다 적힌 '바리스타'라는 글씨에,
갑자기 깨달음이 온 영우.

INSERT :

고래 한 마리가 푸른 바다 위로 뛰어오른다.

CUT TO :

현재, 덕수궁 돌담길.
준호와 대화하는 가영과 동기들 옆에서,
영우는 자기만의 생각에 빠진 채 우두커니 서있다.

동기1   야, 언제 술 한잔 하자.

가영   그래! 오빠 얼굴 잊어먹겠다!

준호	어, 어. 그래.

영우   (혼잣말처럼) '양모바'는 양정일밖에 모르는 바보, '혜모바'는 신혜영밖에 모르는 바보, '뜨밤'은 뜨거운 밤, '성폭법'은 성폭력 범죄의 처벌 등에 관한 특례법, '코노'는 코인 노래방, '오저치고'는 오늘 저녁 치킨 고…

눈빛을 반짝이며 중얼거리는 영우.
준호와 가영, 동기들이 그런 영우를 의아하게 쳐다본다.

준호   변호사님?

영우   그렇다면 '바학'은? (정답 발표하듯 잠깐 쉬었다가) 바리스타 학원!

가영   네?

영우   두 사람의 채팅에 따르면 신혜영 씨는 몇 달 전부터 바리스타 학원에 다니기 시작했어요. 학원 가는 시간엔 어머니 없이 혼자 있다고 저한테 알려준 거죠. 음… (정일과 혜영의 채팅창 떠올리며) 학원은 종로 3가에 있다고 했고, 수업은 월·수·금 오후 9시에 끝나요.

영우가 핸드폰으로 시간을 보더니
종로 3가를 향해 성큼성큼 걸어가며,

영우   지금 가야 돼요. 그래야 신혜영 씨를 만날 수 있어요.

준호   네…? 변호사님?

얼빠진 표정의 준호가 가영과 동기들에게
대충 인사하고 영우를 쫓아간다.

S#13.　**바리스타 학원 (외부/밤)**

종로 3가에 위치한 바리스타 학원 앞.
오후 9시가 되자 수업을 마친 혜영이 학원 밖으로 나온다.

영우　　신혜영 씨!

혜영이 자신을 기다리고 있던 영우와 준호를 보고 놀란다.
혼자임에도, 마치 근처에 어머니가 있기라도 한 듯 두리번
대는 혜영. 영우와 준호가 혜영에게 다가간다.

영우　　신혜영 씨, 저한테 하려던 말이 뭐였습니까?
혜영　　사… 사랑해요.
준호　　네?
혜영　　감옥에 가지 않게 해주세요.
영우　　양정일 씨 말입니까?
혜영　　네네.
영우　　신혜영 씨는 양정일 씨가 감옥에 가지 않기를 원합니까?
혜영　　네네.
영우　　하지만 양정일 씨가 신혜영 씨를 성폭행했다고 진술했잖

	습니까?
혜영	성폭행 안 했어요!
영우	성폭행 안 했다고요?

종로 3가 한복판에서 '성폭행'이라는 단어를
힘차게 외쳐대는 둘.
지나가는 행인들의 시선에 홀로 민망해진 준호가
헛기침을 한다.

혜영	엄마가 시켰어요. 그렇게 말하라고. 엄마는 남자 싫어해요. 제비 같은 새끼라고 싫어해요.
영우	(잠깐 고민하다) 양정일 씨는… 제비 같은 새끼가 맞는 것 같습니다.
혜영	(이미 안다는 듯) 네네.
영우	네? 알고 있습니까? 양정일 씨가 제비 같은 새끼라는 거?
혜영	네네.
영우	(당황) 그걸 아는데도… 사랑합니까?
혜영	네네. 그러면 안 돼요?
영우	(예상 밖의 말에 놀라) 음, 아니요. 안 될 것 없습니다.
혜영	혜모바가 감옥에 가지 않게 해주세요. 제발 부탁해요.

혜영의 간절한 두 눈이 영우에게 애원한다.
어떻게 하는지 좋을지 고민하는 영우.
곧 표정이 결연해진다.

영우	그럼 방금 말씀하신 내용, 다음 재판 때 증언해주실 수 있습니까?
혜영	제비 같은 새끼요?
영우	네?
혜영	네네?

어리둥절한 표정을 주고받는 혜영과 영우.
준호가 끼어든다.

준호	방금… 양정일 씨가 감옥에 가지 않으면 좋겠다고 하셨잖아요?
혜영	네네.
준호	그 말씀을 법정에서 해주셨으면 하는 거예요. 판사님들한테 직접이요.

준호의 말을 이해하자 혜영이 우물쭈물 망설인다.

혜영	아… 근데 엄마가… 안 된다고 하면요?
영우	어머니가 안 된다고 해도 증언할 수 있습니다. 신혜영 씨는 27살 성인이니 스스로 결정할 수 있습니다.

자신이 없는 듯, 가만히 있는 혜영.

영우	아시다시피 양정일 씨는 제비 같은 새끼입니다. 나쁜 남자

예요.

혜영   네네?

영우   하지만 장애인한테도… 나쁜 남자와 사랑에 빠질 자유는 있지 않습니까?

예상 밖의 말에, 준호가 영우를 쳐다본다.

영우   신혜영 씨가 경험한 것이 사랑이었는지 성폭행이었는지, 그 판단은 신혜영 씨의 몫입니다. 그걸 어머니와 재판부가 대신 결정하도록 내버려두지 마세요.

영우의 설득은 과연 잘 전달된 걸까?
혜영의 멍한 표정이 아리송하다.

S#14.   거리 (외부/밤)

수연이 길을 걸으며 **친구 1**(20대/여)과 통화를 한다.
제9화 때만큼 빡센 화장은 아니지만
평소보다는 힘주어 꾸민 모습.

수연   아니, 내 연봉이랑 예금, 적금에는 왜들 그리 관심이 많아? 첫 만남에 궁합 본다고 생년월일시 알려달라는 남자부터 우리 아빠 직업을 묻더니 소개팅 내내 아빠 얘기만 한 남자

도 있어. 하아… 그냥 쫌 괜찮은 남자랑 연애 한번 해보겠
다는데 그게 이렇게 어렵나?

친구1   (소리) 상대들이 너무 다 결혼할 생각으로 나오는 거 아니
야? 소개팅을 하지 말고 클럽엘 가봐.

수연   어우, 클럽은 무슨 클럽이야. 클럽은 막… 원나잇 막… 그
런 거잖아.

친구1   (소리) 야, 원나잇 막 그런 거 좀 하면 어떠냐? 어차피 죽으
면 썩어 문드러질 몸, 아끼다 똥 되지.

수연   됐고. 나 다 왔어. 끊어.

어느 이탈리아 음식점 앞에 도착한 수연.
전화를 끊고 가볍게 심호흡을 하더니 음식점 안으로
들어간다.

S#15.   이탈리아 음식점 (내부/밤)

웨이터(20대/남)가 수연을 예약된 자리로 안내한다.
한껏 차려입은 채 먼저 와있던 민식이
잔뜩 긴장한 얼굴로 수연을 맞는다.
수연이 민식 맞은편에 앉는다.

민식   처음 뵙겠습니다. 저는 김민식입니다람쥐.

수연   네? 아… 안녕하세요? 최수연입니다.

민식	집이 이 근처라고 하셨죠? 최대한 가까운 레스토랑으로 예약한 건데.
수연	아, 집은 분당이에요. 회사가 이 근처고요.
민식	그래요? 바람이 귀엽게 부는 곳에 사시네요.
수연	네?
민식	(한껏 귀엽게) 분 — 당 —
수연	아… 분당. 아… (말 돌리려) 저기, 메뉴 고를까요?

민식의 아재 말장난을 멈추게 하고자
메뉴를 집어 드는 수연.
민식도 자기 앞에 놓인 메뉴를 펼친다.

민식	오렌지가 들어간 샐러드가 있네요? 오렌지를 먹은 지 얼마나 오랜지. 저는 고르고 골라 고르곤 졸라 피자를 먹겠습니다. 후식으로는 바나나 케이크 어때요? 바나나 먹으면 나한테 바나나?
수연	아휴… 요리하신다더니 그런 농담을 참 많이 하시네요.
민식	제가 그랬나요? 이거 참, 직업병인가? 저도 모르게 그만! (애교 가득하게) 쫄면 먹고 쫄면 안 돼! 울면 먹고 울면 안 돼! 아하하!

그때, 테이블 위에 올려둔 민식의 핸드폰이 진동한다.

수연	받으세요.

민식	에이, 나중에 받아도 돼요.
수연	아니요. 지금 그냥 꼭 받으세요.
민식	그럴까요?

민식이 전화를 받는다. 그라미의 전화다.

민식	여보세요?
그라미	(소리) 털보 사장. 나 수육! 수육이 먹고 싶은데 어떻게 만들어요?
민식	수육은 무슨 수육이야. 나 바빠. 끊어.
그라미	(소리) 월계수 잎이랑… 또 뭐 넣더라? 고추장인가?
민식	누가 수육에 고추장을 넣어! (수연에게) 아, 죄송합니다. 얘가 우리 직원인데…

순간 '이 소개팅을 벗어날 기회는 지금이다!' 싶은 수연.
전화가 오지도 않은 핸드폰을 급하게 집어 들더니,

수연	(통화하는 척) 뭐! 집에 불이 나?! 기다려, 내가 가서 끌게. (전화 끊는 시늉) 죄송해요. 집에 불이 나서요. 먼저 일어나야 할 것 같아요. 오늘 시간 내주셨는데 정말 죄송합니다.

수연이 민식을 향해 꾸벅 인사하더니
허겁지겁 밖으로 나간다.
홀로 남겨진 민식.

핸드폰 너머로는 여전히 그라미의 목소리가 들린다.

그라미   (소리) 아, 쌈장인가? 털보 사장! 내 말 듣고 있어요?

민식   (다시 핸드폰 들고 그라미에게) 나… 방금 차인 거 같아.

그라미   (소리) 에엥! 벌써?! 왜! 무슨 짓을 했길래 가자마자 차여요?

민식   몰라. 차이나에서 소개팅한 것도 아닌데… 왜 벌써 차이나?

S#16.   이탈리아 음식점 앞 (외부/밤)

음식점을 빠져나온 뒤 아까 통화했던 친구 1에게
다시 전화를 거는 수연. 표정이 무척 비장하다.

친구 1   (소리) 여보세요?

수연   야! 나와! 클럽 가자!

친구 1   (소리) 어?

수연   어차피 죽으면 썩어 문드러진다며? 아끼다 똥 되기 전에
나와! 흔들어 재끼자.

S#17.   클럽 (내부/밤)

홍대 거리나 이태원에 있을 법한 클럽.
DJ의 음악에 맞춰 춤을 추는 사람들 속에 수연과 아까

통화했던 친구 1, 또 다른 **친구 2**(20대/여)가 끼어있다.

셋 다 살짝 취한 상태.

친구 2	그래서 어떤 남자여야 되는데?
친구 1	그래. 들어나 보자. '그냥 쫌 괜찮은 남자'가 어떤 남잔데?
수연	아니~ 내가 뭐 대단한 거 바라는 게 아니다? 키 그냥 적당히 크고 어? 운동 쫌 한 것 같은 어깨에 어? 미소는 부드럽고…
친구 2	쟤?

친구 2가 가리킨 '쟤'를 보는 수연.

적당히 큰 키에 운동 쫌 한 것 같은 어깨를 가진

잘생긴 **이종권**(20대/남).

'날라리 버전 준호' 같은 분위기를 풍기며

수연을 바라본다.

친구 1	맞어! 쟤 아까부터 너 쳐다보던데?
수연	나? 나를?

종권이 수연에게 다가온다.

"어머! 어머! 어머!" 호들갑 떨며 자리를 피해주는

친구들 덕에, 금세 단둘이 마주 보고 서게 된 수연과 종권.

종권	오늘 음악 좋죠?
수연	아… 음악. 네.

수연을 향해 씨익 웃어 보이는 종권의 미소가 부드럽다.

S#18. 법정 (내부/낮)

세 번째 공판.
정일이 변호사들에게 속삭인다.

정일   저 안 버리고… 변호 계속해주셔서 감사해요.

명석   (무슨 말인지 몰라) 네?

영우   (엄격) 피고인 때문이 아닙니다. 신혜영 씨 때문에 계속 하
        는 거예요.

수연   (근엄) 감사할 거면 신혜영 씨한테 감사하세요.

정일을 향해 진지하게 말하는 수연의 입에서
술 냄새가 풍긴다.
이에 영우가 수연을 본다.
클럽에서 만난 종권과 뜨밤이라도 보낸 걸까?
전날 소개팅 때 입었던 옷 그대로 입은 채 숙취로
눈 밑이 퀭한 수연.

영우   너 술 냄새 나. 옷도 어제 입은 거 그대로…

수연   조용히 해.

영우   어제 소개팅은…

수연	잘 안 됐어.
재판장	피고인 측, 피해자 신혜영 씨를 증인으로 신청했네요.
명석	네. 신혜영 씨가 저희 변호인을 통해 법정에서 증언하고 싶다는 의사를 밝혔습니다.

증언할 생각에 떨리는 듯 방청석에 앉은 혜영이 긴장하고, 혜영이 증언하는 상황 자체가 반갑지 않은 옆자리의 어머니는 한숨을 쉰다.

검사	재판장님, 성폭력 사건의 특성상 피해자가 가해자인 피고인 앞에서 평정심을 유지하기 어려울 수 있음을 고려해주십시오. 피해자가 충분히 증언할 수 있도록 피고인의 퇴정을 요청합니다.
재판장	내 판단도 그렇습니다. 피고인, 증인 신문하는 동안 퇴정하세요.

경위(30대/남)의 손에 이끌려 법정 밖으로 향하면서도 혜영과 눈을 마주치고 싶어 방청석을 돌아보는 정일. 하지만 혜영은 고개를 푹 숙이고 있어 정일의 애절한 눈빛을 보지 못한다.

재판장	신혜영 씨, 앞으로 나오세요.

혜영이 증인석으로 걸어가 선서를 한다.

법정 안 모두의 시선이 혜영에게 집중된다.
겉보기만으로는 지적 장애인임을 모를 만큼
평범해 보이는 혜영의 모습.

혜영   양심에 따라 숨김과 보탬이 없이 사실 그대로 말하고 만일
         거짓말이 있으면 위증의 벌을 받기로 맹세합니다.

재판장   변호인, 증인 신문하세요.

영우가 증인석으로 나가 혜영을 신문한다.

영우   증인은 양정일 씨가 증인을 성폭행한 죄로 처벌받기를 원
         합니까?

혜영   네네.

영우   (놀라) 네? 양정일 씨가 감옥에 가길 원한다고요?

혜영   (놀라) 아! 아니요. 아니요.

영우   왜 아니죠?

혜영   사랑하니까.

혜영의 수줍은 대답에, 혜영의 어머니가 한숨을 쉰다.

영우   증인이 양정일 씨를 사랑한다는 뜻입니까?

혜영   네네. 양모바와 혜모바는 서로 사랑하는 사이입니다.

영우   그렇다면 지난 3월 12일, 증인과 피고인 사이에 있었던 성
         관계 역시 서로가 서로를 사랑해서 이루어진, 합의된 관계

였습니까?

혜영   네네.

영우   성폭행이 아니었다는 뜻입니까?

혜영   네네.

영우   그럼 경찰 조사를 받을 때는 왜 양정일 씨가 신혜영 씨를
      성폭행했다고 진술했습니까?

혜영이 방청석의 어머니를 살짝 쳐다보더니,

혜영   몰라요.

영우   혹시 신혜영 씨의 어머니가 그렇게 진술하라고 시켰나요?

검사   이의 있습니다. 유도 신문입니다.

재판장 음… (생각해보고) 기각합니다. 변호인, 질문 계속하세요.

영우   어머니가 신혜영 씨에게 성폭행을 당했다고 진술하라고
      시켰습니까?

혜영   그냥… 혜모바가 감옥에 가지 않게 해주세요.

그걸 영우가 정하는 것도 아닌데, 영우를 향해
또 간절히 애원하는 혜영.
어머니가 시켰다는 대답을 듣지 못해 아쉬워하면서도
영우가 일단 물러선다.

영우   이상입니다.

재판장 검사, 반대 신문하세요.

검사가 결연한 표정으로 혜영에게 간다.

검사   신혜영 씨, 양정일 씨를 사랑한다고 했죠?

혜영   네네.

검사   사랑이 뭐죠? 정의해주시겠습니까?

혜영   (당황) 네네? 정의요…? 사랑…

혜영이 당황해 횡설수설하자
수연이 술 냄새를 풍기며 일어난다.

수연   이의 있습니다. 사랑이 뭐냐니요? 그런 추상적이고 막연한
          질문에는 누구라도 제대로 답하기 어렵습니다.

검사   (재판장 대답 듣기도 전에) 네. 그럼 더 구체적으로 묻겠습니
          다. 신혜영 씨, 성관계가 뭔지 아십니까?

혜영   네네.

검사   성폭력이 뭔지도 아십니까?

혜영   네네.

검사   둘의 차이가 뭐죠? 성관계와 성폭력은 어떻게 다릅니까?

혜영   아… 음… 성, 성인… 성인…

어떻게든 대답하려 하지만 혜영에게는 검사의 질문이
너무 어렵다. 못 알아들었다는 것을 들키고 싶지 않아
결국 눈을 감아버리는 혜영.
검사가 왜 저러는지 알면서도,

혜영 어머니는 그런 딸의 모습이 안쓰럽다.

검사 신혜영 씨, 이번엔 다른 질문을 할게요. 눈 좀 떠주실래요?

혜영을 달래듯 부드러워진 검사의 목소리에
혜영이 살그머니 눈을 뜬다.

검사 지난 3월 12일, 양정일 씨와 모텔에 있다가 헤어진 후 신혜
영 씨는 곧장 집으로 돌아왔습니다. 맞습니까?

혜영 네네.

검사 집에 도착하자마자 신혜영 씨는 자신의 방으로 들어가 오
른손으로 왼손 손등을 심하게 긁어 스스로 상처를 냈습니
다. 맞습니까?

혜영 네네.

검사 그날, 신혜영 씨의 손등을 찍은 사진입니다.

법정 안 스크린에 사건 당일 혜영의 손등을 찍은 사진이
뜬다. 얼마나 세게 긁어댔는지 왼쪽 손목과 손등이 길고
새빨간 상처들로 가득하다.
이에 몇몇 배심원들이 놀라 표정이 심각해진다.

검사 왜 그랬죠?

혜영 (우물쭈물) 아, 그것은 왜냐하면… 아, 음. 왜냐하면…

검사 피고인의 일방적인 성행위 때문에 극도의 스트레스를 받

왔던 거 아닙니까?

명석   이의 있습니다.

검사   (명석 무시하며 곧바로 강하게) 어머니가 발견해 병원에 데려
갈 때까지 자해를 멈추지 않았던 건, 피고인의 성폭행으로
인한 신혜영 씨의 정신적 후유증이 그만큼 컸다는 뜻 아닌
가요?

명석   (더 강하게) 이의 있습니다! 손등을 긁는 건 피해자가 가진
개인적인 습관일 뿐입니다. 이것이 피고인과의 성관계 때
문이라는 건 그저 검사의 추측일 뿐이고요. 지금 검사는
증인에게 질문을 하는 겁니까? 아니면 본인의 추측을 강요
하는 겁니까?

안 되겠다 싶은지 쾅! 책상까지 내리치는 명석.
갑작스러운 큰소리에 옆자리의 영우도,
증인석의 혜영도 깜짝 놀란다.
영우가 자기도 모르게 오른손으로 왼손 손등 위를
꾸욱 누른다.
혜영 또한 더 이상의 긴장과 불안을 견딜 수 없어,
재판장이 상황을 정리하기도 전에 고통스럽게 소리친다.

혜영   엄마… 나 이거 그만할래. 엄마… 엄마!!!

혜영이 울먹이며 벌떡 일어나 방청석의 어머니에게
달려간다. "괜찮아, 괜찮아." 하며 혜영을 안아주는

어머니의 눈에도 눈물이 맺힌다.

이를 보는 명석, 수연, 영우의 마음이 너무나 무겁다.

S#19.   법정 앞 복도 (내부/낮)

재판이 끝난 법정의 출입문 앞.

영우가 밖으로 나와 보니 복도에 혜영의 어머니가 서있다.

화가 잔뜩 난 채 영우를 한 대 치기라도 할 기세로 다가오
는 혜영 어머니.

혜영 어머니   자폐가 있다고요?

영우   네?

혜영 어머니   그래서 뭐, 이 세상 장애인들 마음은 다 알 것 같아요? '나
           쁜 남자를 사랑할 자유' 같은 개소리하는 게?

뒤늦게 복도로 나온 수연이 얼른 영우를 막아서며
혜영 어머니를 말린다.

수연   어머니, 진정하시고요. 하시고 싶은 말씀이 있으시면…

혜영 어머니   (말 끊고 버럭) 나는요, 이 거지 같은 세상에서 혜영이 지켜
           야 돼요. 순진하고 만만하다 싶으면 득달같이 달려들어서
           우리 애 몸이고 돈이고 마음이고 다 뽑아 먹으려는 나쁜
           새끼들한테서! 어떻게든 내 딸 지켜야 한다고. 그런 엄마

마음도 모르면서 뭐요? 장애인의 사랑할 권리? 지금 감히 누구 앞에서 자폐 타령, 장애 타령을 합니까? 우리 애 장애랑 당신 장애랑 같아요? 제발! 어쭙잖게 공감대 형성하는 척하지 마요. 보기 역하니까. 아시겠어요?!

영우 보기 역하니까! 아시겠어요!

혜영 어머니의 일갈에 놀란 영우가
자기도 모르게 반향어를 한다.
이에 혜영 어머니가 영우를 노려보고,
수연도 당황해 영우를 살핀다.
오른손으로 왼손 손등을 꾸욱 누르며
몸을 좌우로 흔드는 영우.
거친 숨을 몰아쉬며 어떻게든 진정하려
애쓰는 모습이 안쓰럽다.

S#20. 술집 (내부/밤)

생맥주를 파는 캐주얼한 술집.
준호, 가영, 준호의 대학 동기들 3명이 술을 마신다.
마신 지 한참 지난 듯 모두들 취해있다.

동기 3 아이, 이준호! 너 만나는 사람 얼굴 좀 보자니까? 왜 안 불러? 여기서 나만 못 봤잖아!

준호	아우, 다음에! 다음에 부른다고!
동기1	근데 너… 진짜 괜찮겠냐? 아무리 직업이 변호사라도… 잘 생각해라.
준호	뭐가?
동기1	아니~ 우리야 그렇다 쳐. 너 부모님한테도 말할 수 있냐? 그런 사람이랑 사귄다고?
준호	그런 사람이 어떤 사람인데? 너 말 이상하게 한다?
동기1	아니~ 솔직히 쫌… 쫌…
동기3	쫌 뭐? 쫌 어떤데? 어?
동기2	(동기 3에게 그만하라는 듯) 아, 뭐 쫌 그런 게 있어.
동기3	뭐 쫌 그런 게 뭔데?!
가영	아니~ 준호 오빠가 원래 착하잖아. 착해서 그래, 착해서.
준호	하아… 난 가야 되겠다. 너네가 무슨 말하는지 나는 하나도 모르겠네.

준호가 비틀대며 자리에서 일어서는데
동기 1이 붙잡아 앉힌다.

동기1	나도 그런 연애 해봤거든? 내가 해봐서 아는데 그거… 사랑 아니야.
준호	뭐?
동기1	도와주고 싶은 불쌍한 여자 만나는 거. 그거 사랑 아니라고. 그거… 연민이야.

준호가 동기 1을 빠히 쳐다본다.
준호의 눈빛이 심상치 않음을 느낀 가영과
동기들이 끼어든다.

가영   (동기 1에게) 오빠, 그만해.
동기 2   그래. 이 새끼 취했나?
동기 3   (혼자만 여전히 어리둥절) 도와주고 싶은 불쌍한 여자?

그 순간, 준호가 동기 1에게 달려들어 멱살을 잡는다.
우당탕! 준호와 동기 1이 함께 바닥으로 넘어지고,
가영과 동기들도 달려들어 두 사람을 말리느라
술자리가 난장판이 된다.

S#21.   일식집 (내부/밤)

고급 일식집 안의 칸막이 방.
민우가 한바다의 또 다른 시니어 변호사인
김변(50대/남)과 술을 마신다.

김변   아무튼 우리 권민우 변호사는 요즘 젊은 친구들 같지 않아
         서 좋다! 선배한테 "저 밥 사주세요~"하고 먼저 안기는
         신입, 진짜 드문데!
민우   변호사님이랑 사건 같이 할 때마다 제가 배우는 게 참 많

왔거든요. 앞으로도 많이 가르쳐주십시오.

김변   에이~ 내가 뭘 가르쳐! 일하면서 스스로 깨치는 거지!

그러면서도 기분이 좋은 듯 껄껄 웃는 김변.
민우가 김변의 눈치를 살짝 보다가 '이때다.' 싶어,

민우   참, 변호사님. 태산의 태수미 변호사랑 대학 동기 아니세요?

김변   태수미? 응. 걔 나랑 동기 맞지. 왜?

민우   아니~ 누가 말도 안 되는 엉뚱한 소리를 하길래요.

김변   엉뚱한 소리?

민우   태수미 변호사한테 숨겨놓은 자식이 있다고…

김변   아, 그거? (웃음)

민우   변호사님도 아세요?

김변   그냥 낭설이야~ 대학 다닐 때 태수미가 갑자기 유학을 간 다면서 휴학을 한 적이 있어. 물론 개야 워낙 대단한 집 애 니까 언제 어디로 유학을 간들 이상한 일은 아니긴 했는데 그래도 상식적인 수순은 아니었거든? 학교를 졸업한 것도 아니고, 사법 시험에 합격한 것도 아닌데 덜컥 유학부터 간다는 게.

민우   아, 네.

김변   그러다보니까 뒷말이 나오다~ 나오다~ 그런 소문까지 만 들어진 거지. 하여간 사람들 상상력 하고는. 허허.

민우   혹시… 태수미 변호사가 휴학을 했던 게 몇 년도였는지 기 억하세요?

김변	음, 가만있어 보자. 내가 그때 군대 가기 전 스물네 살 때였
	으니까… 1996년인가?
민우	1996년… 그럼 26년 전이네요?
김변	아이고, 1996년이 벌써 26년 전이야? 시간 참 빠르다. 그때
	태어난 애가 있다면… 벌써 27살인 거네?
민우	그렇죠. 올해 입사한 여자 신입들 대부분이 그 또래니까요.

민우가 '올해 입사한 여자 신입들' 중 하나인
영우를 떠올린다.

FLASHBACK:

제8화, 소덕동.
주택가에서 영우를 찾아 두리번대던
민우의 시선에 포착된 풍경.
소덕동 언덕 느티나무 아래 나란히 서있는 영우와 수미.
이렇게 기억을 되짚어보니, 두 사람의 얼굴이
꽤 닮은 것도 같다.

S#22.   **법정 (내부/낮)**

판결 선고.
판결하는 사람들과 판결받는 당사자만 있기 마련인
여느 선고와 달리, 이날은 판사들과 배심원들,

정일 외에도 혜영과 혜영 어머니, 어울림 회원들이
나와 방청석을 가득 채우고 있다.
변호인들 중에는 영우만 홀로 정일 옆에 앉아있고,
지난 싸움의 여파로 얼굴에 반창고를 붙인
준호가 방청석에 앉아있다.
재판장이 배심원들의 평결서를 펼친다.

재판장　　먼저 배심원단의 평의 결과를 말씀드리겠습니다. 공소 사
　　　　　실에 대해 배심원 7명 중 유죄 3명, 무죄 4명으로… 무죄.

안도감에 표정이 밝아지는 정일.
동시에 어울림 회원들의 야유가 터져나와
배심원들이 난처해한다.

재판장　　모두 정숙하세요! (조용해지길 기다린 뒤) 본 재판부는 배심원
　　　　　단의 의견을 존중함을 알려드리며, 이제 판결하겠습니다.
　　　　　주문. 피고인을 징역 2년에 처한다. 피고인에게 40시간의
　　　　　성폭력 치료 프로그램의 이수를 명한다. 피고인에 대한 정
　　　　　보를 5년간 정보통신망을 이용해 고지하고 공개한다. 피고
　　　　　인에게 장애인 관련 기관 및 장애인 복지 시설에 각 5년간
　　　　　취업 제한을 명한다.

판결에 대한 제각각의 반응으로 술렁이는 법정.
한편 정일의 얼굴은 금세 하얗게 질린다.

정일	누나…? 뭐예요… 나 감옥 가는 거예요?
영우	네.

재판장이 판결문 낭독을 이어가는데,
갑자기 "어헝! 어헝!" 서러운 울음소리가 들린다.
영우가 소리 나는 곳을 돌아본다.
정일이 감옥에 간다는 걸 이해한 혜영이 방청석에 앉아 서럽게 울고 옆자리의 어머니가 그런 혜영을 달래느라 애쓴다.
이를 보는 영우의 마음이 또 한없이 복잡해진다.

S#23.　준호/민우의 집 앞 복도 (내부/밤)

준호와 민우가 함께 사는 오피스텔 빌딩 안 복도.
'집에 데려다주기' 데이트 중인 영우와 준호가 승강기에서 내려 천장에 센서 등이 줄지어 달린 긴 복도를 걷는다.

준호	저 끝에 607호예요. 저랑 권민우 변호사 사는 곳.
영우	네.
준호	민우는 오늘 늦는다는데… (머뭇대다) 잠깐 들어가실래요?
영우	아니요. 저는 피곤해서 빨리 집에 가고 싶습니다.
준호	아, 네… 그럼 같이 나가요. 제가 집까지 바래다드릴게요.

당장 나가자는 듯 걸음을 멈추고

승강기 쪽으로 몸을 돌리는 준호.
그러자 영우가 따라 멈추더니,

영우   음… 그렇게 되면 제가 이준호 씨를 집에 데려다준 의미가
없지 않습니까? 동선도 비효율적이고.

준호   데이트가 원래 그런 거잖아요. 의미도 없고 효율도 없고.
바보 같고.

준호가 영우를 향해 씨익 웃는다.
그런 준호를 보자 새삼 몰려오는 여러 생각에
머리가 복잡해지는 영우.

영우   장애가 있으면… 좋아하는 마음만으로는 충분하지 않은
것 같습니다. 내가 사랑이라고 해도 다른 사람들이 아니라
고 하면, 아닌 게 되기도 하니까요.

준호   오늘 판결 선고 난 사건 말씀이세요?

영우   그 사건 이야기인지 제 이야기인지 모르겠습니다.

준호   다른 사람들이 아니라고 해도 내가 사랑이라고 하면, 사랑
이에요.

영우   (한숨) 저와 하는 사랑은… 어렵습니다.

준호   네. 그런 것 같아요.

영우   그래도 하실 겁니까?

자신을 제대로 쳐다보지도 않는 채로

툭 던지는 영우의 질문.

준호가 대답을 고민하다가,

그냥 지금의 마음을 따르기로 한다.

준호   네.

아까부터 같은 자리에 서서 움직임이 없는 탓에

센서 등이 꺼진 어두운 복도.

준호가 영우를 가만히 바라보다가 키스를 하기 위해

다가간다. 준호의 얼굴이 가까워지자

영우가 움찔 놀라 얼굴을 뒤로 뺀다.

그 움직임에 센서 등이 반짝 켜진다.

'영우가 원하지 않는 건가?' 싶어 이번엔 준호가

살짝 뒤로 물러난다.

준호가 영우의 얼굴, 정확히는 불안하게

흔들리는 두 눈을 본다.

영우도 준호의 얼굴, 정확히는 두 눈 아래

코와 입 부분을 본다.

그러다 결심한 듯 영우가 두 눈을 뜬 채

준호에게 천천히 다가간다.

그런 영우를 맞아 준호가 키스하기 시작하자

곧 센서 등이 꺼진다.

짧은 키스를 마친 후, 영우가 손을 번쩍 들어 센서 등을 켠다.

영우	키스할 때… 원래 이렇게 서로 이빨이 부딪칩니까?
준호	(웃음) 아니요.
영우	그럼 어떻게 해야…
준호	입을 조금 더 벌려주세요. 눈도 감아주시면 좋고요.

그러자 영우가 키스 내내 시퍼렇게 뜨고 있던
두 눈을 감고 입을 벌린다.
다시 키스하는 두 사람.
동시에 센서 등이 꺼지고 복도가 어두워진다.
부드럽게 움직이는 두 사람의 실루엣이 예쁘다.

S#24. EPILOGUE : 우영우 김밥 (내부/밤) - 과거

몇 주 전. 제9화 에필로그에 나왔던 상황의 뒷부분.
분식집 테이블에 시금치를 산처럼 쌓아놓고 다듬던 광호.
누군가 들어오는 소리에 문가를 쳐다보고… 놀란다.
너무나 예상 밖인 '누군가'의 정체는 바로 수미다.

수미	나 들어가도 되지?

말과는 달리, 문가에 서서 분식집 내부를
가만히 훑어보는 수미.
어떻게 살고 있나 점검하기라도 하는 것 같은

수미의 시선에, 시금치를 다듬던 스스로가
왠지 초라하게 느껴지는 광호.

광호   영우가 보기라도 하면 어쩌려고 여길 찾아와?

         수미가 광호 맞은편 의자로 가 앉더니
         가방에서 뭔가를 꺼내 내민다.
         법무법인 태산의 미국 보스턴 사무소 홍보 책자다.

수미   미국 보스턴에 태산 해외 사무소가 있어. 영우랑 가.
광호   (기막혀) 영우 한바다 다녀. 태산 변호사도 아닌데 어딜 가
         라 마라야.
수미   선배, 한선영이랑 짰어?

         갑자기 훅 들어온 질문에 광호가 주춤한다.

수미   둘이 짜고 나 한번 잡아보겠다고 한바다에 영우 취직시킨
         거야?
광호   세상이 다 그렇게 널 중심으로만 돌아가지 않아. 둘이 짜
         긴 뭘 짜? 영우가 뛰어나니까 한바다에서 데려간 거지.
수미   그래. 뛰어나더라, 영우.

         수미의 말에 광호의 기분이 복잡해진다.

수미	뛰어나니까 제안하는 거야. 국제 변호사로 성장할 수 있는 좋은 기회잖아. 영우 설득해줘. 미국 가면 거기 일에만 집중할 수 있게 내가 다 지원할게.
광호	법무부 장관 되시는 길에 방해될까, 영우를 멀리 치우는 건 아니고?
수미	영우는 담당 의사나 상담사가 있어?
광호	뭐?
수미	자폐가 있던데 영우 전담으로 돌봐주는 전문가가 있냐고.
광호	영우한테 필요한 치료는 내가 다 해줬어. 그런 거 없이도 지금 생활 잘하고 있고.
수미	그래? 선배가… 충분히 해줄 수 없는 건 아니고?

'가난한 네 현실 좀 보라'는 듯 분식집을
살짝 둘러보는 수미.
광호의 자존심이 상한다.

수미	지금이라도 영우한테 최고의 환경을 만들어주자. 자폐에 대한 인식도, 치료도 미국이 한국보단 훨씬 낫잖아. 보스턴만 해도 자폐인 커뮤니티가 얼마나 많은 줄 알아? 영우한테 붙여줄 만한 자폐 전문 의사나 상담사도 많고. 여기서는… 영우 혼자잖아. 선배가 영우 인생, 끝까지 따라다니며 책임질 거야?
광호	(버럭) 영우 내 딸이야! 네가 뭔데 이래라저래라 참견이야? 그동안 코빼기도 한번 안 내밀고 이기적으로 살더니 이제

와서 뭐? 너도 참 낯짝 두껍다.

수미   낯짝 두꺼운 건 선배지. 우리 약속 잊었어? 영우만 낳아주
면 평생 내 눈앞에서 사라지겠다며! 그 약속 깨고 보란 듯
이 나타난 건 무슨 뜻인데? 영우 앞세워서 나한테 뭐 복수
라도 하고 싶어? 아니면 돈인가? 선배 나한테 돈 뜯어내고
싶어서 이래?

화가 난 광호가 벌떡 일어나 테이블을 엎어버린다.
우당탕! 요란한 소리와 함께 시금치와 홍보 책자가
바닥에 나뒹군다.

광호   나가! 너! 나가!

수미가 벌떡 일어나 광호를 노려본다.
그 눈빛을 피하지 않는 광호.
복잡한 감정들을 잔뜩 담은 두 사람의 시선이
강렬하게 맞부딪힌다.
결국, 수미가 먼저 분식집 밖으로 나간다.
홀로 남겨진 광호가 씩씩대며 이미 쓰러진 테이블을
한 번 더 걷어찬다.
바닥에 떨어진 태산 보스턴 사무소 홍보 책자 위로
시금치가 흩날린다.

〈끝〉

"내가 돼줄게요.

변호사님 전용 포옹 의자."

11화

소금군
후추양
간장변호사

S#1. PROLOGUE : 도박장 (내부/밤) - 과거

한 달 전.

서울 시내에 위치한 어느 불법 포커 도박장.

신일수(45세/남)가 또래 남자들인 **윤재원**, **박성남**과
원탁에 둘러앉아 있다.

트럼프 카드 대신 출력된 로또 용지 한 장씩을
손에 든 세 사람.

도박장 안 TV에서 나오는 로또 번호 추첨 방송에
온 신경을 집중한다.

TV 속 남자   네 번째 행운의 숫자는 몇 번일까요? (사이) 28번!

일수   앗—싸!

성남   에이~

희비가 엇갈리는 일수와 성남.

한편 재원은 잔뜩 상기된 얼굴로 눈만 끔벅거린다.

TV 속 여자   계속해서 다섯 번째 숫자 추첨합니다. (사이) 14번이네요.

일수   오오! 나 있다, 있다! 14번!

성남   어떻게 하나가 안 맞냐? 하나가!

이번에도 아무 말 없이 침만 꼴깍 삼키는 재원.

재원의 심상치 않은 표정에 성남이 스윽 재원 옆으로 가

재원의 로또 용지를 함께 들여다본다.

TV 속 남자   여섯 번째 행운의 숫자! (사이) 네, 2번입니다!

일수   아휴, 씨… 5천 원이네.

아쉬운 듯 자신의 로또 용지를 원탁에 내려놓는 일수.

정지 화면처럼 가만히 굳어있는 재원과 성남의 모습을

보고 긴장한다.

일수   뭐야? 왜?

성남   허이—씨, 대애애—박!

재원   1등! 1등! 나 1등!!!

일수   뭐?!

일수가 벌떡 일어나 재원의 로또 용지를 빼앗아

TV 속 번호와 맞춰본다.
정말로 1등인 것을 확인하자 온 얼굴이 기쁨으로
가득 차는 일수.
일수, 재원, 성남이 서로 부둥켜안고 펄쩍펄쩍 뛰며
환호한다.

TITLE :

〈이상한 변호사 우영우〉

S#2.   **한바다 1층 로비 (내부/낮)**

한 달 뒤 현재.
영우가 로비에 있는 벤치에 앉아
출근하는 한바다 사람들을 지켜본다.
그중 회전문을 통해 빌딩 안으로 들어오는
준호를 발견하자, 영우가 자기도 모르게
준호와 키스했던 순간을 떠올린다.

FLASHBACK :

제10화. 준호와 민우의 집 앞 복도.
센서 등이 켜진 상태에서,

영우   키스할 때⋯ 원래 이렇게 서로 이빨이 부딪칩니까?

준호	(웃음) 아니요.
영우	그럼 어떻게 해야…
준호	입을 조금 더 벌려주세요. 눈도 감아주시면 좋고요.

그러자 영우가 두 눈을 감고 입을 벌린다.
다시 키스하는 두 사람.
동시에 센서 등이 꺼지고 복도가 어두워진다.
부드럽게 움직이는 두 사람의 실루엣.

CUT TO :

현재, 한바다 1층 로비.
영우를 보지 못한 채 승강기를 타러
성큼성큼 걸어가는 준호.
하지만 영우는 준호에게 가지도,
준호를 부르지도 않은 채 그저 보고만 있다.
문득 고개를 돌린 준호가 영우를 발견하고,
조금 놀라며 다가온다.
그제야 벤치에서 일어서는 영우.

준호	변호사님? 왜 여기 계세요?
영우	보고 싶어서요.
준호	네?
영우	이준호 씨를 보고 싶어서 기다렸습니다.
준호	(웃음) 와, 진짜요? 그럼 부르시지. 못 보고 지나칠 뻔했잖

아요.

영우 음… 이준호 씨를 보려고 기다렸는데… 이준호 씨를 봤으니까요.

준호 아, 그거면 됐다?

영우 제 사무실 창문 너머로 이준호 씨의 자리가 보입니다. 오늘은 평소 출근 시간보다 12분이나 늦었는데도 나타나지 않아 궁금했습니다.

그때, 영우의 핸드폰이 진동한다. 명석의 전화다.

영우 (전화 받고) 여보세요.

명석 (소리) 우영우 변호사, 지금 17층 회의실로 오세요. 새 사건 의뢰인 미팅입니다.

영우 네, 알겠습니다. (전화 끊고 머뭇대며) 저…

준호 가보셔야 돼요?

영우 네.

준호 그럼 우리는 점심 때 볼까요?

영우 네.

영우가 뒤돌아 승강기를 향해 걸어간다.
준호가 그런 영우의 뒷모습을 보며 피식 웃는다.

S#3.   승강기 (내부/낮)

영우가 승강기에 탄다.
먼저 타고 있던 선영이 영우를 알아보고 넌지시 묻는다.

선영   우영우 변호사, 할 만해요?
영우   네?
선영   할 만하냐구.
영우   무엇을… 할 만하냐는 말씀입니까?
선영   응? 아니, 뭐 고민 같은 거 없나 해서.
영우   음… 고민은 있지만 말씀드리기 어렵습니다. 개인적인 문
         제라서요.

'개인적인 문제? 혹시 태수미랑 관계된 일인가?' 싶어
선영이 심각해진다.
영우의 대답을 끌어내고자 근심 어린 표정으로,

선영   개인적인 문제라니? 뭔데 그래요? 한바다 소속 변호사의
         고민은 곧 한바다 전체의 고민이에요. 대표인 나의 고민이
         기도 하고. 말해봐요.

선영의 설득에 결국 영우가 입을 연다.

영우   키스할 때 이빨이 서로 부딪히지 않으려면 입을 벌려야 하

는데 그 상태에서는 숨을 쉬기가 어렵습니다. 키스를 하면
서도 동시에 숨을 쉴 수 있는 방법은 없는지, 그것이 고민
입니다.

선영   아… 그렇구나. 그것이 고민이구나…

그때 17층에 도착한 승강기의 문이 열리고, 영우가 내린다.
동시에 옆 승강기에서 내린 일수가 **성은지**(43세/여)를
업은 채 선영이 탄 승강기 앞을 지나간다.
다 큰 남자가 다 큰 여자를 업고 걸어가는 낯선 모습에
선영이 묘한 표정으로 혼잣말을 중얼거린다.

선영   회사가… 좀 이상해.

S#4.   **한바다 17층 복도 (내부/낮)**

은지를 업은 채로도 전혀 힘든 기색 없이 복도를
저벅저벅 걷는 일수.
손에는 은지 것으로 보이는 낡은 여자 구두가 들려있다.
영우가 그런 일수와 은지 뒤를 따라 걷는다.

S#5.　**한바다 17층 회의실 앞 (내부/낮)**

일수가 회의실 앞에 멈춰 서자 은지가 내려달라는 듯
가볍게 몸부림친다.

은지　이제 내려줘.

일수　바닥 차. 의자에 앉혀줄 때까지 가만있어.

은지　아휴, 이 사람이… 부끄럽게.

부끄럽다 하면서도 더 이상 몸부림치지 않는 은지.
일수가 회의실 문을 노크한다.
같은 회의실에 들어가야 하는 영우는 두 사람 뒤에
한 발짝 떨어져 서있다.

S#6.　**한바다 17층 회의실 (내부/낮)**

노크 소리에 홀로 회의 테이블에 앉아있던
명석이 문가를 본다.

명석　네, 들어오세요.

문이 열리고, 일수가 은지를 업은 채
회의실 안으로 들어온다.

그 모습에 조금 놀라는 명석.
뒤이어 닫혀가는 회의실 문 너머로
우두커니 서있는 영우를 보고,

명석   우영우 변호사도 얼른 들어와요.

말해보지만, 영우는 똑똑 한 박자 쉬고 똑.
노크부터 한 뒤 문을 열고 눈을 감고 속으로
'하나 둘 셋' 세는 걸 다 하고서야 입장한다.

일수   아, 우리 뒤에 오시던 분도 변호사셨구나.

영우   안녕하십니까? 우영우입니다. 똑바로 읽어도 거꾸로 읽어
도 우영우. 기러기 토마토 스위스 인도인 별똥별 우영우.

영우의 자기소개에 살짝 의아한 표정을 짓는 일수와 은지.
그러자 명석이 화제도 돌릴 겸 재빨리,

명석   혹시 몸이 불편하신가요? 휠체어 같은 게 있는지 알아볼
까요?

일수   아뇨, 아뇨! 우리 집사람인데 오는 길에 구두 굽이 부러져
서요.

은지   (민망해) 아이고, 진작 좀 내려달라니까…

일수   바닥이 차다고.

일수가 은지를 조심스럽게 의자에 내려놔 앉히더니
들고 있던 구두를 은지의 발밑에 가지런히 놓아준다.

일수 　이 사람, 오늘 변호사님 뵌다고 모처럼 구두 신고 나섰는
　　　데 구두가 얼마나 낡았는지 글쎄, 굽이 똑 부러지지 뭡니
　　　까? 남편이랍시고 참… 집사람 구두도 하나 못 사주고 이
　　　렇게 고생만 시키네요.

은지 　에이, 내가 평소에는 구두 신고 일할 일이 없으니까 그렇죠.

미안함이 가득 담긴 눈빛으로 은지를 바라보는 일수.
부부의 훈훈한 모습에 명석이 미소 짓는다.

명석 　아내 위하시는 모습이 멋지세요. 두 분, 한 쌍의 원앙 같습
　　　니다.

영우 　(뭔가 하고 싶은 말이 있어) 음…

일수 　에이~ 원앙은요, 뭘. 돈도 못 벌어오는 놈이 몸으로라도
　　　잘해야죠.

영우 　(결국 하고 싶은 말 발사) 하지만 실제 원앙은 부부금실이 좋지
　　　않습니다. 수컷 원앙은 번식기엔 암컷 원앙 곁을 지키고 함
　　　께 둥지를 짓지만 번식기가 끝나면 다른 암컷을 찾아 떠나
　　　버려요. 결국 암컷 원앙은 혼자서 새끼를 키워야 합니다.

영우의 말에 잠시 싸 ─해진 분위기.
명석이 애써 아무 일 없었다는 듯 질문한다.

명석	어떤 일로 오셨습니까?
일수	얼마 전에 저랑 아는 사람 둘, 이렇게 셋이 돈 모아 로또를 샀습니다. 누구라도 당첨이 되면 당첨금을 공평하게 나누기로 약속하고요. 근데 진짜로⋯ 우리 중에 한 명이 1등에 당첨된 겁니다!
명석	와, 대단하네요!
영우	와. 대단하네요.
일수	대단하죠. 대단한 일인데⋯ 사람이란 게 돈 앞에서 참 간사해집디다. 이 1등 당첨된 새끼가 갑자기 잠수를 타더라고요? 그래서 그놈 집에 찾아갔더니 한다는 말이, 자기가 언제 그런 약속을 했냐는 거예요. 뻔뻔하게! 자기는 한 푼도 못 나눠준다고!
명석	당첨금을 나누기로 한 약속은 세 분이 말로 하신 겁니까? 약속한 바를 서면으로 작성했다거나 녹음을 해뒀다거나 하진 않으셨고요?
일수	네. 그런 거는 없이 그냥 말로만 했습니다.
명석	흠, 그렇다면 약속했다는 사실을 입증하기가 쉽지는 않겠네요. 세 분은 어떻게 알게 된 사이십니까?
일수	아, 그게⋯

말하기 난처한 듯 일수가 머뭇거리자
은지가 대신 대답한다.

| 은지 | 신랑이랑 같이⋯ 도박하는 사람들이에요. |

명석	도박이요?
영우	도박이요?
일수	제가 도박장에 좀 다녔습니다. 그 로또도 판돈으로 샀고요.
명석	불법 도박장 말씀하시는 거죠?
일수	네… 혹시 그게 뭐, 문제가 됩니까?

표정이 어두워지는 명석.
일수와 은지가 잔뜩 긴장한 얼굴로 명석의 대답을 기다린다.

명석	문제가 될 수도 있습니다. 특히 로또를 도박 자금으로 구입했다는 게 걸리네요. 아시다시피 도박은 반사회적인 불법 행위라 재판부가 이 약속 자체를 무효로 볼 가능성도 있습니다.
일수	네? 그런 법이 어디 있습니까? 도박은 도박이고 약속은 약속이죠!
영우	민법 제103조. 선량한 풍속 기타 사회 질서에 위반한 사항을 내용으로 하는 법률 행위는 무효로 한다. 이 법에 따르면 도박 빚은 갚지 않아도 됩니다. 도박 자체가 사회 질서에 반하는 불법 행위이기 때문에, 법은 도박 빚을 갚기로 한 약속을 보호해주지 않는 겁니다.
일수	(다급하게) 그 로또 당첨금, 62억이 넘습니다. 세금 빼도 42억, 3등분한다 치면 제 몫으로만 14억이에요. 저 말고, 돈 못 받은 다른 친구도 한바다로 데려올게요. 함께 수임하시면 총 28억짜리 소송입니다. 지금은 제가 돈이 없지만 재

판 이기기만 하면 그 뭐야, 성공 보수? 그거는 넉넉하게 드릴 수가 있어요!

명석   수임료 때문이라기보다는… 말씀드렸듯이 저희가 보기에 이 사건은 법리상 사건 자체가 성립하지 않을 가능성이 있습니다.

일수   그럼 그 로또를 판돈으로 안 샀다고 하면 되잖아요!

명석   네?

영우   네?

일수   저랑 다른 친구랑 입을 맞춰서…

영우   (말 끊고) 거짓말을 하겠다는 말씀입니까? 법정에서요? 안 됩니다!

영우의 단호함에 말문이 턱 막힌 채
답답한 표정을 짓는 일수.
보다 못한 은지가 나선다.

은지   우리 신랑도 좋아서 도박에 빠진 게 아니에요. 원래는 정말 성실했던 사람인데 저랑 결혼하고 나서 PC방을 차렸다가 동업자한테 사기 당하고 가진 돈을 다 잃었어요. 그거 만회해보려다가 도박에까지 손을 댄 거고요. 아까 저 업고 들어온 거 보셨죠? 이 사람, 비록 도박꾼이지만 저한테는 참 잘하는 남편이고 애들한테도 다정한 아빠예요.

명석   네. 그러신 것 같습니다. 하지만 아까도 말씀드렸듯이…

은지   (말 끊으며) 정명석 변호사님, 저랑 관계가 있으시잖아요. 저희 셋째 이모의⋯ 친구의 지인의 아드님이시잖아요.

명석   아, 네. 저희 어머니의⋯ 지인의 친구의 조카시라는 말씀
         들었습니다.

은지   저요, 그 14억 꼭 필요합니다. 남편이랑 결혼한 지 15년
         됐고 애들 나이가 벌써 13살, 11살인데 지금껏 제대로 된
         집 한 칸 없이 떠돌면서 제가 김밥집 하는 걸로 근근이 살
         아왔어요. 박복한 제 인생에 두 번은 없을 기회잖아요. 제
         발⋯ 저희 가족 좀 도와주세요.

         간절하게 애원하는 은지의 눈에 눈물이 맺힌다.
         그 모습에 마음이 약해지는 듯 조용히 한숨 쉬는 명석.
         영우가 그런 명석을 물끄러미 본다.

S#7.   **털보네 요리주점 (내부/밤)**

         언제나처럼 바 테이블에 나란히 앉아있는 영우와 그라미.
         민식이 김초밥을 갖다 주며 뭔가 하고 싶은 말이 있는 듯
         머뭇거리더니,

민식   저기⋯ 수연 씨는 잘 있죠?

영우   네?

그라미   아, 털보 사장 싫다고 도망친 여자를 왜 찾아요? 존심 상
         하게.

영우	최수연이… 도망쳤습니까?
그라미	너 선녀한테 못 들었어? 소개팅 얘기?
영우	잘 안 됐다고 했어.
그라미	그게 다야? 어우~ 역시 사람이 됐네. 진정한 선녀다. 털보 사장의 만행을 까발리지 않고.
영우	만행?
그라미	만나자마자 "김민식입니다람쥐." 이랬대. 아, 나 미쳐버려. 아재 귀신이 쓰였나, 아재들이나 할 농담만 엄청 했더라고.
민식	제가 평소에는 진짜 안 그러는데 그날은 너무 긴장을 했나 봐요.
영우	아재들이나 할 농담?
그라미	털보 사장, 뭐라 그랬댔지?
민식	(괴로워하며) 오렌지를 먹은 지 얼마나 오랜지… 고르고 골라 고르곤 졸라… 바나나 먹으면 나한테 반하나…
그라미	어우, 환장하겠다!

하지만 영우는 민식의 농담들을 하나씩 곱씹어보더니… 감탄한다.

영우	발음이 유사한 단어들을 활용한 농담인가요? 저는… 재밌습니다.
그라미	헐? 진심?
민식	그래요?
그라미	아, 그럼 음식 농담을 한 게 문제였나? 선녀는 변호사잖아.

변호사한테는 변호사 농담을 했어야지.

영우   변호사 농담?

그라미   김밥과 참기름이 싸우다가 김밥이 경찰서에 잡혀갔어. 왠 줄 알아?

영우   몰라.

그라미   참기름이 고소해서.

영우   고소…? (깨달음) 아, 고소!

왜 웃긴 건지 한 박자 늦게 이해한 영우가
감탄한 표정을 짓는다.
자기가 한 농담에 한참을 낄낄 웃는 그라미.
민식도 질 수 없다.

민식   손님, 김밥을 말 때는 김이 안 터지게 조심하셔야 돼요. 안 그러면 '김을 파손죄'로 잡혀갑니다.

영우   김을… 파손죄…? (깨달음) 아!

영우가 또 감탄한다.
그라미와 민식이 낄낄 깔깔 웃는다.

S#8.   수연의 사무실 (내부/밤)

으슬으슬 추운 듯 담요로 몸을 칭칭 감싼 채 야근 중인 수연.

종권으로부터 전화가 걸려오자,
"아 — 아!" 목소리를 가다듬은 뒤 통화한다.

수연   응~ 종권 씨.

종권   (소리) 잠깐 나올래요?

수연   네?

종권   (소리) 수연 씨 회사 앞이에요. 잠깐만 나와서 얼굴 보여줘요.

수연   아…

종권의 말에 놀라 황급히 담요를 내던지는 수연.
책상 위의 멀티밤을 집어 입술과 볼, 목 등에 바르며
외모를 단장한다.

S#9.   법무법인 한바다 (외부/밤)

수연이 한바다 빌딩 밖으로 나간다.
깔끔하게 차려입은 종권이 양손을 등 뒤에 숨긴 채
씨익 웃는다.

수연   뭐예요, 갑자기? 등 뒤에 숨긴 건 또 뭐고?

종권   오른손에 하나, 왼손에 하나 있어요. 어느 거 먼저 볼래요?

수연   (웃음) 음… 왼손?

그러자 종권이 왼손에 들고 있던 텀블러를
수연 앞에 내민다.

종권   '몸에 좋아 칵테일'이에요.

수연   몸에 좋아 칵테일이요?

종권   수연 씨 감기 걸릴 것 같다고 해서 원래는 그냥 꿀물을 만
         들려다가… 몸에 좋은 걸 하나씩 추가하게 됐어요. 레몬
         유자 라임 민트 계피 강황 꿀물이라고 할까요?

수연   레몬 유자 라임 민트 계피 강황 꿀물이요? (웃음) 맛은 어
         때요?

종권   맛은… 진짜 별로예요.

종권과 수연이 함께 웃는다.

수연   맛없어도 잘 마실게요. 오른손에는 뭐예요?

종권   오른손에는…

불쑥, 오른손에 들고 있던 메리골드 꽃다발을 내미는 종권.
꽃다발을 받아든 수연의 마음이 환하게 밝아진다.

종권   정확한 꽃 이름은 잘 모르겠어요. 메리골드라고도 하고
         만수국이나 금잔화라고도 하고… 그냥 꽃말이 좋아서 샀
         어요.

수연   꽃말이 뭔데요?

종권	반드시 오고야 말 행복.

종권이 또 씨익 웃는다.
꽃다발 향기를 맡는 수연의 얼굴에 행복한 미소가 가득하다.

S#10. 도박장 (내부/낮)

오픈 전이라 한산한 도박장.
일수가 영우를 데리고 도박장 안으로 들어온다.
처음 와보는 낯선 공간에 긴장한 듯, 쭈뼛쭈뼛 주위를
둘러보는 영우.
영업을 준비하던 **최다혜**(30대/여)가 일수와 영우를 본다.

다혜	왜 벌써 왔어? 오픈도 안 했는데? (영우 보며) 누구야?
일수	변호사야. 나 로또 소송하잖아. '재떨이' 있어? 좀 불러 주라.
다혜	어머, 변호사 언니구나~ 커피 한잔 드릴까?
영우	아, 아니요. 괜찮습니다.

다혜가 피식 웃으며 재떨이를 부르러
도박장 안쪽 사무실로 들어간다.

영우	증언하실 분이 저분입니까?
일수	아뇨, 아뇨. 저 여자는 '커피장'이고 증언할 애는 '재떨이.'

영우	커피장… 재떨이요?
일수	여기서 커피 파는 사람을 커피장이라고 해요. 이것저것 잔심부름하는 애는 재떨이. 저기 재떨이 오네요. (손 번쩍 들며) 여기!

재떨이 **한병길**(20대/남)이 사무실 밖으로 나와
자신을 향해 손을 흔드는 일수를 향해 머뭇머뭇 다가간다.
일수, 영우, 병길이 원탁에 둘러앉는다.

일수	너 우리 로또 심부름 했던 날 기억하지? 나랑 박성남이랑 윤재원이랑 셋이 판돈 모아서 너한테 로또 좀 사오라고 시켰잖아.
병길	네. 그날 당첨됐잖아요. 1등.
일수	그래. 너 그때 우리가 당첨금 어떻게 나누기로 약속했는지 들었어?
병길	네. '셋 중에 하나라도 당첨되면 무조건 N빵이다.' 이렇게 말하는 거, 들었어요.

병길의 말에 일수의 얼굴이 밝아진다.

영우	N빵이요?
병길	네. 세 분이었으니까 삼등분.
영우	방금 말씀하신 내용을 법정에서 증언해주실 수 있습니까?
병길	네? 법정에서… 증언이요?

일수   응응. 별거 아니야. 방금 한 얘기, 고대로만 해주면 돼.

병길   저 그런 거 안 해봐서… 여기 일도 바쁘고…

일수   야, 지금 수억이 왔다 갔다 하는 판에 여기 일 바쁜 게 문제니? 좀 도와주라. 증언만 해주면 내가 너 여기 때려칠 수 있을 만큼 큰돈 준다. 응?

영우   음… 큰돈을 주면 안 됩니다. 증언의 대가로, 통상적으로 용인되는 여비나 일당 정도를 초과하는 과도한 급부를 제공하기로 한 약정은 반사회적 법률 행위에 해당하여 무효입니다.

일수   아니, 변호사님. 지금 이 친구 설득하러 같이 오신 거잖아요. 그리고 내가 내 돈 준다는데 그것도 안 됩니까? 거짓말을 해달라는 것도 아니고 사실을 있는 그대로 말해달라는데?

영우   안 됩니다. 민법 제103조. 그새 잊으셨습니까?

일수   (답답) 아이고, 우리 변호사님도 참! 사람이 유도리가 있어야지!

병길   저 이제 일하러 가야 하는데…

일수   (병길 붙잡으며) 잠깐만, 잠깐만. 증언 좀 해주라. 내가 너 여기 때려칠 수 있을… 만큼은 아니더라도 응? 제대로 한턱 쏠게! 민법에 저촉되지 않는 선에서 응? 과도하지 않게.

'유도리' 없는 변호사 때문에 말을 못할 뿐
큰돈을 주겠다는 뜻을 담아,
병길을 향해 찡긋찡긋 열심히 눈짓을 보내는 일수.

그 눈짓의 의미를 이해하지 못하면서도,
영우의 표정은 무척이나 단호하다.

S#11.　준호의 사무실 (내부/낮)

준호가 자신의 책상에 앉아 일하고 있는데,
근처에 앉은 준호의 상사가 준호를 향해
열심히 눈짓을 보낸다.

준호　왜 그러세요?

대답 대신, 턱으로 영우의 사무실 쪽을 슬쩍 가리키는 상사.
준호가 상사의 턱짓을 따라 고개를 돌리자, 영우가 자신의
사무실 창문 너머로 준호를 빤히 보고 있는 것이 보인다.
창문 블라인드를 벌려 만든 틈 너머로 보이는 영우의 눈이
무표정하다.

상사　(작게) 아까부터 저러고 있다? 무섭게⋯

'준호가 보고 싶어서 준호를 보고 있는' 영우의 마음을
짐작한 준호.
피식 웃으며 자리에서 일어나 영우를 향해 간다.

S#12. 영우의 사무실 (내부/낮)

한편, 정말로 '준호가 보고 싶어서 준호를 보고 있었던' 영우.
막상 준호가 가까이 다가오자 어떻게 해야 할지 몰라 우물
쭈물한다.

준호가 영우의 사무실 창문 바로 앞까지 다가왔을 때,
근처를 지나던 한바다의 **변호사**(40대/남)가 준호에게
말을 건다.
그 변호사와 업무 관련 대화를 시작한 준호.
여전히 창문 너머에 있는 영우를 흘깃 보더니 자연스럽게
팔을 뻗어, 영우가 블라인드를 벌려 만든 틈에 손을
갖다 댄다.

영우가 창문 위에 얹어진 준호의 손을 가만히 본다.
그러다 곧 자신의 작은 손을 준호의 큼지막한 손 위에
갖다 댄다.
창문을 사이에 둔 채로 손을 맞댄 두 사람의 모습이 예쁘다.

S#13. 법정 (내부/낮)

첫 변론기일.
판사석에 **재판장**(50대/여)을 포함한 판사 3명이 앉아있고

피고 측엔 재원과 재원의 변호사인 **안상진**(40대/남)이,
원고 측엔 일수와 성남, 두 사람의 변호사인 명석과 영우
가 있다. 상진이 일어나 변론한다.

상진	원고들은 피고와 원고들 사이에 로또 복권의 당첨금 분배에 관한 약정이 있다고 주장하지만, 피고는 그러한 약정의 존재 자체를 부정합니다. 만약 그런 약정이 있다고 하더라도 그것은 로또 당첨이라는 희박한 상황을 가정해 가볍게 나눈 농담일 뿐, 유효한 법률 행위가 아닙니다. 피고와 원고들은 약정을 서면으로 작성하지 않았을 뿐더러 분배의 대상이 되는 로또 복권의 순위도 특정하지 않았습니다. 피고가 1등에 당첨되었을 때, 원고 중 한 명인 신일수 역시 5등에 당첨되었습니다. 그렇다면 둘 중 어느 복권 당첨금을 나눠야 합니까? 이에 대해 구체적으로 정한 바 있습니까?
일수	뭐요? 지금 그 5천 원 안 나눴다고 문제라는 겁니까? 나누면 되잖아, 나누면! (주머니에서 지갑 찾으며) 거 5천 원, 3등분 하면 얼맙니까?
성남	(갑자기 암산) 어, 천오백…
영우	네? 아니요. 정확히는 천육백육십육 점 육육육…
성남	(영우 말 끊고) 얼마가 됐든 나눕시다! 판사님 앞에서 지금 딱 나눠!
재판장	(한숨) 원고들, 지금 뭐하십니까? 자중하세요.

재판장의 말에, 명석이 일수와 성남에게

진정하라는 손짓을 한다.

지갑까지 빼들며 나란히 일어섰다가

다시 자리에 앉는 일수와 성남.

| 재판장 | 피고 대리인, 더 하실 말씀 있습니까? |

재판장　피고 대리인, 더 하실 말씀 있습니까?

상진　네, 재판장님. 앞서 말씀드린 대로 원고들이 주장하는 약정은 서면으로 작성되지 않았고, 법률 행위의 내용에 대한 특정 또한 없으므로 무효입니다.

명석　(일어서며) 구두로 맺은 약정도 약정이고 법적인 구속력을 가집니다. 피고와 원고들은 누가 로또 복권에 당첨되든 당첨금을 공평하게 삼등분하기로 약속했습니다. 그렇다면 해당 회차에 당첨된 복권 전부를 분배하기로 정했다고 보는 것이 합당합니다. 1등이든 5등이든 굳이 그 순위를 특정할 필요가 없을 만큼 당연한 합의인 겁니다.

재판장　양쪽의 주장은 알겠습니다. 그런데 지금 문제는, 그 공동 분배 약정이 정말로 있었느냐 없었느냐 하는 것 아닙니까? 원고 대리인, 이와 관련해서 증인 신청하셨죠?

명석　네, 재판장님. 사건 당시 피고와 원고들로부터 돈을 받아 로또 복권을 사왔던…

그때, 황급히 법정 안으로 들어오는 준호.

명석이 변론 중인 걸 보자 영우에게 다가가 귓속말을 한다.

명석　한병길 씨를 증인으로 신청…

영우	(준호 말 듣고 급하게) 할 수 없습니다.

명석이 놀라 영우와 준호를 본다.

명석	(작게) 할 수 없어?
준호	(작게) 한병길 씨와 연락이 되지 않습니다. 불법 체류 중인 조선족이라 증인으로 나왔다가 추방될까 봐 잠적한 것 같습니다.

이 사실을 몰랐던 명석과 영우,
일수와 성남의 표정이 어두워진다.

재판장	원고 대리인?
명석	죄송합니다. 증인으로 신청했던 한병길 씨가… 사정이 생겼다고 해서 다른 증인을 검토해야 할 것 같습니다. 새로운 증인을 다시 신청해도 되겠습니까?

명석의 말에, 짜증 섞인 한숨을 내쉬는 재판장.
반면 이를 보는 재원과 상진의 표정은 밝아진다.

S#14.   법정 앞 복도 (내부/낮)

재판이 끝난 법정의 출입문 앞.

명석, 영우, 준호, 일수와 성남이 모여 이야기한다.

명석   세 분의 약속을 들었을 만한, 다른 사람은 없습니까?

일수와 성남이 생각해보지만 딱히 떠오르지 않는 눈치다.

성남   없으면… 하나 만들면 되는 거 아닙니까? 우리가 돈 좀 쥐어주고.

영우   네? 가짜 증인을 매수해 위증을 시키겠다는 말씀입니까? 안 됩니다!

성남   아니, 그럼 방법이 없는데 어떡해요? 거, 사람이 유도리가 있어야지!

영우가 이런 부분에 엄격하다는 것을 아는 일수.
짐짓 성남을 말리는 척하며,

일수   그날 하우스에 사람이 얼마나 많았는데 우리 얘기 들은 사람 하나가 없겠습니까? 다른 증인 꼭 찾아낼 테니까 걱정 마세요.

명석   아, 네.

일수가 변호사들과 준호에게 대충 인사하더니
성남을 데리고 자리를 뜬다.
남겨진 명석이 영우에게 말한다.

명석   우변은 우리 쪽에 유리한 자료들을 좀 더 모아보세요. 오늘은 거기까지 얘기가 나오지 않았지만 결국 이 사건의 쟁점은 도박 자금으로 산 로또 당첨금 분배 약정이 법률상 유효냐 무효냐 이거거든? 반사회질서 법률 행위나 불법 원인 급여, 불법 행위 쪽으로 다양하게 더 찾아보세요.

영우   네, 알겠습니다.

S#15.   영우의 사무실 (내부/밤)

책상 앞 컴퓨터에 앉아 늦은 밤까지 일하는 영우.
명석이 말한 자료들을 찾는 듯, 책상 위가 여러 책과
서류들로 가득하다.
영우가 문득 일을 멈추고 멍해지더니 준호에게
영상 통화를 건다.

S#16.   준호의 방 (내부/밤)

침대에 기대 앉아 꾸벅꾸벅 졸고 있던 준호.
진동 소리에 부스스 핸드폰을 봤다가 영우가
영상 통화를 건 걸 보고 놀란다.
후다닥 눈곱을 떼고, 머리를 대충 정리한 뒤
전화를 받는 준호.

준호는 영우가 자신을 잘 볼 수 있게 핸드폰 각도와
거리를 조절하지만,
영우의 얼굴은 화면 끝에 조금 걸려있을 뿐
제대로 보이지 않는다.

준호   여보세요?

CUT TO :

영우의 사무실.
핸드폰 화면 너머 준호의 얼굴을 보는 영우.
준호가 자신을 제대로 못 보고 있다는 건 생각하지 못한 채,

영우   여보세요.
준호   (통화) 변호사님 얼굴이 잘 안 보여요.
영우   저는 이준호 씨 얼굴이 잘 보입니다.
준호   (통화) 아, 네. 저도 변호사님 얼굴 볼 수 있게 해주세요. 핸
               드폰 돌려서요.
영우   아.

그제야 영우가 핸드폰을 돌려
화면에 자신의 얼굴이 나오게 한다.

CUT TO :

준호의 방.

핸드폰 화면 너머로 뒤늦게 나타난 영우의 얼굴에,
준호가 반가워 웃는다.

준호   아직 사무실이죠? 힘들겠다, 야근하느라.

영우   (통화) 네. 그럼 이만 끊겠습니다.

준호   네? 왜 전화했는데요?

영우   (통화) 보고 싶어서요. 이준호 씨를 보려고 전화했는데 이
         준호 씨를 봤으니까…

준호   (영우의 말 이어) 그거면 됐다? 목적 달성했으니까?

영우   (통화) 네.

얼마 전 한바다 1층 로비에서와 같은 상황.
준호가 웃음이 나려는 걸 참고 진지하게 말한다.

준호   근데 전화를 받은 제 마음도 있잖아요. 앞으로는 저도 전
         화를 끊고 싶은지 먼저 확인해주세요.

영우   (통화) 아… 죄송합니다. 전화를 끊고 싶습니까?

준호   (웃음) 아니요.

CUT TO :

영우의 사무실.

영우   아.

준호   (통화) 조금만 더 통화해요.

| 영우 | 네. |
| 준호 | (통화) 저한테 하고 싶은 말은 없어요? 일 얘기나 고래 얘기 말고… 그냥 잡담 같은 거? |

영우가 고민한다. 그러다 꺼낸 말은,

| 영우 | 김밥과 참기름이 싸우다가 김밥이 경찰서에 잡혀갔습니다. 왜인 줄 아십니까? |
| 준호 | (통화) 참기름이 고소해서? |

단번에 정답을 맞히는 준호에게 감탄하는 영우.
놀란 표정으로,

영우	정답입니다. 음, 김밥을 말 때는 김이 안 터지게 조심해야 합니다. 안 그러면…
준호	(통화) 정답! 김을 파손죄.
영우	와…
준호	(통화) (웃음) 변호사님이랑 해서 그런가? 이런 농담도 재밌다.
영우	네. 재밌습니다.
준호	(통화) 일 하셔야 되죠? 이제 전화 끊을까요?
영우	네. 음, 그런데…

영우가 머뭇거린다.
그런 영우를 가만히 기다려주는 핸드폰 너머의 준호.

영우 이준호 씨는 고래도 아닌데. 마치 고래처럼 제 머릿속에
    불쑥 불쑥 떠올라요. 자꾸만 보고 싶다는 생각이 드는 인
    간은 처음이라서… 너무 이상합니다.

CUT TO :

준호의 방.
의사에게 증상 설명하듯 담담한 말투로
털어놓는 영우의 마음.
그런 영우를 보는 준호의 눈가가 왠지 모르게
조금 촉촉해진다.

S#17. 법정 (내부/낮)

두 번째 변론기일.
변호사들끼리 벌이는 공방이 뜨겁다.

상진 피고는 여전히 이 사건 약정의 존재를 부정합니다만, 만약
    약정이 있다 하더라도, 그것은 범죄 행위인 도박 자금으로
    구입한 로또 복권에 관한 분배 약정입니다. 이는 민법 제
    103조 반사회질서의 법률 행위에 해당하여 무효입니다.
명석 도박은 도박이고 약정은 약정입니다. 로또 복권을 구입한
    돈이 도박 자금이라는 이유로, 당첨금을 나누기로 한 약정
    까지 선량한 풍속 기타 사회 질서에 위반한 무효 행위라

볼 수는 없습니다.

영우 예를 들어 비자금을 은닉하고자 남에게 맡긴 사건에서, 비록 그 비자금이 반사회적 행위에 의해 불법으로 조성된 재산이라 하더라도 돈을 남에게 맡긴 임치 행위까지 사회 질서에 반하는 법률 행위라 볼 수는 없다는 대법원 판결이 있습니다.

상진 피고의 주장을 뒷받침하는 판례도 많습니다. 금융 기관이 유흥업소 종업원에게 대출을 해준 사건에서, 그 대출 약정은 민법 제103조에 위반되는 반사회질서의 법률 행위라 보아 무효라고 판시한 사례가 있습니다. 원고 대리인들은 이 경우에도 유흥업 종사는 유흥업 종사고 대출 약정은 대출 약정이라고 주장할 겁니까?

영우 그 사건은 민법 제103조보다는 '성매매알선 등 행위의 처벌에 관한 법률 제10조'에 위반되어 무효라고 보는 것이 더 합당하지 않습니까? '성을 파는 행위를 한 자에게 가지는 채권은 그 계약의 형식이나 명목에 관계없이 이를 무효로 한다.'는 명백한 조항이 있으니까요. 그 경우를 이 사건 공동 분배 약정과 나란히 놓고 비교할 수 없습니다.

과열되는 분위기에 재판장이 끼어든다.

재판장 양쪽 주장은 알겠어요. 사실 '선량한 풍속 기타 사회 질서'라는 표현 자체가 추상적이죠. 그런 만큼 본 사건이 민법 제103조에 해당하는지 아닌지는 구체적인 사안에 따라 판단해야겠습니다. 그러자면 더더욱 이 약정 자체가 존재하느냐 아니냐를 먼저 알아야 해요. 원고 대리인, 오늘 신청한 증인은 출석 확실합니까?

명석   네, 재판장님. 증인 최다혜 씨는 이미 이 법정에 나와있습니다.

재판장   그럼 증인, 앞으로 나오세요.

방청석에 앉아있던 커피장 다혜가 일어나 증인석으로 간다.
다혜를 향해 응원의 눈빛을 보내는 일수와 성남.
반면 재원의 표정엔 불만이 가득하다.

다혜   양심에 따라 숨김과 보탬이 없이 사실 그대로 말하고 만일 거짓말이 있으면 위증의 벌을 받기로 맹세합니다.

재판장   원고 대리인, 증인 신문하세요.

명석이 다혜에게 간다.

명석   증인은 피고와 원고들이 다녔던 도박장에서 커피를 판매하셨죠?

다혜   네.

명석   같은 도박장에서 잔심부름을 했던 한병길 씨와 잘 아시고요?

다혜   잘 안다기보다는 일을 같이 한 거죠. 제가 커피 타면 병길이가 날라주고. 뭐 그렇게요.

명석	사건 당일 한병길 씨는 피고와 원고들의 요청으로 판돈 중 일부를 현금으로 바꿔 로또 복권을 사다줬습니다. 증인은 이를 알고 있습니까?
다혜	네. 병길이가 나가길래 "너 어디 가냐?" 이렇게 물어봤습니다.
명석	그러자 한병길 씨가 뭐라고 대답했나요?
다혜	로또 사러 간다고요. 3번 테이블 심부름으로.
명석	3번 테이블이란 피고와 원고들이 앉아있었던 자리죠?
다혜	네. 제가 "웬 복권?" 그랬더니 병길이가 웃으면서 "셋 중 하나라도 당첨되면 당첨금은 무조건 N빵이래요." 이렇게 말했습니다.
재원	구라치고 있네! 묻지도 않은 그런 얘기를 재떨이가 먼저 했다고?

상기된 얼굴로 소리치는 재원.
재판장이 흠칫 놀라 재원을 쳐다본다.

재판장	피고, 신문 중에 끼어들지 마세요.
재원	재판장님, 저거 다 거짓말입니다! 저 여자랑 신일수, 원래부터 그렇고 그런 사이예요. 지금 둘이 짜고 치는 거라고요!
일수	뭐?! 그렇고 그런 사이? 저 자식이 어디서 막말이야?
성남	그래! 너 증거 있어? 이 둘이 그렇고 그런 사이라는 증거 있냐고!
재판장	모두 조용히 하세요! 증인, 피고 말이 사실입니까? 원고와

의 관계 때문에 지금 허위 증언하는 거예요?

다혜　네? 아니에요! 저랑 신일수 씨랑 그렇고 그런 사이 아닙니다. 저는 그냥 병길이가 했던 얘기 그대로 말씀드린 거예요.

재판장　알겠습니다. 원고 대리인, 신문 계속하세요.

재원이 불만 가득한 얼굴로 또 끼어들려 하자
옆자리의 상진이 재원을 말린다.
다혜가 자기도 모르게 일수를 흘깃 본다.
그러자 일수가 다혜만 볼 수 있도록 살짝,
손가락 하트를 만든다.
일수와 다혜 외엔 누구도 보지 못한 그 모습을
홀로 목격하고야 만 영우.
손가락 하트가 의미하는 바를 생각해보느라
표정이 복잡해진다.

S#18.　민우의 사무실 (내부/밤)

민우가 책상 앞에 앉아 컴퓨터를 본다.
컴퓨터 화면에는 법무법인 태산의 사이트가 떠있다.
수미의 사진과 이력 등이 표시된 변호사 소개 페이지다.

민우　(혼잣말) 태수미 같은 엘리트가 대학을 6년이나 다녔다? 정의일보 기자는 냄새를 맡았고…

민우가 이번엔 법무법인 한바다의 사이트 중 영우의 사진
과 이력이 표시된 페이지를 펼쳐 수미의 페이지 옆에 놓아
본다.
사진 속 영우와 수미의 얼굴이 서로 닮아 보인다.

민우   (혼잣말) 와… 이거 어떡하지?

S#19.   우영우 김밥 (내부/밤)

문 닫을 시간이라 광호 외엔 아무도 없는 분식집.
제10화에서 수미가 주고 간 법무법인 태산의
미국 보스턴 사무소 홍보 책자를 보던 광호.
퇴근한 영우가 들어오자 화들짝 놀라며 책자를 숨긴다.

영우   다녀왔습니다.
광호   어, 어! 왔어?

영우가 집이 있는 2층으로 가기 위해 다시 분식집
밖으로 나가려는데, 광호가 영우를 불러 세운다.

광호   저기, 있잖아. 영우는 아빠한테 뭐 원하는 거 없어? 아빠가
           영우한테 해줬으면 하는 거?
영우   아빠가 영우한테 해줬으면 하는 거?

광호	예를 들면 영우 전담으로 봐줄 자폐 전문 의사나 상담사를 아빠가 좀 구해줬으면 했다든가…

생각해보는 듯 잠시 조용해진 영우.
딸의 대답을 기다리는 광호의 마음이 초조하다.

영우	가끔은… 그런 의사나 상담사가 있으면 좋겠다고 생각했습니다.
광호	그래?

'그런 거 필요 없다'는 대답을 기대했던 걸까?
광호의 표정이 어두워진다.

영우	다른 사람의 생각과 마음을 알아내기가 너무 어려울 때나 제 마음을 저도 잘 모를 때… 또는 일하는 중에 갑작스럽게 큰소리가 나서 많이 불안해질 때… 그럴 때마다 어떻게 대처하면 좋을지 전문가의 조언이나 다른 자폐인들의 경험을 들어보고 싶은 적이 있습니다.
광호	이런 얘기… 왜 지금까지 아빠한테 안 했어? 아빠가 돈 없어서 그런 거 못 해줄까 봐?

이에 대해 별로 생각해보지 않은 듯
영우의 표정이 멍해진다.

영우	음… 모르겠습니다.
광호	(한숨) 그래… 얼른 들어가서 쉬어.

영우가 분식집 밖으로 나간다.
그런 딸의 뒷모습을 보는 광호의 마음이 심란하다.

S#20.　법정 (내부/낮)

판결 선고 기일.
양측 변호사들은 모두 참석하지 않은 상태에서
원고석과 피고석에 각각 앉아 재판장의
판결을 기다리는 일수와 성남, 재원.
일수 바로 뒤 방청석에는 은지가 앉아있다.

재판장	판결하겠습니다. 주문. 피고는 원고들에게 각 14억 3백 4십 2만 원씩을 지급하라. 소송비용은 피고가 부담한다.

재판장의 말에 일수와 성남이 "허억!" 하더니
벌떡 일어나 서로 부둥켜안는다.
판결문을 계속 읽으면서도 두 사람에게 조용히 하라는
눈빛을 보내는 재판장.
일수와 성남이 가까스로 진정하고 다시 자리에 앉는다.
반면 피고석에 홀로 앉은 재원은 온 세상을 다 잃은 듯 억울한 표정이다.

재판장   당첨된 로또 복권은 그 순위에 관계없이 분배의 대상이 되
는 것으로 정했기 때문에, 분배 대상에 대한 구체적 특정
이 없다고 볼 수 없고, 복권의 구입 대금이 도박 자금에서
나온 것이라고 하여 그 복권 당첨금의 분배에 대한 이 사
건 약정까지 무효라고 볼 수는 없다.

일수가 방청석에 앉은 아내 은지를 돌아본다.
싱글벙글 환하게 웃고 있는 일수와는 달리,
힘들었던 지난 세월에 보상을 받는 기분인지,
감격의 눈물을 흘리는 은지.
이를 보자 갑자기 울컥! 안쓰러운 마음이 드는 일수.
아내의 손을 꼬옥 잡으며 작은 목소리로,

일수   고생했어. 그동안 나랑 애들 먹여 살리느라 당신 진짜 고
생 많았어.

일수의 말에, 참았던 울음이 터져나오는 은지.
그런 아내를 보는 일수의 눈에도 그렁그렁 눈물이 맺힌다.

S#21.　영우의 사무실 (내부/낮)

똑똑 노크 소리와 함께,
그사이 벌써 신수가 훤해진 일수가 들어온다.
책상에 앉아 일하던 영우가 일수를 본다.

일수　변호사님! 감사합니다! 덕분에 우리가 이겼어요!

영우　네. 축하합니다.

일수　이거 별거 아닌데 옷이라도 한 벌 사 입으시라고. 백화점
　　　상품권.

일수가 영우에게 백화점 상품권이 든
두툼한 봉투를 내민다.
영우가 난처한 듯 우물쭈물하더니,

영우　음… 한바다에 성공 보수를 지불하셨으니 저에게까지 따
　　　로 주지 않으셔도 됩니다.

일수　도박은 도박이고 약정은 약정이라면서요! (웃음) 성공 보수
　　　는 성공 보수고 이거는 그냥… 제가 드리는 선물. 약소해.

영우　안 됩니다. 받을 수 없습니다.

일수　아유~ 알았어요, 알았어! 우리 유도리 없는 변호사님! 그
　　　럼 대신 이거는 꼭 받아주세요. 집사람이 만든 거.

일수가 보자기에 싼 뭔가를 영우 앞에 내민다.

영우가 보자기를 풀어본다.

안에는 은지가 만든 김밥 도시락이 들어있다.

일수   집사람이 분식집 한다고, 제가 말씀드렸나요? 뭐, 맛은 있을 겁니다.

영우   네. 잘 먹겠습니다.

여전히 뭔가 할 말이 남은 듯 머뭇대는 일수.

조심스레 입을 연다.

일수   근데요, 변호사님. 나 뭐 하나만 물어봐도 됩니까?

영우   네.

일수   만약에요. 로또에 당첨된 후에 이혼을 하면 당첨금도 나눠야 하나요?

예상 밖의 질문에 영우가 멈칫하지만 곧 대답을 한다.

영우   구체적인 사안에 따라 다르겠지만 지금까지의 판례들에 따르면 대부분 그렇지 않습니다. 재산 분할은 부부가 공동으로 증식한 재산에 대해 청구할 수 있는데, 로또 당첨금은 전적으로 당첨자의 행운에 의한 것이므로 재산 분할의 대상이 되지 않습니다.

일수   그러니까 안 나눠도 된다, 이 말씀이죠?

영우   네. 왜 그러십니까?

일수	아, 누가 좀 물어봐달라고 해서요. 저 그럼 이만 가보겠습니다!

서둘러 인사하더니 사무실 밖으로 나가는 일수.
그런 일수를 보는 영우의 표정이 심각해진다.

S#22.　한바다 구내식당 (내부/낮)

밥도 먹다 만 채 종권과의 채팅에 푹 빠져있는 수연.
달달한 말들이 오가는 채팅창에 손으로 하트를 만든
종권의 사진이 전송된다.
이를 본 수연이 "어머, 아잉~" 하는 느낌으로 수줍게
웃는데, 은지의 김밥 도시락을 든 영우와
구내식당 식판을 든 준호가 다가온다.

영우	최수연, 너 이혼해봤지?
수연	(화들짝) 뭐? 내가 무슨 이혼을 해~ 아직 결혼도 안 했는데!
영우	이혼 사건을 담당해봤잖아.
수연	아? 어.
영우	어떤 남성이 어떤 변호사에게 이혼 시 재산 분할에 대해 문의했다면 그 남성은 이혼을 염두에 둔 것일까?
수연	문의한 것만으로는 알 수 없지. 다른 조짐은 없고?
영우	음… 손 하트. 그 남성은 아내가 아닌 다른 여성에게 손

으로 만든 하트를 보여줬어. 두 사람은 그렇고 그런 사이
일까?

수연   너, 로또 사건 의뢰인 말하는 거야? 와이프 업고 왔다는
사람?

영우   그 질문엔 대답할 수 없어. 변호사의 비밀 유지 의무를 지
켜야 하니까.

수연   그럼…

도움 될 만한 뭔가를 찾기 위해 주위를 둘러보던
수연의 시선이 구내식당 테이블 위에 비치된 소금통과
후추통, 간장병에 멈춘다.

수연   소금군과 후추양이라고 하자.

영우   뭐?

수연   소금군이 너한테, 아니 간장변호사한테 이혼 시 재산 분할
에 대해 물어봤다는 거지?

영우   소금군이 간장변호사한테…?

영우가 수연의 말을 못 알아듣고 어리둥절해하자
준호가 테이블 위 소금통과 후추통, 간장병을
영우 앞으로 끌어와 설명한다.

준호   변호사의 비밀 유지 의무 때문에 편하게 얘기하기 어려우
니까 가상의 인물을 설정해보자는 말씀 같아요.

(소금통, 후추통, 간장병을 삼각형으로 배치하며) 소금군과 후추
양, 간장변호사. 이런 식으로요.

영우 　아… 가상의 인물. (수연에게) 응. 소금군이 물어봤어. 아니,
　　　물어봤대. 그… 간장변호사한테.

수연 　로또 당첨금에 대한 질문이었겠네?

영우 　(대답하기 난처해) 음… 그렇게 물어보면 나는 대답할 수 없어.

수연 　그럼 질문을 바꿔볼게. 혼인 중 자기 명의로 취득한 특유
　　　재산에 대한 질문이었겠네?

영우 　맞아. 정확히는 특유 재산이 이혼 시 재산 분할 청구의 대
　　　상이 되는지를 물어봤어. 아니, 물어봤대.

수연 　후추양은 이 사실을 모르고?

영우 　응.

수연 　소금군이 후추양한테 뭐라도 약속한 건 없어? 당첨되면,
　　　아니 특유 재산을 취득하면 후추양에게도 나눠주겠다는
　　　조건부 증여의 의사 표시를 했다든가 뭐 그런 거. 증거 형
　　　태로 있으면 더 좋고.

영우 　그건 모르겠어. 후추양한테 물어봐야 돼.

수연 　나도 많이 해본 건 아니지만 이혼 사건도 결국엔 증거 확
　　　보가 관건이더라고. 증거가 없으면 살바 싸움밖에 안 돼.
　　　부부 중 누가 더 불쌍한지 판사의 감정에만 호소하는?

영우 　하지만… 간장변호사는 후추양에게 아무런 조언도 할 수
　　　없어.

수연 　그래. 소금군이 의뢰인이었으니까. 간장변호사도 참 난처
　　　하겠다.

이 일을 어떻게 하면 좋을지 고민하는 간장변호사,
아니 영우.
아직 손도 대지 않은 은지의 김밥을 물끄러미 바라본다.
도시락 통에 붙어있는 스티커 속 '행복한 집'이라는
가게 이름이 역설적이다.

S#23. 명석의 사무실 (내부/낮)

영우가 명석의 책상 앞에 서있다.
책상에 앉은 명석은 일수가 주고 간 은지의 김밥을
우물우물 먹고 있다.

명석 그래서 어쩌자고? 성은지 씨한테 귀띔이라도 해줘야 한다,
      그겁니까? 신일수 씨가 이혼할 생각인 거 같다고?
영우 그래야 성은지 씨도 나름의 대비책을…
명석 누구세요?
영우 네?
명석 변호사법 제26조. 변호사 또는 변호사였던 자는 그 직무상
      알게 된 비밀을 누설해서는 안 된다. 아니, 고지식할 정도로
      법 잘 지키던 우영우 변호사는 어디 갔어요? 당신 누구야?

명석의 말에 어리둥절 대꾸하지 못하는 영우.

| 명석 | 신일수 씨, 우리 의뢰인이었잖아요. 신일수 씨가 누구한테 하트를 날렸는지 우변한테 뭘 문의했는지 이런 게 다 의뢰인의 비밀 아닙니까? 입도 벙긋할 생각 마세요! 특히 성은지 씨 앞에서는. 알겠어요? |

호통을 치는 와중에도 남은 김밥을 마저 입에 넣고
냠냠거리는 명석.
영우가 그 모습을 가만히 보더니,

영우	성은지 씨가 만든 김밥은 특별합니다. 유부가… 들어있으니까요.
명석	응? 유부?
영우	저희 아버지가 만드는 우영우 김밥에는 유부가 없습니다. 잘게 썰어 간장에 졸인 유부. 짭짤하면서도 달콤하고 폭신폭신하면서도 까끌거리는… 유부.
명석	지금 무슨…
영우	그러니까 유부 김밥을 사러 행복한 집에 가는 것 정도는 괜찮지 않습니까? 그건 변호사법 위반이 아니지요!

명석의 대답은 듣지도 않고 휙 뒤돌아 나가버리는 영우.
홀로 남겨진 명석이 어리둥절해한다.

S#24.　거리 (외부/낮)

은지의 분식집인 행복한 집 근처 골목에
차를 세운 준호와 영우.
차에서 내려 가게를 향해 걷는다.

영우　　우리는 유부 김밥을 사러 가는 겁니다. 변호사법을 위반하
　　　　러 가는 게 아닙니다.

준호　　네. 물론이죠.

행복한 집 근처에 도착한 영우와 준호.
가게 안에서부터 우당탕! 물건들 나뒹구는
소리가 들려온다.

S#25.　행복한 집 앞 (외부/낮)

준호가 행복한 집 앞으로 뛰어가 가게 안 상황을 본다.
영우도 목에 걸고 있던 헤드셋을 머리에 쓴 채
준호 옆에 조심스레 선다.
가게 안에서는 일수와 은지가 싸우고 있다.

일수　　내 돈 내가 쓰겠다는데 당신이 왜 난리냐고! 어?!

은지　　여보, 우리 애들이 둘이야. 앞으로 돈 들어갈 일만 남은 어

린 자식이 둘이나 된다고! 아빠라는 사람이 어쩜 그렇게
생각이 없어? 집 한 칸, 가게 자리 한 칸이 없어서 허구한
날 이사 다니는 거, 당신은 지겹지도 않아?

일수 지겹다! 지겨워! 당신 그 넋두리! 정말 지겨워!!!

일수가 김밥 싸는 테이블 위 재료들을 바닥으로
쓸어버리더니 밖으로 나간다. 은지를 업고 다니던 때와는
딴판으로 거칠고 폭력적인 모습.
혹시 일수가 영우에게 화풀이라도 할까 싶어
얼른 영우 앞을 막아서는 준호.
덕분에 일수는 영우를 보지 못하고, 골목길에서
자신을 기다리고 있던 여자를 만나 함께 멀어져간다.
영우가 그 여자를 본다.
그녀는 도박장의 커피장이자 증인이었던 다혜다.

S#26. 행복한 집 (내부/낮)

준호와 영우가 가게 안으로 들어간다.
은지는 바닥에 너부러진 김밥 재료들을
그저 멍하니 보고만 있다.

준호 괜찮으세요?

은지 (그제야 준호와 영우 보며) 아, 한바다 분들… 여긴 어떻게 오

셨어요?

준호   우영우 변호사님이 여기 유부 김밥이 특별하다고 하셔서 요. 김밥 먹으러 왔다가 두 분 다투시는 걸 봤네요.

은지가 한숨을 폭 내쉬더니 일수가 놓고 간
슈퍼 카 홍보 책자를 내민다.
책자 속 샛노란 슈퍼 카가 눈에 띈다.

은지   재판 이겨서 받는 돈으로. 이걸 사겠대요. 우리 형편에 3억 이 훌쩍 넘는 이런 차가 말이나 됩니까?

준호   아이고… 네. 힘드시겠습니다.

은지   우리 신랑, 비록 도박꾼이지만 그래도 나랑 애들한테 다정 한 것, 말 예쁘게 하는 것 하나 보고 이날까지 살아왔어요. 근데 사람이 어쩌면 저렇게 한순간에 다른 얼굴이 될까요? 도대체 내가 얼마나 더 참고 기다려야 신랑이 정신을 차릴 까요?

복받치는 서러움에 은지가 울기 시작한다.
영우와 준호의 마음도 한없이 무거워진다.
그때, 가게 안 TV에서 돌고래가 바다 위로
뛰어오르는 장면이 방송된다.
이를 본 영우가 갑자기 뭔가를 결심한 듯,

영우   (크게) 사람이 유도리가 있어야지!

영우의 외침에 준호와 은지가 놀라 영우를 쳐다본다.

은지   변호사님?

영우   아닙니다! 저는 변호사가 아니라 손님입니다. 유부 김밥
       주십시오.

은지   네? 보시다시피 재료가 다 쏟아져서… 새로 만들어야 하는
       데…

영우   그럼 새로 만드십시오. 저희는 기다리겠습니다.

은지   아…? 네… 일단 앉으세요…

영우와 준호가 테이블에 마주 앉는다.
방금 전까지 울던 은지. 두 사람을 이상하게 여기면서도
일단은 김밥 싸는 테이블로 가 남은 재료를 살펴보는데,
영우가 테이블 구석에 비치된 소금통과 후추통, 간장병을
꺼내 배치하며 은지 들으라는 듯 큰소리로 말하기 시작
한다.

영우   이준호 씨. 소금군과 후추양, 간장변호사의 이야기를 아십
       니까?

준호   모릅니다.

영우   옛날 옛날에 소금군이 살았습니다. 후추양와 결혼을 했는
       데 얼마 전 특유 재산을 취득했습니다.

준호   (은지가 모를까 봐 연기) 특유 재산이요? 그게 뭐죠?

영우   특유 재산이란 부부 중 한쪽이 혼인 전부터 가지고 있던

고유 재산, 혹은 혼인 중 자기 명의로 취득한 재산을 말합니다. 특유 재산은 부부가 각자 관리, 사용, 수익하기에 이혼 시 재산 분할 청구의 대상에서 제외되며…

준호 (복잡해지자 말 끊고) 그러니까 예를 들면 로또 당첨금 같은 건가요?

영우 네? 네. 예를 들면 그렇습니다.

그 말에, 은지가 멈칫하더니
두 사람의 말에 귀를 기울이기 시작한다.

영우 소금군은 후추양과 이혼할 경우 그 특유 재산을 나눠야 하는지 알고 싶어 했습니다. 이에 간장변호사는 나눠주지 않아도 될 거라고 대답했고요.

은지 혹시… 우리 신랑 얘기하는 거예요?

영우 아닙니다! 저는 이준호 씨와 소금군, 후추양, 간장변호사에 대해 이야기하고 있습니다.

은지 (일수 얘기에 멍해져) 이혼하면 당첨금을 나눠야 하냐고 물어봤다니… 신랑이 그럴 리가 없어요. 차 사달라고 조르는 거 보셔서 오해하셨나본데 재판 이겼던 날 우리 남편이요, 당첨금 전부 다 저를 주겠다고 눈물까지 흘리면서 약속했던 사람이에요. 저랑 애들 고생 이제 끝났다고, 서로 부둥켜안고 얼마나 울었는데요!

일수를 믿는 마음과 의심하는 마음 사이에서

221

혼란스러운 은지.
한편 영우는 은지의 말에 직접 대답할 수 없어
눈만 끔벅거린다.
준호가 영우의 난처함을 깨닫고
은지의 말을 대신 전해준다.

준호   소금군이 당첨금을 전부 다 후추양에게 주겠다고 눈물까
         지 흘리면서 약속했다고 합니다. 후추양한테 들은 얘기예
         요.
영우   후추양은 그 약속을 서면으로 작성했거나 녹음하진 않았
         습니까?
준호   (영우 말 옮기려 은지에게) 그 약속을 서면으로 작성…
은지   (준호 말 끊고) 아니, 부부 사이에 누가 그런 말을 서면으로
         작성하고 녹음합니까?

         준호가 영우를 쳐다본다.
         여전히 직접 대답할 수 없어 가만히 있는 영우.

준호   그런 건 없다고 합니다.
영우   후추양에게 지금이라도 늦지 않았다고 전해주시겠습니
         까? 소금군이 그러한 약속을 하는 걸 들은 증인이라도 찾
         아야 합니다. 소금군의 특유 재산을 분할 받기 위해서는
         반드시 증거가 필요합니다.

영우의 말에, 은지의 표정이 복잡해진다.

S#27.　스테이크 하우스 (내부/밤)

고급 스테이크 하우스에서 식사를 하는 수연과 종권.

종권　나는 솔직히 로또 그런 거 진짜 관심 없어요.

수연　그래요? 종권 씨, 돈에 초연한 편인가?

종권　그렇다기보다는… 벌써 당첨됐잖아요. 수연 씨가 내 로또
니까.

수연을 향해 매력적인 미소를 날리는 종권.
이에 부끄러워진 수연이 피식, 수줍게 웃는다.

종권　저 화장실 좀 다녀올게요.

수연　네.

종권이 화장실에 간 사이, 한 **여자**(30대 초)가 씩씩대며
식당 안으로 들어오더니 수연 맞은편에 앉는다.
여자의 거침없는 태도에 수연이 당황한다.

여자　그쪽도 의사예요?

수연　네?

여자	아니면 검사인가? 변호사? 판사? 회계사? 감정평가사? 뭐 예요?
수연	아니, 누구신데… 왜 이러세요?
여자	스테이크 하우스 데려온 거 보니까 만난 지 2주쯤 됐겠네. 맞죠? 오늘 실컷 먹어둬요. 이종권이 자기 돈 쓰는 건 오늘이 마지막일 거고, 앞으로는 자꾸 지갑을 잃어버렸다고 할 테니까.
수연	지금 도대체 무슨 소리를…
여자	(수연 말에 이어) 하는지 아직도 모르겠어요? 이종권 그 새끼, 사짜 킬러라고요. 여자 마음 이용해 돈이나 뜯어내는 나쁜 새끼라고!

말하다보니 울컥하는지,
여자의 눈에 분노 어린 눈물이 맺힌다.
이를 보는 수연의 표정이 심각해진다.

여자	이종권이 꽃다발 줬죠? 꽃말이 어쩌고저쩌고 하면서? '아프지 마 칵테일'은 마셔봤나? 왜, 그 꿀물에 이것저것 타서…
수연	(혼잣말처럼 멍하게) 몸에 좋아…
여자	뭐요?
수연	(여전히 멍하게) 몸에 좋아 칵테일이었는데… 내가 먹은 건.

그때, 화장실에서 나온 종권이 여자를 발견하더니

멈칫한다.

여자가 벌떡 일어나 종권을 향해 가며,

여자 야, 이종권! 아버지 수술비 벌어야 된다며? 그래서 원양어
선 탄다며! 여기가 원양어선이냐, 이 새끼야? 너는 스테이
크 썰면서 참치 잡니?!

종권 (여자 피해 뒷걸음질 치면서도 수연에게) 저기, 수연 씨…

여자 내 돈 내놔! 아버지 수술비하라고 준 내 5천만 원! 내놓으
라고!

우물쭈물 제대로 대꾸하지도 못하는 종권의 모습에

여자의 말이 다 사실이라는 걸 깨달은 수연.

실망과 분노가 뒤섞인 표정으로 벌떡 일어나

밖으로 나간다.

CUT TO:

스테이크 하우스 계산대 앞.

저벅저벅 걸어나갔던 수연이 문득 걸음을 멈춰

다시 돌아오더니 계산대에 서있던 **직원**(20대/남)에게,

수연 술 주세요. 여기서 제일 비싼 걸로.

직원 네? 술이요?

수연 뒤에 잔뜩 있잖아요. 제일 비싼 걸로 주세요. (종권 가리키며)
계산은 저 새…(끼라고 하려다) 쟤가 할 테니까.

225

분노 어린 수연의 무서운 기세에, 직원이 얼른 계산대
뒤편에 진열된 양주들 중 제일 비싼 위스키를 건넨다.
수연이 위스키를 받아들고 종권을 한번 노려보더니,
밖으로 나간다.

S#28.   스테이크 하우스 앞 (외부/밤)

식당 밖으로 걸어나오며 위스키 병을
드르륵 돌려 따는 수연.
독한 술을 병째로 벌컥벌컥 들이켜는 모습에
지나가던 행인들이 움찔한다.

S#29.   한바다 17층 회의실 (내부/낮)

재판 전만 해도 자신을 업고 다니는 남편과 함께였던 은지.
지금은 명석과 영우 앞에 쓸쓸히 홀로 앉아있다.
그간 일수의 괴롭힘과 마음고생 탓에 급격히 수척해진 모습.

은지   사람 본색이 드러나는 데까지 정말 오래 안 걸리네요. 이
         제는 대놓고 이혼해 달라 요구하면서 절 때리고, 집 안 물
         건 부수고, 매일 가게로 찾아와 장사 못 하게 방해합니다.
         (한숨) 그저께는 그런 아빠 좀 말려보겠다고 달려든 우리

큰애한테까지… 손찌검을 하더라고요.

명석   아이고, 신일수 씨가 아내 분을 업고 들어오시던 모습이
선한데… 그렇게까지 변하셨다니 정말 힘드시겠습니다.

은지   이런 남자랑은… 저도 이제 그만 살고 싶어요. 어차피 돈
벌이도, 집 안 살림도, 애들 키우는 것도 다 저 혼자 해왔던
일들이고요. 다만, 재산 분할은 제대로 받고 싶어요. 그래
서 변호사님들 다시 찾아온 거예요. 이 인간, 제가 혹시 건
드릴까 싶어서 당첨금도 친형 명의 통장에다 받은 거 아세
요? 저한테는 단 한 푼도 나눠주기 싫은 거죠.

영우   신일수 씨가 돌변하기 전에, 성은지 씨한테 당첨금을 나눠
주겠다는 약속을 한 적은 없습니까?

은지   (영우 보며) 안 그래도 저번에 변호사님이 증거가 필요하다
고 하셨잖아요.

명석   네?

무슨 말인가 싶어 되묻는 명석과
귀뜸한 게 들킬까 봐 당황하는 영우.
이에 상황을 파악한 은지가 얼른 말을 바꾼다.

은지   (명석에게) 아, 저희 손님 중에 변호사인 분, 다른 분이 있어
서요.

영우   (명석에게) 간장. 간장변호사.

명석   간장?

은지와 영우의 어색한 수습에 영우가 은지에게 뭔가를
말했다는 걸 눈치챈 명석이 영우를 노려본다.
그 눈빛의 의미를 정확히는 모르면서도
본능적으로 시선을 피하는 영우.

은지　　아무튼 그 손님이 알려준 대로 저도 어떻게든 증거를 남겨
　　　　보려고 남편한테 메시지도 보내보고 통화 녹음도 해봤는
　　　　데… 이 인간이 벌써 눈치를 챘는지 '너 증거 남기려고 이
　　　　래?' 하면서 딱 잡아떼더라고요.

영우　　그럼 증인은 없습니까? 신일수 씨가 당첨금 분배, 혹은 증
　　　　여 약속을 하는 걸 들은 사람이요.

은지　　없어요. 남편이랑 단둘이 있을 때 했던 얘기라.

영우와 명석이 나란히 한숨을 쉰다.

명석　　죄송한 말씀입니다만… 저희가 이번 소송을 맡기는 어렵
　　　　습니다. 이미 다른 사건에서 신일수 씨를 변호했었고, 이번
　　　　사건 역시 그 사건과 무관하지 않으니까요. 대신 제가 다
　　　　른 이혼 전문 변호사를 소개해도 되겠습니까? 일 잘하는
　　　　분으로요.

은지　　아… 그래주시면 감사하지요. 근데… 변호사님들이 보기엔
　　　　어떠세요? 제가 당첨금을 나눠 받을 가능성이 있는 건가요?

은지의 질문에 표정이 어두워지는 명석과 영우.

명석이 조심스레 입을 연다.

명석 자세한 건 담당 변호사와 상의하시는 게 좋겠습니다만…
제 의견을 말씀드리자면 법리적으로는 승소하실 가능성이
크지 않습니다. 지금으로선 위자료와 양육비를 최대한 많
이 받도록 노력하는 게 최선이 아닐까, 싶습니다.

명석의 말에, 고개를 힘없이 떨구는 은지.
지치고 허탈한 표정이 안쓰럽다.

S#30.   거리 (외부/낮)

행복한 집 근처 골목에 준호가 차를 세운다.
준호와 영우, 은지가 차에서 내려 은지의
가게를 향해 걷는다.

은지 아휴, 태워다주시기까지 하고. 정말 감사해요.
준호 저희는 유부 김밥 사가려고 온 건데요, 뭐.
영우 저희는 유부 김밥 사가려고 온 겁니다. 뭐.

은지가 길 건너 행복한 집 앞에 서있는
일수의 차를 보고 멈칫한다.
슈퍼 카 홍보 책자에서 봤던, 3억이 훌쩍 넘는

샛노란 슈퍼 카. 일수가 차에서 내리더니
은지와 영우, 준호를 번갈아 쳐다본다.

일수   이야~ 너 변호사 만났구나? 어쩐지 이혼 도장 안 찍고 버
티더라니! 뭐, 어떻게 소송이라도 해보게? 어?!

은지   (준호, 영우에게) 저, 저 사람 좀 잠깐 피해있어도 될까요? 하
루에 한 번은 꼭 가게로 찾아와서 이혼 도장 찍으라고 난
동을 부리는데 오늘은 참 일찍도 왔네요.

준호   차로 다시 가시죠.

준호가 은지, 영우와 함께 돌아서며 스마트키로
주차된 차의 전원을 켜자 세 사람이 차를 타고
자리를 뜰 거란 걸 알아챈 일수가 흥분한다.

일수   야! 너 일루 안 와?!

일수가 얼른 슈퍼 카에 올라타 요란하게 시동을 건다.
단번에 길을 건너 은지에게 오기 위해 불법 유턴을 한
순간, 빠아아앙! 커다란 경적 소리와 함께 무서운 속도로
달려오던 덤프 트럭이 일수의 슈퍼 카를 덮친다.
콰과쾅! 차가 부서지는 끔찍한 소리에 은지와 영우,
준호가 뒤를 돌아본다.
세 사람의 눈에 종잇장처럼 구겨져버린 일수의 차가
보인다. 갑작스러운 상황에 너무나 놀란 영우.

양손으로 귀를 막으며 몸을 움츠려보지만 진정이 되지
않는다.

준호   변호사님? 괜찮으세요?
은지   여보!!!

잠시 멍해졌던 은지가 정신을 차리고 일수를 향해 달려간다.
영우를 걱정스럽게 살피던 준호가 어쩌면 좋을지 잠깐 고
민하다가 일단 영우를 내버려두고 은지 뒤를 쫓아간다.

CUT TO :

교통사고가 난 슈퍼 카 앞.
이미 죽은 것 같아 보이는 피투성이 일수를 밖으로 끌어내
보겠다고 잔뜩 구겨진 차 틈 사이로 기어 들어가려 애를
쓰는 은지.
너무나 위험해 보이는 모습에 준호가 은지를 붙잡아 끌어
낸다.

준호   위험해요! 119 부를 테니 여기서 기다리세요!
은지   여보! 여보!!!

준호를 뿌리치며 버둥거리던 은지.
갑자기 온몸에 힘이 쭉 빠지는 듯 털썩 주저앉더니 통곡하
기 시작한다.

다행히 주변 상가의 상인들 몇몇이 나와 은지를 돌보고
119에 신고를 한다.
이에 안심한 준호가 다시 영우에게로 돌아간다.

CUT TO :

영우가 여전히 홀로 서있는 아까 그 골목.
그사이 공황 발작이 더욱 심해진 영우.
양손으로 자기 머리를 세게 두드리며 몸을 이리저리
격하게 움직인다.
이를 본 준호가 영우를 끌어안는다.
이 행동이 효과가 있는 듯 영우가 준호 품으로 파고들며,

영우   더 세게.

그러자 준호가 영우를 더 세게 안는다.

영우   더 세게요… 더 세게…

준호가 있는 힘껏, 영우의 몸을 꽈악— 끌어안는다.
온몸에 가해지는 강한 압력에 겨우 진정하기 시작하는 영우.
준호의 품에 안긴 채 거친 숨을 몰아쉰다.

S#31. 골목길 (외부/밤)

몇 주가 지난 뒤.
영우와 준호가 영우의 집 근처 골목길을 함께 걷는다.

영우 　오늘 성은지 씨가 저와 정명석 변호사님을 찾아왔습니다.

준호 　아, 그래요? 신일수 씨 장례식 이후로 못 봤는데 잘 지내시던가요?

영우 　네. 현재는 가게 문을 잠깐 닫은 상태라 유부 김밥은 만들어오지 않으셨지만 그래도 좋은 소식이 있었습니다. 신일수 씨가 남긴 11억 원 상당의 로또 당첨금은 성은지 씨와 그 자녀들이 상속받게 되었어요. 사망 당시 신일수 씨는 여전히 기혼 상태였으니까요.

준호 　와… 그게 그렇게 됐구나.

영우 　거기에 신일수 씨가 생전에 가입했던 사망보험금 3억 원까지 추가로 받는다고 합니다. 합치면 14억 원. 처음 재판을 통해 신일수 씨가 분배 받았던 로또 당첨금 액수와 같죠.

준호 　14억이 참 먼 길을 돌아서 제 주인을 찾아갔네요.

그러는 사이 영우의 집에 거의 다 온 두 사람.
헤어지기 아쉬운 마음에 걸음을 멈추는 준호.
영우가 따라 선다.

영우 　신일수 씨의 사망을 목격했을 때… 저를 안아주셔서 고마

왰습니다.

준호   (뿌듯) 아, 그거요. 괜찮아요.

영우   자폐인의 경우…

준호   (영우 말 부드럽게 끊으며 이어 설명) 감각 과부하 상태일 때 몸에 압력을 가해주면 불안함이 완화되죠.

영우   (조금 놀라며) 네. 맞습니다.

자폐에 관해서라면 언제나 남들에게 뭔가를
설명하는 입장이었던 영우.
준호가 먼저 자폐 관련 정보를 말해주는 것이
신기하게 느껴진다.

준호   프랑스에는 자폐인을 위한 포옹 의자가 있대요.

영우   포옹 의자요?

준호   (손동작하며) 이렇게 뒤가 막혀있는 구조인데, 앉아있으면 의자 안쪽이 부풀어 올라서 사람을 꽉 안아준대요. 리모컨으로 압력의 강도도 조절할 수 있고요.

영우   와… 그 의자, 한국에서도 살 수 있습니까?

준호   꼭 사야 될까요?

영우   네?

준호   내가 돼줄게요. 변호사님 전용 포옹 의자.

가로등 불빛 아래, 영우를 바라보는 준호의 눈빛이
부드럽다. 준호가 영우에게 다가간다.

처음에는 살짝 놀라 멈칫하는 영우.

하지만 지난번 준호의 가르침을 떠올리며,

눈을 감고 입을 벌린다. 두 사람이 키스한다.

그때, 집 앞에 쓰레기를 버리러 나왔다가 이 모습을

보고야만 광호. 너무나 놀란 나머지

아무런 반응도 못한 채 두 눈이 휘둥그레진다.

S#32.　　EPILOGUE : 수미의 사무실 (내부/낮)

책상 앞에 앉아 바쁘게 일하는 수미.

똑똑. 노크 소리가 들리자 고개를 들지 않은 채로

"네~" 대답한다.

수미의 사무실 문을 열고 들어온 사람은, 민우다.

민우　　태수미 변호사님, 안녕하십니까? 권민우라고 합니다. 바쁘
　　　　신데 시간 내주셔서 감사합니다.

수미　　시간 안 내줄 수가 없게, 우리 비서한테 말을 잘 했던데?
　　　　도대체 뭐예요? 나를 그렇게 꼭 만나야만 한다는 이유가?

수미가 하던 일을 내려놓고 민우를 응시한다.

언제나처럼 미소 띤 표정이지만 카리스마 넘치게

날카로운 눈빛에, 민우가 긴장돼 마른침을 삼킨다.

민우	저 태산에서, 태수미 변호사님 밑에서 일하고 싶습니다.
수미	에이, 그런 건 인사팀에 문의해야지. 내년에 지원서 내봐요. 내가 권민우 변호사 이름 특별히 기억해둘게.

용건 끝났다는 듯, 하던 일로 돌아가는 수미.
민우가 수미의 관심을 다시 끌기 위해 다급하게,

민우	저 지금 한바다에서 일하고 있습니다. (말을 할까 말까 망설이다) 우영우 변호사랑 같이요.

'우영우'라는 마법 같은 단어에 수미가 자기도 모르게
고개를 든다.

민우	태수미 변호사님은 대학교 4학년이던 1995년에 휴학해 2년 뒤인 1997년에 복학하셨습니다. 주위엔 유학을 간다고 하셨지만 이에 대한 구체적인 기록은 아무것도 없고요. 무엇보다… 태수미 변호사님이 휴학 중이셨던 1996년에, 우영우 변호사가 태어났습니다.
수미	지금… 뭐하는 거예요?
민우	태수미 변호사님께 잘 보이려고 하는 겁니다. 저는 다른 사람의 비밀을 알고 있는 것이 힘이자 무기가 되는 곳에서 일하고 싶습니다. 필요하다면 정치도 할 줄 알고 승부도 걸 줄 아는 변호사가 경쟁에서 승리하는 로펌에 다니고 싶습니다. 제가 볼 때 태산은 그런 곳이지만 한바다는 아닙

니다. 착한 척 위선이나 떠는 선배 변호사 밑에서 저까지 나약해지고 싶지 않습니다.

'얘를 어떻게 하면 좋을까?' 생각해보는 수미.
곧 결론을 낸 듯, 살짝 긴장했던 표정이 다시 여유로워진다.

수미	다른 사람의 비밀을 아는 것만으로는 부족해요. 능력이 있어야지.
민우	저 능력 있습니다.
수미	그럼 보여주세요. 우영우 변호사랑 같이 일한다고 했죠?
민우	네.
수미	우영우 변호사가 한바다를 그만두게 만들 수 있겠어요?
민우	네?
수미	스스로 그만두든, 아니면 잘리든 그건 상관없어요.
민우	왜… 그러시죠?
수미	권민우 변호사가 그것까지 알 건 없고. 이 일을 해내면 그땐 태산 변호사가 되는 거예요. 내 직속 라인으로.
민우	아… 네! 알겠습니다.

민우를 향해 서늘하게 미소 짓는 수미.
이를 보는 민우의 표정이 무척이나 결연하다.

〈끝〉

"어느 의뢰인을 변호하는 것이 옳은지

스스로 판단해야 돼요.

자기 자신한테 거짓말을 할 수는 없잖아요."

12화

양쯔강
돌고래

$\textcircled{12}$

S#1.   **PROLOGUE : 미르생명 사무실 (내부/낮) - 과거**

6개월 전.

꽤 큰 규모의 생명 보험 회사인 '미르생명'의 서울 본사
건물 내 사무실. 수많은 직원들이 파티션으로 나뉜
각자의 책상에 앉아있지만 누구도 일에 집중하지 못하는
불안하고 어수선한 분위기.

김현정(40세/여) 역시 심란한 얼굴로 책상 앞에 붙여둔
사진들을 본다. 최우수 직원으로 뽑혔을 때,
동료들이 생일 파티를 해줬을 때, 해외 연수나
체육 대회 같은 회사 행사들에 열심히 참여했을 때,
남편 **권영호**(38세/남)와 '미르생명 사내 부부 모임'을
만들었을 때… 미르생명과 함께했던 현정의 지난
15년 역사가 사진들 속에 모두 담겨있다.

그때, 인사부 직원인 **최연희**(31세/여)가 현정을 부른다.

연희	김현정 차장님, 들어오시랍니다.

현정의 표정이 어두워진다.

S#2.　　PROLOGUE : 미르생명 인사부장실 (내부/낮) - 과거

인사부장실 한편에 놓인 회의용 테이블.
인사부장 **문종철**(46세/남)이 현정과 마주 앉아있다.
잔뜩 긴장한 현정과 달리, 종철은 종일 계속된
미팅으로 이미 지쳐있다.

종철	요즘 우리 회사 M&A 진행되고 있는 거, 아시죠?
현정	네, 부장님. 미르생명이 독일계 보험사인 'SB 생명'에 인수 된다는 것, 잘 알고 있습니다.
종철	회사 주인이 바뀌는 상황이다 보니까 구조조정을 피할 수 가 없네요. 위에서 내려온 방침은 이렇습니다. '사내 부부 직원을 희망퇴직 대상자로 선정한다.' 왜냐? 상대적 생활 안정자니까.
현정	상대적 생활 안정자요?
종철	외벌이 직원보다야 맞벌이 부부 직원이 아무래도 생활면 에서 더 안정돼있을 거 아닙니까?
현정	아니, 저랑 제 남편 월급을 다 합쳐도 임원 분들 월급에는 못 미칠 텐데 저희가 무슨 생활 안정자입니까?

종철	(못 들은 척) 아무튼 회사 방침은 그렇습니다. '사내 부부 직원 중 1인이 희망퇴직하지 않으면 남편 직원이 무급 휴직의 대상자가 된다.'
현정	그러니까… 제가 그만두지 않으면 남편을 자르겠다는 건가요?
종철	어느 쪽이 이익인지 한번 잘 생각해보세요. 아내로서, 남편의 앞길을 막아서야 되겠습니까?
현정	네?
종철	부모님들 보기에도 좀 껄끄럽지. 며느리는 출근하는데 아들은 놀면 어느 시부모가 좋아할까? 내조는 이럴 때 하는 거죠.

종철의 말에, 현정의 얼굴에서 핏기가 사라진다.

S#3. PROLOGUE :
미르생명 인사부장실 앞 (내부/낮) - 과거

종철과의 면담 후 약간 넋이 나간 현정이
인사부장실 밖으로 나온다.
다음 차례인 **이지영**(32세/여)이 초조하게 다가간다.

지영	차장님! 인사부장님이 뭐래요?
현정	아… 이 대리도 사내 결혼했지…

지영	네? 그게 왜요?

그때 현정의 핸드폰이 진동한다.
"나 좀 봐."라는 남편 영호의 문자.
그사이 연희의 부름을 받은 지영이
인사부장실 안으로 들어간다.

S#4.   PROLOGUE : 미르생명 건물 옥상 (외부/낮) - 과거

현정과 영호가 미르생명 건물 옥상에 마주 서있다.

현정	뭐래? 당신한테는?
영호	와이프 설득하라고 하지, 뭐.
현정	설득? 나 그만두게 하라고?
영호	지금 회사가 원하는 게 그거니까. 여직원들 정리하는 거.

영호의 말에 더 이상 서있기가 힘든 듯,
현정이 털썩 쪼그려 앉는다.
그런 아내를 걱정스럽게 쳐다보는 영호.

영호	괜찮아?
현정	나, 이 회사 진짜 치열하게 다녔어. 당신은 알지?
영호	알지, 알지.

현정	정민이 낳고도 보름이나 제대로 쉬었나? 남아있는 출산 휴가 자진해서 반납하고 회사 나왔던 사람이잖아, 나!
영호	그럼! 자기 그랬던 거 회사 사람들 다 알지.
현정	근데 어쩌면 이래? 엄마 역할, 아내 역할 다 내려놓고 회사에 충성하랄 때는 언제고 이제 와서 갑자기 나더러 당신 내조나 하래. 내가 회사를 계속 다니는 게! 당신 앞길 막는 거래!

참았던 눈물이 터져나오는 현정.
현정 옆에 쪼그려 앉아 아내를 다독이는
영호의 표정도 괴롭다.

TITLE:

〈이상한 변호사 우영우〉

S#5. **명석의 사무실 (내부/낮)**

6개월 뒤 현재.
똑똑. 노크 소리와 함께 선영이 명석의 사무실로 들어온다.
책상 앞에 앉아 일하며 햄버거를 먹고 있던 명석이 놀란다.

선영	분위기가 어째… 밤 샜어요?
명석	아, 아닙니다. 새벽에 집 들어가서 좀 자고 나왔습니다.
선영	아침은 햄버거로 때우고?

명석	곧 의뢰인 미팅이 있어서 제대로 먹을 시간이 없네요. 그런데 어쩐 일로 오셨습니까?
선영	나 지금 박학수 변호사 병문안 가는 길이에요. 정명석 변호사도 시간 되면 같이 갈까 했는데 의뢰인 미팅 있다니 안 되겠네.
명석	(놀라) 박학수 변호사님이 왜… 어디 아프십니까?
선영	(오히려 놀라) 어머, 아직 얘기 못 들었구나? 장재진이 박변 찾아가서 난동 부렸잖아요, 어젯밤에.
명석	장재진…? 헌보건설 회장님 아들 장재진이요?
선영	맞아요. 며칠 전에 출소했어. 자기 아버지를 그렇게 잔인하게 살해하고도 8년밖에 안 받은 건 다 박학수 변호사랑 정명석 변호사가 애써줬기 때문인데. 장재진 걔는 뭐가 그렇게 불만일까? 박변 집에 찾아가서 보복하겠다고 칼까지 휘둘렀대요. 다른 가족들이 빨리 나타났으니 망정이지… 다행히 박변은 많이 안 다쳤어. 좀 놀라서 그렇지.
명석	장재진은 잡혔습니까?
선영	아직. 경찰이 수배 중이에요.
명석	(걱정에 혼잣말처럼) 장재진이 제 얼굴도 기억하고 있을 텐데…
선영	안 그래도 보안 팀에 당부했어요. 한바다에 출입하는 사람들, 더 철저히 관리하라고. 보안 요원 숫자도 증원할 거니까 너무 걱정 말고.
명석	네, 대표님.

대답은 그렇게 했지만,

몰려오는 걱정에 명석의 낯빛이 어둡다.

S#6.　승강기 (내부/낮)

명석이 승강기에 탄다.
문이 닫히려는 순간, 모자와 마스크를 쓴
남자1(30대)이 뛰어 들어온다.
남자 1의 키나 덩치가 꼭 수배 중인 재진 같다는
생각에 긴장하는 명석.
남자 1이 어느 층에 가는지 힐끔대지만
그는 아무런 버튼도 누르지 않는다.
명석의 시선을 느낀 걸까?
갑자기 휙, 남자 1이 명석을 돌아본다.
이에 흠칫 놀라는 명석. 남자 1의 번뜩이는 눈빛에
마른 침을 꿀꺽 삼키는데, 다행히 승강기의
문이 열리고, 문 앞에는 많은 사람들이 서있다.
남자 1이 먼저 승강기에서 내린다.
한숨을 몰아쉬며 명석도 따라 내린다.

S#7.　한바다 복도 (내부/낮)

살금살금 남자 1의 뒤를 따라가 보는 명석.

남자 1이 어느 회의실 앞에 멈춰 서자 자신도
발걸음을 멈춘다.
그 순간 툭! 누군가 명석의 어깨를 쳐 깜짝 놀란다.

종철   정명석 변호사님? 맞으시죠?
명석   (놀라) 아이고, 네네.
종철   미르생명 인사부장 문종철입니다. 저번에 한번 뵀었는데
       기억하시죠?
명석   그럼요. 회의실로 들어가시죠.

놀란 가슴을 몰래 쓸어내리며,
명석이 종철을 회의실로 안내한다.

S#8.   **한바다 회의실 (내부/낮)**

종철과 명석, 영우, 민우, 수연이 회의 테이블에 앉아있다.

영우   '사내 부부 직원 중 1인이 희망퇴직하지 않으면 남편 직원
       이 무급 휴직의 대상자가 된다.' 이 방침이 왜 여성에게 차
       별적이라는 건지 모르겠습니다. 남편 직원에게 불이익을
       준다고 하니 오히려 남성 차별 아닙니까?
종철   내 말이, 내 말이 그 말입니다! 상대 변호사는 자꾸만 여직
       원 차별이라고 몰아가는데 저희는 억울할 따름이에요.

수연	(종철 앞이라 조심하면서도) 음… 문자 그대로만 해석하면 그렇지만… 우리 사회에는 가부장적 가치관이라는 게 있으니까요. 부부 중 한 사람만 직장에 다닐 수 있다면 그건 당연히 남편이 되어야 한다는 편견을 무시할 수 있을까요?
영우	(곰곰이 생각해보며) 음…
민우	(자료 보며) 실제로 112쌍의 사내 부부 중 98명의 아내 직원들이 사직서를 냈네요.
수연	그러니까요. 남편한테 불이익을 주겠다고 했지만 결국 스스로 물러난 건 대부분 아내들인 거죠. 게다가 항의하기도 어려워요. 남편이 회사에 인질로 잡혀있는 셈이니까. 사직서를 낸 98명의 아내 직원들 중 겨우 2명만 소송을 제기한 것도 그런 이유 아니겠어요?
영우	(종철에게) 이 모든 것들을 미리 다 고려해서 방침을 만드신 겁니까?
종철	(당황) 예? 아니, 뭐…
명석	(변호사들에게) 대규모 구조조정을 뒤탈 없이 한다는 게 워낙 어려운 일이니까. 미르생명은 여러모로 가장 효율적인 방법을 찾으신 거지.
종철	맞아요, 맞습니다! 내 말이 그 말입니다!

당황해 허둥거리는 종철을 무심한 듯
시크하게 감싸주는 명석.
민우가 그런 두 사람의 모습을 유심히 본다.

명석   소를 제기한 게… 김현정 씨랑 이지영 씨죠? 이 두 사람은 어떤 직원이었습니까?

종철   뭐… 딱히 문제 삼을 거는 없는 사람들이었어요. 김현정 차장 정도면 회사 일 꽤 열심히 했다고도 볼 수 있죠. 두 번이나 최우수 사원으로 뽑혔으니까. 이지영 대리도 뭐, 회사 생활 적당히 잘하는 편이었고.

수연   (서류 보며) 음, 이지영 씨는 퇴직 전에 연차를 자주 썼네요.

종철   병원 다니느라고 그랬다는 거 같은데… 좀 더 알아보겠습니다.

명석   원고들에 대한 정보는 많으면 많을수록 좋습니다. 갖고 계신 자료들은 전부 넘겨주세요. 흠잡기까지는 아니더라도 이 두 사람의 상황이나 약점을 알고 있는 건 중요한 일이니까요.

종철   네, 알겠습니다. 그런데 그… 상대 변호사 말인데요.

명석   아, 류재숙 변호사 말씀이십니까?

종철   그 여자, 잘 아세요?

명석   개인적인 친분은 없습니다. 주로 여성이나 인권, 노동 관련 사건들 많이 한 걸로 알고 있습니다.

종철   이쪽 판에서 유명한 사람이에요?

수연   사회적으로 이슈가 되는 사건들을 많이 했어요. (노트북 보며) '선오중공업 하청 노동자 해고 사건'이나 '광일그룹 여성 직원 조기 정년제 사건' '경옥건설 진폐증 산재 소송' 같은 것들이요.

민우   근데 계란으로 바위치기 같은 사건들이라 그런지 결과적으로 승률은 높지 않습니다. 방금 말씀드린 사건들도 전부 졌거든요. 거의 뭐, 패소 전문 변호사랄까…

명석　　류재숙 변호사에 대해서 특별히 걱정되시는 부분이 있습니까?

종철　　아니, 회사로 한 번 찾아왔었는데… 여자가 뭐랄까? 되게… 시끄럽다고 할까?

'시끄럽다고?' 변호사들의 표정이 어리둥절하다.

S#9.　　**법원 (외부/낮)**

변론준비기일이 있는 날.
법원 앞에서 머리띠를 두른 채 시위를 하는 현정,
지영과 **류재숙**(42세/여).
현정과 지영이 각각 '회사에 당신의 결혼을 알리지 마라!'
'미르생명의 성차별적 구조조정 규탄!'이라 적힌
피켓을 들고 있고, 그 옆에는 재숙이 투명 확성기에
대고 말하나 싶게 크고 우렁찬 목소리로,

재숙　　회사에 당신의 결혼을 알리지 마라! 아내들에게 희망퇴직을 강요하는 교묘한 수법으로 성차별적 해고를 한 미르생명은 각성하라!

라고 외쳐댄다.

조금 떨어진 곳에서 멍하니 이 모습을 바라보는

명석과 영우, 민우, 수연.

민우   시끄럽네요, 저분.

수연   오늘 변론준비기일인데 시위부터 한바탕하고 시작하겠다
       는 건가? 저런 변호사는 처음 봐요.

영우   어째서인지 원고들과 옷 색깔도 맞춰 입은 것 같습니다.
       머리띠까지 한 팀처럼요.

명석   그러게. 저러고 있으니까 저 세 사람, 꼭 그거 같지 않아?
       그…

영우   '파워 퍼프 걸'이요?

명석   뭐? 아니? '삼총사.'

영우   아, 삼총사.

민우   (시계 보며) 시간 거의 다 됐습니다. 저희 먼저 들어갈까요?
       류명하 판사님, 매사에 깐깐하신 걸로 유명하던데.

영우   (놀라) 류명하? 이 사건 담당 판사님이 류명하 판사님입니까?

민우   네. 몰랐어요?

명석   (영우와 수연에게) 류명하 판사님, 두 사람은 경험해본 적 있
       죠? 그 탈북자 사건 때.

수연   네. 그사이 민사 합의부로 옮기셨나보네요.

영우   큰일입니다. 저 시끄러운 변호사, 이름이 류재숙 아닙니까?

수연   (영우 말에 깨닫고) 헐… 설마 풍산 류 씨는 아니겠지?

명석   응? 그게 왜요?

제6화 때의 경험으로 명하가 본적을 중요하게
여긴다는 걸 아는 영우와 수연.
혹시라도 재숙이 명하와 같은 풍산 류 씨일까 봐
마음이 불안해진다.
반면 두 사람이 왜 이러는지 모르는 명석과 민우는
어리둥절한 표정이다.

S#10. 법원 조정실 (내부/낮)

변론준비기일.
제6화에 등장했던 재판장 명하가 T자형 긴 책상의
위쪽 가운데 앉아있고, 명석과 신입 변호사들이
한쪽에 나란히 앉아있다.
재숙, 현정, 지영이 조정실로 들어와
한바다 변호사들 맞은편에 앉는다.
세 사람에게서 방금 전까지 시위를 하던
열기와 흥분이 고스란히 느껴진다.

명석   재판장님, 원고들과 원고 대리인은 방금 전까지 법원 앞에
서 본 사건과 관련된 시위를 벌였습니다. 그 시위가 재판
장님께 영향을 미쳐 본 재판의 공정성을 해치지는 않을까
우려됩니다.

재숙   저와 원고들은 미르생명의 성차별적 구조조정을 규탄하는

시위를 했을 뿐, 본 재판에 영향을 미치고자 하는 의도는
없었습니다.

명석　그러면 왜 법원 앞에서 시위를 합니까? 미르생명 앞에 가
　　서 하시지?

재숙　미르생명 앞에 가서도 할 겁니다. 오늘은 변론준비기일에
　　참석해야 했기에 법원 앞에서 한 거고요. 저희가 어디에서
　　시위를 하는지, 꼭 그쪽과 상의해야 합니까?

이에 명석이 다시 반박하려는데
갑자기 명하가 손을 번쩍 들어 올린다.
재판장의 돌발 행동에 조용해진 법정.
명하가 재숙을 빤히 보더니,

명하　변호인은 본적이 어디입니까?

재숙　아, 저는… 풍산 류 씨입니다.

'풍산 류 씨라니 이거 참 큰일이네.'
영우와 수연의 표정이 어두워진다.
반면 동성동본인 사람을 만나, 명하는 기쁘다.

명하　나도 풍산 류 씨입니다! 부친은 어떤 항렬자를 쓰십니까?

재숙　제 아버지는…

대답을 하려다 멈칫하는 재숙.

잠시 고민하더니 곧 뭔가를 결심한 듯 되묻는다.

재숙   재판장님, 왜 제가 아닌 아버지의 항렬자를 물어보십니까?

명하   그거야… 보통 딸 이름에는 항렬자를 잘 안 쓰니까요.

재숙   딸은 출가외인이라 풍산 류 씨 가문의 대를 이을 수 없어
        서요?

명하   (머뭇) 뭐…

재숙   재판장님, 저는 본 사건의 본질이 성차별이라고 생각합니
        다. 성차별은 '남녀 차별 금지 및 구제에 관한 법률'과 '남
        녀 고용 평등법' 등 이 나라의 법이 엄격하게 금지하고 있
        는 행위고요. 제가 여성이기 때문에 항렬자를 쓰지 않을
        것이라는 편견을 가진 재판장님께서 과연 본 사건의 본질
        을 공명정대하게 바라봐주실 수 있을지 심히 우려됩니다.

명하   뭐라고요?

        무려 '재판장의 공명정대함을 심히 우려한다'는
        재숙의 엄청난 발언에, 명하뿐 아니라 조정실 안의
        모두가 놀라 얼음처럼 굳는다.

재숙   제 이름, 류재숙의 '재'는 풍산 류 씨 26세손임을 나타내는
        항렬자입니다. 재판장님 성함에는 '하'자가 있으니 아마도
        27세손이신 것 같은데요. 맞습니까?

명하   마… 맞아요.

재숙   그렇다면 제가 재판장님의 숙모뻘인 셈이네요. 물론 저를

꼭 숙모라고 부르지는 않으셔도 됩니다.

이루 말할 수 없이 싸―해진 분위기 속에서
홀로 싱긋 웃는 재숙.
무모하리만큼 용감한 재숙의 태도에 영우가 속으로
감탄하는 사이, '이때인가?' 싶은 명석이
화제 전환에 도전한다.

명석   재판장님, 원고들과 원고 대리인이 벌인 시위에 대해 다시
      한번…
명하   (말 끊으며) 문제 삼지 않겠습니다.
명석   네?
명하   그 시위가 나의 직무상 독립에 영향을 미친다고 보지 않습
      니다. 그러니 문제 삼지 않겠습니다.
명석   네?
재숙   감사합니다. 재판장님.

명하의 반응이 답답한 명석과 달리,
여유롭게 활짝 웃는 재숙.
명하는 심기가 불편한 와중에도 숙모뻘
재숙의 눈치를 슬쩍 본다.

S#11.   영우의 집 거실 (내부/밤)

광호가 거실 테이블 앞에 앉아 사과를 깎는다.
포크에 꽂힌 사과 한쪽을 쥔 채 소파에 앉아
자신의 고민을 중얼거리는 영우.
하지만 아까부터 뭔가 할 말이 있는 광호는
영우의 고민을 한 귀로 흘리며 말을 꺼낼 타이밍만 노린다.

영우   저는 '맥락'이라는 말이 싫습니다. '분위기'만큼이나 어려
        워요. 법을 공부할 땐 말 뒤에 숨겨진 맥락과 분위기를 파
        악하지 않아도 되어서 좋았는데, 그것만으로는 안 되는 사
        건도 있는 것 같습니다. 자세한 사항은 말씀드릴 수 없지
        만, 중립적으로 보이는 방침조차 그 뒤에 숨은 가부장적
        사회의 맥락을 고려하면 성차별이 될 수 있음을…

광호   (더 이상 참지 못하고 할 말 시작) 저기, 영우야.

영우   네?

광호   혹시… 사귀는 사람 생겼니?

영우   갑자기 왜 그런 질문을 합니까? 이 또한 제가 알지 못하는
        숨은 맥락이 있는 겁니까?

광호   그런 거 없어. 그냥… 사귀는 사람 있냐고?

영우   음… 아니요.

광호   (놀라) 아니라고? 근데 막 키스해? 어우, 우리 딸. 그렇게 안
        봤는데 아주 할리우드네! 아메리칸 스타일?!

영우   제가 키스한 건 어떻게 아셨습니까?

256

광호	어떻게 알긴, 이 녀석아! 아빠 보란 듯이 집 앞에서 아주 그
	냥, 어?! 쪼끄만 놈이! 그래놓고 뭐? 사귀는 사람이 없어?
영우	아직 그런 이야기를 나누지 않았습니다. 사귀기 전에 먼저
	데이트를 해보면서 서로를 알아가는 단계입니다.
광호	그 자식 아주 도둑놈이네! 사귀자는 말도 없이 입술부터
	들이대? 누구야? 어? 한번 데리고 와 봐! 어떤 놈인지 아빠
	가 좀 보자!

궁금했다가, 놀랐다가, 화가 났다가…
여러 감정을 널뛰듯 오가는 광호.
갑작스러운 전개에 영우가 멍해진다.

S#12. 명석의 사무실 (내부/밤)

오늘도 야근하는 명석.
저녁 식사인 햄버거를 우물우물 씹으며
사무실 안으로 들어온다.
손에 든 쇼핑백에는 방금 사온 것 같은
호신 용품들이 들어있다.
명석이 삼단봉과 전기 충격기, 가스총 등을
꺼내 사무실 곳곳에 숨긴다.
재진이 자신을 공격하는 여러 경우를 가정해
연습해보는 명석.

서랍 속 삼단봉을 잽싸게 꺼내 펼치기,
컴퓨터 옆에 숨긴 전기 충격기 빠르게 집어 작동시키기,
창가 화분 뒤에 숨긴 가스총 들어 겨누기…
넓은 사무실에서 혼자 그러고 있는 명석의 모습이
참 안쓰럽고 웃프다.

S#13.　법정 (내부/낮)

첫 변론기일.
판사석에 명하를 포함한 판사 3명이 앉아있고
원고 측엔 현정과 지영, 피고 측엔 명석과
신입 변호사들이 앉아있다.
재숙은 증인석에 있는 종철을 신문하고 있다.

재숙　'사내 부부 직원 중 1인이 희망퇴직하지 않으면 남편 직원
이 무급 휴직의 대상자가 된다.' 미르생명은 어떤 의도로
이런 방침을 만든 겁니까? 남편의 일자리를 뺏겠다고 아내
직원들을 협박함으로써, 결국 여성 직원들의 사직을 유도
한 거 아닙니까?

종철　아닙니다! 저희 미르생명은 여성을 존중하는 회사입니다.
구조조정을 하는 상황에서도 여성 직원들에게 더 유리한
방침을 세운 겁니다.

재숙　(서류 보며) '아내가 남편의 앞길을 막아서야 되겠느냐?' '며

느리는 출근하는데 아들은 놀면 어느 시부모가 좋아할까?
내조는 이럴 때 하는 거다.' '남편이 실직하면 백수가 되지
만 아내는 실직해도 전업주부다. 남편의 인생을 창피하고
구질구질하게 만들 거냐?' 문종철 씨가 원고들에게 했던
말입니다. 기억하십니까?

종철   네…

재숙   방금 '미르생명은 여성을 존중하는 회사라 여성 직원들에
게 더 유리한 구조조정 방침을 세웠다.'고 하지 않았습니
까? 그런데 문종철 씨는 면담을 통해 여성 직원들이 희망
퇴직을 하도록 적극적으로 설득했네요. 인정하십니까?

종철   그건… 그냥 제 생각을 말한 겁니다. 회사의 방침과는 무
관한, 저의 개인 의견일 뿐입니다.

재숙   말 같지도 않은 소리 마십시오.

명석   재판장님, 지금 같은 신문 방식은 증인을 모욕하는 것이라
서 대단히 부적절합니다. 원고 대리인이 선을 넘지 않도록
제한해 주십시오.

재숙   문종철 씨는 미르생명의 인사부장으로서 근무시간 중 회
사를 대표해 원고들을 면담했습니다. 직원들에게 희망퇴
직을 권유하는 심각한 자리에 개인 의견이나 늘어놓으며
사담을 나눴다는 걸, 그럼 말 같은 소리라고 봐야 합니까?
(명하 똑바로 쳐다보며) 저는 그렇게 생각하지 않습니다! 류명
하 재판장님!

숙모뻘 재숙이 유독 강조해서 부른 자신의 이름에,

조카뻘 명하가 움찔한다.

그러고 보니 오늘 재숙의 가슴에는 작은 명찰이 달려있다. 명찰 속 '류재숙'이란 이름이 주는 압박에 명하가 한숨을 쉰다.

명하 문종철 씨는 당시 미르생명을 대표해 원고들을 면담했던 겁니다. 그 사실은 인정하시죠?

종철 네… 하지만…

명하 (말 자르며 속기사에게) 그렇게 기록하세요.

결국, 또다시 재숙의 편을 슬쩍 들어주는 명하.

답답한 마음에 명석이 한숨을 쉬는데, 재숙이

그런 명석과 신입 변호사들을 향해 싱긋 웃어 보인다.

CUT TO:

잠시 후, 이번엔 인사부 직원인 연희가 증인석에 앉아있다.

명석이 연희를 신문한다.

명석 회사의 구조조정 방침을 들었을 때 증인은 어떤 생각을 했습니까? (아까 전 재숙의 질문을 그대로 따라 하며) '남편의 일자리를 뺏겠다고 아내 직원들을 협박함으로써 결국 여성 직원들의 사직을 유도'한다고 생각했습니까?

연희 아닙니다. 그렇게 생각했다면 아내인 제가 그만뒀겠지요. 저희 부부는 남편이 희망퇴직을 했습니다. 저는 회사의 방침에서 성차별을 못 느꼈습니다. 역차별이면 몰라도요.

명석 증인도 문종철 씨와 면담을 했지요?

연희 네.

명석 문종철 씨가 증인에게도 '아내가 남편의 앞길을 막아서야 되겠느냐?'와 비슷한 이야기들을 했습니까?

연희 기억이 잘 나지 않습니다. 그런 건 그렇게 중요한 내용이 아니니까요. 제가 기억하는 건 희망퇴직을 신청하면 13개월 치 월급에 해당하는 퇴직금과 계약직으로 일할 수 있는 기회를 주겠다는 내용이었습니다.

현정 '계약직으로 일할 수 있는 기회'라고요? 계약직 전환을 무슨 혜택처럼 말씀하시네. 구조조정 핑계로 여직원들을 비정규직화하려는 속셈이잖아요!

자기도 모르게 불쑥 튀어나와버린 현정의 말.
명하가 현정에게 주의를 주기도 전에 연희가 대답을 한다.

연희 이거는 성차별이다, 저거는 비정규직화다… 매사 그렇게 주체적이고 똑똑하신 분들이 왜 이번에는 부장님 설득에 등 떠밀려서 억지 선택을 했다고 하시는지 모르겠어요. 구조조정에, M&A에 가뜩이나 회사가 뒤숭숭한데 소송까지 거시고… 남은 직원들은 정말 힘들어요.

작정하고 쏘아붙이는 연희의 말에 현정과 지영이 당황한다.

명석	이상입니다.
명하	원고 대리인, 반대 신문하세요.

재숙이 자리에서 일어나 증인석으로 간다.
연희를 향해 진심 어린 연민의 표정을 짓더니,

재숙	남편이 많이 아프시죠? 얼마 전 대장암 수술을 했다고 들었습니다.

갑자기 훅 들어온 개인사 관련 질문에 놀라는 연희.
그런 질문을 해야 하는 재숙의 마음도 편하지는 않다.

연희	네… 하지만 그런 이유로 남편이 회사를 그만둔 건 아닙니다. 남편이 안 아팠어도 저희 부부는 지금처럼 똑같이 결정했을 거예요!
재숙	남편의 수술을 앞두고, 증인은 한 달간의 유급 휴가를 받으셨지요? 대규모 구조조정을 해야 할 만큼 사정이 어려운 회사에서 제공하기엔 파격적인 혜택인데요. 증인이 이 자리에 나오신 이유가 그 혜택을 받은 것과 관련이 있습니까?

아무런 대답도 하지 못하는 연희의 얼굴이 붉어진다.
누가 봐도 관련이 있는 게 분명한 상황.
미르생명을 대표해 피고석에 앉아있는 종철이 한숨을
쉬고, 그 옆 한바다 변호사들의 표정도 어두워진다.

S#14.　법원 (내부/낮)

재판이 끝난 뒤, 연희가 도망치듯 법원을 빠져나가려는데
등 뒤에서 현정이 자신을 부르는 소리가 들린다.

현정　　최연희 대리!

차마 못 들은 척 할 수는 없어 머뭇머뭇 돌아서는 연희.
현정과 지영이 연희에게 다가온다.

현정　　남편 수술은 잘 됐어? 소송 이딴 게 다 뭐라고… 정작 중요
　　　　한 병문안을 못 갔네!

연희　　아, 아니에요. 수술 잘 됐어요. 전이도 없고… 괜찮대요.

현정　　(표정 밝아지며) 그래? 다행이다!

지영　　(마찬가지로 환한 얼굴) 진짜! 너무 다행이에요!

방금 전 자신들한테 불리한 증언을 했음에도
남편 괜찮다는 말에 친언니처럼 기뻐해주는
옛 동료들을 보자 마음이 무척 복잡해지는 연희.
현정이 그런 연희의 마음을 꿰뚫어보듯,

현정　　마음 너무 무겁게 갖지 말고 남편 병간호에 집중해. 사람
　　　　생각 뭐 다 다른 거고… 내가 최 대리 상황이면 나도 똑같
　　　　이 증언했을 거 같아.

연희   차장님…

말을 잇지 못하는 연희의 눈에 눈물이 맺힌다.
이를 본 지영이 분위기를 바꾸려고 활기차게,

지영   최 대리, 요 앞에서 파는 붕어빵 먹어봤어요? 법원 앞이라
         그런지 맛이 아주 정의롭다? 우리 같이 나가서 붕어빵 사
         먹어요.
연희   네? 저는 다음에…
현정   에이, 한 마리 먹고 가. 우리 다 같이 회사 계속 다녔으면
         지금 딱 간식 시간이잖아.
연희   죄송해요… 제가 진짜 죄송해요…

연희가 훌쩍훌쩍 울기 시작한다.
이 모습에 덩달아 눈물이 빵 터져버린 현정과 지영.
뒤늦게 법정 밖으로 나온 재숙이 부둥켜안고 우는
세 사람을 본다.
왜 우는지 알 것만 같아, 재숙의 눈시울도 함께 붉어진다.

S#15.   법원 앞 (외부/낮)

법원을 나온 명석과 신입 변호사들이 차를 타러 이동하는
데 저쪽에서 지영이 묵직한 붕어빵 봉투를 들고 달려온다.

지영   저기요!

일제히 걸음을 멈추고 지영이 다가오길 기다리는
한바다 변호사들.
지영이 숨을 헉헉거리며 붕어빵이 든 봉투를 내민다.

명석   이게 뭡니까?
지영   붕어빵이요. 저희들 꺼 사면서 같이 샀어요. 드시면서 하세요.
명석   아, 네. 감사합니다.

그제야 지영이 내민 붕어빵 봉투를 받아드는 명석.
그때 영우의 눈에 지영의 가방 앞주머니에 삐죽
튀어나온 열쇠고리가 보인다.
열쇠고리에는 무언가의 심벌마크처럼 보이는
독특한 금속장식이 매달려있다.

지영   그럼 가볼게요!

지영이 멀리서 자신을 기다리고 있는
삼총사 무리에게로 돌아간다.

민우   상대편 변호사한테 붕어빵을 쏜다… 참 여유만만하네요.
수연   이기고 있다고 생각하는 건가?
명석   이기고 있는 거 맞지, 뭘. (그런 상황이 답답해 한숨) 갑시다.

명석의 재촉에 모두들 발걸음을 옮긴다.

S#16.   승합차 (내부/낮)

승합차를 타고 법원에서 한바다로 돌아가는 길.
준호가 운전을 하고 옆자리엔 민우, 뒷자리엔 명석,
영우, 수연이 타고 있다.
다들 붕어빵 한 마리씩 들고 있지만 재판에 대한
고민으로 무거운 분위기.
명석이 침묵을 깬다.

명석   준호 씨, 원고들 뒷조사를 좀 해야 할 것 같아요.

준호   뒷조사요?

명석   응. 원고들이 자발적으로 회사를 그만뒀다는 걸 딱 보여줄
만한 게 뭐 없을까? 물론 진심으로 그만두고 싶어서 그만
둔 건 아니겠지만 최소한 그 당시에는 희망퇴직이 최선이
라고 생각했다는 증거 말이에요.

준호   네, 찾아보겠습니다.

그때, 영우의 눈에 지나가던 택시에 붙어있는
광고가 보인다.
지영의 열쇠고리에 달려있던 금속 장식과
똑같은 모양의 심벌마크.

영우가 그 마크 옆에 있는 글자를 읽으려고 고개를
내밀어보지만 택시 옆을 나란히 달리던
트럭의 뒤꽁무니에 가려져 보지 못한다.

영우　　음… 택시. (손으로 가리키며) 저 택시의 광고를 보고 싶습니다.
준호　　네? 택시요?

그 순간 신호등이 바뀐다.
준호가 차를 세운 사이, 택시는 신호를 어기고
좌회전을 해 앞서나간다.

영우　　저 택시의 외부 광고에 이지영 씨의 열쇠고리에 달려있던
　　　　것과 똑같은 모양의 마크가 그려져있었습니다. 그게 뭔지
　　　　확인하고 싶어요.
민우　　(살짝 짜증) 그게 뭔지, 우리가 왜 확인해야 될까?
수연　　그러게. 너 또 쓸데없는…

그때 신호가 녹색으로 바뀐다.
준호의 눈빛이 결연해지더니,

준호　　(수연 말 끊으며) 다들 안전벨트 매셨죠?

준호가 액셀을 세게 밟아 거의 드리프트로 좌회전을 한다.
변호사들이 모두 한 방향으로 쏠리며 안전벨트와 붕어빵

을 꼭 붙든다.

저 멀리 앞서 가는 택시를 본 준호.

신들린 곡예 운전으로 이 차, 저 차, 차례로 앞질러

택시를 따라간다. 준호가 칼 치기를 할 때마다

낯빛이 점점 더 하얘지는 변호사들.

준호 변호사님! 이제 잘 보세요!

어느덧 택시 바로 뒤까지 따라붙은 준호.

옆 도로로 아슬아슬하게 차선을 바꿔 택시를 앞질러 간다.

덕분에, 영우가 택시의 외부 광고에 새겨진 심벌마크를 본

다. 마크 옆에는 '난임 치료 전문, 희망 여성 병원'이라 적

혀있다.

영우 (혼잣말처럼) 난임 치료 전문, 희망 여성 병원?

그 순간, 뭔가를 깨달은 영우의 눈빛이 반짝거린다.

INSERT :

고래 한 마리가 푸른 바다 위로 힘차게 뛰어오른다.

CUT TO :

다시 차 안.

여전히 안전벨트와 붕어빵을 꼭 붙들고 있는 변호사들이

'이제 됐냐?'는 표정으로 영우를 쳐다본다.

준호 변호사님, 보셨어요? 못 보셨으면 유턴할까요?

영우 (혼자만의 생각에 빠져) 미르생명 근태 기록에 따르면 이지영 씨는 퇴직 전 연차를 자주 썼습니다. 조퇴도 잦았고요. 만약 그것이… 난임 치료를 받기 위해서였다면?

S#17. **한바다 OA실 (내부/밤)**

커다란 프린터 앞에 서서 무언가를 출력하는 민우.
얼마 전 수미가 자신에게 줬던 미션을 떠올린다.

FLASHBACK :
제11화, 수미의 사무실.
책상에 앉아있는 수미와 그 앞에 서있는 민우.

수미 우영우 변호사랑 같이 일한다고 했죠?

민우 네.

수미 우영우 변호사가 한바다를 그만두게 만들 수 있겠어요?

민우 네?

수미 스스로 그만두든, 아니면 잘리든 그건 상관없어요.

CUT TO :

현재, OA실.

민우가 여전히 출력되고 있는 '무언가'를 본다.

1년 전 한바다가 미르생명에게 보낸 '법률 자문 의견서'다.

'사내 부부 구조조정 방침에 관한 검토'라는 제목이 눈에
띈다. 이를 보는 민우의 눈빛이 결연해진다.

S#18.   영우의 사무실 (내부/밤)

똑똑. 여우 같은 노크 소리.

책상에 앉아 일하던 영우가 뭐라 대답하기도 전에

문을 열고 들어오는 민우.

손에는 서류 봉투가 들려있다.

민우   뭐해요?

영우   일… 일합니다.

민우   일하는구나. 나 좀 앉아도 되죠?

이번에도 민우는 영우의 대답을 듣기 전에

응접용 소파에 털썩 앉는다.

이 상황이 불편하지만 뭐라고 말해야 할지 몰라

그저 우물쭈물하는 영우.

민우	우영우 변호사는 대형 로펌에서 일하는 거, 어때요?
영우	네?
민우	나는 가끔… 괴로워요. 왜, 대형 로펌에 있으면 정의롭지 못한 일도 해야 되고 약자들 괴롭히는 일도 해야 되고 그럴 때가 있잖아요. 우리처럼 수임료 비싼 변호사들 쓸 수 있는 건 아무래도 돈 많고 힘 센 강자들이니까.

대형 로펌에서 일하는 것이 너무나 괴롭다는 듯,
민우가 한숨을 쉰다.
어리둥절해하면서도 민우의 말에 귀 기울이는 영우.

민우	미르생명이 구조조정 그렇게 한 거, 다 누구 머리에서 나온 생각인지 알아요?
영우	네?
민우	우리요.
영우	네?
민우	한바다라고요. 작년에 한바다가 미르생명한테 보낸 자문 의견서를 봤는데 거기 다 나와있더라고요. '공식적으로는 남편한테 불이익을 준다고 해야 성차별에 걸리지 않는다, 소액이라도 반드시 퇴직금을 줘야 자발적인 퇴직이었다고 주장하는 데 유리하다, 계약직 전환은 퇴직자한테만 주는 혜택인 것처럼 제안해라…' 이게 다 한바다가 미르생명에 가르쳐준 꼼수였어요.
영우	그럼… 미르생명은 처음부터 아내 직원들을 잘라낼 생각

으로 그런 방침을 꾸민 겁니까?

민우 그렇죠. M&A 핑계로 100명에 가까운 여직원들을 해고하고 그 대부분을 비정규직으로 돌려버린 거예요. 나중에 문제 생기지 않도록 미리 대형 로펌 자문까지 받아가면서. 아주 교묘한 성차별이죠.

영우의 표정이 심각해진다.
민우가 그런 영우의 반응을 조심스럽게 살피며
말을 잇는다.

민우 삼총사가 이걸 증명할 수만 있으면 승산이 있겠지만… 안되겠죠, 뭐. 류재숙 변호사 TV 나온 거 보니까 사무실이 무슨 구멍가게 같더라고요. 그래가지고 어디 사건 조사나 제대로 하겠어요? 준호 같은 직원을 고용하고 싶어도 돈이 없을 텐데.

삼총사의 사정이 너무나 안타깝다는 듯,
민우가 또 한숨을 쉰다.

민우 아우, 그만 투덜대고 일이나 하러 가야겠다.

민우가 일어나 밖으로 나가려다가 문득 생각난 듯 영우에게 돌아가더니 들고 있던 서류 봉투 속에서 의견서를 꺼내 내민다.

민우	이게 그 의견서예요. 방금 내가 말한 내용들이 다 들어있어요. 우변도 한번 읽어볼래요?

그러자 "우변도 한번 읽어볼래요?"를 말 그대로 해석한
영우가 의견서를 정말로 소리 내 읽기 시작한다.

영우	제목, 사내 부부 구조조정 방침에 관한 검토. 수신, 미르생명 주식회사, 발신…
민우	(당황해서 영우 말 끊으며) 아니, 지금 내 앞에서 읽어보란 소리는 아니었어요.
영우	아…

그제야 민우의 의도를 파악한 영우.
민우를 올려다보는 표정이 조금 머쓱하다.

S#19.　**명석의 사무실 (내부/밤)**

명석이 앉아있는 책상 맞은편에 선 영우.
방금 민우가 준 서류 봉투를 명석에게 내민다.

명석	뭡니까, 이게?
영우	작년에 한바다가 미르생명에게 보낸 법률 자문 의견서입니다. 의견서에 어떤 내용이 있는지 정명석 변호사님도 알

고 있었습니까?

명석이 봉투에서 의견서를 꺼내 보며 가볍게 한숨을 쉰다.

명석 당연히 알고 있었죠. 이건 또 어떻게 찾아낸 겁니까?

영우 그럼 한바다는 정말로 미르생명이 여성 직원들만을 해고할 수 있게 도운 겁니까? 법에 저촉되지 않도록 교묘하게 성차별을 하는 방법을 알려준 거예요?

명석 그렇게 표현할 일은 아니지. 우리는 의뢰인이 자신의 목표를 법적인 문제없이 달성할 수 있도록 의견을 제시한 겁니다.

영우 우리가 이 재판에서 이긴다면 여성 직원 우선 해고를 합법화하는 데 일조하는 것이 됩니다. 그것도 이지영 씨가 난임 치료를 받았다는 사실을 문제 삼는⋯ 치사한 방식으로요. 희망 여성 병원 마크를 발견한 정도로 그렇게나 펄쩍 뛰어오른 고래가 아깝습니다.

명석 (어리둥절) 뭐요? 고래?

영우 미르생명을 대리하는 일을 포기할 수 없다면 이지영 씨의 난임 치료에 관해서라도 함구하는 것이 어떻겠습니까? 변호사로서 세상을 더 낫게 만드는 일에 이바지하지는 못할망정⋯

명석 (말 끊으며 버럭) 우영우 변호사! 변호사가 세상을 더 낫게 만드는 일에 이바지한다고 누가 그래요?

영우 네?

274

명석	변호사가 하는 일은 '변호'예요. 의뢰인의 권리를 보호하고 의뢰인의 손실을 막기 위해 최선을 다해 변호하는 게 우리 일이라고요. 우리가 가진 법적 전문성은 그런 일에 쓰라고 있는 거지 세상을 더 낫게 만들라고 있는 게 아닙니다. 아니, 그리고 애당초 뭐가 더 세상을 낫게 만드는 일입니까? 그게 뭔지는 판사가 판단하는 거 아니에요?
영우	'변호사는 기본적 인권을 옹호하고 사회정의를 실현함을 사명으로 한다.' 변호사법 제1조 제1항입니다.
명석	(또 버럭) 아니 그러니까! 우리도 지금 미르생명을 옹호하는 일을 하고 있지 않습니까? 어느 쪽이 사회정의인지는 판사가 판단할 일이지 변호사인 우리가 판단할 일이 아니라고요!
영우	(명석의 표정 유심히 살피며) 지금… 화내는 겁니까?
명석	(여전히 버럭 톤으로 발뺌) 아니?! 나 화 안 났는데?!
영우	눈썹이 내려오고 광대뼈는 올라간 데다 콧구멍이 벌름벌름 움직이는데도요? 이는 사람이 화를 낼 때 나타나는 대표적인 특징들입니다.

'그러게. 나는 왜 이렇게 화가 날까?'
스스로가 당황스러운 명석.
애써 눈썹을 올리고 광대뼈를 내리며 콧구멍을 진정시킨다.

명석	됐고. 난임 치료에 대해서 샅샅이 조사해서 이지영 씨 신문 제대로 하세요. 우영우 변호사가 안 하면 내가 직접 할

겁니다.

S#20. **아쿠아리움 매표소 앞** (외부/낮)

어느 아쿠아리움의 매표소 앞.
커다란 돌고래 모양 모자를 쓴 영우와 준호가
피켓을 하나씩 들고 서있다.
피켓에는 각각 '돌고래 전시 중단하고 방류하라'
'돌고래는 수족관 말고 바다에서 만나요'라고 적혀있다.
두 사람은 제10화에서 영우가 준호에게 건넨
'데이트 시 할 일들' 중 '돌고래 해방을 위한 2인 시위'를
수행하는 중이다.
행인(20대/여)이 둘의 사진을 찍자 준호가 부끄러워
고개를 숙인다.
한편 영우는 시위 중에도 자기 고민에 빠져 중얼거린다.

영우 　지금 이 시간 미르생명 앞에서도 시위가 벌어지고 있는데
　　　정작 저는 그 문제는 모른 척하고 여기서 또 다른 시위를
　　　하고 있네요. (한숨) 잘하는 행동인지 모르겠습니다.

준호 　음, 돌고래 해방 시위는 변호사로서 하시는 게 아니잖아요.
　　　우리는 지금 데이트 중이니까.

영우 　그럼 변호사로서는 대체 어떻게 해야 합니까? 정명석 변
　　　호사님 말대로 옳고 그름에 대한 판단은 판사에게 맡기고,

276

의뢰인의 변호에만 집중해야 할까요?

준호   한바다에서 일하면서 똑같은 고민을 하시는 변호사님들을 정말 많이 봤어요. 신입 변호사, 주니어 변호사, 시니어 변호사 할 것 없이요.

영우   (놀라) 그렇습니까?

준호   네. 정명석 변호사님처럼 자기만의 대답을 갖고 계신 분들도 있지만 끊임없이 고민하고 계속 흔들리시는 분들도 많아요. 이 고민 때문에 결국 회사를 나가시는 분들도 있고요.

영우   한바다가 대형 로펌이기 때문일까요?

준호   재밌는 점은요, 대형 로펌만큼 공익 활동에 적극적인 데도 또 없다는 거예요. 우리나라 로펌들 중에 한바다랑 태산만큼 공익 사건 많이 하는 곳이 없을걸요?

영우   (한숨) 어렵습니다… 이준호 씨의 말을 들으니까 더 어려워요.

준호   당장 딱 결론이 나는 문제가 아니잖아요. 그냥 시간을 두고 천천히 생각해보세요. 변호사님이 어떤 결론을 내리든 저는 응원할 거니까.

준호가 영우를 보며 씨익 웃는다.
돌고래 모자를 쓰고 있음에도 미모를 가릴 수 없는
준호의 미소가 듬직하다.

S#21.   법정 (내부/낮)

두 번째 변론기일.

그간 삼총사가 벌여온 시위 때문인지 첫 재판 때와 달리,

꽤 많은 기자들과 여성 및 노동 단체 회원들이 방청한다.

사람들의 관심에 삼총사는 힘이 나지만, 한바다의 변호사

들은 위축된다. 지영이 증인석에 앉아있고,

영우가 지영을 향해 머뭇머뭇 걸어나간다.

영우   원고는 미르생명이 독일계 보험사인 SB 생명에 인수된다

        는 것을 언제 알았습니까?

지영   작년쯤… 알았습니다.

영우   작년에 원고는 연차를 자주 썼습니다. 몇 달간은 주 3회 조

        퇴하기도 했고요. 왜 그랬습니까?

지영   병원에 다니느라 그랬는데… (변명하듯) 딱 작년에만 그랬

        습니다. 입사 후 8년 동안 일하면서 작년만큼 자주 쉰 적은

        없었습니다.

영우   원고가 다닌 병원의 이름은 무엇입니까?

지영   희망 여성 병원입니다.

영우   희망 여성 병원은 난임 치료를 전문으로 하는 산부인과죠?

지영   네…

새로운 정보에 가볍게 술렁이는 법정.

재숙과 현정이 긴장한다.

영우　난임 치료 방법 중 하나인 시험관 아기 시술을 하면 한 달 동안은 주 3회 병원을 방문해야 합니다. 직장인이라면 아마 조퇴를 해야겠지요. 난자를 채취하는 날이나 배아를 이식하는 날에는 연차를 내야 할 거고요. 원고 역시 시험관 아기 시술을 받기 위해 조퇴를 자주 하고 연차를 많이 썼던 겁니까?

지영　네.

준비한 다음 말을 앞두고 망설이는 영우.
하지만 결국 입을 연다.

영우　그렇다면 원고에게 희망퇴직 권유는 난임 치료에 집중할 수 있는 좋은 기회였겠네요. 원고는 원래부터 임신할 계획이었으니까요.

지영　그게… 그거랑 무슨 상관인데요? 저, 임신에는 결국 실패했지만 만약 성공했어도 회사에는 계속 다닐 생각이었습니다.

영우에게는 지영의 이런 반응을 예상해 준비한 말이 있지만 이번에는 차마 입이 떨어지지 않는다.
영우의 망설임을 보다 못한 수연이 벌떡 일어서 대신 말한다.

수연　근로기준법상 여성 근로자는 출산일을 전후하여 90일간의 유급 휴가를 받습니다. 지난 변론기일 때 원고 대리인은 증인 최연희 씨가 받은 한 달간의 유급 휴가에 대해 언급하며 '대규모 구조조정을 해야 할 만큼 사정이 어려운 회사에서 제공하기엔 파격적인 혜택'이라고 했습니다. 그렇다면 90일간의 출산 휴가도 마찬가지 아닌가요?

재숙 이의 있습니다! 원고가 시험관 아기 시술을 받은 건 희망퇴직 권유를 받기 훨씬 전입니다. 원고의 난임 치료와 희망퇴직은 무관합니다.

명하 음… 기각합니다. (영우에게) 피고 대리인, 신문 계속하세요.

조심스럽게 기각하며 재숙의 눈을 슬쩍 피하는 명하.
그사이 마음을 다잡은 영우가 강하게 질문한다.

영우 원고, 솔직하게 대답해주십시오. 위기 상황인 회사에서 버티기보다는 이 기회에 퇴직금을 받고 사직해, 본격적으로 임신을 준비하는 게 더 낫다고 판단했던 것 아닙니까?

그런 생각이 아니었음에도 막상 반박할 말이
떠오르지 않는 지영.
당황해 어쩔 줄 모르는 얼굴이 안쓰럽다.
이를 보는 영우의 마음도 덩달아 무거워진다.

S#22.　　**법원 복도 (내부/낮)**

법원 내 여자 화장실 앞 복도.
영우가 화장실 밖으로 나오자 한발 늦게
따라 나온 재숙이 말을 건다.

재숙　　저기요!

갑자기 불쑥 다가온 재숙에 놀란 영우.
어떻게 할지 몰라 우물쭈물하다가,

영우　　제 이름은 우영우입니다. 똑바로 말해도 거꾸로 말해도 우
　　　　영우. 기러기 토마토 스위스 인도인 별똥별 우영우.

재숙　　저는 류재숙이에요. (뭔가 덧붙여야 할 것 같아) 거꾸로 하면 숙
　　　　재류?

영우　　음… 네.

재숙　　저 우영우 변호사 신문에서 봤어요. 대한민국 최초의 자
　　　　폐인 변호사. 이런 분은 나중에 어떤 변호사가 될까 궁금
　　　　했는데 결국… 한바다로 가셨네요. 더 멋진 곳에서 일하실
　　　　줄 알았는데.

영우　　더 멋진 곳이요?

재숙　　네. 예를 들면 '변호사 류재숙 법률 사무소' 같은 곳이요.

영우　　(재숙의 의도를 알지 못 해) 음…

재숙　　미르생명 같은 데나 변호하는 것보다는 용감한 여성 노동

자들의 편에 서는 게 훨씬 더 멋있지 않아요?

재숙의 말에 뭐라 답할지 몰라 혼란스러운 영우.
일단 명석이 했던 말을 반복해본다.

영우 변호사는 변호하는 사람입니다. 의뢰인의 권리를 보호하
    고 의뢰인의 손실을 막기 위해 최선을 다하는 것이 변호사
    의 일입니다. 어느 의뢰인의 편에 서는 것이 더 멋있느냐
    에 대한 가치 판단은 변호사가 할 일이 아닙니다.
재숙 하지만 변호사는 사람이잖아요. 판사나 검사하고는 달라요.
영우 네?
재숙 같은 '사'자 돌림이라도 판사랑 검사는 '일 사'자를 쓰지만
    변호사는 '선비 사'자를 쓰죠. 판사랑 검사한테는 사건 하
    나하나가 그냥 일일지 몰라도 변호사는 달라요. 우리는 선
    비로서, 그러니까 한 인간으로서 의뢰인 옆에 앉아있는 거
    예요. '당신 틀리지 않았다.' '나는 당신 지지한다.' 그렇게
    말해주고 손 꽉 잡아주는 것도 우리가 해야 하는 일인 거
    죠. 그러려면 어느 의뢰인을 변호하는 것이 옳은지 스스로
    판단해야 돼요. 자기 자신한테 거짓말을 할 수는 없잖아요.

재숙의 말에 영우의 머릿속이 또 복잡해진다.
한편, 영우와 재숙이 이야기 나누는 모습을
멀리서 발견한 민우.
근처에 있던 명석과 수연에게 그 모습을 보여주기 위해

일부러 가리키며,

민우   어? 우변, 류재숙 변호사랑 같이 있네요. 둘이 무슨 얘기를
저렇게 할까요?

명석   흠, 그러게…

본인이 의도한 대로, 명석과 수연이 영우와 재숙을
의아하게 쳐다보자 민우의 표정이 남몰래 밝아진다.

S#23.   **한바다 17층 복도** (내부/밤)

손에 작은 종이를 쥔 민우가 불 꺼진 영우의 사무실
문을 열려다가 퇴근하는 수연에게 들켜 움찔한다.
뭔가 이상한 낌새를 느낀 수연이 민우를 추궁한다.

수연   뭐예요?

민우   뭐가요?

아무렇지 않은 듯 대꾸하면서도
손에 쥔 작은 종이를 슬쩍 주머니에 넣어 숨기는 민우.

수연   영우 방에 들어가려고 했잖아요. 무슨 볼일인데요?

민우   아니, 무슨 기러기 토마토 지킴이인가? 최수연 변호사가

왜 그래요? 내가 우변한테 볼일 있을 수도 있지.

수연   영우는 아까 준호 씨랑 나갔어요. 사무실에 불 꺼진 거 보
      면 몰라요?

민우   우변이 준호랑 어딜 가요? 이 시간에?

'뭐야, 둘이 어떤 사이인지 아직도 몰라?' 싶어
수연이 머뭇거린다.

수연   준호 씨랑 같이 산다면서 그것도 몰라요? 둘이…

민우   둘이 뭐요?

수연   둘이 만나잖아요.

처음 듣는 소식에 민우가 놀란다.

민우   둘이 만나요? 왜요?

수연   "왜요?"는 무슨 "왜요!" 둘이 만나니까 만나지. 하여간 기
      분 나빠.

'준호가 왜 영우 같은 애를 만나냐?'는 뜻의 "왜요?"에
기분이 나빠진 수연.
민우를 일부러 툭 밀치며 지나간다.
잠시 어리둥절해하던 민우가 곧 정신을 차리고 영우의
사무실에 들어간다.

S#24.   영우의 사무실 (내부/밤)

아무도 없는 사무실 안으로 몰래 들어온 민우.
책상 위에 차곡차곡 정리된 서류들 중에
지난번 민우가 영우에게 줬던 서류 봉투를 찾아낸다.
1년 전 한바다가 미르생명에게 보낸 법률 자문 의견서가
들어있는 봉투다.

민우가 주머니에 숨긴 작은 종이를 꺼내 서류 봉투의
'받는 사람'에 붙인다.
종이에는 '변호사 류재숙 법률 사무소'의 주소가 적혀있다.
곧이어 책상 위에 놓인 영우의 명함 중 한 장을 꺼내
서류 봉투 안에 쏘옥 집어넣고 입구에 풀칠을 해
봉하는 민우. 이로써 영우인 척,
재숙에게 한바다의 자문 의견서를 보낼 준비를 마친다.

S#25.   골목길 (외부/밤)

영우와 준호가 영우의 집 근처 골목길을 함께 걷는다.
집에 거의 다다르자 영우가 걸음을 멈추더니 주변을
두리번거린다.

준호   (같이 두리번거리며) 왜요? 뭐 찾으세요?

영우	아버지를 찾습니다.
준호	네?
영우	저번에 아버지가 우리를 봤다고 해서요. 키스할 때요.
준호	네?!
영우	이준호 씨를 데리고 오라고 했지만 데리고 가지 않을 겁니다. 우리는 아직 사귀는 게 아니니까요.
준호	우리가 아직 사귀는 게 아니에요?
영우	음… 그런 이야기를 한 적이 없지 않습니까?
준호	아…?
영우	(갑자기 혼란스러워) 아닌가요? 우리, 사귀는 겁니까?
준호	사귀는 게 아니면 제가 왜 쉬는 날 돌고래 해방 시위를 하겠어요?
영우	네? 이준호 씨는 돌고래 해방에 동의하지 않으십니까?
준호	동의하죠. 동의하는데 그래도 쉬는 날 하기에… 시위가 막 안성맞춤은 아니잖아요. 재밌는 일은 아니니까.

준호의 말에 이번엔 영우가 충격을 받는다.

영우	재밌는 일이… 아닙니까?
준호	솔직히 변호사님이 만든 그 목록 말인데요.
영우	'데이트 시 할 일들'이요?
준호	네. 그게 저한테는 좀… 낯설어요. 보통 사람들은 데이트할 때 그런 거 안 하잖아요. '한강변에서 조깅하며 쓰레기 줍기' 같은 거요.

MONTAGE:

영우와 준호가 데이트 시 할 일들을 수행했던
지난날들이 몽타주로 보인다.

S#26.　한강 공원 (외부/낮) - 과거

몇 주 전, 이른 새벽의 한강 공원.
그래도 데이트라고 새 운동복을 멋지게 빼입은 준호가
멀리서 자신을 향해 비틀비틀 다가오는 영우를 보고
흠칫 놀란다.
'조깅하며 쓰레기 줍기'라는 내용에만 충실한 나머지
머리에 등산용 랜턴을 쓰고 양손엔 목장갑을 낀 채
기다란 집게까지 든 영우. 쓰레기를 담기 위함인지
등에는 커다란 망태기를 메고 있다.

CUT TO:

현재, 골목길.

준호　(다시 떠올리니 오싹) 그날 변호사님은⋯ 정말로 쓰레기만 주
　　　웠어요. 날이 밝도록 줍고 또 줍고⋯ 그 큰 망태기가 가득
　　　차도록⋯ 이런 데이트를 하는 사람들이 우리 말고 또 있을
　　　까요?
영우　일반적인 데이트도 했습니다. 예를 들면⋯ (잠깐 생각) 맛집

투어.

준호   김밥 맛집 투어였잖아요! 그날 하루 종일 김밥만 먹었는데!

영우   그 목록에는 이준호 씨가 원하는 것도 있습니다. 이준호 씨가 오락실에 가고 싶다고 해서 같이 갔습니다. 너무 시끄러웠지만 꾹 참았어요.

준호   하지만 가서 세 시간 동안 틀린 그림 찾기만 했잖아요!

S#27.   오락실 (내부/낮) - 과거

며칠 전 오락실.
영우와 준호가 '틀린 그림 찾기' 게임 기계 앞에
나란히 앉아있다.
틀린 그림을 찾으면 화면을 손으로 터치하는
게임으로 2인 경쟁 모드인데 문제가 뜨자마자
영우는 놀라운 속도로 그림 속 다른 부분들을 찾아낸다.
무표정한 얼굴로 툭 툭 툭, 정답 화면을 빠르게 터치하는
모습이 틀린 그림을 찾기 위해 태어난 로봇 같다.

준호   와! 대단해요!

화면에는 손도 못 댄 준호가 웃으며 대화를 시도해보지만
영우는 문제에 집중한데다 헤드셋을 쓰고 있어 준호의 말

을 듣지도 못한다.

CUT TO :

다시 현재, 골목길.

준호   변호사님이 너무 잘해서 저는 재미없었다고요.

영우   그럼… 그럼 왜 저와 데이트를 계속 합니까? 재미도 없는데?

준호   (답답해) 좋아하니까요! 변호사님을 좋아하니까 돌고래 해
      방 시위도 하고 조깅하며 쓰레기도 줍고 김밥 맛집 투어도
      한 거예요. 근데도 아직 우리가 사귀는 게 아니에요? 참 진
      짜 너무… (뒷말을 고민하다) 섭섭하네요!

영우   아…

섭섭한 남자는 어떻게 달래줘야 하는지 몰라,
영우가 멍해진다.

S#28.   법정 (내부/낮)

세 번째 변론기일.
두 번째 재판 때보다 방청객들이 더 많아졌다.

명하   원고 대리인, 새로운 증거를 제출하셨죠?

재숙   네, 재판장님. 미르생명이 처음부터 여성 직원들을 해고할

목적으로, 치밀하게 계산된 성차별적 구조조정 방침을 세
웠음을 입증할 증거입니다. 어느 익명의 제보자가 저희 사
무실로 보내왔습니다.

'익명의 제보자?' 재숙의 말에 방청객들이 술렁거린다.
민우가 재숙의 책상 위에 놓인 서류 봉투를 본다.
한바다의 자문 의견서에 영우의 명함을 동봉해 보낸 것과
비슷한 봉투로, 재숙이 이미 열어본 듯 입구가 뜯어져있다.
'이제 류재숙이 저 봉투 안에 든 자문 의견서를 꺼내
증거로 제출하겠지?'
하고 기대하느라 심장이 다 두근거리는 민우.
하지만 재숙이 서류 봉투 안에서 꺼낸 건 한바다의 자문
의견서가 아닌, 표지에 미르생명 로고가 커다랗게 찍힌 업
무용 수첩이다.
'저게 뭐야?' 실망감과 궁금함이 뒤섞인 민우의 표정.
재숙이 씩씩하게 명하 앞으로 걸어가 수첩을 제출한다.

재숙 미르생명의 인사부장 문종철 씨의 업무용 수첩 원본을 제
   시합니다. 문제가 되는 페이지는 따로 스캔해 오늘 사본으
   로 제출했습니다.

명석 (종철에게 작게) 부장님 수첩이 맞습니까?

종철 (어리둥절해하며 작게) 저거, 작년에 회사에서 직원들한테 나
   눠준 겁니다. 제 거는 제 사무실에 있을 텐데?

290

그때 법정 안에 설치된 커다란 스크린에 수첩의 한 페이지
가 뜨고, 종철의 손 글씨로 휘갈겨 쓴 메모가 보인다.

〈메모 내용〉
'최 상무님 Call.
금차 무급 휴직 후 복직 없이 정리 해고할 수밖에 없음.
부부 직원 — 특히 여직원 — 배우자인 남편에게 불이익이
있음을 주지시킴.
우선적으로 남편을 통하여 여직원 희망퇴직 유도.'

재숙　　수첩을 보시면, 문종철 씨에게는 통화 내용을 메모하는 습
　　　　관이 있다는 걸 알 수 있습니다. 저 메모는 작년 4월에 미
　　　　르생명 최승철 상무와 통화한 내용을 기록한 것으로, 최승
　　　　철 상무는 문종철 씨에게 '남편에게 불이익이 있음을 주지
　　　　시켜 아내 직원의 희망퇴직을 유도하라.'고 명백하게 지시
　　　　했습니다.

　　　　강력한 증거에 사람들이 웅성거린다.
　　　　종철과 한바다 변호사들의 얼굴에서는 핏기가 사라진다.

명하　　문종철 씨, 사실입니까? 저거 본인 수첩 맞아요?

　　　　아니라고 말하고 싶지만 차마 그럴 수 없는 종철.
　　　　명석이 나서 상황을 수습해보려는데, 종철의 대답이

한발 앞서 나간다.

종철   제가 쓴 게 맞긴 맞습니다. 하지만 저게 어떻게 저 사람들
손에 가 있는 건지…

명석   (다급하게 벌떡 일어나) 재판장님, 문종철 씨는 개인의 수첩이
증거로 사용되는 것에 동의한 적 없습니다. 그러므로 위법
하게 수집된 증거입니다. 이는 형사소송법…

관련 법조항을 말하려고 하지만 갑자기 기억이
나지 않는 명석. 영우를 보며 빨리 말하라는 표정을 짓지만
영우는 그 뜻을 이해하지 못한다.
이에 수연이 명석의 의도를 영우에게 통역한다.

수연   (작게) 그거 있잖아. 위법 수집 증거에 대한 법. 그거 말하라고.

영우   아. '형사소송법 제308조의 2. 적법한 절차에 따르지 아니
하고 수집한 증거는 증거로 할 수 없다?'

명석   (영우 말 이어) 방금 들으신 법조항에 따라 문종철 씨의 수첩
은 증거 능력이 없습니다. 증거에서 배제해주십시오.

영우   (혼잣말처럼) 음… 하지만 그것은 형사소송법입니다. 이 재
판은 민사소송이고요.

자기 팀에 불리한 줄 알면서도, 아닌 건 아닌지라
말을 내뱉어버린 영우.
이에 재숙이 씨익 웃으며 영우의 말을 낚아챈다.

| 재숙 | (영우 말 일부러 따라 하며) 하지만 그것은 형사소송법입니다. 이 재판은 민사소송이고요. 자유 심증주의를 택하고 있는 민사소송법에서 증거 채택은 법원의 재량 아닙니까? 류명하 재판장님의 현명한 판단을 기대합니다. |

오늘도 풀 네임을 불러버려 움찔하는 명하.
재숙의 가슴에 달린 명찰 속 '류재숙'이라는 이름과 대부분이 원고 편인 것 같은 방청객들의 눈빛을 차례로 보더니,

명하	이 수첩, 익명의 제보자가 보낸 거라고 했죠?
재숙	네, 재판장님.
명하	그렇다면 위법하게 수집한 증거라 해도 그 절차 위반의 정도가 증거 채택을 거부할 만큼 크지는 않다고 봅니다. 증거 능력을 인정합니다.

명하의 말에 미소 짓는 재숙과 기뻐하는 현정, 지영.
반면 종철과 한바다 변호사들의 표정은 어두워진다.
문득 삼총사를 쳐다본 영우.
현정이 고개를 돌리더니 방청석의 누군가에게
엄지 척 하는 것이 보인다.
영우가 방청석에 앉아있는 그 '누군가'를 본다.
첫 재판에서 미르생명에 유리한 증언을 했던
인사부 직원 연희다.

FLASHBACK :

S#29.　미르생명 인사부장실 (내부/낮) - 과거

첫 재판 후 며칠 뒤.

아무도 없는 인사부장실 안으로 조심스럽게 들어온 연희.

책꽂이에 꽂혀있는 종철의 다이어리들 중 작년 것을 꺼내

내용을 살핀다.

그러더니 다이어리를 옷 속에 숨겨 밖으로 나간다.

삼총사를 도운 익명의 제보자는 바로 연희였던 것.

CUT TO :

S#30.　미르생명 빌딩 앞 (외부/낮)

다시 현재.

한 **기자**(20대/여)가 방송국 뉴스 카메라 앞에 서서

미르생명 빌딩 앞에서 벌어지고 있는 꽤 큰 규모의

집회를 보도한다.

기자　미르생명이 사내 부부 중 아내 직원을 우선 해고한 사건을
규탄하는 집회가 미르생명 본사 앞에서 열렸습니다. 이 집
회에는 미르생명에서 해고된 아내 직원들은 물론, 여성 단
체 및 노동 단체 회원들 수십 명이 참여했습니다.

뉴스 화면 속 집회 풍경.

트럭에 실린 대형 전광판을 중심으로 피켓을 들고

구호를 외치는 사람들.

그중 단연 눈에 띄는 사람들은 그 누구보다도

열정적으로 소리치는 삼총사다.

'회사에 당신의 결혼을 알리지 마라!'

'미르생명의 성차별적 구조조정 규탄!'

'위기는 성차별을 심화시킨다'

'기혼이든 비혼이든 여성 노동권은 인권이다!'

'사내 부부 중 여성 우선 해고는 명백한 성차별!' 등의

문구가 눈에 띈다.

기자   한편 해고된 아내 직원들 중 두 명은 해고 무효 확인 소송
      을 제기했는데요. 집회 참가자들은 소견서를 작성해 법원
      에 추가 제출할 계획이라고 밝혔습니다. 집회의 열기가 판
      결에도 영향을 줄지 주목됩니다.

S#31.   법정 (내부/낮)

판결 선고 기일.

집회 관련 뉴스 때문인지 법정 안이 기자들과

방청객들로 가득하다.

변호사들은 보통 선고 기일에 참석하지 않지만

이날은 종철과 현정, 지영 외에 한바다 변호사들과
재숙도 자리하고 있다.

명하   판결하겠습니다.

명하가 문득 말을 멈추더니 재숙과 원고들을 본다.
그러자 명찰이 달린 가슴을 활짝 펴며 명하를 향해
웃어 보이는 재숙.
하지만 몹시 긴장하고 있는 속내는 감추지 못한다.
'역시 판결마저도 풍산 류 씨 26세손의 편을 들어줄 건가?'
명하와 재숙 사이 오가는 시선에, 한바다 변호사들의
마음이 불안해진다.

명하   주문. 원고들의 청구를 모두 기각한다. 소송비용은 원고들
의 부담으로 한다.

순식간에 법정이 소란스러워진다.
실망하는 재숙, 현정, 지영과 달리 표정이 밝아지는
한바다 변호사들.
한편 종철은 한숨만 푹 내쉴 뿐 어떤 감정인지
알 수 없는 표정이다.

명하   피고가 부부 직원들에게 수차례 희망퇴직을 종용하며 그
러지 않으면 남편들이 무급 휴직 및 정리 해고 대상자가

될 것이라 고지하였다는 사실은 인정된다.

'인정된다고? 그런데 도대체 왜?'
이해할 수 없다는 얼굴로 명하의 판결에 귀 기울이는
재숙과 원고들.

명하 다만 구조조정 시 부부 직원 중 한쪽을 그 대상자로 정하
는 것은 사회·경제적 관점에서 용인되며, 부부 직원 중 한
쪽을 대상으로 정했을 뿐 아내 직원만을 대상으로 한 것이
아니므로 헌법이나 근로 기준법 등이 정하는 남녀평등에
반해 여성을 차별한 것이라고 볼 수 없다.

명하의 판결에 제각각의 감정과 의견을 표현하는
방청객들과 판결 내용을 부지런히 받아 적는 기자들로
다시 시끄러워진 법정.
하지만 명하는 아랑곳하지 않고 판결문을 계속 낭독한다.

명하 나아가 원고들은 피고가 제시하는 희망퇴직의 조건 및 퇴
직할 경우와 계속 근무할 경우의 여러 사정과 이해관계 등
을 종합적으로 고려하여 당시의 상황에서는 그것이 최선이
라 판단해 사직서를 제출했으므로 이를 무효라 볼 수 없다.

결국 한바다가 법률 자문 의견서를 통해
예측한 그대로 판결난 상황.

이번에도 재판부를 설득시키지 못했다는 생각에
고개를 푹 떨구는 재숙.
그러자 현정이 재숙과 지영의 손을 끌어당기더니
한데 모아 꽉 붙잡는다.
판결 때문에 속상한 와중에도 서로의 손을 놓지 않는 삼총사.

S#32.   **법정 앞 복도 (내부/낮)**

재판이 끝난 후, 종철과 한바다의 변호사들이 법정에서
나와 법원 건물 밖을 향해 걸으며 대화한다.

명석   부장님, 아까부터 표정이 안 좋으신데 괜찮으신 겁니까?
        판결도 잘 나왔는데요.

종철   판결 잘 나와봤자 뭐, 저한테 좋은 일인가요? 회사만 신
        났지.

명석   네?

종철   사실은 저, 곧 해고될 것 같습니다. 모르셨어요?

명석   (놀라) 몰랐습니다.

종철   모르셨구나. 난 또 이번에도 한바다에서 자문해줬나 했네
        요. 인사부장 뒤탈 없이 자르는 방법, 뭐 그런 거.

명석   (당황) 아, 아닙니다. 처음 듣는 이야기입니다.

종철   명목상으로는 이번 구조조정 잘 못해내서 자른다, 그거예
        요. 재판에, 집회에, 뉴스 보도까지… 일이 커지긴 커졌으니

까요. 근데 가만 보면 그냥 처음부터 이럴 생각이었던 거 같애. SB 생명이 원하는 사람을 내 자리에 앉히고 싶은 거지.

명석 지금까지 고생 많으셨는데… 정말 힘드시겠습니다.

종철 (한숨) 아니에요. 백 명 가까운 직원들 모가지를 날려놓고 나만 멀쩡하길 바라면 되나요? 다 제 업보죠.

S#33. **법원 앞 (외부/낮)**

심란한 대화를 나누며, 법원 밖으로 나온 종철과 한바다 변호사들.
법원 앞 계단에서 기자회견을 하고 있는 삼총사를 본다.
수많은 지지자들과 기자들에 둘러싸인 삼총사의
모습이 무척 당당해 보인다.

재숙 판결과 상관없이 우리는 이번 소송을 긍정적으로 평가합니다.

지영 맞습니다! '졌잘싸!'라고 평가합니다!

현정 졌지만 잘 싸웠다! 어쨌든 재판까지 가보니 속이 다 후련하다!

지영과 현정의 말에 사람들이 웃으며 환호한다.

재숙 앞으로 2심, 3심 계속 남아있으니까요. 우리는 대한민국의 고용 안정과 평등을 위해 더욱 용감히 투쟁할 것입니다!

재숙의 말을 받아 적는 기자들과 뜨거운 박수와 환호로
삼총사를 응원하는 지지자들.
너무나 대조적인 양쪽의 분위기에, 영우의 머릿속이
다시 복잡해진다.

S#34.　**골목길 (외부/낮)**

휴일이라 편한 복장으로 골목길을 걷는 영우와 수연.
재판 뒤풀이에 초대 받아 재숙의 사무소에 가는 길이다.

수연　근데 나는 재판 뒤풀이를 하겠다는 삼총사도 참 신기하
　　　고… 거기에 초대 받았다고 진짜로 가는 우리도 좀 이상하
　　　고 그러네? 어쨌든 우린 상대편이었잖아.

영우　나는 가보고 싶어. 궁금해.

수연　너 혹시, 그런 쪽에 관심 있는 거야? 류재숙 변호사처럼 인
　　　권이나 여성, 노동 쪽 사건들 많이 하는?

영우　음… 모르겠어. (잠시 생각) 류재숙 변호사는… 양쯔강돌고
　　　래 같아.

수연　어우, 양쯔강돌고래. 오랜만에 들어보네.

영우　양쯔강돌고래에 대해서 설명해도 될까?

수연　(간절) 안 된다고 해도 될까?

영우	(역시 안 하기는 힘들어 발사) 돌고래는 주로 바다에 살지만 강물에도 적응해 사는 개체군이 있는데 대표적인 것이 바로 양쯔강돌고래야. 이름 그대로 중국 양쯔강에서 살았는데 2007년에 멸종이 선언됐어.
수연	(체념) 그래서 류재숙 변호사랑 양쯔강돌고래는 어디가 닮았는데?
영우	류재숙 변호사는… 한바다에선 만나볼 수 없는 종류의 변호사잖아. 멸종되지는 않으면 좋겠어.

그러는 사이 '변호사 류재숙 법률 사무소' 앞에
도착한 두 사람.
작고 허름한 상가 건물의 꼭대기 층이다.

S#35. 변호사 류재숙 법률 사무소 (내부/낮)

아무도 없는 사무소 안으로 들어간 영우와 수연.
뭐든지 크고 깔끔하고 새 것인 한바다와는 달리
꼭 필요한 집기들만 갖춘 재숙의 공간은 작고 소박하고
정겹다.

사무소 한편에 집회할 때 썼던 것 같은 커다란 패널이
보인다. 패널에는 여러 사람들의 의견이 적힌 포스트잇이
무질서하게 잔뜩 붙어있다.

영우가 자기도 모르게 포스트잇들을 떼어내 줄 맞춰
다시 가지런히 붙인다.

수연　또 버릇 나온다. 야, 그냥 냅둬.
영우　그냥 냅두기가 쉽지 않아.

영우와 수연이 함께 포스트잇을 정리하며 거기에 적힌
문구들을 본다.
'비슷한 일을 당한 사내 부부입니다. 소송을 시작하신 용
기에 감동했습니다.'
'위기 때마다 약자 먼저 희생시키는 기업의 관행에 경종을
울려주셨습니다!'
'소송비용 후원은 안 받으신다 하여 우리 부부가 기른 귤
을 놓고 갑니다.'
'의미 있는 패소.' '평등한 노동권에 대해 생각해보게 된
계기.'
'다시는 성차별적 해고가 반복되지 않도록 모두가 힘을 합
쳐요!'

수연　이런 응원을 받는 기분은 어떨까? 심지어 재판에 졌는데도.
영우　음… 그러게.

그때 재숙이 사무소 안으로 들어온다.

재숙   어머, 왔어요? 우리 옥상에 있었어. 같이 올라가요.

재숙의 활기찬 안내에 따라 영우와 수연이 옥상으로 가려
는데 문득 뭔가가 생각난 듯 재숙이 걸음을 멈춘다.

재숙   (수연에게) 먼저 올라가실래요? 우영우 변호사한테 뭐 줄 게
있어서.
수연   아, 네.

수연이 자리를 뜨자 재숙이 책상 서랍에서 서류 봉투를 꺼
낸다. 민우가 영우인 척 재숙에게 보냈던 바로 그 봉투다.

재숙   이거, 돌려주려고.

영우가 서류 봉투 안에 든 법률 자문 의견서를
확인하고 놀란다.

영우   이게 왜 류재숙 변호사님한테 있습니까?
재숙   응? 우영우 변호사가 나한테 보낸 거 아니에요?
영우   아닙니다.

'그럼 어떻게 된 거지?'
재숙이 잠깐 생각해보더니,

재숙   안에 명함이 들어있었어요. 꼭 우영우 변호사가 나한테 몰
        래 보낸 것처럼. 한바다도 뭔가 내부 사정이 복잡하네. 우
        영우 변호사, 주변 잘 살펴야겠다.

영우   그럼 이 의견서를 갖고 있었는데도… 증거로 쓰지 않은 겁
        니까?

재숙   내가 그걸 쓰면 우영우 변호사가 난처해질 거 아니에요?
        다른 쪽으로 증거 구할 길이 없는 것도 아니고.

        몰려드는 갖가지 생각에 멍해지는 영우.
        그런 영우를 향해 씨익 웃어 보이는 재숙의 미소가 씩씩하다.

S#36.   변호사 류재숙 법률 사무소 옥상 (외부/낮)

        재숙이 영우를 데리고 옥상으로 올라간다.
        옥상에는 수많은 화분들이 텃밭 정원처럼 보기 좋게
        가꿔져있다.
        수연과 함께 평상 위에 앉아있던 현정과 지영이 영우를
        반긴다.

현정   얼른 와요!

지영   여기 앉아요, 앉아.

        친근하게 맞아주는 현정, 지영과 달리 아직은 뭔가 어색한

영우가 쭈뼛쭈뼛 평상으로 가 수연 옆에 앉는다.

지영   비빔밥 만들고 있었어요. 변호사님이 기른 옥상 채소가 엄
        청 싱싱해.
재숙   나 부업이 농부거든요. 옥상 농부. 어째 농사를 본업보다
        더 잘하는 거 같애.

        그렇게 웃긴 말도 아니건만 다 같이 까르르 웃는 삼총사.
        영우가 평상 위 다섯 개의 나무 그릇에 담긴 비빔밥들을
        본다. 그릇마다 여러 종류의 채소가 가지런히 올라간 모습
        이 예쁘다. 옆에서는 현정이 달걀을 부쳐 비빔밥 위에 하
        나씩 올린다.

영우   비빔밥 말고 김밥은 없습니까? 비빔밥은 재료를 한눈에 볼
        수 없어 예상하지 못한 식감이나 맛에 깜짝 놀랄 수 있습
        니다.
재숙   응?
현정   김밥이요?
지영   깜짝 놀라요?

        영우의 말에 삼총사가 당황하자
        수연이 비빔밥 그릇 하나를 들어 영우에게 무작정 안기며,

수연   그럼 재료를 섞지 말고 따로 따로 먹으면 되지.

305

영우	음…
수연	(복화술로 무섭게) 그냥 먹어. 주는 대로.
영우	응…
수연	(다시 상냥해져) 비빔밥 너무 예쁜데요? 저희도 좀 더 일찍 와서 같이 준비할 걸 그랬어요.
재숙	우리 그냥 놀면서 쉬면서 천천히 만들었어요. 시낭송하면서.
영우	시낭송이요?
지영	알고 보니까 우리가 다 시를 좋아하더라고요. 나는 김수영 시인의 시를 읽었고 언니는 고정희 시인의 시를 낭송했고. 이제 변호사님 차례.
영우	지금… 시낭송을 할 때입니까? 항소심을 준비해야 하지 않습니까?

영우의 진지한 걱정에 삼총사가 또 까르르 웃는다.

재숙	그러게. 역시 한바다 변호사는 다르네. 나 또 지겠다.
현정	에이, 오늘은 괜찮아요. 뒤풀이잖아.
지영	류재숙 변호사님은 어떤 시를 좋아하시는지 나 너무 궁금합니다!

그러자 비빔밥 그릇을 내려놓더니
평상 위에 반듯하게 올라서는 재숙.
진지하면서도 담백하게,
안도현의 '연탄 한 장'을 낭송한다.

재숙   또 다른 말도 많고 많지만 / 삶이란 / 나 아닌 그 누구에게 / 기꺼이 연탄 한 장 되는 것 // 방구들 선득선득해지는 날부터 이듬해 봄까지 / 조선팔도 거리에서 제일 아름다운 것은 / 연탄차가 부릉부릉 / 힘쓰며 언덕길 오르는 거라네 / 해야 할 일이 무엇인가를 알고 있다는 듯이 / 연탄은, 일단 제 몸에 불이 옮겨 붙었다 하면 / 하염없이 뜨거워지는 것 / 매일 따스한 밥과 국물 퍼먹으면서도 몰랐네 / 온 몸으로 사랑하고 나면 / 한 덩이 재로 쓸쓸하게 남는 게 두려워 / 여태껏 나는 그 누구에게 연탄 한 장도 되지 못하였네 // 생각하면 / 삶이란 / 나를 산산이 으깨는 일 / 눈 내려 세상이 미끄러운 어느 이른 아침에 / 나 아닌 그 누가 마음 놓고 걸어갈 / 그 길을 만들 줄도 몰랐었네, 나는

손대지 않은 비빔밥 그릇을 끌어안은 채 시낭송을 듣고 있는 영우의 눈에, 이미 멸종되었다고 알려진 양쯔강돌고래 한 마리가 재숙의 등 뒤로 천천히 헤엄쳐 지나가는 것이 보인다.

S#37.   **EPILOGUE : 승강기** (내부/밤)

늦은 밤. 한바다 승강기에 타고 있는 명석.
오늘도 야근이라 놓친 저녁 식사를 대신해 햄버거를 사오는 길이다. 승강기가 어느 층에 멈추더니

모자를 푹 눌러쓴 **남자2**(30대)가 탄다.

남자 2도 재진과 비슷한 모습이지만 애써 별일

아닐 거라 생각해보는 명석. 하지만 남자 2가 주머니에서

작은 드라이버를 꺼내 만지작거리자 불안해진다.

현재 승강기는 12층쯤을 지나는 상황.

명석이 황급히 15층 버튼을 누른다.

S#38.   EPILOGUE : 한바다 15층 복도 (내부/밤)

승강기의 문이 열리고, 명석이 내린다.

그러자 놀랍게도 남자 2가 따라 내리는 게 아닌가?

이에 당황하는 명석. 얼른 계단이 있는 비상구로 나간다.

S#39.   EPILOGUE : 한바다 계단 (내부/밤)

명석이 비상 통로의 계단을 뛰어오른다.

너무 무서워 뒤를 돌아보지 못하지만 왠지 쿵쿵! 쿵쿵!

남자 2가 뒤따라오는 것 같은 소리가 난다.

명석이 뛰고 또 뛰어 17층 복도로 빠져나간다.

S#40.   EPILOGUE : 명석의 사무실 (내부/밤)

자신의 사무실 안으로 헐레벌떡 뛰어 들어온 명석.
그때까지 손에 꼭 쥐고 있던 햄버거 봉지를 내던져버리고
서랍 속에 숨겨두었던 삼단봉을 꺼내 펼친다.
사무실 안엔 있지도 않은 가상의 적을 향해 삼단봉을 휘둘
러보는데 그 순간 문자가 온다. 핸드폰을 꺼내 확인해보니,
선영이다.
'정명석 변호사, 장재진 잡혔어요! 창원까지 도망가서
숨어있는 걸 경찰이 검거했다니까 이제 걱정 말고!'

선영   (소리) 정명석 변호사, 장재진 잡혔어요! 창원까지 도망가
서 숨어있는 걸 경찰이 검거했다니까 이제 걱정 말고!

이 소식에 안도하기가 무섭게, 갑자기 기침이 나는 명석.
쿨럭! 쿨럭! 온몸이 흔들릴 정도로 심하게 기침하다가…
피를 토한다.
핸드폰 속 선영의 문자 위로 툭! 떨어진 시뻘건 핏덩어리.
의사가 아닌 명석이 보기에도 뭔가 심각해 보인다.

명석   뭐야… 나 아파?

핸드폰과 삼단봉을 책상 위에 내려놓으며
입가에 묻은 피를 닦는 명석.

순식간에 온갖 감정이 휘몰아치더니 갑자기 웃음이 난다.

기막히고 허탈해 한참을 허허 껄껄 웃는 명석.

그 모습이 무척이나 안쓰럽고 또 걱정된다.

〈끝〉

"비록 소액 사건이지만 또 모르잖습니까?

작은 사건이 큰 사건 되기도 하고

새 사건 되기도 하니까요."

13화

제주도의
푸른 밤
I

⑬

S#1. PROLOGUE : 우영우 김밥 (내부/낮)

손님 없이 한가한 아침 시간.
출근 복장의 영우가 자신이 늘 앉는 자리에 앉아
우영우 김밥을 먹고,
광호는 그 맞은편에 앉아 신문을 보고 있다.
그때, 광호와 영우가 사는 2층짜리 상가주택의 **집주인**(50대/여)이 한복 두루마기를 입은 **김영복**(70대/남)과 함께
분식집 안으로 들어온다.

집주인 사장님! 안녕하세요?

광호 (일어나며) 안녕하세요? 집주인 분께서 아침부터 어쩐 일이십니까?

집주인 아, 그게…

영복 (다짜고짜) 여기 변호사가 있다고 해서 왔소이다!

집주인	(영복의 다짜고짜 태도에 민망해하며) 저희 아버지신데요. 우리 세입자 중에 변호사가 있다고 했더니 만나보고 싶다고 하셔서요.
광호	(영우 한 번 보고) 우리 딸이 변호사긴 한데… 무슨 일이십니까?

영우를 향해 성큼성큼 걸어가 맞은편에 앉는 영복. 집주인이 따라와 영복 옆에 앉자, 광호도 영우 옆자리에 앉는다.

영복	아가씨가 변호사 아가씨?
영우	저는… 법무법인 한바다의 변호사 우영우입니다. 똑바로 읽어도 거꾸로 읽어도 우영우. 기러기 토마토 스위스 인도인 별똥별 우영우.
집주인	아이고~ 야무지다! 따님 얼굴은 처음 봐요. 서울대 수석 졸업한 천재라고 얘기는 많이 들었는데!
영복	(또 다짜고짜) 문화재를 관람하지 않은 사람한테도 문화재 관람료를 걷으려는 법이 진짜로 있소?
영우	네?
집주인	아니~ 아버지가 최근에 이사를 가셨거든? 그래서 내가 아버지 사는 집 구경도 할 겸 놀러 갔지. 둘이서 차를 타고 '한백산'으로 가는 도로를 달리는데 갑자기 웬 아저씨가 튀어나오더니 우리 차를 막아서는 거예요. '황지사'라는 절이 유명한 문화재라면서 문화재 관람료를 내라고 하더라고!
광호	문화재 관람료요?

집주인	네! 그래서 나랑 아버지랑 그랬죠. 우리는 한백산에 가는 거지 황지사에 가는 게 아니다. 황지사는 보지도 않을 건데 우리가 왜 관람료를 내느냐? 그랬더니 그 아저씨 한다는 소리가 문화재 관람료를 걷는 게 합법이라는 거예요.
영복	(영우에게) 그게 사실이오?
영우	문화재 관람료를 걷는 행위 자체는 합법입니다. '문화재보호법 제49조. 국가지정문화재의 소유자는 그 문화재를 공개하는 경우 관람자로부터 관람료를 징수할 수 있다.'
영복	문화재를 관람하지 않았는데도 관람료를 내야 한다는 거요? 문화재 근처에 갔다는 이유만으로?
영우	음… 그것은 논란의 여지가 있는 부분 같습니다.
영복	이 일로 재판을 하면 내 돈, 돌려받을 수 있겠소?
영우	문화재 관람료가 얼마였습니까?
집주인	한 사람당 3천 원이었어요.
영우	그렇다면 재판에서 이기더라도 돌려받게 되는 돈 역시 3천 원입니다. 소송비용이 훨씬 더 많이 들 테니 재판을 하는 것이 손해입니다.
집주인	내 말이! (영복에게) 아버지, 들었죠? 변호사가 손해라잖아요.
영복	내가 납득하는 일이라면 3천 원 아니라 3억 원이라도 냅니다. 하지만 이건 납득이 되지 않는 일이오. 그자들이 법 운운하니까 나도 법으로 대응하려는 거요. 소송비용이 얼마가 들든 상관없소. 재판을 해서라도 내 3천 원, 꼭 돌려받아야 하겠소이다!
영우	그렇다면 사건 내용을 더 자세히 살펴봐야 합니다. 황지사

는 어디에 있는 절입니까?

집주인	제주도 한백산에 있는 절이에요.
영우	(놀라) 네?
집주인	제주도에 있다고요.
영우	제주도…? 수족관에 붙잡혀 돌고래 쇼를 하다가 대법원 판결에 의해 제주 바다로 돌아간 삼팔이, 춘삼이, 복순이가 아기 돌고래들과 함께 헤엄치고 있는, 바로 그 제주도 말씀입니까?

놀란 건지, 기쁜 건지, 둘 다인지 아리송한 영우의 표정.
이를 보는 집주인과 영복, 광호의 표정도 덩달아 아리송해진다.

TITLE:

〈이상한 변호사 우영우〉

S#2.   **병원 복도** (내부/낮)

대형 병원 진료실 앞 복도.
명석이 의자에 앉아 자신의 이름이 불리길 기다린다.
'큰 병이면 어쩌나?' 하는 걱정과 '별일 아닐 거야' 하는
생각 사이에서 침착해지려 애쓰는 명석.
드디어 진료실에서 **간호사**(30대/여)가 나와 명석을 부른다.

간호사	정명석 님.

명석이 일어나 간호사에게 간다.

간호사	오늘 검사 결과 들으러 오셨죠?
명석	네.
간호사	진료실로 들어가세요.

간호사의 말에 왠지 마른침을 꿀꺽 삼키게 되는 명석.
가볍게 심호흡을 한 뒤 진료실 안으로 들어간다.

S#3. 명석의 사무실 (내부/낮)

병원에서 돌아온 명석이 자신의 사무실 안으로 들어간다.
검사 결과가 어땠을까? 명석의 차분한 표정만으로는 알 수
없다. 사무실 안 소파에는 수연과 민우, 준호가 둘러앉아
명석을 기다리고 있다. 이 세 사람을 만나기로 한 걸
까먹고 있던 명석이 그제야 생각나,

명석	아, 맞다. 우리 회의하기로 했었지?

명석이 책상으로 가 회의 자료를 챙기는데 똑똑 한 박자
쉬고 똑. 영우의 노크 소리가 들려온다.

| 명석 | 네, 들어오세요. |

문을 열고 눈을 감은 뒤 하나 둘 셋 숨을 고르고 입장하는 영우. 사무실 안에 이미 많은 사람들이 있어 조금 놀란다. 영우의 등장에 준호가 반가워 얼굴이 환해졌다가 곧 자신이 영우에게 섭섭한 상태였다는 걸 깨닫고 표정을 가다듬는다.

| 영우 | (명석에게 다짜고짜) 제가 출장을 가도 되겠습니까? |
| 수연 | 출장? |

수연과 민우, 준호가 궁금함 가득한 표정으로 영우를 본다.

| 명석 | 어디로? |

어딘지 떠올리는 것만으로 가슴이 벅차오르는 듯 영우의 얼굴이 상기되더니 두 눈을 반짝반짝 빛내며,

영우	제주도. 가까운 바다에 남방큰돌고래들이 살고 있는 제주도로 가고자 합니다. 특히 새끼 돌고래가 자주 관찰되기에 돌고래들의 육아 장소이자 주요 서식지로 주목받는 제주도 서귀포시 대정읍…
명석	(흥분한 영우 말 끊으며) 사건은? 무슨 사건인데요?
영우	아, 부당 이득금 반환 청구 소송입니다. 제주도 한백산에

위치한 황지사가 근처 도로를 지나던 통행자에게 걷은 문
화재 관람료 3천 원을 돌려받고자 합니다.

민우　3천 원이요? 아휴, 배보다 배꼽이 더 크겠네.

영우도 '배보다 배꼽이 더 크다'는 게 속담인 것을 알지만
자기도 모르게 배보다 배꼽이 더 큰 사람을 떠올리고 쿡쿡
웃는다. 이를 모르는 민우가 영우를 의아하게 쳐다본다.

명석　이거 어디로 들어온 사건이에요?

영우　(무슨 뜻인지 몰라) 어디로 들어온…?

명석　누가 의뢰했냐고.

영우　아, 저와 아버지가 사는 상가주택 주인님의 아버지인 김영
복 씨입니다. 김영복 씨는 소송비용이 얼마가 들든 상관없
다고 했습니다.

명석　그래? 그럼 뭐… 가볼까? 제주도?

영우　정명석 변호사님도 가실 겁니까?

명석　우리 다 같이 가면 어때요? 이 순간 이렇게 모인 것도 인연
인데.

수연　네?

민우　네?

명석　(수연과 민우 보며) 괜찮죠? 일정 이렇게 당기고 저렇게 밀면
며칠은 시간 낼 수 있잖아. 다들 나보다 바쁜 건 아닐 테고.

수연　그거야 그런데…

명석　준호 씨도 같이 가요. 내가 송무팀 팀장님한테 잘 말해볼게.

준호	(웃음) 네, 알겠습니다.
명석	좋아! 그럼 우영우 변호사, 사건 정식으로 수임하고 제주도 가는 일정 나오면 공유해줘요.
영우	네, 알겠습니다.

모두가 어리둥절한 와중, 명석만은 싱글벙글 즐겁다.

S#4. **한바다 구내식당 (내부/낮)**

점심시간.
영우와 준호가 마주 앉아 각각 우영우 김밥과 구내식당 밥을 먹는다. 아까부터 준호는 섭섭한 마음을 티 내고 싶어 무뚝뚝하게 굴지만, 영우는 이를 알아채지 못한 채 고래 이야기만 늘어놓는다.

영우	돌고래를 보겠다고 배를 탄 채 돌고래들을 쫓아다니는 선박 관광은 결국 돌고래의 개체 수를 감소시킵니다. 지느러미가 다칠 수도 있고 스트레스 때문에 출산율이 낮아지기도 하니까요.

영우가 눈치채기를 기다리다 지쳐
결국 속마음을 털어놓는 준호.

준호	변호사님, 저 아직 섭섭한 거 안 풀렸어요.
영우	(멈칫) 아… 저번에 제가… 우리가 아직 사귀는 게 아니라고 해서요?
준호	네.
영우	아…
준호	그런 의미에서… 이번에 제주도 가면 삼팔이, 춘삼이, 복순이만 보지 말고 승희랑 정남이도 한번 봐요.
영우	승희랑 정남이요?
준호	(웃음) 우리 누나랑 매형 이름이에요. 제주도에 살거든요.

가족을 만나자는 준호의 제안. 영우의 표정이 멍하다.

S#5.　**선영의 사무실 (내부/낮)**

선영이 자기 책상에 앉아있고, 그 맞은편에는 명석이 서있다. 명석의 이런저런 보고가 거의 끝난 상황이다.

명석	그럼 말씀하신 대로 진행하겠습니다.
선영	그래요.

명석이 선영에게 꾸벅 인사한 뒤 돌아나가려는데,

| 선영 | 아, 맞다! 그 황지사 사건 말인데. |

명석	(다시 돌아서며) 네.
선영	정명석 변호사님까지 제주도에 꼭 가야 되는 거예요? 그 사건, 청구 금액이 3천 원이던데?
명석	청구 금액은 적지만 수임료는 제대로 받습니다.
선영	그래도 겨우 그거 하나 하러 제주도까지 왔다 갔다 하면 번거롭잖아. 이 사건, 장승준 변호사한테 넘길까? 장변이 제주도 사건 몇 개 하고 있으니까 하는 김에 이것도 같이…
명석	(선영 말 끊으며) 제가 하겠습니다.
선영	(명석의 단호함에 놀라) 그래요?
명석	황지사 사건, 비록 소액 사건이지만 또 모르잖습니까? 작은 사건이 큰 사건 되기도 하고 새 사건 되기도 하니까요. 신입 변호사들도 여럿 데려가는 만큼 밥값 제대로 하고 오겠습니다. 걱정 마십시오.
선영	우리 정명석 변호사님, 뭔가 분위기가 달라졌는데… 왜지?

명석을 위아래로 훑어보는 선영의 장난스러운 눈빛에
아무 말 없이 씨익 웃는 명석.

선영	제주도 잘 다녀와요. 맛있는 거 많이 사 먹고.
명석	네.

S#6.   털보네 요리주점 (내부/밤)

언제나처럼 바 테이블에 앉아 김초밥을 먹는 영우. 옆에는 그라미가 앉아있고, 민식은 맞은편 주방에서 일한다.

그라미	아직 사귀는 게 아니라고 했더니 이준호가 섭섭해한다고?
영우	응.
그라미	그럼 사귀는 거라고 해! 문제 해결!
영우	음…
그라미	왜? 이준호랑 사귀기 싫어?
영우	아니. 다만… (고민하며 머뭇대다) 사귀는 게 뭘까?
그라미	뭐?
영우	나와 이준호 씨는 매일 점심을 함께 먹고, 야근하지 않으면 퇴근도 함께하고, 휴일에도 만나서 데이트를 해.
그라미	(질투와 오글거림 섞인 탄식) 어우— 아주 그냥 좋겠다.
영우	사귀기로 하면 지금과 무엇이 달라지는 거야? 이준호 씨의 누나와 매형 만나기가 추가되는 건가? 그러니까 나는…
그라미	(놀라서 말 끊고) 잠깐, 이준호의 누나와 매형을 만나?
영우	아, 응. 이번 제주도 출장 중에 만나기로 했어. 이준호 씨의 누나와 매형이 제주도에…
그라미	(또 놀라서 말 끊고) 뭐?! 제주도 출장? 너 제주도 가?
영우	응.
그라미	누구랑?
영우	이준호 씨와 정명석 변호사님, 권민우 변호사, 최수연.

그라미	권민우? 그, 잘생긴?
영우	(어리둥절) 어?
민식	수연 씨도 함께 가시는구나…

제10화 때 수연과 했던 소개팅이 떠올라서인지,
민식이 잠깐 아련해진다.

그라미	(너무 많은 정보에 머리 아파) 아, 나 이거 어디서부터 얘길 해야 돼?
민식	뭘 어디서부터 얘길 해? 손님이 제주도 출장 간 김에 상견례도 하고 오신다는데. 다 알아서 잘하고 있구만.
그라미	그래! 일단 그거부터! 너 그게 상견례라는 건 알고 있냐?
영우	상견례?
그라미	이준호의 누나와 매형을 그냥 막 만나는 게 아니야. 상견례에서는 이것저것 지켜야 될 게 엄청 많아.
영우	이것저것 지켜야 될 게… 뭔데?
그라미	일단 무조건 듣기 좋은 말을 해. 그 집에 딱 들어가면 "와, 집 안이 겁나 예뻐요!" 음식을 주면 "대박 맛있다! 요리 솜씨가 참 좋으신 걸요?" 과일을 주면 "제가 깎겠습니다! 저 과일 완전 잘 깎습니다!"
민식	(그라미 향해 쯧쯧) 어디 뭐 옛~날 아침 연속극에나 나올 것 같은 소리를 하고 있어?
그라미	어디 뭐 옛~날 아침 연속극에서 본 거니까!
민식	(걱정되어) 근데 뭐가 됐든 그런 말도 다 상황을 봐가면서…

그라미	(흥분해 민식 말 끊고) 특히! 주는 대로 잘 먹어야 돼. 복스럽게. 너 거기서 김밥 찾고 그러면 안 된다. 어? 고래 얘기도 하지 말고.
영우	(명심하며) 김밥 찾지 말고, 고래 이야기 금지.
그라미	어. 그리고 뭣보다 사람이 밝아야 돼. 계속 웃고 있어. 방긋 방긋.

그라미의 말에 영우가 방긋 웃어 보인다. 웃지 않는 얼굴에 웃는 입만 오려 붙인 것처럼 어색한 모습에 민식이 흠칫 놀라지만, 그라미는 마음에 쏙 든 듯 고개를 끄덕한다.

그라미	(민식에게) 그나저나! 우리는 왜 안 가요? 제주도 출장?
민식	(어이없어) 우리가 왜 가요?
그라미	우리도 가자! 제주도 출장!
민식	출장은 무슨! 쓸데없이 가게 비웠다가 손님만 놓치게?!
그라미	대체 뭔 소리? 우리 가게 손님이라곤 얘밖에 없는데! 하나밖에 없는 손님이 제주도에 가신다는데 가만있어요? 손님 따라 제주 가야지!

S#7. 김포공항 여객 청사 (내부/낮)

김포공항에 제일 먼저 도착한 영우와 준호가 여객 청사 내 약속한 장소에서 다른 사람들을 기다리며 둘만의 훈련을 한다.

영우가 핸드폰에 남방큰돌고래의 등지느러미 사진을 띄워 준호에게 보여준다. 등지느러미의 형태로 개체를 식별할 수 있는 특성을 이용해 사진 속 돌고래가 어떤 돌고래인지 맞추는 훈련이다. 이런 훈련을 당한 게 한두 번이 아닌 듯, 준호가 꽤 익숙하게 답을 외친다.

준호   정답! 제돌이. 문제가 너무 쉬운데요? 등지느러미에 떡하니 '1'자가 찍혀있잖아요.

영우   연습 문제였습니다.

영우가 다른 등지느러미 사진을 핸드폰에 띄워
준호 앞에 내민다.

준호   음… 춘삼이?

영우   땡. 틀렸습니다.

준호   힌트 좀 주세요.

영우   수족관에 갇혀 살다가 바다로 방류된 돌고래들 중 세계 최초로 야생 번식에 성공한 것이 확인된 돌고래입니다.

준호   어? 변호사님이 전에 이 얘기해줬는데? 누구였더라?

영우   등지느러미 하단에 독특한 상처가 있습니다.

그때 민우와 수연이 약속 장소에 도착한다.

민우   뭐해요? 둘이?

영우   등지느러미의 형태로 돌고래를 식별하는 훈련입니다. 제
           주도에 가면 남방큰돌고래들을 볼 텐데 누가 누구인지는
           알아야 하지 않습니까? 권민우 변호사도 훈련에 참여하겠
           습니까?

민우   아니요.

영우   그럼 최수연…

수연   (영우 말 끊으며) 아니.

순간, 뭔가를 보고 흠칫 놀라는 민우. 그 모습에 준호와
수연도 고개를 돌려 민우가 보고 있는 것을 본다.
저쪽에서 하와이안 셔츠에 감귤 모자를 쓴 명석이 명랑하
게 걸어온다. 출근복 차림인 영우, 민우, 수연, 준호와 달리
감귤처럼 밝게 빛나는 명석.

명석   먼저들 와있었구나!

준호   변호사님, 오늘 멋지신데요?

명석   아핫?! 그래요? 나 멋져?

가볍게 던진 칭찬에도 해맑게 웃는 명석. 그때, 감귤 빛깔
명석보다 한층 더 현란한 무리들이 다가온다. 누가 봐도 놀
러 가는 사람들처럼 화려하게 차려입은 그라미와 민식이다.

그라미   (우렁차게) 우 to the 영 to the 우!

영우	(담담하게) 동 to the 그 to the 라미.

그라미가 영우 뒤에 서있는 민우를 보고 멈칫하더니 획 뒤돌아 주머니에서 멀티밤을 꺼내 입술과 볼, 목 등에 바른다. 외모 단장을 마치기가 무섭게 다시 한바다 사람들에게 다가가,

그라미	모두들 오랜만입니다아! 우리도 가요! 출장! 털보네 요리주점 제주도 출장! (민식 가리키며) 여기는 털보 사장!
민식	(공손) 안녕하십니까? 제주도로 출장 가는 털보, 김민식입니다.
준호	아, 안녕하세요?
수연	(어색함을 숨기고 활짝) 민식 씨, 오랜만에 뵙네요.
민우	(황당해) 근데 이 두 분도 우리랑 같이 가요? 출장을?
명석	뭐… 그런가? 에이, 그러면 좀 어때? 같이 갑시다, 출장!
그라미	(기쁨의 환호) 이ㅡ 예에~!!!

S#8. 비행기 (내부/낮)

이륙하기 전 비행기 안.
명석, 그라미, 민식이 3인용 좌석에 나란히 앉아
노래 '제주도의 푸른 밤'을 아카펠라로 연습한다.
작은 목소리로 "샤랄랄라~" "뚜왑ㅡ 뚜왑ㅡ" 하는 세 사

람이 귀엽다.

한편 가방을 짐칸에 실으려던 수연. 가방이 너무 크고 무거워 낑낑거린다. 옆에서는 민우가 팔짱을 끼고 서서 이 모습을 지켜본다.

민우   이민 가요? 고작 제주도 출장 가면서 뭔 가방이 이렇게 크대?
수연   안 도와줄 거면 좀 꺼져줄래요?
민우   도와줄게요.
수연   네?

수연의 가방을 번쩍 들더니 짐칸에 실어 주는 민우. 그래놓고 아무 일 없었다는 듯 창가 쪽 자기 자리에 털썩 앉는다.

민우   (바로 옆 수연 자리 눈으로 가리키며) 안 앉아요?
수연   앉… 아요.

민우의 예상치 못한 친절이 어색한 수연. '권민우가 갑자기 왜 저러지?' 혼란스러워하며 민우 옆자리에 앉는다.
민우가 저쪽에서 그라미, 민식과 함께 노래 부르는 명석을 보고 투덜거린다.

민우   바빠 죽겠는데 다 같이 뭐하는 짓인지 모르겠어요. 말이 좋아 출장이지 이거 완전 놀자 판 여행 아닙니까? 우변 친구들까지 데리고?

수연	지금이라도 빠져요, 그럼. 왜 굳이 따라오셨대? 바빠 죽겠는 분이?
민우	왜 나만 빠집니까? 회삿돈으로 놀러 가는데.

'역시, 이게 권민우지.' 민우답지 않은 친절에 잠시 혼란스러웠던 수연. 다시 민우다워진 모습을 보고 얄밉다고 느끼면서도, 마음의 안정(?)을 찾는다.

한편 또 다른 2인용 좌석에 나란히 앉아있는 영우와 준호. 안전벨트를 매느라고 바쁜 준호와 달리 영우는 무척 차분해 보인다.

영우	비행기는 인류가 발명한 가장 안전한 교통수단 중 하나입니다. 비행기 사고로 사망할 확률은 자동차 사고에 비해 65분의 1밖에 되지 않으니까요. 비행기 사고가 발생할 확률은 12만 번의 비행 중 1번에 불과하며, 비행기 사고로 사망할 확률은 1천100만 명 중 1명입니다.
준호	네. 그래도 벨트는 잘 매세요.

준호의 말에 영우가 어설픈 손동작으로 안전벨트를 매는 동안 비행기는 점점 더 빠르게 달려 나간다.

안내 방송	승객 여러분, 기다려주셔서 감사합니다. 우리 비행기는 이제 이륙하겠습니다. 여러분의 안전을 위해 좌석 벨트를 매

셨는지 다시 한번 확인해주시길 바랍니다.

드디어 비행기가 날아오른다. 우웅― 하는 굉음과 함께 생전 처음 느껴보는 이상한 기운에 영우가 멈칫하며 양쪽 팔걸이를 꽉 움켜잡는다.

영우   어… 어어…
준호   괜찮으세요? 헤드셋 씌워드릴까요?
영우   (흥분해) 아니요! 네! 우왓! 뭐지? 비행기 엄청 무섭습니다!
준호   네? 아까는 가장 안전한 교통수단이라면서요?

준호가 영우 목에 걸린 헤드셋을 얼른 영우 머리에 씌워준다. 그러거나 말거나 자신의 온몸을 감싸는 이륙 감각에만 집중하는 영우. 이제는 무서움을 지나 신기함에 이른 듯,

영우   오오! 이상합니다! 비행기란 정말 이상합니다!!!

S#9.   렌터카 회사 (외부/낮)

제주공항 근처에 위치한 어느 렌터카 회사 정문 앞 주차장. 변호사들과 그라미가 정문 앞에서 기다리는 동안 회사 건물 안에서 렌터카 서류 작업을 마친 준호와 민식이 밖으로 나온다.

준호	저희가 빌린 차는 저거예요.

명석과 신입 변호사들이 준호가 가리키는 쪽을 본다.
주차장 한쪽에 검은색 승합차 한 대가 얌전히 서있다.

민식	우리는 저거.

그라미가 민식이 가리키는 쪽을 본다.
주차장 다른 쪽에 감귤 빛깔 컨버터블이 화려하게 서있다.

그라미	와— 씨! 대박! 이거 뚜껑 열려요? 아, 완전 뚜껑 열려!

컨버터블의 지붕을 멋들어지게 여는 민식과 옆에서
호들갑 떠는 그라미. 명석이 그 모습을 물끄러미 보더니,

명석	나도 저거 탈래.
준호	네?

승합차에 짐을 싣던 준호, 민우, 수연이 일제히 놀라 명석
을 본다. 한편 영우는 이들이 왜 놀라는지 몰라 어리둥절
하다.

명석	우리 '행복국수'까지는 같이 움직일 거잖아. 맞죠?
준호	네. 황지사 가는 3008번 지방도에 먼저 갔다가 그다음에 변

호사님이 추천하신 고기국수 집으로 이동할 예정입니다.

명석   그럼 나 저 차 타고 가도 괜찮겠네?

준호가 뭐라 답하기도 전에,
컨버터블을 향해 신나게 달려가는 명석.

명석   (크게) 털보 사장님! 나도 태워주세요!

준호   (왠지 시무룩해져) 지붕이 열리는 승합차를 빌릴 걸 그랬
       나…

영우   (그 와중에 지적) 불가능합니다. 지붕이 열리는 승합차는 없
       으니까요.

준호   네…

S#10.   지방도 제3008호선 (외부/낮)

승합차와 컨버터블이 '지방도 제3008호선' 위를 줄지어 달
린다. 승합차 안에서는 준호가 운전을 하고 조수석에는 영
우, 뒷자리에는 민우와 수연이 타고 있다.
음악 없이 조용한 차 안에서 영우와 민우는 각자 사건 자
료를 읽고 수연은 촬영용 카메라를 세팅하는 등 참으로 진
지한 분위기인데, 승합차를 뒤따라오는 컨버터블의 상황
은 딴판이다.
운전하는 민식과 조수석의 그라미, 뒷자리에 앉은 명석 모

두 '제주도의 푸른 밤'을 목청껏 열창하며 둠칫둠칫 춤춘다.

이들이 달리고 있는 지방도 제3008호선은 '한백산 국립공원'을 가로지르는 왕복 2차로로, 도로 양옆에 울창하게 늘어선 나무들과 아름다운 경관이 인상적이다.
황지사 근처에 다다르자 황지사 매표소가 나타난다.

S#11. 황지사 매표소 (외부/낮)

'황지산 매표소'라는 표지판과 함께, 차단 장치로 도로를 막고 있는 매표소. 승합차와 컨버터블이 멈춰 서자 작은 매표소 건물에서 **징수 요원**(50대/남자)이 나온다.
준호가 창문을 내린다.

요원   황지사 문화재 관람료 받습니다. 일 인당 삼천 원이니까…
          (차 안을 둘러보고) 네 분이네? 만 이천 원 주세요.

준호   저희는 황지사에 안 갈 건데요. 그래도 내야 합니까?

요원   이 길 지나가려면 내야죠. 합법적인 징수입니다.

영우   합법적인 징수라니 어느 법에 근거한 겁니까?

요원   문화재 보호법이라고 있어요. 뒤차 기다립니다. 만 이천 원
          주세요.

영우   문화재 보호법 제49조. '국가지정문화재의 소유자는 그 문화재를 공개하는 경우 관람자로부터 관람료를 징수할 수

있다.' 말씀입니까?

'얘는 뭐하는 앤데 이러지?' 싶어
요원이 수상쩍은 눈길로 영우를 본다.

영우   문화재 보호법에 따르면 관람료는 관람자로부터 징수할
    수 있는데요. 저희가 황지사를 관람할 의사가 없다는 것을
    밝혔는데도 관람료를 징수하시겠다는 겁니까?

요원   아니, 선생님들이 황지사를 관람할 건지 안 할 건지, 선생
    님들 말만 듣고 내가 어떻게 압니까? 황지사는 암자도 세
    개씩이나 딸린 큰 절이에요. 그렇게나 넓은데 내가 사람들
    뒤를 일일이 쫓아다니면서 관람 여부를 확인할 순 없잖
    아요.

준호   그럼 매표소를 황지사 바로 앞에 설치하시면 되죠.

요원   아이고, 참! 이 자리에서 관람료 받은 게 벌써 몇 년젠데
    요! 정부도 황지사 매표소가 여기 있는 거 다 알고 허가 내
    준 겁니다. 정 싫으시면 돌아가시든가요!

준호   여기서 어떻게 돌아갑니까? 유턴할 수도 없는 길인데!

요원   (뒷자리 수연 보고) 잠깐만, 뭡니까? 당신들 지금 촬영해요?

수연이 카메라로 이 상황을 찍고 있는 걸 본 요원.
수연 쪽으로 다가가 창문을 두드린다.
수연이 창문을 내린다.

요원   뭐 찍었습니까? 좀 봅시다.

요원이 손을 뻗어 카메라를 만지려 하자 민우가
카메라를 쥔 수연의 손을 덥석 감싸며 요원을 저지한다.

민우   뭐하는 겁니까? 관람료 받는 관광지라면서 촬영도 마음대
로 못해요?

요원과 서로 매서운 눈빛을 교환하며 으르렁대는 민우.
그러는 동안에도 감싸 쥔 수연의 손을 놓지 않는다.
그러자… 수연이 어색해진다. 민우의 손에서
자신의 손을 슬그머니 빼내는 수연.

준호   일단 알겠습니다. 납득할 만한 설명은 못 들었지만 이렇게
길을 막고 안 비켜주시니까 만 이천 원 드릴게요. 영수증
주십시오.

준호가 카드를 건네자 요원이 승합차에서 물러나
이번엔 컨버터블로 간다.

요원   (컨버터블을 향해 크게) 황지사 문화재 관람료 받습니다!

명석이 요원에게 만 원을 건네고, 천 원을 거슬러 받는다.

명석	(민식과 그라미에게) 이건 제가 내겠습니다.
민식	아이고, 네.
명석	참 어렵네요. 불법 유턴이라도 하지 않는 이상 돈을 안 내고 여길 지나갈 방법은 없겠습니다.

그러는 사이 준호가 승합차를 출발시킨다.
컨버터블이 뒤를 따른다.

S#12.   지방도 제3008호선 (외부/낮)

매표소를 지나 지방도 제3008호선을 계속 달리는 승합차와 컨버터블. 황지사로 빠지는 길을 알리는 표지판이 나온 뒤 조금 더 달려가자 '숲 터널'이 모습을 드러낸다. 도로 양쪽의 나무들이 아치형으로 도로를 감싸는 울창한 나무 터널. 그 멋진 모습에 민식과 그라미, 명석이 감탄한다.

| 민식 | 와… |
| 그라미 | 뭐지, 저 아름다움은?! |

컨버터블이 본격적으로 숲 터널 속을 달리자 나무 그늘 사이로 비쳐 드는 햇살이 세 사람의 몸 위로 쏟아진다.
자신을 포근하게 안아주는 빛과 온기에, 명석이 조용히 눈을 감는다. 편안하게 미소 짓는 명석의 얼굴.

꼭 감은 눈가에는 눈물이 살짝 맺힌다.

S#13.　시골길 (외부/낮)

지방도 제3008호선을 빠져나와 한적한 시골길로 접어든
컨버터블. 앞선 승합차를 부지런히 따라가는데 근처에
'행운국수'라는 간판을 단 크고 번듯한 식당이 보인다.

그라미　　어? 저기 아니에요? 행운국수?
명석　　　아, 우리가 가려는 데는 행복국수. 조금 더 들어가야 돼요.
그라미　　행복국수? 행운국수? 되게 헷갈리네.
민식　　　행복국수가 행운국수보다 더 맛있나요?
명석　　　제 입맛엔 그렇더라고요. 장사는 행운국수가 더 잘되는 거
　　　　　같은데.

S#14.　행복국수 (외부/낮)

'행복국수'라는 간판을 단, 작고 허름한 식당 앞.
승합차와 컨버터블이 멈춰 서고, 사람들이 차에서 내린다.
하지만 행복국수의 문은 굳게 닫혀있다. 흙먼지만
날리는 황량한 모습이 장사를 안 한 지 꽤 오래돼 보인다.

명석	아이고, 장사 안 하네.
민우	문 닫은 지 좀 된 거 같은데요? 망했나?
준호	오는 길에 보니까 행운국수라고 있던데 거기라도 갈까요?
명석	(시무룩) 아이참, 고기국수는 행복국수인데…
수연	여기가 그렇게 맛있어요?
명석	제주도 말로 '베지근하다'는 표현이 있어요. 고기 국물이 찐―하고 기름지면서도 구수하게 맛있다는 뜻이야. 여기 국물이 딱 그렇거든? 깊고 찐하고 묵직하면서도 돼지고기 누린내는 완벽하게 잡은. 그 베지근한 국물이 이 집 비결인데…
민식	와, 그렇게까지 말씀하시니까 그 국물 엄청 먹어보고 싶네요.
명석	이 집은 사장님 고기 인심도 후했어요. 큼직한 돼지고기 수육이 듬뿍듬뿍 들어있어서 진짜로 고기 반, 면 반이었거든요.
그라미	근데 뭐 장사 안 하는 걸 어떡해요? 그냥 행운국수 가요! 배고파.
명석	그래요. 거기라도 갑시다.

다시 차에 타기 위해 이동하는 사람들.
영우가 못내 아쉬워하는 명석의 표정을 물끄러미 쳐다본다.

S#15.　법정 (내부/낮)

첫 변론기일.

판사석에는 한 명의 **판사**(40대/여)가 앉아있고

원고 측엔 영복과 한바다의 변호사들이,

피고 측엔 황지사의 **주지 스님**(50대/남)과

황지사를 대리하는 변호사 **이석준**(40대/남)이 앉아있다.

법정 안 스크린에 수연이 황지사 매표소에서 촬영한

영상이 나오고 있다. 불안정한 앵글과 썩 좋지 못한 화질,

거친 카메라 움직임 때문에 꼭 잠입 취재 TV 프로그램에서

찍은 것처럼 보인다.

〈영상 내용 - S#11. 상황〉

요원　황지사 문화재 관람료 받습니다. 일 인당 삼천 원이니까…

　　　(차 안을 둘러보고) 네 분이네? 만 이천 원 주세요.

준호　저희는 황지사에 안 갈 건데요. 그래도 내야 합니까?

요원　이 길 지나가려면 내야죠. 합법적인 징수입니다.

뒷부분은 편집되고 다음으로 이어진다.

대화들이 부분부분 편집돼있다.

영우　저희가 황지사를 관람할 의사가 없다는 것을 밝혔는데도

　　　관람료를 징수하시겠다는 겁니까?

요원　아니, 선생님들이 황지사를 관람할 건지 안 할 건지, 선생

	님들 말만 듣고 내가 어떻게 압니까? (이후 편집)
준호	그럼 매표소를 황지사 바로 앞에 설치하시면 되죠.
요원	아이고, 참! 이 자리에서 관람료 받은 게 벌써 몇 년쨌데 요! (편집) 정 싫으시면 돌아가시든가요!
준호	여기서 어떻게 돌아갑니까? 유턴할 수도 없는 길인데!
요원	(뒷자리 수연 보고) 잠깐만, 뭡니까? 당신들 지금 촬영해요?

다시 뒷부분이 편집되고, 요원이 차 안으로 손을 뻗어
수연의 카메라를 만지려고 하는 장면으로 이어진다.
요원과 민우의 손이 카메라 마이크에 부딪혀 거친 파열음이
나고 화면까지 심하게 흔들려 상황이 매우 심각해 보인다.

민우	뭐하는 겁니까? 관람료 받는 관광지라면서 촬영도 마음대로 못해요?

이 부분에서 영상이 끝난다. 영우가 변론을 위해 자리에서
일어섰다가 법정 안이 지나치게 고요한 느낌, 왠지 모르게
뒤통수가 따가운 느낌에 뒤를 돌아본다. 아니나 다를까 재
판을 참관하고 있는 준호와 그라미, 민식을 제외하고 방청
석이 전부 승복 차림에 삭발을 한, 황지사의 **스님들**로 가
득 차있다. 스님들이 풍기는 기운이 워낙 강렬해 눈치 없
는 영우조차 위축된다.

영우	이 영상은⋯ 원고 대리인들이 황지사 매표소를 지날 때 촬

영한 것으로, 원고 김영복 씨가 겪은 상황과 거의 동일합니다. 황지사를 관람하지 않을 것임을 명백하게 밝혔음에도 황지사의 징수 요원은 납득할 만한 설명 없이 위협적인 태도로 관람료를 징수했습니다.

석준 징수 요원의 태도가 조금 강압적이었을지는 몰라도, 납득할 만한 설명을 하지 않은 것은 아닙니다. 영상 속에서 '합법적인 징수'라고 말하지 않습니까? 황지사는 문화재 보호법 제49조에 의해 합법적으로 문화재 관람료를 받는 겁니다!

영우 문화재 보호법 제49조에 따르면 관람료는 관람자로부터 징수할 수 있습니다. 원고는 관람자가 아닙니다. 황지사가 소유한 문화재를 관람할 의사가 없었고 실제로 관람하지도 않았습니다. 원고는 지방도 제3008호선을 이용한 통행자였을 뿐입니다.

석준 지방도 제3008호선 자체가 황지사의 경내지에 있습니다. 재판장님, 지도를 봐주시겠습니까?

석준이 준비한 지도가 법정 안 스크린에 뜬다.
'대한불교 혜석종 황지사의 경내지'라는 제목 아래,
지방도 제3008호선을 중심으로 황지사와 황지사의 암자인
'산록암' '방각암' '부사암'의 위치가 표시돼있다.
황지사가 소유한 땅은 붉게 칠해져있는데,
황지사와 암자들은 물론이고 지방도 제3008호선과
한백산 국립공원의 상당 부분을 포함할 만큼 넓다.

석준 이 붉게 칠한 부분이 전부 황지사의 경내지입니다. 황지사와 황지사의 암자들이 있는 곳은 물론, 지방도 제3008호선이 지나가는 한백산 국립공원의 상당 부분이 모두 황지사가 소유한 땅입니다.

영우 황지사가 소유한 땅이니까 지나가려면 돈을 내야 한다는 건가요? 지금 피고 대리인은 황지사가 문화재 관람료라는 명목으로 사실은 도로 통행료를 받았다는 것을 시인하는 겁니까?

석준 지방도 제3008호선은 애당초 일반인 통행 목적으로 만든 게 아닙니다. 1988년 서울올림픽을 앞두고 우리나라를 찾는 외국인들이 한백산 황지사 일대를 편하게 관광하도록 만든, 관광 목적의 도로입니다.

명석 사람들은 도로가 있으면 그냥 이용하지 그 도로가 애당초 어떤 목적으로 생겼는지 알아보고 이용하지 않습니다. 원고는 내비게이션이 안내한 대로 이동한 것뿐, 황지사 일대를 감상하려는 의사를 갖고 그 도로를 택한 것이 아닙니다.

석준 정말 그럴까요? 원고는 문화재 관람료를 내면 피고 소유의 문화재를 관람할 수 있는 기회가 제공된다는 사실을 인식하고 관람료를 납부했습니다. 다시 말해 관람료를 납부했으니 관람 의사가 있었던 거라고 역으로 추인할 수 있는 것입니다.

영복 그게 당최 무슨 소리요? 아까 변호사들이 촬영한 것 못 보았소? 난데 없이 여행길 막아서며 삼천 원 내놓아라 성화를 부리니 모처럼 딸이랑 떠난 여행 망치고 싶지 않아 마지못해 낸 것뿐이오!

과열되는 분위기에 판사가 나선다.

판사   일단 양쪽 입장은 알겠습니다. 피고가 증인 신청도 하셨으니 본 사건은 속행하고 다음 기일 잡겠습니다.

CUT TO :

기일을 잡고 판사와 영복이 퇴정한 후, 한바다 사람들과 털보네 사람들도 법정을 떠나려고 짐을 챙기는데 위엄 있는 풍채의 주지 스님이 인자한 미소를 띤 채 다가온다.

주지 스님   여기 계신 분들 모두 서울에서 오신 거지요?

명석   아, 네.

주지 스님   황지사에 와보셨습니까?

명석   아직… 가보지 못했습니다.

주지 스님   아이쿠, 그래요? 그럼 오늘 오시렵니까? 오늘은 황지사의 스님들이 '지장기도'를 드리는 날입니다.

명석   네? 오늘이요?

주지 스님   별다른 뜻이 있어서 하는 말이 아닙니다. 이 사건 때문에 제주도까지 오신 분들이 정작 황지사는 구경도 못해봤다 하면 섭섭하잖아요? 스님들 염불 외는 소리 한 번은 듣고 가셔야지요.

명석   네, 알겠습니다.

주지 스님이 점잖게 합장하며 인사하자
모두들 어설프게 따라 한다.

S#16.   황지사 내 명부전 (내부/낮)

'지장보살'을 모시는 법당인 명부전.
은은한 향냄새가 그윽하게 퍼지는 가운데 황지사의
스님(40대/남)이 목탁을 두드리며 '지장보살 예찬문'을 왼다.
스님 뒤편에는 중장년의 남녀 **신도들** 네다섯 명이 앉아있고
신도들 옆에는 한바다와 털보네 사람들이 앉아있다.
스님이 '지심귀명례'라는 문구를 외자 신도들이 일어나
절하기 시작한다.

스님   지심귀명례 본사 석가모니불 / 지심귀명례 극락세계 아미
         타불 / 지심귀명례 사자분신구족만행불 / 지심귀명례 각
         화자재왕불 / 지심귀명례 일체지성취불 / 지심귀명례 청
         정연화목불…

         한바다와 털보네 사람들이 어리둥절해하자
         한 여성 **신도**(50대)가 알려준다.

신도   (작게) 일어나 절하세요. 158배의 지심귀명례를 올리는 겁
         니다.

수연	(작게) 158배요? 어휴…
그라미	뭔데? 158배가 뭔데?
민식	(조용히 하라는 뜻으로 툭 치며 작게) 절하라고, 절!

그렇게, 158번의 절이 시작된다.
예상외로 로봇처럼 절도 있게 절을 잘하는 영우와 달리
절하는 게 익숙하지 않은 듯 허둥거리는 명석과 준호.

명석	(헉헉대며 작게) 어휴, 몇 번 남았지?
영우	(작게) 155번 남았습니다.
준호	(작게) 그렇게 많이 남았어요? (절한 뒤) 그럼 이제 154번?
영우	(작게) 이준호 씨는 155번입니다. 정명석 변호사님보다 늦게 시작했으니까요.
준호	(작게) 그걸 왜 다 일일이 세고 계신 거예요…
영우	(작게) 어서 하십시오.

한편 싫은 절을 억지로 하던 수연. 문득 뒤를 돌아보니
민우는 절을 하지 않고 가만히 서있는 게 아닌가?
수연이 슬쩍 민우 옆에 가 선다.

수연	(작게) 왜 안 해요?
민우	(작게) 나 천주교 신자예요.
수연	(작게) 아…
민우	(작게) 최변은 뭐해요? 절 안 하고?

수연	(작게) 나도 천주교 신자예요.
민우	(작게) 갑자기요? 세례명 뭔데요? 나는 가브리엘.
수연	(작게) 나는… (잠깐 고민한 끝에) 제니.
민우	(작게) 제니는 무슨… '블랙핑크 성인'이에요? 가서 해요, 절.

그럴듯한 세례명을 대지 못한 수연. 한숨을 푸욱 내쉬며
다시 자리로 돌아가 절한다.

한편 웬일로 얼굴이 빨개지도록 절에만 열중하던 그라미.
더 이상은 참을 수 없다는 듯 민식에게,

그라미	아, 근데 이 목탁 소리 계속 들으니까 자꾸…
민식	(작게) 자꾸 뭐?
그라미	관절을 꺾고 싶네?

그러더니 갑자기 목탁 소리에 맞춰 팝핑 댄스를 추는
그라미. 민식이 화들짝 놀라 온몸으로 그라미를 붙잡아
말리지만, 하필 그때 명부전 앞으로 온 주지 스님이
그 모습을 보고 허허 웃는다.

S#17.   **황지사 내 약수터 (외부/낮)**

지장기도가 끝난 뒤, 주지 스님이 한바다 및 털보네 사람
들과 함께 사찰 안을 걷는다. 잘 관리된 여러 전각들과 탑,

나무들이 아름답다.

주지 스님이 절 한편에 있는 약수터 근처에 멈춰 선다.

맑은 물이 졸졸 흐르는 소리가 편안하게 들려온다.

주지 스님   3008번 지방도는 교통사고가 잦은 곳입니다. 사람뿐 아니라 야생동물이 차에 치여 죽는 일도 많지요. 애초에 그 도로를 짓기 위해서 수많은 나무들이 잘려나간 건 말할 것도 없고요. 방금 함께하신 지장기도는 그렇게 이승을 떠난 영혼들을 위로하는 기도입니다. 지장보살님은 죽은 이들을 극락으로 인도해주시는 분이니까요.

그라미   올~ 완전 뜻깊어!

민식   (쥐어박는 시늉하며) 그런 뜻깊은 자리에서 너는! 춤이나 추고!

그라미   아, 목탁 소리가! 자꾸 내 안에 팝핑을 자극하잖아요!

그라미의 말에 주지 스님이 또 허허 웃는다.

명석   스님, 황지사에 유명한 문화재가 있다고 들었습니다.

주지 스님   유명한 문화재요?

영우   (명석에게) 보물로 지정된 '관음 괘불탱' 말씀입니까?

그라미   관음 괘불탱? 탱?

주지 스님   아, 그건…

영우   (주지 스님 말 끊고) 괘불탱이란 절에서 큰 법회나 의식을 할 때 법당 앞뜰에 걸어놓고 예배를 드리는 대형 불교 그림이야. '황지사 관음 괘불탱'은 관세음보살이 그려진 길이 10.8m,

	폭 7.3m인 그림으로, 조선 정조 14년에 만들어져…
그라미	(영우 말 끊고) 길이가 10.8? 그게 얼마나 긴 거야?
영우	음, 알기 쉽게 설명하자면 밍크고래의 평균 몸길이보다는 길고 망치고래의 평균 몸길이보다는 짧아.
수연	그 말 들으니까 더 모르겠는데? 그리고 네가 왜 설명해? 주지 스님이 계신데.
영우	아…
주지 스님	설명 잘해주시니 감사하지요. 그럼 보물이 있는 곳으로 가볼까요?
그라미	우리 보물 봐요? 대박!

주지 스님이 사람들을 이끌고 대웅전으로 향한다.

S#18.   황지사 내 대웅전 (외부/낮)

'석가모니불'을 모시는 법당인 대웅전. 지장기도를 했던 명부전보다 더 크다. 주지 스님을 따라 대웅전 안으로 들어온 사람들이 내부를 둘러본다.

주지 스님	보물이 어디 있는지 한번 찾아보시겠습니까?
민식	그림이라고 했으니까… 저건가요?

민식이 대웅전 벽에 그려진 커다란 불화를 가리킨다.

영우	저 그림의 길이는 10.8m보다 훨씬 작습니다. 기껏해야 남방큰돌고래의 평균 몸길이 정도입니다.
그라미	(두리번대며) 그럼 어디 있지?
민우	이 안에 그렇게 큰 그림은 없는데요?
주지 스님	있습니다. 바로 여기.

주지 스님이 가리킨 곳을 보는 사람들. 대웅전 안쪽
바닥에 아주 오래돼 보이는 기다란 '괘불궤'가 놓여있다.

수연	이… 상자요?
주지 스님	괘불궤라고 합니다. 괘불탱을 담아 보관하는 함이지요. 관음 괘불탱은 이 안에 들어있어요.
명석	꺼내볼 수는 없습니까?
주지 스님	관음 괘불탱은 일 년에 한 번, 부처님 오신 날에만 꺼냈습니다. 십 년 전부터는 괘불탱이 손상될 것을 우려해 부처님 오신 날에도 꺼내지 않습니다. 우리나라의 보물이니 보존에 신경을 써야지요.
그라미	뭐야? 그럼 왜 보여준다고 했어요?
주지 스님	(웃으며) 스님은 보여준다고 하지 않았습니다. 보물이 있는 곳으로 가보자고 했지요.

그라미는 물론 모두의 얼굴에 실망감이 가득하다.
이를 본 주지 스님이 빙그레 미소 짓더니,

주지 스님   보는 것이 전부는 아닙니다. 눈앞에 당장 보이는 것에만 현혹되지 마시고 그 너머의 본질을 생각해주세요.

S#19.   숙소 거실 (내부/밤)

'에어비앤비' 같은 데서 빌렸을 법한 예쁜 단독주택 숙소. 방 3개(남자 방, 여자 방, 명석 방)에 멋진 주방과 거실이 있다. 명석이 노트북과 서류를 들고 자기 방 밖으로 나와 보니 주방에서는 민식과 그라미가 나름대로 조용히 하려고 애쓰며 요리를 하고, 준호와 신입 변호사들은 거실에 앉아 명석을 기다리며 회의 준비를 한다.

거실 창 너머로는 제주도의 밤 풍경이 끝내주게 펼쳐져있는데 일에 찌들어 창밖 대신 노트북과 서류만 들여다보고 있는 한바다 사람들. 이 모습에 갑자기 명석이 울컥한다.

명석   있잖아, 우리…

준호와 신입 변호사들이 노트북과 서류에서
눈을 떼고 명석을 본다.

명석   그냥 놀까? 제주도 온 첫날인데 회의는 무슨 회의냐.

그라미   (기다렸다는 듯) 오예! 오~예!

민식   저녁 메뉴 변경. 전부 다 술안주로 만들어버리겠어!

역시나, 명석과 영혼의 여행 파트너인 민식과 그라미가
먼저 반응하고 곧이어 신입 변호사들도 주섬주섬
회의 자료를 치운다.

수연	그럼 나가서 술 좀 사올까요?
명석	좋지!
민우	나도 같이 가요.
수연	(흠칫) 왜요? 됐어요.
민우	편의점 꽤 먼던데? 혼자 어떻게 다 들고 오려고 그래요?
수연	(손사래 치며) 아, 내가 알아서 해요! 머리에 이고 오는 한이
	있어도 혼자 가고 말지, 내가.
민우	(빠직) 아, 그럼 머리에 이고 오시든가요! 볼만하겠네, 아주!

아무것도 아닌 일에 으르렁대는 수연과 민우.
명석이 의아해한다.

명석	왜 그래요? 두 사람, 싸웠어?
수연/민우	(거의 동시에) 아니요!
명석	그럼… 둘이 다녀오세요. 안 싸운 사람들끼리.

하는 수 없이, 수연과 민우가 함께 숙소 밖으로 나간다.

S#20.　거리 (외부/밤)

술이 든 봉지를 각각 들고 멀찍이 떨어져 걷는
수연과 민우. 민우가 뭔가를 발견하고 걸음을 멈춘다.

민우　어? 저기 가볼래요? 뭐가 반짝반짝하는데?

민우가 가리키는 곳을 보는 수연.
형형색색의 조명으로 밝혀진 '용연 구름다리'가 예쁘다.

수연　저기로 가면 돌아가는 거잖아요. 사람들 술 기다리는데.
민우　사람들이 기다리든 말든 무슨 상관이에요. 술이 여기 있는데.

민우가 봉지에서 맥주 한 캔을 꺼내 따더니 쭈욱 들이켠다.

민우　이런 게 술 사오는 사람의 특권 아닌가?

시원한 맥주에 기분이 좋아진 듯 민우가 씨익 웃는다.
수연이 그런 민우를 가만히 쳐다보더니,

수연　(혼잣말처럼) 재수 없어.

S#21.   용연 구름다리 (외부/밤)

재수 없지만 그래도 같이 가주기로 한 걸까? 수연이 맥주를 홀짝이며 민우 뒤를 따라 용연 구름다리 위를 걷는다. 구름다리에 설치된 불빛들과 그 아래로 흐르는 잔잔한 호수가 운치 있다.

민우   잠깐 서볼래요? 내가 사진 찍어줄게요.
수연   됐어요. 사진은 무슨.
민우   에이~ 서봐요.

민우가 핸드폰 카메라를 척 꺼내들며 당장이라도 찍을 자세를 취한다. 그러자 수연이 자기도 모르게 포즈를 취하며 손으로 머리를 쓸어 넘겼다가 '내가 지금 뭐하는 짓이지? 설마 권민우 앞에서 예쁘게 보이려고 한 건가?' 싶어 얼른 다시 머리를 헝클어트린다.

민우   (사진 찍으려다 머뭇) 그러고 찍을 거예요? 추노처럼?
수연   (버럭) 안 찍는다고요! 사진!

그때, 민우에게 전화가 걸려온다. 민우의 아버지다.

민우   (통화) 네, 아버지.

깍듯한 경어에 반듯한 자세로, 어른스럽게 통화하는 민우.
부모와 친구처럼 지내는 수연에게는 민우의 그런 태도가
낯설고 신기하다.

민우   (통화) 그거 알아보고 있어요. 제가 어떻게든 해결할 테니
까 아버지는 걱정 마시고 몸 관리에만 신경 쓰세요. (사이)
네, 전화할게요.

민우가 전화를 끊더니 가볍게 한숨을 쉰다.

수연   왜요? 집에 무슨 일 있어요?
민우   아이고, 구질구질한 우리 집 사연 같은 건 공주님은 모르
셔도 됩니다.
수연   (발끈) 공주님은 무슨… 내가 왜 공주님이에요?

그러자 민우가 수연을 물끄러미 쳐다보더니,

민우   최보연 판사님, 얼마 전에 승진하셨죠?
수연   네? 우리 아빠요?
민우   대법관 되셨잖아요.
수연   어우, 이젠 남의 아빠 승진까지 챙겨요?
민우   그렇게 든든한 아버지가 있으면 평생 공주님으로 살아도
되죠, 뭐.

네가 내 삶에 대해 뭘 아느냐고 대차게 받아치려던 수연. 하지만 민우의 표정이 문득 쓸쓸해 보여 그냥 할 말을 삼킨다.

민우　(한숨) 그래도 한 서른 될 때까지는 시간 여유가 좀 있을 줄 알았는데 부모님 건강이 내가 여유 부리게 놔두질 않네요. 나 진짜 돈 많이 벌어야 돼요. 가장이니까.

'민우가 짊어진 삶의 무게는 어떤 걸까?' 지금 수연의 눈에는 민우가 꽤 어른스러워 보이지만 수연은 이런 감정 자체가 낯설어 괜히 툴툴거린다.

수연　뭐야⋯ 왜 갑자기 어른인 척해요.

민우　어른인 척이 아니라 어른이에요!

어이없다는 듯 피식 웃더니 남은 맥주를 들이켜며 다리를 건너는 민우. 수연이 말없이 민우 뒤를 따라간다.

S#22.　숙소 거실 (내부/밤)

수연과 민우가 숙소 안으로 들어온다. 민식이 만든 김초밥을 먹고 있던 영우와 그 밖의 진수성찬을 먹던 사람들이 둘을 반기며 방금 사온 술을 꺼내 마시기 시작한다.

그라미	뭔 양조장까지 갔다 왔어요? 겁나 힘들었네, 맨 정신으로 있느라.
민우	(가볍게 받아넘기며) 아이고, 죄송합니다.
명석	두 사람도 얼른 밥 좀 먹어. 털보 사장님 요리 진짜 맛있다.
민식	맛있게 먹어주시니 털보 사장 행복합니다!
수연	술 사러 간 동안 무슨 얘기하고 있었어요?
영우	정명석 변호사님이 이혼당한 이야기를 듣고 있었어.
수연	(놀라) 네? 정명석 변호사님, 결혼하셨었어요?
영우	응. 서른 살에 결혼했는데 8년 후에 이혼당했대.
준호	(영우에게 작게) 자꾸 그렇게 이혼당했다고 하시면 어떡해요…
명석	이혼당한 거 맞는데, 뭘. 나 신혼여행을 제주도로 왔었어요. 그래서인지 자꾸 그때 생각이 나네.
민식	그때도 신혼여행을 제주도로 많이 갔나요? 제주도는 우리 부모님 세대 때 많이 갔던 거 같은데.
명석	맞아요. 나 때는 하와이나 괌, 몰디브 같은 데 많이 갔지. 난 일 때문에 제주도로 왔어. 그때나 지금이나 워낙 일이 많으니까 신혼여행 중에도 전화는 꼭 받아야 했거든. 혹시 무슨 일이라도 터지면 당장 서울로 올라가야 될 수도 있고.
준호	와 — 너무 슬프네요. 신혼여행 때까지도 일하시느라고…
명석	돌이켜보면 그때부터였던 거 같아. 난 지금까지 이혼 전에 자주 싸웠던 게 문제인 줄로만 알았거든? 근데 아니야. 신혼여행 때부터였어.

명석이 신혼여행을 회상한다.

MONTAGE:

13년 전, 명석의 신혼여행이 몽타주로 펼쳐진다.

S#23.   제주도 창꼼바위 - 과거

창문을 뚫어둔 것처럼 보이는 기암, '창꼼바위.'
그 뚫린 구멍 너머로는 푸른 바다가 펼쳐져있다.
창꼼바위를 배경으로 포즈를 취하는 명석의 전 부인
최지수(당시 28세/여). 13년 전 당시 30세였던 명석이
지수의 사진을 찍으려는 순간, 주머니 속에 넣어두었던
핸드폰이 울린다.
그러자 지수를 향해 잠깐만 기다려달라는
시늉을 한 뒤 전화부터 받는 명석. 한바다의 변호사
선배로부터 걸려온 일 전화다.

명석   네, 변호사님. (사이) 괜찮습니다. 말씀하시죠.

명석이 핸드폰을 들고 자리를 뜨자 창꼼바위에서 사진을
찍으려고 줄 서서 기다리던 많은 사람들 중 한 **남자**(30대)
가 지수에게 눈치를 준다.

남자   사진 안 찍으실 거예요? 뒤에 사람들 기다리는데.
지수   아. 먼저 찍으세요⋯

한참을 줄 서 기다렸다가 포즈만 취하고 사진 한 장 못 찍은 지수. 창꼼바위에서 물러서 여전히 통화 중인 명석을 물끄러미 바라본다.

S#24. 제주도 횟집 - 과거

창밖으로 보이는 바다 풍경이 아름다운 고급 횟집.
횟집 **종업원**(40대/여)이 명석과 지수가 마주 앉은 테이블에 싱싱한 회가 화려하게 담긴 접시를 갖다 준다.

지수   (기분 좋아) 와! 자기야, 회 나왔다! 얼른 먹자!
명석   응.

하지만 대답과 달리 명석은 심각한 표정으로
핸드폰만 들여다본다.

지수   뭐해?
명석   어? 아, 나 잠깐 이메일 하나만 볼게. 중요한 거라서.
지수   먹고 해. 음식 식어.

이메일 확인에 집중하느라 이젠 지수의 말이 들리지도
않는 명석. 그 꼴을 참다못한 지수가 큰소리를 낸다.

지수	먹으라고! 음식 식는다고!
명석	어? (피식) 식긴 뭐가 식어. 회잖아.
지수	(버럭) 식어! 회도 식어!!!

S#25.   제주도 호텔 방 - 과거

샤워가운 하나만 입은 명석. 호텔 방 안에 있는 책상에
앉아 노트북으로 일을 하다가 드디어 일을 마친 듯 벌떡
일어나더니,

| 명석 | (신나) 지수야! 나 다 했어! |

하지만 지수는 샤워가운 하나만 입은 채 침대에 쓰러져
자고 있다. 협탁에는 명석을 기다리며 지수가 혼자 마신
빈 샴페인 병이 놓여있다. 명석이 침대로 가 지수를 흔들
어본다.

| 명석 | 자? 그냥 자? |
| 지수 | (살짝 깨서 짜증) 아우… 지금 몇 신데? |

명석이 시계를 본다. 새벽 4시가 훌쩍 넘었다.

| 명석 | 아… 많이 늦었네. 미안해. |

그새 다시 잠든 지수를 보며 명석이 한숨을 내쉰다.

CUT TO :

다시 현재, 제주도 숙소 거실에서 펼쳐진 술자리.
과거를 떠올리니 괴로워진 명석이 술을 마신다.

명석   나는 뭘 위해서 그렇게 살았던 걸까?

명석의 말에 아무런 대답도 하지 못하는 사람들.
제각각 복잡한 표정으로 명석을 바라본다.

S#26. 숙소 여자 방 (내부/밤)

영우와 그라미, 수연이 나란히 누워있는 숙소 내 여자 방.
이미 잠들어 쌔근쌔근하는 그라미, 수연과 달리 영우는 집
에서 입던 잠옷에 '우영우'라고 수놓인 안대, 귀마개까지
했음에도 통 잠들지 못하다가 결국 벌떡 일어나 앉는다.
그 바람에 이불이 휙 젖혀진 그라미가 놀라서 깬다.

그라미   아, 왜 또?!
영우   시계 소리가 너무 커.
그라미   와, 씨 이런 프린세스 우영우! 바닥이 딱딱하다, 창문에서
         빛이 샌다, 이불이 까끌까끌하다, 방 안 온도가 안 맞는다,

	한참 투덜투덜하더니 이제는 또 시계 소리?
영우	(귀마개를 빼며) 참으려고 했는데 너무 커. 잘 들어봐.

그라미가 귀를 기울여보지만,
그라미의 귀에는 아무 소리도 들리지 않는다.

영우	(귀 기울이며) 거실에 있는 시계 같아. 초침이 잘까닥, 잘까닥…
그라미	초침이 잘까닥잘까닥하면 잠이나 잘까닥잘까닥할 것이지…

투덜거리면서도 이불을 박차고 벌떡 일어서는 그라미.
영우가 멍하니 올려다보자,

그라미	뭐해? 일어나! 거실 시계라며? 죽이러 가자.

S#27.　숙소 거실 (내부/밤)

그라미와 영우가 방에서 나와 거실로 간다.
그라미가 거실 벽에 걸려있는 시계를 가리키며,

그라미	저 새끼냐? 잘까닥거렸다는 게?
영우	응. 그런 거 같아.

그라미가 성큼성큼 걸어가더니 벽에서 시계를 떼어내

건전지를 뺀다. 그라미 뒤를 종종 따라와 그 모습을
지켜보던 영우. 문득 창가로 고개를 돌렸다가
명석이 거실 밖 테라스에 혼자 있는 것을 본다.
밖에서 차를 마시려고 머그컵을 들고 나갔던 모양인 명석.
배가 몹시 아픈지 양손으로 배를 움켜쥐고 수그린 채 끙끙
거린다. 영우의 시선을 따라, 그라미도 창밖의 명석을 본다.

그라미   (나름 걱정) 똥 마려운가? 왜 저러지?

영우   왜 저러는지 물어볼까?

그사이 통증이 좀 잦아든 듯, 겨우 몸을 일으킨 명석. 한숨
을 한번 푹 내쉬더니 다시 차를 마시는 모습이 안쓰럽다.

그라미   아니. 그냥 못 본 척하자. 그게 나을 듯.

영우   아… 응.

S#28.   숙소 주방 (내부/낮)

다음 날 아침.
민식과 그라미가 전복을 손질하며 티격태격한다.

민식   너 자꾸 내장 터트릴래? 아깝게!

그라미   아, 입을 자르라매요? 입이랑 내장이랑 붙어있으니까 그

렇죠!

그때 수연이 다가와 기웃거린다.

수연　우리 아침부터 전복 먹어요?

민식　아, 전복죽 할까 해서요. 마침 근처에서 팔기에 좀 사왔습니다.

수연　(놀라) 이 아침에요?

그라미　그니까! 내 말이! 꼭두새벽부터 전복 산다고 사람을 흔들어 깨우고!

수연　우와, 감사해요. 두 분 덕분에 호강하네요.

수연이 나타나자 처음엔 긴장해 뻣뻣해졌던 민식.
다정한 감사 인사에 긴장이 풀렸는지 민식 안의 아재가
고개를 내민다.

민식　핫! 호강은요, 무슨! 수연 씨, 전복이 전생에 뭐였는지 아십니까?

수연　네?

그라미　(불안해) 뭔 또…

민식　트럭입니다!

수연　네?

민식　트럭이 전복되었으니까. 아하하!

민식의 너털웃음에 정신이 멍해지는 수연. 그라미가 전복의 입을 자르던 가위를 들고 민식의 입을 향해 달려들며,

그라미   저 입 잘라버려야지! 내가 털보 사장 내장 터트린다!

그때 수연의 눈에 준호가 꽃다발을 들고 숙소 거실로 나오는 모습이 보인다. 수연이 아재 귀신한테서 도망칠 겸 준호에게 간다.

S#29.   숙소 거실 (내부/낮)

준호가 꽃다발을 거실에 놓인 테이블 위에 올려둔다. 최소한의 포장으로 가볍게 묶여있는 들꽃 한 다발이 싱그럽다. 수연이 꽃다발을 들어 행복하게 냄새를 맡으며,

수연   웬 꽃이에요? 너무 예쁘다! 준호 씨가 사왔어요?

이에 준호가 대답을 하려는데 방금 샤워를 마친 민우가 싱그럽게 걸어나오며 대신 답한다.

민우   그거 내가 사온 건데?

그 말에 짜게 식어버린 수연. 꽃다발을 휙 던져버린다.

민우	아까 조깅하는데 어떤 할머니가 길에서 팔고 계시더라고요. 왜요? 내가 사왔다니까 갑자기 별로예요? (과장해서 흉내내며) "너무 예쁘다!" 할 땐 언제고.
수연	내가 또 언제 (민우의 흉내 따라 하며) "너무 예쁘다!" 그랬어요? 하여간 기분 나빠.

툴툴거리며 거실을 벗어나는 수연. 수연이 왜 그러는지 몰라 어리둥절한 준호가 민우에게 넌지시 묻는다.

준호	왜 그래? 싸웠어?
민우	아, 몰라!

민우가 소파에 털썩 주저앉아 TV를 튼다. 한 **정치 평론가** (40대/남)가 뉴스에 출연해 수미에 대해 논평하는데 때마침 영우가 핸드폰을 찾아 거실로 걸어나온다. 이를 본 민우. 수미에 대한 영우의 반응을 살피려고 TV 볼륨을 높인다.

TV 속 평론가	'태수미 후보자가 태산의 대표 변호사 출신이라는 점을 너무 가볍게 보고 있지 않나?' 저는 그 부분에 대한 우려가 큽니다. 물론 법무부 장관 후보가 되기 전에 자진 사퇴하긴 했었습니다만, 태산 창립자의 딸로서 대표직을 세습했던 것도 분명한 사실이거든요? 게다가 태산은 기업친화적인 로펌 아닙니까? 태수미 후보자의 남편 역시…

하지만 영우가 TV 소리를 듣기도 전에 주방에 있던
그라미가 달려 나온다.

그라미 (다급하게) 어?! '네모바지 스폰지밥' 할 시간인데?

민우가 들고 있던 리모컨을 자연스럽게 빼앗아 채널을
돌려버리는 그라미. 민우 옆자리에 털썩 앉더니,

그라미 우영우! 스폰지밥! 안 봐?
영우 나중에.

영우가 핸드폰을 찾아 다시 여자 방으로 돌아간다.
그렇게, 영우 반응 떠보기 작전에 실패한 민우가
조용히 한숨을 쉰다.

S#30. 숙소 명석 방 (내부/낮)

한편 명석은 숙소 내 자기 혼자 쓰는 방에서 핸드폰으로
'명상하는 법' 동영상을 틀어놓고 호흡 명상을 한다.
가부좌를 틀고 앉아 눈을 꼭 감은 채 동영상 속 여자(30대)가
시키는 대로 명상하는 모습이 무척 진지하다.

여자 당신의 호흡에 집중하세요. 천천히 들이마시고, 천천히 내

뱉습니다. 날숨과 함께 모든 고통이 빠져나갑니다. 들숨은 당신의 몸속에 맑고 새로운 에너지를 채웁니다. 피는 맑아지고 머리는 상쾌해집니다…

S#31. 숙소 여자 방 (내부/낮)

여자 방으로 돌아온 영우. 돌고래 보러 갈 준비를 한다.
탐험가 모자를 쓰고, 눈 밑에는 야구선수들이 붙이는
검은 스티커를 붙인 채 쌍안경과 카메라를 챙기는 모습이
두근두근 설레어 보인다.
그때, 똑똑 노크 소리와 함께 준호가 방 안으로 들어온다.

준호   저 방금 누나랑 통화했는데요.

영우   (준호 보자 흥분해서) 남방큰돌고래를 보러 가기에 이 정도면
충분할까요? 햇살에 눈이 부셔 돌고래가 보이지 않을 경우
를 대비해 모자와 눈부심 방지 스티커를 착용했고, 손 떨
림 방지 기능이 있는 10배율 쌍안경과 연속 촬영이 가능한
카메라를 준비했습니다.

준호   (영우 귀여워 미소) 그 정도면 충분한 거 같은데요? 그런데요,
변호사님. 누나랑 매형이 뭔가 준비를 많이 했나봐요.

영우   네?

준호   원래는 그냥 가볍게 만나서 차나 한잔 마시자고 했거든요?
근데 누나 입장에서는 제 얼굴 보는 것도 너무 오랜만이고

변호사님도 같이 간다니까 차만 마시기 아쉬웠나봐요. 이
것저것 많이 준비했으니까 점심도 먹지 말고 오라는데…
아무래도 준비한 음식이 김밥은 아닌 거 같아서요.

영우   음, 그렇다면 어떤 음식을 준비하셨을까요?

준호   뭐 고기도 구워 먹자고 하고, 회도 좀 떠온 것 같고… 그러
네요.

영우   아, 고기와 회.

준호   누나한테 다시 전화해서 밥 먹는 건 어렵다고 말해볼까요?

영우   아닙니다. 고기와 회, 정말 싫지만 주는 대로 잘 먹도록 하
겠습니다. 복스럽게.

준호   무리하지 않으셔도 돼요. 제가 그냥 누나한테 전화해서…

영우   (말 끊으며) 아닙니다! 걱정 마십시오.

노력해보겠다는 영우에게 고마우면서도 지나치게
결연한 모습에 왠지 불안해지는 준호.

S#32.   **제주도 대정읍 연안 (외부/낮)**

돌고래를 보기 위해 대정읍 연안에 온 영우와 준호.
탐험가 모자에 눈 밑 눈부심 방지 스티커, 목에는
쌍안경을 건 영우와 기다란 망원렌즈가 달린 DSLR을 든
준호.
이처럼 만반의 준비를 갖추고 한참을 서있는데도 돌고래는

보이지 않는다.

영우   돌고래와 상어는 먹이를 두고 경쟁하는 관계인데, 제주 연 안에는 남방큰돌고래들이 정착해있어서 상어가 다가오면 무리를 지어 쫓아낸다고 합니다. 덕분에 제주도 해녀들은 바다에서 물질하는 동안 상어를 만날 일이 없습니다. 해녀 들이 애써 잡은 해산물을 돌고래가 훔쳐 먹는 일이 있긴 하지만요.

준호   그렇구나.

돌고래 따위 전혀 나타날 것 같지 않게 잔잔하기만
한 바다. 준호가 기다림에 지쳐 손목시계를 슬쩍 본다.

준호   왜 한 마리도 안 나타날까요? 누나네 가려면 이제 출발해 야 하는데…

준호의 말에 말없이 한숨만 푹 내쉬는 영우.
두 사람 모두 표정이 시무룩하다.

S#33.   승희의 집 마당 (외부/낮)

준호의 누나인 **이승희**(33세/여)와 승희의 남편인 **박정남**(36 세/남)의 집 마당. 두 사람이 손수 조경한 듯 아기자기하게 예쁘다. 준호와 영우가 마당 안으로 들어선다.

준호   누나! 매형!

승희   이준호! 왔냐?

정남   처남, 오랜만이야.

서로 오랜만에 보는 듯 반갑게 인사하는 준호와 승희, 정
남. 한편 준호 옆에 선 영우는 잔뜩 긴장해 뻣뻣해져있다.

승희   (영우 가리키며) 이분이⋯

영우   우영우입니다! 똑바로 읽어도 거꾸로 읽어도 우영우. 기러
기 토마토 스위스 인도인 별똥별 우영우.

승희   (영우의 자기소개에 흠칫 놀랐지만 안 놀란 척) 아이고, 그렇구나.

영우   집 안이 겁나 예쁩니다!

너무 긴장한 나머지 다짜고짜 준비한 말부터 발사해버린
영우. 무슨 소리인가 싶어 승희와 정남이 머뭇거린다.

정남   (집 쪽 스윽 돌아보며) 집 안이 보여요?

준호   (수습하고자) 누나, 우리 어디 앉을까?

승희   응응! 저기, 저기.

승희가 준호와 영우를 마당 한편에 놓인 야외용 식탁과 의
자들로 안내한다. 식탁 위에는 승희가 정성껏 차려둔 고기

와 회, 채소들이 가득하다. 준호 옆 의자에 앉은 영우. 오늘의 도전 과제인 그 음식들을 결연하게 바라본다.

정남 처남이랑 영우 씨 온다고 누나가 며칠 전부터 준비를 엄청 했어.

준호 그러게요. 진짜 많이도 차렸다. 고생했겠네.

승희 고생은 뭘. 밥 먹고 이따가 과일도 먹자.

승희가 마당 한편에 따로 씻어두었던 과일을 쟁반에 담아 가져온다. '과일'이라는 단어에 영우가 반응한다.

영우 과일! 제가 깎겠습니다. 저 과일 완전 잘 깎습니다.

하지만 그 순간 승희가 식탁 위에 내려놓은 과일은, 포도다.

정남 아무리 잘 깎아도 포도는…

영우 아…

승희 (수습하고자 밝게) 먹자! (영우에게) 많이 먹어요.

영우 네.

대답은 했지만 식탁 위의 그 어떤 음식도 내키지 않는 영우. 젓가락을 만지작거리며 마음을 다잡다가 드디어 결심한 듯 고기와 회를 한 점씩 집어 한꺼번에 입 안에 넣는다. 쓴 약이라도 씹듯 눈을 꼭 감고 인상을 쓴 채 힘겹게 우물거리는 영우. 이 모습을 본 정남이 애써 못 본 척 고개를 돌리며 준호에게 묻는다.

정남   제주도 구경은 많이 못 했겠네? 출장 온 거라.

준호   그래도 한백산이랑 황지사랑 몇 군데는 가봤어요. 누나네 오기 전엔 대정읍 바닷가에도 갔고요. 대정읍에 돌고래들이…

영우   (눈 감고 우물거리던 와중에도 급하게 준호 저지하며) 안 됩니다! 고래 이야기 금지.

준호   네?

영우   이런 자리에서는 고래 이야기하면 안 됩니다. 김밥도 찾지 말고요.

준호   (대충 무슨 말인지 짐작이 가) 아…

승희   근데 영우 씨. 괜찮아요? 먹기 싫은데 억지로 씹고 있는 거 아니야?

준호   변호사님, 무리하지 않으셔도 돼요. 억지로 먹지 마세요.

아까 입에 넣은 고기와 회를 여전히 씹고 있던 영우. 승희와 준호의 걱정에 입 안의 음식을 꿀떡! 겨우 삼키더니,

영우   아닙니다! 맛있습니다! 요리 솜씨가 참 좋으신 걸요?

하지만 얼마나 괴로웠던 건지 방긋방긋 웃어 보이는 영우의 눈가에는 눈물까지 찔끔 맺힌다.

CUT TO:

한 시간쯤 흐른 뒤, 영우가 승희의 집 안 화장실에 가
자리를 비운 사이 마당에서 차를 마시고 있는 준호와
승희, 정남.

준호   변호사님 왜 이렇게 오래 걸리지? 화장실을 못 찾으시나?

준호가 영우를 찾아 일어서려 하자 승희가 붙들어 앉힌다.

승희   아이고, 무슨 애 돌보냐? 우리 집이 미로도 아니고 화장실
            을 왜 못 찾아?

정남   그래, 처남. 영우 씨 똑똑하다며.

승희   그리고 '변호사님'이 뭐냐? '뭘 찾으시네, 마네' 극존칭은
            또 뭐고? 너네 사귀는 거 아니야?

준호   일할 때 말투가 입에 붙어서 그래. 차차 바꿀 거야, 호칭 같
            은 건.

승희   (말을 할까 말까 망설이다 결국) 너 부모님한테는 말 안 할 거지?

준호   뭘?

승희   영우 씨 만나는 거.

준호   왜?

승희   왜는 무슨 왜야? 부모님 쓰러지게 만들 일 있어? 어차피
            결혼할 것도 아닌데 괜히 쓸데없는 소리 하지 마.

준호   그게 무슨 소리야? 부모님이 왜 쓰러져?

정남   (집 쪽 보며) 여보, 다음에 따로 얘기해. 영우 씨 들을라.

승희	너 이렇게 힘든 연애 하는 거, 누나인 나도 맘이 안 좋은데 부모님이 아시면…
준호	누나!
승희	이준호! 나도 부모님도 너 행복하길 바라는 거 몰라? 널 행복하게 만들어줄 수 있는 여잘 데려와야지! 네가 보살펴야 하는 여자 말고!

S#34.   승희의 집 (내부/낮)

같은 시간, 승희의 집 안 현관 근처에 가만히 서있는 영우. 마당에 있는 준호의 말소리가 들려온다.

| 준호 | (소리) 누나, 무슨 말을 그렇게 해? 오늘 처음 만났는데 사람을 한 번 보고 그렇게 다 알아? |

영우는 세 사람의 말을 전부 들은 걸까? 지금 어떤 기분인 걸까? 영우의 무덤덤한 표정만으로는 알 수 없다.

S#35.   법정 (내부/낮)

두 번째 변론기일.
증인석에는 불교 문화재 **연구원**(30대/남)이 앉아있고,

석준이 연구원에게 질문한다.

석준   원고는 지방도 제3008호선을 지났을 뿐 황지사의 문화재
는 관람하지 않았다고 주장합니다. 불교 문화재 전문가인
증인은 원고의 주장을 어떻게 생각하십니까?

연구원   원고가 한국의 전통 산사를 제대로 이해하지 못했기 때문
에 할 수 있는 주장이라고 생각합니다.

연구원의 지적에 영복이 놀라 눈이 동그래진다.

석준   왜 그렇게 생각하십니까?

연구원   원고가 3008번 지방도를 타고 지나간 '한백산 황지사 일
원'은 국가지정문화재 중 '명승'에 속합니다. 주요 전각뿐
아니라 주변의 자연 환경, 그 안에 살고 있는 동식물까지
도 법률에 의해 현상 변경이 제한되고 보호되죠. 건물 한
점 한 점이 아닌 사찰을 둘러싼 공간 전체를 하나의 문화
재로 보는 까닭입니다.

석준   황지사를 둘러싼 공간 전체가 하나의 문화재라고요?

연구원   그렇습니다. 황지사의 문화재라고 하면 흔히들 관음사 괘
불탱 한 점만 생각하기 쉽습니다. 보물로 지정됐으니까요.
하지만 진정한 의미의 사찰 문화재는 대부분이 면 단위입
니다.

석준   면 단위요?

연구원   '점, 선, 면'할 때 그 '면'입니다. '박물관 속 그림 한 점'과 같

은 동산 문화재가 아니라 사찰 경내지 안팎에 걸쳐 있는 모든 전각과 암자들, 자연 환경까지를 아우른다는 뜻입니다.

석준   황지사의 경우라면 증인은 어디까지를 문화재로 보십니까?

연구원   황지사가 소유한 땅 전체입니다. 황지사와 황지사의 암자들인 산록암, 방각암, 부사암, 그리고 지방도 제3008호선이 지나는 한백산 국립공원 일부까지요.

석준   이상입니다.

판사   원고 대리인, 반대 신문하세요.

영우가 반대 신문을 하러 일어서려는데 옆에 앉은
명석으로부터 "으…" 하는 소리가 들려온다.
영우가 명석을 돌아본다. 극심한 복통이 생긴 듯
명석이 배를 움켜쥐고 신음한다.

영우   정명석 변호사님?

영우가 불러보지만 대답도 못 할 정도로 많이 아픈 명석.
새빨개진 얼굴로 온몸에 땀을 뻘뻘 흘리며 너무나 고통스러워한다. 누군가 이렇게까지 아파하는 모습을 처음 보는 영우.
어떻게 해야 할지 몰라 당황스럽다.

영복   (그제야 명석 보고) 왜 그러시오? 괜찮소?

명석   저, 잠시만…

밖으로 나가보려는지 명석이 영복에게 비켜달라는 시늉을 하지만 의자에서 엉덩이를 떼기가 무섭게 쿵! 바닥으로 쓰러진다.

수연   변호사님!

수연의 놀란 목소리와 함께 법정이 소란스러워진다.
준호가 방청석에서 벌떡 일어나 명석에게 달려간다.

판사   괜찮습니까? (경위에게) 119 부르세요.

판사의 지시에 법정 **경위**(30대/남)가 119에 전화를 한다.
한바다와 털보네 사람들은 물론 방청석의 스님들까지 모두들 명석이 걱정돼 웅성거리며 주위로 몰려든다.
그 바람에 사람들에게 떠밀려 뒤쪽으로 물러난 영우.
명석이 쓰러진 충격이 큰 듯 표정이 멍하다.

〈끝〉

"그래? 보람 있는 시간들이었을까?"

"네. 저는 그렇게 생각합니다."

14화

제주도의
푸른 밤
Ⅱ

S#1.   PROLOGUE : 지난 이야기

제13화의 내용이 요약된 지난 이야기.

황지사의 문화재 관람료 징수에 대한 부당 이득금 반환 청구 소송과 제주도로 다 함께 출장을 떠난 한바다 사람들과 털보네 사람들. 명석이 먹지 못해 아쉬워한 행복국수의 고기국수와, 평소와는 다른 민우의 모습에 혼란스러우면서도 자꾸만 신경 쓰이는 수연, 준호가 영우와 힘든 연애를 할까 봐 걱정하는 승희와 그 걱정을 들은 영우. 재판 중 찾아온 극심한 통증에 쓰러진 명석…

TITLE :

〈이상한 변호사 우영우〉

S#2.   병실 (내부/낮)

제주도 내 어느 병원의 1인용 병실.
환자복 차림의 명석이 침대에 앉아 선영과 전화 통화를 하
며 거의 먹지 않아 다 남긴 환자식의 그릇 뚜껑을 하나하나
덮는다. 명석 주변에는 신입 변호사들과 준호, 그라미와 민
식이 서있다. 모두들 걱정스러운 얼굴로 명석을 바라본다.

명석   (통화) 위암 치료는 한국이 세계 1등이라던데요? 저, 4기도
아니고 3기라니까 괜찮을 겁니다. 너무 걱정 마세요. (사이)
황지사 사건까지는 제가 여기서 마무리하고요. 서울 가자
마자 바로 수술받겠습니다. (사이) 네, 대표님. 전화 끊겠습
니다.

명석이 전화를 끊는다. 핸드폰으로 위암에 대해 알아보던
영우가 사실관계를 바로잡는다.

영우   위암 치료는 한국이 세계 1등일지 몰라도 3기니까 괜찮을
거라고 방심해선 안 됩니다. 위암 3기는 근육층, 장막하층,
장막층에 침습이 있거나 주위 림프절에 암세포가 퍼진 단
계로, 수술을 하더라도 재발 확률이 높아 보조적인 항암치
료가 권고되는 단계입니다. 5년 생존율이 30~40%밖에 되
지 않고요.

명석   아, 5년 생존율이 그거밖에 안 돼요?

수연이 '그런 소리 하지 말라'는 의미로 영우를 툭 치지만 그 의미를 알아듣지 못한 영우는 명석을 향해 고개를 끄덕한다.

준호   (말 돌릴 겸) 변호사님, 수술 날짜는 예약해두신 건가요?

명석   그럼! 위암 진단받은 서울 병원에서 수술 날짜까지 다 잡아놓고 제주도 내려온 거지. 나 알아서 잘하고 있으니까 다들 걱정 마요.

하지만 명석이 남긴 환자식 상태를 본 수연이 걱정한다.

수연   식사… 조금이라도 더 하셔야 하는 거 아니에요? 다 남기셨는데.

명석   아, 입맛이 없어서. 억지로 먹으면 속이 안 좋고.

민식   죽 같은 걸 좀 해달라고 병원에 말해볼까요?

명석   괜찮습니다. 죽이라고 먹힐까 싶네요.

영우   음, 그럼 고기국수는 어떻습니까? 행복국수의 고기국수.

그라미   행복국수? 거기 망했잖아.

영우   행복국수의 사장님을 찾아내서 부탁하면 어떨까? 위암 3기로 곧 죽을지도 모르는 한 변호사를 위해서 고기국수를 만들어달라고.

명석   아이고! 됐어요. 또 엉뚱한 짓 벌일 생각 말고 황지사 사건에만 집중합시다. 알았습니까?

S#3.   병실 앞 복도 (내부/낮)

명석 홀로 병실에 남겨놓은 채 복도로 나와 병원 밖을
향해 걷는 사람들. 영우가 준호에게 묻는다.

영우   행복국수의 사장님을 찾아내려면 어떡해야 합니까?

영우의 질문에 준호가 생각해보는 사이,
수연이 먼저 말한다.

수연   기어이 찾아보게? 아까 정명석 변호사님이 엉뚱한 짓 하지
          말라고 했잖아.
영우   정명석 변호사님은 엉뚱한 짓 하지 말라고 했지만 난 안
          하겠다고 대답하지 않았어. 엉뚱한 짓.
그라미   (대견) 이 녀석, 패기 보게?

영우가 우뚝 멈춰 서더니 진지하게 중얼거린다.

영우   정명석 변호사님은 살날이 얼마 남지 않았을지도 몰라. 지
          금이 아니면… 다시는 행복국수를 먹을 수 없을지도 몰라.
그라미   그래! 지나간 짜장면은 다시 돌아오지 않으니까!
민식   하긴 나도 마음에 걸리더라. 정명석 변호사님, 행운국수에
          서 고기국수 드실 때 계속 아쉬워하던 그 표정이.
준호   그럼 다 같이 한번 찾아볼까요?

준호의 말에, 수연이 민우를 쳐다보며 뭔가 말하기를
기다린다. 하지만 민우가 아무 말도 하지 않자,

수연   왜 가만있어요?

민우   뭐가요?

수연   아니, 평소 같으면 딱 이런 타이밍에 얄미운 소리 하잖아
         요. (과장된 민우 흉내) '그런 걸 왜 다 같이하냐? 니들이나 해
         라. 난 빠진다.'

민우   뭐… 행복국수 사장을 찾을 수만 있으면 나쁠 거 없죠. 나
         도 그 고기국수 한번 먹어보고 싶던데? 얼마나 맛있으면
         저렇게까지 말하시나 싶어서.

수연   (빈정대며) 권민우 변호사야말로 어디 아픈 거 아니에요? 사
         람 성격이 갑자기 변하면 죽는다던데.

민우   (빠직) 참나, 내가 뭘 어쨌다고 말을 또 저렇게 한대?

서로 으르렁대는 수연과 민우의 모습에
준호가 얼른 말을 돌린다.

준호   사장님 행방을 찾으려면 주변 탐문 조사부터 해야 하니까
         요. 다 같이 몰려다닐 필요 없이 팀을 나눠서 움직일까요?

영우   팀을 어떻게 나눕니까?

그라미   '엎어라 뒤집어라' 하자.

영우   음, '뒤집어라 엎어라' 말이야?

그라미   아니, 엎어라 뒤집어라.

수연	'데덴찌' 말하는 거예요?
준호	아, 이거 지역마다 부르는 말이 다 달라요. 제주 버전은 엄청 길어요. (음률 맞춰서) '하늘과 땅이다. 일러도 모르기. 이번엔 진짜. 이번엔 가짜. 못 먹어도 소용없기!'
민우	우리 동네는 그냥 '하늘이 땅!'
민식	우리 동네는… (말하려다가 관둔다)
그라미	'우리 동네는' 뭐요? 뭔데 말을 하다 말아?
민식	아, 우리 동네는… (막상 하니 신나게) '엎어라 뒤쳐라! 찌글러도 말 못해! 아가리에 똥 처넣기!' (분위기가 어색해진 듯해 한 번 더 힘차게) '똥 처넣기!'
수연	그냥 엎어라 뒤집어라로 하죠.

민식의 '똥 처넣기'를 못 들은 척하며
사람들이 다들 손을 내민다.

수연	엎어라! 뒤집어라!

모두가 손바닥을 내미는데 민우와 수연만 손등을 내민다.

수연	뒤집어라!

이번엔 모두가 손등을 내미는데 민우와 수연만 손바닥이다.

수연	(이런 상황 기분 나빠) 다시! 엎어라 뒤집어라!

하지만 이번에도 모두가 손등인데
민우와 수연만 손바닥이다.

그라미	아, 그냥 둘이 해요! 저렇게 단합이 잘되는데.
민식	맞네. 꼭 삼삼으로 나눌 필요 없잖아?
영우	그럼 저와 그라미, 이준호 씨, 털보 사장님이 한 팀, 최수연과 권민우 변호사가 한 팀입니다.
수연	어우, 왜? 싫어! 다시 해!
영우	(무시) 이제 팀별로 조사를 시작합니다.

영우네 팀원들이 병원 밖으로 척척 걸어나간다.
여전히 "다시 하자!"를 외치며 엎어라 뒤집어라에
미련을 못 버린 수연. 반면 민우는 그저 덤덤하다.

S#4.   **행운국수 (외부/낮)**

크고 번듯한 행운국수 건물 앞 대형 주차장.
준호와 영우, 그라미, 민식이 방금 주차한 승합차에서 내려
식당으로 향한다. 식당 입구에는 여러 TV 방송에 출연했
다는 내용의 홍보 자료가 붙어있다.

S#5.　행운국수 (내부/낮)

장사 잘되는 유명 식당답게 식사시간이 아닌데도 손님들이
꽤 있는 내부. 식당 안에도 방송 출연 홍보 자료와 유명인들
의 사인 등이 가득하다. 계산대에 서있는 행운국수의 **사장**
(50대/남, 이하 '행운 사장')에게 영우네 팀원들이 다가간다.

준호　　　사장님, 실례지만 말씀 좀 여쭤봐도 될까요?

행운 사장　어? 얼마 전에 우리 가게 오셨던 손님들 아니에요?

준호　　　아, 맞습니다. 저희는…

영우　　　(준호 말 끊고 다짜고짜) 행복국수 사장님이 어디 있는지 아십
　　　　　니까?

행운 사장　행복국수 사장?

말만 들어도 기분이 나쁜 듯 표정이 안 좋아지는 행운 사
장. 한편 오픈 주방에서 일하던 **주방장**(40대/남)이 '행복국
수 사장'이라는 말에 자기도 모르게 계산대 쪽을 쳐다봤다
가 곧 고개를 돌린다. 이 모습을 준호가 유심히 본다.

행운 사장　그 사람은 왜요?

민식　　　아, 저번에 제주도 왔을 때는 행복국수가 문을 열었던 거
　　　　　같은데 요번에 보니까 장사 안 하는 거 같아서요. 어떻게
　　　　　된 일인지 행운국수 사장님은 아시나 해서.

행운 사장　어떻게 되긴! 도태된 거지!

그라미	도태요? 도태?
행운 사장	우리 가게가 점점 더 잘되니까 거기가 설 자리가 없어진 거라고요. 거기 사장도 우리 국수 맛 따라온다고 무지 용 썼어요. 근데 결국 뭐, 원조를 못 이긴 거지. 장사 안돼서 문 닫은 지 좀 됐으니까.
영우	원조? 행운국수가 원조입니까? 그럼 행복국수가 행운국수 를 따라 가게 이름도 비슷하게 지은 건가요?
행운 사장	으응… 맞아요! 나 안 그래도 그 집 때문에 속앓이 진짜 많이 했어. 행복국수란 이름만 들어도 골치 아프니까 내 앞에서 더는 말도 꺼내지 마요!

손사래를 치며 입을 꾹 닫아버리는 행운 사장.
준호가 넌지시 주방 쪽을 쳐다본다.
안 듣는 척, 행운 사장의 말을 다 듣고 있던 주방장이
준호의 시선을 느끼자 황급히 주방 안쪽으로 사라져버린다.

S#6.　시골 마을 (외부/낮)

행복국수와 행운국수 근처 시골 마을.
수연과 민우가 지나가는 **할머니**(70대)를 붙잡고
질문하는 중이다.

할머니	나야 모르지. 그 양반이 어디로 갔는지. 이 동네 사람들 죄

다 잡고 물어봐도 안다는 사람 없을걸? 식당 문 닫고서는 하루아침에 사라졌거든. 어디로 간다, 그런 말도 없이.

수연　식당 문은 왜 닫으신 걸까요? 혹시 아세요?

할머니　그걸 못 쫓아간 거지. 그거 있잖아, 왜…

수연　그거요?

민우　뭐지?

할머니　트렌드.

70대 할머니에게서 기대하지 않았던 단어에 놀라 움찔하는 민우와 수연. 할머니가 트렌디하게 설명을 이어간다.

할머니　행운국수에는 얼마 전에도 그런 사람들 왔었어. 그 뭐라 그러지? 인터넷에다가 그…

수연　연예인이요?

민우　(이 할머니라면 혹시) 셀럽?

할머니　아니, 인플루언서.

할머니의 단어 선택에 민우와 수연이 한 번 더 아찔해진다. 할머니가 스마트 워치로 시간을 한 번 스윽 확인하더니 말을 잇는다.

할머니　행운국수가 맨날 방송 타고 인플루언서며 셀럽들로 북새통 이룰 때 행복국수는 그런 걸 못 했어. 그러니 별수 있나? 밀려나는 거지. 국수 맛 하나는 행복국수가 참 기가 막

혔는데… 아쉽게 됐어.

수연   할머님 입맛에도 행복국수가 더 맛있었나요? 행운국수보다?

할머니   행복국수가 원래 엄마랑 아들이랑 같이 오래 해왔던 데거
든? 그 엄마가 내는 육수가 베지근~하니 진짜 끝내줬다고.
근데 갑자기 그 엄마가 쓰러졌다대? 수술한다 어쩐다 하더
니 회복 못하고 요양원 들어갔다더라고. 그래도 한동안은
아들 혼자 식당 문 열었었는데 결국 못 버틴 거지. 행운국
수가 자꾸 방해를 놓으니까.

민우   방해요? 무슨 방해요?

할머니   아니~ 행복국수 그 양반이 엄마 간병이다 뭐다 한참 정신
없을 때 행운국수는 맨날 방송 타고 SNS 홍보하고 하니까.
행복국수 가던 손님들을 고스란히 다 뺏긴 거지, 뭐.

할머니가 들려주는 행복국수의 옛이야기에,
수연과 민우의 표정이 무거워진다.

S#7.   **행운국수 (외부/밤)**

행운국수가 영업을 마친 뒤 저녁 시간. 준호가 행운국수
근처에 서서 주방장이 퇴근하길 기다리다가 주방장이 식
당 밖으로 나오자 말을 걸기 위해 다가간다.
그런데 그 순간, 주방장이 수상쩍은 표정으로 주변을 한번
살피더니 몸을 휙 돌려 어디론가 가는 게 아닌가?

그 모습에 뭔가 있음을 직감한 준호. 주방장을 몰래 쫓아
간다.

S#8.　　**골목길 (외부/밤)**

얼굴을 감추려는지 고개를 푹 숙인 채 빠른 걸음으로 걷
는 주방장. 누군가 쫓아오는 느낌에 갑자기 휙! 뒤를 돌아
본다. 그러자 준호가 재빨리 근처 나무 뒤로 몸을 숨긴다.
이에 안심한 주방장이 다시 뒤를 돌더니, 행복국수 쪽으로
걸어간다. '행복국수로 가는 건가? 왜지?' 준호가 의아해하
며 주방장을 계속 쫓아간다.

S#9.　　**행복국수 뒤 (외부/밤)**

행복국수 건물 뒤편 후미진 곳으로 가는 주방장.
오래 사용하지 않아 먼지 쌓인 장독들 중 하나를 익숙하게
열더니 장독 안에서 커다란 고양이 사료 봉투를 꺼낸다.
장독대 근처에 놓인 빈 그릇에 사료를 채워 넣는 주방장.
또 다른 빈 그릇에 물을 받으려고 수돗가로 향하다가,
자신을 지켜보는 준호를 발견하고 화들짝 놀란다.

주방장　　아이고, 깜짝이야!

준호	행운국수 주방장님 맞으시죠? 지금 여기서 뭐하시는 거 예요?
주방장	아니, 그게…

준호가 낮에 찾아왔던 걸 기억하는 듯 곧바로 누군지 알아보는 주방장. 준호의 질문에 대답하기 곤란해 난처한 표정을 짓는다.

S#10. 행복국수 앞 (외부/밤)

시간이 조금 흐른 뒤, 준호와 주방장이 행복국수 앞에
놓인 의자에 나란히 앉아있다.

주방장	사실은 그분이… 제 스승님이에요.
준호	그분이라면, 행복국수 사장님이요?
주방장	네. 저 (행복국수 건물 가리키며) 여기 주방에서 오래 일했거든요. 그래봤자 아직도 사장님이랑 사장님 어머니 실력은 못 따라가지만요.
준호	행복국수가 문을 닫는 바람에 행운국수로 오신 건가요?
주방장	(한숨) 아니요. 제가 행복국수에서 일할 때 행운국수 사장님이 저를… (적당한 단어를 찾다가) '스카웃'하셨어요. 물론 행복 사장님 입장에선 제가 스카웃됐다기보다는… 사장님을 배신했다고 생각하시겠죠.

주방장의 얼굴에 행복국수 사장에 대한 미안함과
죄책감이 떠오른다.

주방장   그냥… 이거는 분명하게 말씀드리고 싶어요. 원조는 행복
        국수예요. 행복국수가 맛있다고 소문이 나서 장사가 잘되
        니까 행운국수 사장님이 저를 스카웃해서 국수 만들게 하
        고, 가게 이름까지 행운국수라고 바꾼 거예요. 행운국수는
        원래 '부부식당'이라고, 백반집이었어요.

준호   아…

주방장   그렇게 행복국수 손님들을 싹 다 빼앗아 오고 방송까지 몇
        번 타고 나니까 행운국수는 자리가 잡혔는데, 행복 사장님
        은 힘들어지신 거죠. 혼자 버티고 버티시더니 결국 문 닫
        으시더라고요.

준호   어디로 가셨는지는 모르세요?

주방장   제가 행운국수 사장님 몰래 한 번 찾아가서 여쭤본 적은
        있어요. 행복국수 문 닫으면 어디 가서 뭐하실 거냐고.

준호   그랬더니요?

주방장   (당시를 떠올리며) 그랬더니 그냥 허허 웃으시면서 "산 좋고
        물 좋은 곳에 가서 좀 쉬어야지." 하셨어요. 그분이 원래
        그래요. 욕심도 없고 장사 요령도 없고.

행복국수 사장 생각에 마음이 무거운 듯
주방장이 한숨을 내쉰다.

주방장	행복국수 사장님이 장사 마치고 나면 항상 고양이 사료랑 물이랑 채워놓고 퇴근하셨거든요? 요 동네 길고양이들, 밤 사이에 와서 먹으라고요. 행복국수는 망했지만… 고양이 밥이라도 사장님 대신 챙기니까 제 맘이 좀 편하더라고요. 그래서 퇴근길마다 이렇게 들려서 사료랑 물이랑 해놓는 거예요.
준호	네.

그 마음을 왠지 알 것 같아,
준호가 주방장을 물끄러미 쳐다본다.

S#11. 숙소 거실 (내부/밤)

준호와 신입 변호사들, 그라미와 민식이 숙소 거실에 둘러 앉아있다. 준호가 가져온 힌트에 대해 곰곰이 생각해보는 영우.

영우	(혼잣말처럼) 산 좋고 물 좋은 곳? 그게 어디지?
그라미	제주도 안에 있긴 하대요?
준호	주방장님도 그런 것까진 모르시더라고요. 그냥 '산 좋고 물 좋은 곳에 가서 쉬겠다'는 말밖에는…
민우	그런 데가 뭐 한두 군덴가? 아, 골치 아프네.
영우	(골똘히) 산 좋고 물 좋은 곳… 산 좋고 물 좋은 곳…

수연	거기에 너무 꽂히지 마. 그냥 관용적인 표현이잖아. 자연경관이 아름다운 곳이란 뜻이니까.
민식	그렇죠. 보통 '산수가 좋다'고 하면 경치가 아름답다는 말이니까요.
영우	음… 그렇다면 혹시 '산수요양원'과 관련이 있을까요?
준호	산수요양원이요?
영우	행복국수 문 앞에는 확인하지 않은 우편물들이 쌓여있었습니다. 그중 가장 많은 게 산수요양원에서 발송한 것들이고요.
그라미	혹시 주소도 기억해?

그라미의 질문에,
영우가 제13화에서 행복국수에 갔던 순간을 떠올린다.

FLASHBACK:

제13화. 행복국수 앞.
문 닫은 행복국수 앞에 다른 사람들과 함께 서있는 영우.
식당 정문 아래 땅바닥에 고지서나 통지서 등 확인하지 않은 우편물들이 널브러져있는 것을 본다. 그중 상당수는 산수요양원에서 보낸 안내문이다. 영우가 마치 찍어놓은 사진 확대하듯 기억 속 안내문 봉투를 확대해본다. 발신자 주소를 적는 부분에 다음과 같이 적혀있다. '산수요양원. 제주특별자치도 제주시 한백읍 경오로 30 (산수동 1037)'

CUT TO :

다시 숙소 거실.

영우가 기억 속에서 본 발신자 주소를 읽는다.

영우   제주특별자치도 제주시 한백읍 경오로 30. 가로 열고 산수 동 1037 가로 닫고. 산수요양원은 제주도에 있어.

민식   잘됐네요! 그 요양원에 가서 사장님 아냐고 물어보면 되 겠다.

준호   근데 요양원에는 우르르 가면 안 될 것 같아요. 행복국수 사장님을 아냐, 어디 있냐, 이런 건 입소자 관련 개인 정보 라 말하기 꺼려할 것 같거든요. 조용히 가서 그냥 분위기 만 파악해야죠. 제가 다녀올게요.

영우   저도 같이 가고 싶습니다.

준호   아, 그러실래요?

S#12.   산수요양원 (외부/낮)

제주도 시내에 위치한 산수요양원.

준호와 영우가 요양원 건물 안으로 들어간다.

S#13.   산수요양원 접수처 (내부/낮)

안으로 들어서자 **직원**(30대/여)이 앉아있는 접수처가
보인다. 준호와 영우가 직원에게 다가간다.

준호   (미소 장착) 안녕하세요? 뭐 좀 여쭤봐도 될까요?

직원   (준호를 보고 한껏 친절해져) 아, 네.

준호가 행복국수 앞에서 주워온 우편물들을 내민다. 그간
산수요양원이 행복국수 사장에게 발송했던 안내문들이다.

준호   저희가 행복국수라는 식당에 갔는데 문이 닫혀있고 이것
         들이 그냥 땅에 떨어져있더라고요.

직원   (우편물 살펴보며) 어머… 잘못된 주소로 가고 있었나? (수신
         인 이름 알아보고) 아, 이분!

준호   아시는 분이세요?

직원   네. 저희 요양원에 이분 어머니가 계세요. 한 달에 한 번은
         꼭 방문하시는 편이라 우편물 못 받고 계신 줄도 몰랐네
         요. 어제도 오셨었는데.

준호   (놀라) 어제 오셨었어요?

직원   네.

준호   혹시 이분 어머니를 잠깐 뵈어도 될까요?

직원   네? 왜요?

준호   행복국수가 언제 다시 문을 여는지 궁금해서요. 고기국수

맛집이라 멀리서 찾아왔거든요.

직원   근데 어르신을 뵈어도 대답을 듣긴 어려우실 거예요. 치매
가 심하셔서 정상적인 대화가 어렵거든요.

준호   아…

직원의 말에 실망하는 준호와 영우.
직원이 준호를 향해 생긋 웃으며 분위기를 바꾼다.

직원   그냥 지나치셨어도 될 텐데 이렇게 직접 와서 갖다 주시
고… 참 친절하세요. (우편물 챙기며) 이거는 저희가 잘 갖고
있다가 다음 달에 이분 오시면 꼭 전해드릴게요.

준호   네, 감사합니다.

준호가 직원에게 꾸벅 인사하고 돌아선다.
영우가 준호를 따라간다.

준호   행복국수 사장님이 제주도에 계신 건 맞는 것 같아요. 한
달에 한 번씩 어머니를 뵈러 요양원에 오신다는 거니까요.

영우   네. 하지만 다음 달에나 다시 오시겠네요. 요양원에서 기다
려본다 해도 서울 가기 전에 사장님을 만나는 건 어렵겠습
니다.

그때 영우에게 전화가 걸려온다. 명석이다.

영우	여보세요.
명석	(소리) 우영우 변호사, 지금 어디예요?
영우	음…

명석이 금지한 '엉뚱한 짓'을 하고 있었던 것을 들킬까 봐
영우가 당황해 우물쭈물한다.

영우	알 것 없습니다.
명석	(소리) 네? 뭐라고요?
영우	행복국수 사장님을 찾는 일 같은 건 전혀 하고 있지 않습니다.
명석	(소리) 아하, 그래요? 진짜죠?
영우	네.
명석	(소리) 우영우 변호사, 우리 황지사 사건 때문에 제주도 온 거잖아. 재판 준비에 전념합시다.
영우	네, 알겠습니다.

결국 행복국수 사장님을 찾는 일은 이렇게 끝나는 걸까?
영우와 준호의 표정이 무겁다.

S#14. 법정 (내부/낮)

세 번째 변론기일.

명석이 병원에 있느라 참석하지 못한 것을 제외하면 방청석을 가득 메운 스님들까지 지난 기일 때와 같은 모습이다. 주지 스님이 증인석에 앉아있고 석준이 신문한다.

석준 지난 1983년 정부가 황지사 소유지에 지방도 제3008호선을 짓겠다고 발표했을 때 황지사의 입장은 어땠습니까?

주지 스님 우리는 도로 건설을 반대했습니다. 사찰 환경이 파괴될 것이고 스님들의 수행에도 방해가 되니까요. 무엇보다 도로를 만들면 그곳에서 너무나 많은 살생이 일어납니다. 수많은 나무가 베어지고 수많은 동물과 사람이 교통사고로 목숨을 잃게 되지요.

석준 황지사의 반대에도 불구하고 정부는 도로 건설을 강행했나요?

주지 스님 그렇습니다. 대신 우리더러 문화재 관람료를 받으라 하더군요. 그래서 좋다고 했습니다.

석준 왜 좋다고 했습니까? 지방도 건설로 인해 황지사가 입은 피해를 문화재 관람료로나마 보상받을 수 있어서인가요?

주지 스님 그렇다기보다는… 돈을 내라고 하면 사람들이 적게 올 것 아닙니까? 그래서 좋았습니다. 문화재 훼손을 더디게 하고 살생을 줄일 수 있는 가장 좋은 방법은 사람들이 최대한 덜 오도록 막는 것이니까요. 나는 지금도 그것이 문화재 관람료의 가장 중요한 기능이라고 생각합니다.

경제적 이익보다는 문화재 훼손과 살생을 막고자 한다는

주지 스님의 말에 방청석의 스님들이 감동해 고개를 끄덕인다.

석준   네, 이상입니다.

판사   원고 대리인, 반대 신문하세요.

영우가 일어나 주지 스님에게로 간다.

영우   황지사가 문화재 관람료로 얻는 수입은 얼마입니까?

주지 스님   글쎄요. 내가 그것까지는 정확히 알지 못합니다.

영우   국토교통부가 조사한 도로 교통량 통계를 바탕으로 계산해보면 황지사는 문화재 관람료 징수로 해마다 약 십억 원의 수익을 얻습니다. 맞습니까?

주지 스님   말씀드렸지요. 난 정확한 액수는 알지 못합니다.

영우   황지사는 문화재 관람료로 징수한 돈을 어디에 사용합니까?

주지 스님   황지사와 황지사가 소유한 문화재를 관리하고 보수하는 데 쓰지요.

영우   황지사와 황지사가 소유한 문화재를 관리하고 보수하는 데 필요한 예산은 이미 정부로부터 받고 있지 않습니까? 문화재청은 올해 문화재 보수 정비 사업에 총 4천억 원의 예산을 편성했습니다. 전통 사찰 보수 정비에는 120억을 책정했고요. 황지사도 문화재청으로부터 예산 지원을 받을 텐데 시민들에게 문화재 관람료까지 걷는 것은 이중 징수 아닙니까?

주지 스님	십억이니 백억이니 운운하니까 커 보일 뿐입니다. 황지사는 떳떳해요. 나라로부터도 관람객들한테도 꼭 필요한 만큼만 받아 정직하게 사용합니다.
영우	그렇다면 황지사의 예산 내역을 공개해주실 수 있습니까?
주지 스님	그것은 곤란합니다. 황지사 내부의 일이니까요.
영우	방금 전엔 떳떳하다더니 예산 내역 공개는 곤란하다고요?

기계처럼 건조한 목소리로 주지 스님을 몰아세우는 영우의 말에 "어허—" "어허!" 스님들이 제각각 혀를 차는 소리가 들려온다. 이에 슬쩍 뒤를 돌아보는 영우. 방청석 스님들의 차가운 시선에 '극락에 가기는 틀렸구나.' 싶다.

석준	이의 있습니다. 원고 대리인은 질문을 하는 겁니까? 비꼬는 겁니까? 증인은 많은 스님들과 불자들로부터 존경을 받는 황지사의 주지 스님이십니다. 예의를 갖춰 주십시오.
판사	원고 대리인, 빈정대는 질문은 삼가세요.
영우	네. (다시 정신 차리고) 작년 한 해 황지사가 매표소에서 차들을 멈춰 세워 교통을 방해한다는 내용으로 경찰에 접수된 신고가 62건입니다. 증인은 이 사실을 알고 있습니까?
주지 스님	항의하는 분들이 종종 있다는 것은 알고 있습니다.
영우	그런데 왜 대책을 마련하지 않습니까? 매표소를 황지사 바로 앞으로 옮기는 등, 여러 대안이 있지 않습니까?
주지 스님	황지사가 문화재 관람료를 받는 행위는 잘못이 아닙니다. 문화재 보호법에 따른 정당한 일이며, 황지사와 황지사가

소유한 문화재, 황지사 주변의 자연환경을 위해서도 꼭 필요한 일이에요. 그런 일을 하면서 왜 우리가 대책을 마련해야 합니까?

주지 스님의 차분하면서도 확신에 찬 말에
영우의 말문이 막힌다.

S#15.　병실 (내부/밤)

제13화에서 명석의 신혼여행 회상 속에 등장했던 명석의 전 부인 지수. 13년의 세월이 흘러 현재는 41세가 된 그녀가 명석 앞에 서있다. 명석이 아프다는 소식을 듣고 서울에서 제주까지 한걸음에 달려온 것. 하지만 여전히 회사 일을 놓지 않는 명석의 모습에 지수가 화를 내고, 명석은 엄마한테 혼나는 아들처럼 풀 죽어있다.

지수	아니, 재판도 못 나갈 만큼 아프다면서 여기서 뭐하는데? 하루라도 빨리 서울 올라가서 수술부터 받아야지!
명석	지금 가도 어차피 수술 못 해… 예약한 날짜 아직 안 됐어.
지수	(버럭) 무슨 병원이 수술 날짜를 그렇게 늦게 잡아!? 다른 병원 알아보면 안 돼?
명석	아니, 그게…

그때 똑똑 한 박자 쉬고 똑. 하는 노크 소리가 들리더니
영우가 영우답게 문을 열어 눈을 감고 속으로 셋을 센 뒤
입장한다. 지수에게 혼나던 중 나타난 영우가 반가워
표정이 밝아지는 명석. '누군데 저런 표정이지?' 싶어
지수는 떨떠름하다.

영우	문화재를 관람하지 않았으니 문화재 관람료를 내지 않겠
	다는 원고의 주장은 타당한데도 우리는 왜… (머뭇)
명석	왜?
영우	재판에 지고 있을까요? 황지사는 잘못한 게 없다는 피고의
	단순한 주장을 전혀 깨뜨리지 못하고 있습니다.
지수	실례지만 누구…세요?
영우	저는 우영우입니다. 똑바로 읽어도 거꾸로 읽어도 우영우.
	기러기 토마토 스위스 인도인 별똥별 우영우.
지수	네?
명석	아, 변호사야. 나랑 같이 일하는.
영우	(지수에게) 실례지만 누구십니까?
지수	저는…
명석	아, 내 전처야.
영우	전처라면… 일만 하고 가정을 돌보지 않았던 정명석 변
	호사님을 8년간 참다가 결국 이혼 통보를 했다는 바로 그
	전처?
지수	네?
명석	(영우의 말에 당황했지만 안 당황한 척) 저기, 지수야. 나 잠깐 우

영우 변호사랑 얘기 좀 해도 될까?

지수　(퉁명스럽게) 해.

명석은 지수가 병실 밖으로 나가길 기대하지만 지수는 한 걸음 물러서줄 뿐 나가지 않는다. 하는 수 없이 명석이 영우에게 말한다.

명석　내 생각에는 말이야. 법리적인 명분이 없어서 그런 거 같아.

영우　법리적인 명분이요?

명석　황지사는 명분이 뚜렷해. 문화재 보호법에 근거해 합법적인 징수를 한다는 명분에다, 사찰 문화재라는 개념을 사찰 주변의 공간에까지 확대해야 한다는 이론적인 명분까지 있어. 반면에 우리는 좀 빈약하지. 원고가 황지사를 관람하지 않았다는 사실관계 하나만 계속 들이밀고 있거든? 이래서는 판사가 우리 편을 들어주고 싶어도 들어주기가 좀 그래. 판결에 근거로 삼을 만한 법리가 없으니까.

영우　(곰곰이 생각해보며) 그럼 국립공원 입장료 징수 제도가 2007년에 폐지되었다는 사실을 명분으로 내세우면 어떻습니까? 황지사는 한백산 국립공원 안에 있으니까요.

명석　하지만 황지사가 받고 있는 건 '국립공원 입장료'가 아니라 '문화재 관람료'잖아.

영우　(다시 곰곰이) 그렇다면 황지사의 예산 내역을 공개하게 해달라고 판사님께 요청하면요? 오늘 재판에서도 저는 '정부 지원을 받으면서 관람료까지 걷는 건 이중 징수'라는 주장을 해봤지만 황지사의 예산 내역을 정확히 모르니 한계가 있었습니다.

명석 근데 그건 판사가 허락하지 않을 거야. 이 재판은 황지사의 예산 집행에 관한 게 아니라 원고가 문화재 관람료를 내는 게 맞느냐 아니냐에 대한 문제니까.

영우 음… 그러면 어떤 법리적 명분이 있을까요?

명석 음… 그러게. 뭐가 있을까?

영우와 명석이 골똘히 궁리하느라 갑자기 조용해진 병실. 둘의 모습을 지켜보던 지수가 한숨을 폭 내쉬더니 병실 밖으로 나간다.

S#16. 병실 앞 복도 (내부/밤)

명분을 찾아야 한다는 숙제를 안은 채 병실 밖으로 나온 영우. 복도에 서있는 지수를 보고 멈칫하지만 어찌할지 몰라 머뭇대는데, 지수가 영우에게 먼저 말을 건다.

지수 얘기 끝나셨어요?

영우 네.

지수 저 사람도 참 한결같네요.

영우 네?

지수 5년 만에 만난 나랑 대화할 때보다 매일 만나는 변호사님이랑 일 얘기를 할 때 더… 살아있어요. 나랑 있을 땐 시체처럼 축 처져있던 눈빛이 또랑또랑해지는 게 말 그대로 생기가 도네요.

착잡한 표정으로 씁쓸하게 웃는 지수.
이를 보는 영우의 마음이 복잡해진다.

지수   덕분에 기억났어요. 내가 왜 저 사람이랑 헤어졌는지.

영우   왜 헤어졌습니까?

지수   저 사람이랑 있으면…

복받치는 여러 감정에 지수가 잠깐 말을 멈춘다.
영우가 가만히 다음 말을 기다린다.

지수   외로웠어요. 행복하지 않았어요.

그때 영우의 핸드폰이 진동한다. 광호의 전화다.

S#17.   병원 앞 (외부/밤)

영우가 병원 앞 가로등 아래 서서 광호와 통화를 한다.

광호   (소리) 우리 딸 잘 지내고 있다니까 좋네. 뭔 일 있으면 바로 아빠한테 전화하고. 알았지?

영우   네.

전화기 너머 광호가 전화를 끊으려는데
영우가 불쑥 질문을 한다.

영우   아버지.

광호   (소리) 응?

영우   제가 이준호 씨를 데리고 가면 아버지는 무엇을 하려고 했
습니까?

광호   (소리) 이준호 씨가 누군데?

영우   음, 저와 집 앞에서 키스한 사람이요.

광호   (소리) 아, 그 자식! 왜? 아빠한테 데려오려고?

영우   아니요. 아버지가 이준호 씨를 왜 만나려고 하는지 궁금해
서요.

광호   (소리) 왜긴? 어떤 놈인가 보려고 그러지. 우리 딸 행복하게
만들어줄 수 있는 놈인지, 아빠처럼 영우 잘 챙겨줄 수 있
는 놈인지 아빠가 직접 보려고.

광호의 말에 심란해진 영우.
복잡한 표정으로 잠시 머뭇거리더니,

영우   이준호 씨는 그런 사람입니다. 저를 행복하게 만들어줄 수
있고, 아버지처럼 잘 챙겨줄 수 있는 사람입니다. 문제는…

저예요. 저는 이준호 씨를 행복하게 만들어줄 수 있는 사람일까요? 이준호 씨를 외롭게 만들지는 않을까요?

S#18.   제주도 대정읍 연안 (외부/낮)

돌고래를 보기 위해 다시 대정읍 연안에 온 영우와 준호.
하지만 이날도 돌고래는 보이지 않는다.
준호가 영우의 쌍안경을 들고 바다 곳곳을 살펴보는 동안,
영우는 그런 준호의 모습을 가만히 쳐다본다.

준호   이상하네요. 여기서 돌고래를 매일 봤다는 사람도 많던데
        어쩌면 이렇게 올 때마다 한 마리도 없을까요?
영우   이준호 씨.
준호   네?
영우   이준호 씨와 저는 사귀지 않는 게 좋겠습니다.

        그 말에 쌍안경에서 눈을 떼고 영우를 보는 준호.
        얼굴이 당혹감으로 가득하다.

준호   왜… 왜 갑자기 그런 말을 하세요? (나름대로 이유 생각해보고)
        정명석 변호사님이 아프셔서 그래요? 정 변호사님은 위암
        판정받아 힘들어하시는데 우리는 룰루랄라 연애나 하다니
        죄책감 든다, 뭐 그런 건가요?

영우	그런 생각은 안 해봤지만 듣고 보니 일리가 있습니다.
준호	그게 아니면 왜 그러는데요? (또 생각해보고) 혹시 돌고래를 못 봐 실망해서? 에이, 설마 그런 이유는 아니죠? 돌고래는 우리 눈앞에 안 보이는 것뿐이지 바닷속에는 있어요! 주지 스님도 그러셨잖아요. 보는 것이 전부는 아니라고!

당황한 나머지 이 말 했다 저 말 했다 횡설수설하는 준호.
그런데 그 횡설수설이 영우에게 영감을 준다.
영우가 제13화에서 주지 스님이 했던 말을 떠올린다.

영우	'보는 것이 전부는 아니다. 눈앞에 당장 보이는 것에만 현혹되지 말고 그 너머의 본질을 생각해라.'
준호	네! 주지 스님이 그렇게 말씀하셨잖아요.
영우	맞습니다. 눈앞에 보이는 것에만 현혹돼서 그 너머의 본질을 잊고 있었어요. 지방도 제3008호선이 황지사 소유지에 있다는 것, 처음부터 관광 목적으로 건설됐다는 것, 황지사와 그 주변 환경 전체가 곧 사찰 문화재라는 것… 이런 것들에 현혹되면 안 돼요. 지방도 제3008호선은 결국 '도로'예요. 그게 본질입니다!
준호	지금… 갑자기 사건 얘기하시는 거예요?

영우의 제멋대로인 화제 전환에 화가 나기 시작한 준호.
하지만 영우는 준호의 감정을 눈치채지 못한 채 자기만의
생각에 빠져,

영우	행정법에는 '공물'이란 개념이 있습니다. 공물은 국가나 지방자치단체 등의 행정 주체가 행정 목적을 제공하기 위해 만든 물건이에요. 도로는 일반인의 통행을 위해 누구에게나 제공되는, 대표적인 공물이죠. 이 공물이라는 개념이 명분이 되어줄 거예요. 법리적인 명분이요!

영우가 황급히 자리를 뜨려고 하자 준호가 묻는다.

준호	어디 가세요?
영우	정명석 변호사님에게 가서 이 문제를 의논해야 합니다.

영우가 길가에 주차해놓은 승합차를 향해 성큼성큼 걸어간다. 그 뒤로 덩그러니 남겨진 준호. 방금 이별 통보를 해놓고 자신은 안중에도 없는 영우의 모습에 화가 나,

준호	(버럭) 지금 장난해요?!

준호의 고함에, 영우가 놀라 걸음을 멈추고 뒤를 돌아본다.

영우	네?
준호	사귀지 말자는 말을 내뱉어놓고 이렇게 가버리는 게 어디 있어요? 내가 우스워요? 도대체 나를 뭐라고 생각하는 거예요? 네?!

영우로서는 처음 보는 준호의 화내는 모습.
영우가 머뭇거리며 대답을 고민하더니 결국,

영우   죄송합니다.

하고는 준호를 향해 90도로 허리를 숙여 꾸벅 사과한다.
이를 보는 준호의 눈에 눈물이 맺힌다. 영우가 다시 뒤를
돌아 승합차를 향해 걷는다. 혼자 차로 가봤자 영우가 운
전을 해 명석에게 가지는 못할 거란 생각에, 준호가 커다
란 사랑의 힘을 발휘해, 눈물을 닦고 영우를 따라간다.
그렇게 두 사람이 모두 바다를 등지고 돌아선 바로 그 순간,
대정읍 앞바다에서 남방큰돌고래 한 마리가 펄쩍 뛰어오
른다.

S#19.   **법정 (내부/낮)**

네 번째 변론기일.
여전히 명석은 참석하지 못한 와중, 판사가 말한다.

판사   원고와 피고는 더 주장하거나 증명할 것이 있나요?
영우   원고는 있습니다!

영우가 손을 번쩍 든다. 이를 본 석준.

'뭐가 더 있다는 걸까?' 싶어 불안해하면서도,

석준   피고는… 없습니다.

판사   그럼 원고 대리인 말씀하세요.

영우가 자리에서 일어선다.

영우   판사님, 지방도 제3008호선은 공물입니다.

판사   공물이요?

영우   네. 원고는 지방도 제3008호선을 이용하는 과정에서 피고 소유의 땅이자 명승지인 한백산 황지사 일원을 지나가게 되었습니다. 하지만 이는 지방자치단체가 일반 공중의 통행을 위해 제공한 공물인 이 사건 도로의 이용 과정에 수반된 것일 뿐입니다. 공물을 이용했다는 이유만으로 원고가 피고 소유의 문화재에 대한 관람 행위를 했다고 볼 수 없음을 말씀드리고 싶습니다.

영우의 말에 판사가 고개를 끄덕이더니 곰곰이 생각에 잠긴다. 이를 본 영복과 수연, 민우의 표정이 밝아지고, 반면 석준은 불안한 한숨을 내쉰다.

S#20.   법원 주차장 (외부/낮)

재판이 끝난 뒤 법원 주차장에 있는 승합차를 향해 걷는
영우와 수연, 민우. 영우가 조수석 문을 열자 운전석에 앉
아있는 준호가 보인다. 지난번 대정읍 연안에서 영우가 사
귀지 말자고 한 이후 제대로 대화한 적 없이 냉전 상태로
지내온 두 사람. 아무리 영우라도 그런 상태로 준호 옆에
앉기는 어색했던 걸까? 영우가 차 문을 닫더니 뒷자리에
타려는 수연에게,

영우　　나는 동그라미와 털보 사장님이 빌린 차를 탈게.

수연　　어? 왜? (농담으로) 준호 씨랑 싸웠어?

별 뜻 없이 던진 수연의 말에 아무런 대답도 하지 못하는
영우. 이 반응에 수연이 오히려 놀라, 차 안에 타고 있는 준
호를 본다. 자신과는 차도 같이 타지 않겠다는 영우의 말
에 기분이 상한 준호. 속상한 표정을 미처 숨기지 못한 채
한숨을 쉰다.

수연　　(영우에게) 그래… 숙소에서 봐.

수연이 준호와 영우의 눈치를 보며 조용히 차에 탄다.
영우가 저 멀리 걷고 있는 그라미와 민식을 향해 뛰어간다.

416

영우	동 to the 그 to the 라미! 같이 가!

영우의 뛰는 모습을 승합차 안에서 지켜보는 준호가 심란하다. 뒷자리에 타고 있던 민우가 준호 쪽으로 스윽 고개를 내민다.

민우	왜 그래? 둘이 진짜 싸웠어?
준호	그런 거 아니야.
민우	한잔하러 갈까? (수연에게) 괜찮죠?
수연	아, 네. 저야 뭐.
준호	아휴, 됐어. 술은 무슨 술이야.

CUT TO:

한편 컨버터블에 탄 채로 영우가 오길 기다린 민식과 그라미. 영우가 뒷자리에 타자 그라미가 묻는다.

그라미	왜? 저 차 안 타?
영우	못 타겠어. 이준호 씨 때문에… 불편해.
그라미	이준호가 왜 불편해?
영우	내가… 이준호 씨한테 사귀지 않는 게 좋겠다고 말했어.
그라미	뭐?!
민식	네?

그라미와 민식이 놀라 영우를 돌아본다.

S#21. 야외 포장마차 (외부/밤)

제주도의 밤바다를 배경으로 간이 테이블과 의자들이 놓인 야외 포장마차. 민우와 수연, 준호도 테이블 하나에 둘러앉아 있다. 민우와 수연은 적당히 취한 반면, '술은 무슨 술이냐'라던 준호는 많이 취했다.

준호   도대체 왤까요? 네? 정명석 변호사님이 아프셔서? 삼팔이, 춘삼이, 복순이, 제돌이를 못 봐서?

수연   에이, 아무리 영우라도 그런 이유 때문에 그러지는 않았을 거예요.

준호   그럼 왜 그러는데요? 잘 지내다가 갑자기…

민우   너무 부담 준 거 아냐? 출장 중에 남친 누나네 집에 간 거잖아. 얼마나 긴장됐겠냐? 나 같으면 그런 상황 어우, 생각하기도 싫다.

준호   (취한 와중에도 곰곰이) 그런가? 내가 너무 무리한 부탁을 했나?

수연   하긴 그 자리가 영우한테는 부담이 컸을 수도 있겠네요. (민우에게) 웬일이래? 갑자기 개념 있는 척?

민우   갑자기 개념 있는 척이 아니라… 아, 나한테 자꾸 왜 그래요?

준호   (오로지 영우 생각) 하긴 긴장을 많이 한 것 같았어. 김밥도 없는데 고기랑 회까지 먹느라고 삼키지도 못하고 그걸…

민우   (준호 말 끊으며) 야, 근데! 차라리 잘 됐어. 네가 아직 몰라서 그러는데 어차피 힘들었을 거야. 우변, 네가 감당할 수 있는 사람 아니다.

수연	준호 씨가 감당할 수 있는 사람이 아니라뇨? 그게 무슨 말이에요?
준호	그래! 너 그게 무슨 말이냐?
민우	아니, 우변한테는 출생의…

취한 기운에 하마터면 '출생의 비밀'이라고 말해버릴 뻔한 민우. 깜짝 놀라 스스로 말을 멈추고 정신을 다잡는다.

수연	출생의 뭐요?
민우	출생부터가… 그러니까 존재 자체가 남다르잖아요, 우변은! 아, 몰라. 하여튼! 마셔!

준호의 빈 잔에 술을 따라주는 민우. 이를 본 수연이 자기도 술을 마시려는데, 민우가 갑자기 덥석! 손으로 수연의 술잔을 덮어 막는다.

민우	잠깐! 벌레 들어갔는데?
수연	벌레요?

민우가 술잔을 덮은 손을 치우자 작은 날벌레 한 마리가 수연의 술잔 속에 빠져있는 것이 보인다.

수연	(고맙다는 말 대신 괜히 툴툴) 이런 건 또 언제 봤대?
민우	마시지 마요. (종업원에게) 여기요! 잔 하나 새로 주세요!

손을 번쩍 들더니 크게 외치는 민우.
민우의 예상치 못한 작은 친절에 또다시 어색해진 수연.
얼떨떨한 얼굴로 민우의 얼굴을 쳐다본다.

S#22.   노래방 (내부/밤)

같은 시간.
그라미와 민식이 노래방에서 애절한 이별 노래들을 목 놓아 부른다. '이별택시'부터 '오늘 헤어졌어요' '술이야' '열애 중' '어떤가요' '잊지 말아요' '사랑했어요'까지… 그라미와 민식이 마이크를 붙잡고 서서 세상 서럽게 열창하는 동안 정작 이별한 당사자인 영우는 헤드셋을 쓴 채 의자에 앉아 덤덤하게 박수만 치고 있다.

그렇게 웃픈 시간이 얼마나 흘렀을까? 민식이 한껏 분위기를 잡고 김종서의 '지금은 알 수 없어'를 부른다.
노래방 화면 위를 스쳐 가는 가사들이 영우의 눈에 띈다.

민식   (노래) 지금은 알 수 없어. 그댈 떠나는 내 진심을~ My Love, 부디 나를 잊어 줘. 나는 그대의 짐이 될 뿐이야. My Love, 벅찬 사랑의 기억도~ 이제는 잊기로 해요.

박수를 멈추고 가만히 민식의 노래를 듣는 영우.

여전히 무덤덤한 표정이지만 눈가가 조금 촉촉해진다.

S#23. 숙소 남자 방 (내부/밤)

술에 많이 취한 민우와 수연이 술에 더 많이 취해 잠든
준호를 낑낑 끌고 와 방 안에 눕힌다.

민우   어우~ 무거워!

그러고 나자 민우와 수연 사이에
살짝 어색한 공기가 감돈다.

민우   그럼… 가서 자요.

민우가 부스럭대며 준호 옆자리에 이불을 펴려는데
선 채로 이를 가만히 지켜보던 수연이 용기 내 말을 꺼낸다.

수연   우리 얘기 좀 해요.

S#24. 숙소 테라스 (외부/밤)

숙소 거실 밖 테라스에 나란히 서있는 민우와 수연.

취한 와중에도 조금 긴장한 것 같은 수연과 달리
민우는 덤덤해 보인다.

수연   뭐 잘못 먹었어요?

민우   네?

수연   아니~ 사람이 갑자기 변했잖아요. 권민우라면 모름지기
        어? 재수도 없고, 밥맛에, 입만 열면 얄미운 소리에, 한 대
        쥐어박고 싶고, 어둠 속에서 혼자 권모술수나 궁리해야죠.
        그게 권민우지.

민우   (놀라) 내가 뭐… 그 정도예요?

수연   몰랐어요? 그 재수 없는 권민우, 권모술수 권민우는 어디
        가고 난데없이 막 친절한 게 나타나서 세상을 혼란스럽게
        하냐고요. 어우, 경찰에 신고할 뻔했네. 캐릭터 붕괴 죄로.

민우   내가 뭘 어쨌는데요?

수연   아니! 남이야 벌레를 먹든 말든, 비행기 짐칸에 짐을 싣든
        말든, 혼자 무겁게 술을 사오든 말든! 왜 권민우가 앞장서
        서 친절하고 난리냐고요. 출장까지 와서 아침에 뭔 조깅을
        했다질 않나, 꽃 파는 할머니한테 꽃다발을 사왔다질 않나.
        그거는 또 무슨 코스프레예요? 멋있는 그런 거, 하나도 안
        어울려요! 도대체 왜 그러는 거예요?

민우   제주도니까요.

수연   (경기 일으키며) 아악! 뭐래?! 이젠 낭만적인 척까지 하냐?

민우   최수연 변호사, 나한테 관심 있어요?

수연   뭐요? 아니요? 미쳤어요?

| 민우 | 근데 왜 이래요? 나도 모르는 내 모습을 줄줄 읊고? 솔직히 말해봐. 나 좋아하죠? |

피식피식 웃으며 수연을 약 올리는 민우.
그런데 그 순간 갑자기 수연의 얼굴이 빨개지더니
아무런 말도 하지 않는다. 그 모습에 이번에는
민우가 어색해진다.

| 민우 | 왜 가만있어요? 안 받아치고? 뭐야… 나 진짜 좋아해요? |

이번에도 아무 말 못 한 채 민우의 두 눈만 가만히
쳐다보는 수연. 갑자기 '딸꾹!' 하고 귀엽게 딸꾹질을 한다.
그 모습에 민우의 눈빛에서도 웃음기가 사라진다.
수연과 민우가 서로의 눈에서 눈을 떼지 못한다.

S#25. 숙소 앞마당 (외부/밤)

그때 노래방에서 숙소로 돌아온 영우, 그라미, 민식.
한마디 말도 없이 서로만 쳐다보고 있는 민우와 수연을 본다.

그라미	하아 — 나 차였네.
민식	뭐가?
그라미	권민우와 선녀 사이에 오가는 눈빛을 보고도 모르겠어요?

지나치게 덥고 축축한 저 한증막 같은 눈빛?

민식   무슨 눈빛? 시끄럽고 얼른 들어가자.

그라미   들어가긴 어딜 들어가? 빨랑 다시 노래방 가야지!

영우   방금 전까지 노래방에 있었는데 노래방에 또 가?

그라미   야! 나 지금 권민우한테 차였잖아! 고백도 못 해봤는데!

민식   차였다고 하기에는… 너무나 아무것도…

영우   (금시초문이라 놀라) 너 권민우를 좋아했어?

그라미   (울먹) 몰라! 나 이별 노래 메들리 하러 갈 거야! 차였으니까!

그라미가 뒤돌아서더니 다시 노래방을 향해 성큼성큼
걸어간다. 영우와 민식이 뒤따라간다.

S#26.   숙소 화장실 앞 (내부/밤)

몇 시간 뒤 늦은 밤.
잠옷 차림의 영우가 화장실에서 나와 다시 여자 방으로
들어가려는데 문득 준호의 목소리가 들려와 멈칫한다.
영우가 소리 나는 쪽으로 걸어가 본다.

S#27.   숙소 남자 방 앞 (내부/밤)

무슨 뜻인지 알아들을 수 없는 소리로 잠꼬대하며 끙끙 힘

들어하는 준호. 남자 방의 열린 문 사이로 그 모습을 보는
영우의 마음이… 슬프다.

S#28.　병실 (내부/낮)

다음 날.
그간 입고 있던 환자복 대신 정장을 입은 명석이
퇴원 준비를 한다. 준호가 명석이 짐을 싸는 것을 돕는다.

명석　　다른 사람들은 지금 뭐하고 있어요? 숙소에 있나?
준호　　네. 정명석 변호사님 퇴원하시면 함께 황지사 가기로 했으
　　　　니까요. 다들 준비하고 있을 겁니다.
명석　　응.

그사이 명석의 짐을 다 챙긴 준호.
두고 가는 게 없는지 확인하려고 병실 안을 둘러보다
문득 생각나,

준호　　참, 그… (뭐라 불러야 할지 고민하다) '손님'은 먼저 가신 건가요?
명석　　아, 내 전처? 응. 오늘 아침에 서울 가는 비행기 탄다고 전
　　　　화 받았어.
준호　　네.
명석　　어젯밤 꿈에서는 내가 전처한테 싹싹 빌었거든? 내가 다

잘못했다고, 이제 안 그럴 테니까 다시 시작하자고.

명석이 전 부인에게 아직도 그런 마음인 줄 몰랐던 준호.
안쓰러운 기분이 드는 걸 숨기며 명석을 가만히 쳐다본다.

명석 근데 정작 오늘 아침에 전화 왔을 때는 그런 말 한마디도
못 했어. 쿨한 척 그냥 "잘 가~" 그랬지. 그런 말도 평소에
연습을 해야 실전에서 쓰나봐.

명석이 준호를 보며 씨익 웃는다.
준호가 어떻게 반응할지 몰라 머뭇거리는데,

명석 준호 씨, 혹시 좋아하는 사람 있어요?
준호 네?
명석 좋아하는 사람 있으면 꼭 잡아. 어쩌다 한 번 놓쳤다? 그래
도 다시 가서 꼭 잡아. 뭐, 준호 씨는 나 같은 실수 절대 안
할 사람 같지만.

명석의 말에, 자기도 모르게 영우가 생각나 준호의 가슴이
답답해진다. 명석이 준호의 어깨를 경쾌하게 두드린다.

명석 갑시다!

명석과 준호가 병실 밖으로 나간다.

S#29.　숙소 화장실 앞 (내부/낮)

수연이 화장실에 가려고 문 앞에 서서 안에 사람이 나오길 기다린다. 화장실 문을 열고 밖으로 나온 사람은, 하필이면 민우다. 서로를 피하려다가 오히려 계속 같은 방향으로 부딪히게 되는 두 사람. 둘 사이 어색한 공기를 뚫고 민우가 먼저 말을 꺼낸다.

민우　　이러지 맙시다. 어색하게.

수연　　뭐가요?

민우　　어제 우리 아무 일도 없었잖아요.

수연　　아무 일도 없었죠.

민우　　술 많이 먹어서 그런가, 난 잘 기억도 안 나요.

수연　　누군 술 안 먹었나? 나도 아무 생각 안 나요.

민우　　그러니까 전처럼 편하게 지내자고요.

민우의 말이 내심 섭섭한 수연. 하지만 민우에게 지고 싶지 않은 마음에 알았다는 뜻으로 고개를 끄덕인다. 수연이 화장실 안으로 들어간다. 민우가 조용히 한숨을 내쉬며 숙소 남자 방으로 들어가려는데 거실에서 누군가 자신을 뚫어지게 쳐다보는 것 같은 느낌에 고개를 돌린다. 그라미가 떡하니 팔짱을 낀 채 서서 민우를 향해 눈을 가늘게 뜨더니,

그라미　　나야? 선녀야?

민우	네?
그라미	무인도에 가면! 동그라미와 선녀! 둘 중 누굴 데려갈 거냐고요?
민우	네?

민우가 어리둥절해하는 사이
옆에 있던 민식이 황급히 그라미를 끌어낸다.

| 민식 | (민우에게) 아닙니다! 아하하! 가시던 길 가세요. 아하하! |

S#30. 지방도 제3008호선 (외부/낮)

승합차와 컨버터블이 지방도 제3008호선 위를 줄지어
달린다. 승합차에는 준호와 명석, 수연, 민우가 타고 있고
뒤따르는 컨버터블에는 민식과 그라미, 영우가 타고 있다.

황지사 매표소에 다다르자 승합차와 컨버터블 모두 속도
를 줄인다. 재판 전과는 달리, 아무도 없는 매표소의 문은
굳게 닫혀있고 통행을 가로막던 차단 장치들도 모두 길가
로 치워져있다.

| 민식 | 매표소 닫았네요. 승소 축하합니다. |
| 영우 | 네, 감사합니다. |

밝은 표정으로 영우를 돌아보는 민식. 하지만 굳게 닫힌 매표소를 보는 영우의 표정은 왠지 밝지만은 않다.

S#31.　　황지사 (외부/낮)

한바다와 털보네 사람들이 일주문을 지나 황지사 경내지로 들어간다. 비질을 하던 스님들 **서넛**(모두 30대/남자)이 영우와 변호사들을 알아보고 우뚝 비질을 멈춘다.
스님들의 차가운 눈빛에 위축되는 변호사들.
한 스님이 저벅저벅 다가오더니,

스님　　변호사 선생님들이 황지사에는 어쩐 일입니까? 이제 문화재 관람료 낼 필요도 없겠다, 서울 가기 전에 공짜 구경하러 오셨습니까?

영우　　(스님의 비꼬는 의도를 눈치 못 채고) 아닙니다. 저희는…

명석　　(영우 보호하려 막아서며) 주지 스님께 드릴 말씀이 있어서 왔습니다. 주지 스님은 어디 계십니까?

대답 대신 명석을 날카롭게 노려보는 스님.
명석도 시선을 피하지 않는다.
잠깐 동안의 기 싸움 후, 스님이 건조하게 말한다.

스님　　주지 스님은 지금 대웅전에 계십니다.

S#32. 황지사 내 대웅전 (내부/낮)

주지 스님을 중심으로 대웅전 안에 둘러앉은 한바다와
털보네 사람들. 비질을 하던 스님들과 달리,
주지 스님의 표정은 언제나처럼 인자하다.

명석   재판 결과 때문에 심려가 많으시지요? 송구스럽습니다.

주지 스님   이런 일 하나에 심려까지 생겨서야 어디 스님 하겠습니까?
          법원의 판단이 그러하다면 따라야지요.

명석   재판 때는 비록 상대편에 섰지만, 이번 소송을 통해 황지
          사의 입장에 대해 많이 깨닫게 되었습니다. 3008번 지방도
          로 인한 피해는 땅 주인인 황지사가 고스란히 받고 있는데
          정부는 그런 사정은 모른 척한 채 온갖 법률로 규제만 하
          고 있지 않습니까?

주지 스님   아이고, 재판 때는 이중 징수라느니 예산 내역을 공개하라
          느니 대차게 몰아세우시더니 갑자기 왜 이러십니까?

주지 스님이 영우를 보며 허허 웃는다. 주지 스님을 대차게
몰아세운 당사자인 영우가 자기도 모르게 먼 산을 본다.

명석   황지사가 법원에 뜻에 따라 문화재 관람료라는 주요한 수
          입원을 포기했으니, 저는 이제 정부가 나서 황지사에 자력
          운영 기반을 마련해줘야 한다고 생각합니다. 지방자치단
          체와 국립공원공단, 농어촌공사, 문화재청과 같은 관계 기

관들을 불러 모아 이 문제에 대해 협의해보면 어떻겠습니까? 황지사의 자력 운영 기반 조성에 관한 MOU를 체결하는 겁니다.

명석의 예상치 못한 말에 신입 변호사들과 털보네 사람들이 놀라지만, 주지 스님만은 동감하는 듯 고개를 끄덕인다.

주지 스님   사실은 저도 같은 생각을 하고 있었습니다. 이 문제는 황지사가 정부와 해결할 일이지 국민들과 다툴 일이 아니라고요. 하지만 정부와 소통한다는 게… 쉬운 일이 아니니까요.

명석   네. 정부와 소통하는 건 언제나 어렵죠. 그렇다면 이번엔…

설득의 달인처럼 능숙하게 말을 끊더니 빙그레 웃는 명석. 이에 대웅전 안의 모두가 명석의 다음 말만 기다린다.

명석   정권과 협상하시면 어떻겠습니까?

주지 스님   정권이요?

명석   혜석종은 대한불교 종파 가운데서도 불자 수가 많고 힘 있는 종파죠. 황지사는 혜석종 사찰들 중에 가장 유명한 곳이고요. 충분히 가능하리라 생각합니다.

주지 스님   흠, 저 혼자 결정할 일이 아닌 만큼 혜석종의 다른 분들과도 뜻을 모아봐야겠습니다. 아니, 그런데… 왜 이런 말씀을 하시는 겁니까?

명석   정부와 관계 기관들을 불러 모아 황지사에 유리한 방향으로 업무 협약을 체결하려면 전문가의 도움이 필요하지 않겠습니까? 한바다에는 '정부 관계 팀'이 있습니다. 기존 로펌들이 제공하는 법률 서비스의 영역을 넘어 정부와 개별 단체와의 가교 역할을 하는 거지요. 단체의 요구를 정부와 행정 기관에 전달하고, 그 요구가 반영되도록 설득하는 일을 합니다. 지금까지는 주로 기업을 대리해왔습니다만, 황지사의 자력 운영 기반 조성을 위한 협약도 자신 있습니다.

명석의 말에 곰곰이 생각에 잠기는 주지 스님.
한편 신입 변호사들, 특히 영우는 명석의 신박한 제안에 큰 감명을 받는다.

주지 스님	무슨 말씀인지 알았습니다. 상의해보고 연락드리지요.
명석	네, 스님.

그때 공양 시간을 알리는 종소리가 은은하게 들려온다.

주지 스님	마침 공양 시간이네요. 아직 식사 전 아니십니까? 절밥이라도 괜찮다면 함께하시지요.
명석	아, 그럼 그럴까요?

한바다와 틸보네 사람들이 자리에서 일어나 하나둘 대웅전 밖으로 나간다. 주지 스님이 가장 늦게 나가는 명석을 조용히 붙잡는다.

주지 스님	몸은 좀 어떻습니까? 쓰러지시기 전보다 얼굴이 많이 수척
	해졌네요.
명석	아이고, 염려 감사합니다. 몸은 뭐… 조금 안 좋습니다.

최대한 담담하게 말하려 했지만, 순간적으로 약해지는
명석. 방금 전까지 입고 있던 '유능한 변호사'란 옷이
갑자기 벗겨진 느낌이다.

주지 스님	관세음보살에게 기도하십시오.
명석	네?
주지 스님	관세음보살은 천 개의 눈이 있어서 모든 중생의 괴로움을
	다 아시고, 천 개의 손이 있어서 모든 중생의 괴로움을 다
	구제해주시는 전지전능한 분입니다. 그렇기 때문에 간절
	하게 그분의 이름을 부르고 그분께 귀의하면, 관세음보살
	은 내 모든 괴로움을 다 해결해주십니다.
명석	그 기도는… 어떻게 하는 겁니까?

그러자 주지 스님이 합장을 한 번 하더니,

| 주지 스님 | '나무 관세음보살.' 이렇게 하면 됩니다. 관세음보살에게 |
| | 귀의한다는 뜻입니다. |

명석은 종교를 믿지 않지만 이 순간 너무나 간절하게
관세음보살에게 기도하고 싶은 마음이 든다.

그런 스스로의 모습이 놀랍고 또 혼란스러운 명석.

S#33.   황지사 (외부/낮)

명석이 대웅전 밖으로 나오자 기다리고 있던 영우가
다가간다. 앞서 걷고 있는 다른 사람들의 뒤를 따라
황지사 밖으로 걸어나가며 대화하는 두 사람.

영우   정명석 변호사님이 멋있다고 생각한 건 처음입니다.
명석   처음…이야?
영우   네. 주지 스님에게 그런 제안을 할 거라곤 전혀 예상하지
       못했습니다. 이혼당하고 위암에 걸릴 정도로 일에만 몰두
       한 보람이 있습니다.
명석   그래? 보람 있는 시간들이었을까?
영우   네. 저는 그렇게 생각합니다.

명석이 멋있다고 느낀 나머지 약간 흥분 상태인 영우.
그런 영우를 보며 피식 웃는 명석의 미소가 쓸쓸하다.

S#34.   황지사 내 공양실 (내부/낮)

사찰 내 식사를 하는 장소인 공양실.

한바다와 털보네 사람들, 주지 스님이 좌식 테이블에
둘러앉아 있다. 모두 앞에는 비빔국수가
한 그릇씩 놓여있다.

주지 스님　　스님들은 국수를 참 좋아합니다. 누가 "스님, 죽 좀 끓여
　　　　　　　드릴까요?" 하면 아무도 대답을 안 하는데 "스님, 국수 삶
　　　　　　　아 드릴까요?" 하면 백이면 백 모두가 대답을 한다고 할
　　　　　　　정도로요. (웃음)

명석　　　　네. 저희가 보기에도 무척 맛있어 보입니다.

주지 스님　　맛있게 드십시오.

　　　　　　　주지 스님의 말에 비빔국수를 비벼 맛을 보는 사람들.
　　　　　　　반면 영우는 비빔국수를 비비지 않은 채 고명부터 하나씩
　　　　　　　따로 먹는다. 영우를 제외한 모두가 비빔국수의 뛰어난
　　　　　　　맛에 감탄한다.

그라미　　　(쿵) 뭐지? 이 맛의 3단계는…?

민식　　　　(짝) 그러게. 첫맛은 새콤, 중간 맛은 달콤, 끝 맛은 매콤?

주지 스님　　(털보네의 호들갑에 웃으며) 절에서 밥 지으며 수행하시는 분을
　　　　　　　'공양주'라 합니다. 황지사의 공양주 보살님은 특히 국수를
　　　　　　　잘 만드세요. 한꺼번에 많은 양의 국수를 만들 땐 면 삶는
　　　　　　　시간을 조절하는 게 어렵다는데 우리 공양주 보살님은 면
　　　　　　　색깔만 봐도 척척, 정확한 시간을 가늠하신다 하니까요.

수연　　　　그래서 그런지 면발이 정말 탱글탱글해요.

| 명석 | 행복국수라고, 제주도에 고기국수 참 잘하는 집이 있었는데요. 거기서 맛본 비빔국수 같기도 합니다. 소면 대신 이렇게 두꺼운 면을 쓰신 것도 그렇고, 큼직한 버섯 고명이 꼭 수육처럼 올라가 있는 것도 그렇고요. |

그 말에, 여전히 고명을 깨작거리고 있던
영우의 눈빛이 반짝거린다.

INSERT :

고래 한 마리가 푸른 바다 위로 힘차게 뛰어오른다.

CUT TO :

다시 황지사 내 공양실.

영우	왜 지금까지 그 생각을 못 했을까요? 황지사는 한백산에 위치하며 절 안에 약수터가 있습니다!
수연	그러네. 그럼 혹시 여기가…
민우	(수연 말 이어) 산 좋고 물 좋은 곳?
영우	황지사의 공양주가 행복국수 사장님이 맞는지 확인해보고 싶습니다.

영우의 깨달음에 덩달아 흥분한 수연과 민우, 준호,
그라미, 민식. 반면 주지 스님과 명석은 무슨 말인지
몰라 어리둥절하다.

S#35.　황지사 내 공양간 (내부/낮)

사찰 내 음식을 만드는 장소인 공양간.
한바다와 털보네 사람들이 우르르 몰려가 벌컥!
공양간의 문을 연다. 공양간 안에서 뒷정리를 하던
공양주(60대/남)가 화들짝 놀란다.

영우　　　황지사의 공양주십니까?

공양주　　네? 네…

영우　　　행복국수의 사장님이었고요?

영우의 말에 공양주(이하 '행복 사장')가 멈칫한다.

행복 사장　그걸… 어떻게 아셨습니까?

드디어 행복국수 사장을 찾았다는 기쁨에 모두의 표정이
밝아진다. 한편 명석은 아직도 영문을 정확히는 모르는
상태.

준호　　　저희가 사장님을 찾아다녔거든요.

행복 사장　나를요? 왜…

명석 앞에서 왜인지를 말하려니 머뭇거리게 되는 준호.
하지만 영우는 거침없다.

영우	사장님을 찾아내서 부탁하려고요. 위암 3기로 곧 죽을지도 모르는 한 변호사를 위해서 고기국수를 만들어달라고.

그제야 명석이 모든 상황을 이해한다.

명석	엉뚱한 짓 하지 말라니까. 기어이 한 겁니까?
행복 사장	저를 찾아다녔다면 아시겠네요. 행복국수는 문 닫았습니다. 그렇다고 절에서 고기국수를 만들 수도 없는 노릇이고…
영우	그럼 행복국수를 다시 열면 되지 않습니까? 저희는 변호사들입니다. 사장님을 도울 수 있습니다.
그라미	그래? 변호사가 식당 문 여는 걸 어떻게 도와?
민우	만약 행운국수가 행복국수를 따라 가게 이름을 비슷하게 지은 게 사실이라면 변호사가 도와줄 수 있죠.
수연	행복국수 주방에서 일하시던 분을 행운국수 주방장으로 고용해 행복국수만의 조리법을 유출시킨 것도요. 그 또한 사실이라면 저희가 도와드릴 수 있습니다.
영우	(행복 사장에게) 모두 사실입니까?

잊고 지내려 애썼던 이야기들이 마구 튀어나와
혼란스러운 행복 사장. 하지만 정신을 다잡고,

행복 사장	모두 사실입니다. 하지만 그런들 내가 뭘 할 수 있겠습니까?
영우	'부정 경쟁 방지 및 영업 비밀 보호에 관한 법률'이라고 들어보셨습니까?

행복 사장	네?

영우 유명한 가게 상호를 비슷하게 따라 하는 걸 부정 경쟁 행위라고 합니다. 행복국수가 유명해지자 원래 다른 이름이었던 상호를 행운국수로 바꾼 것이 그런 예입니다. 이런 행위는 소비자들을 혼란스럽게 만들기 때문에 법에서 금지하고 있어요. 해당 법이 바로 부정 경쟁 방지 및 영업 비밀 보호에 관한 법률입니다.

행복 사장 그래서요? 행운국수 사장은 저한테 가게 이름으로 특허라도 냈냐면서 상표권 등록 안 했으면 다 소용없다고 하던데…

영우 아직 상표권 등록을 안 했더라도 이 문제는 일단 부정 경쟁의 문제로 대처할 수 있습니다. 행운국수에 변호사 명의의 내용 증명을 보내서 상호 사용을 중지하라고 요청하면 어떨까요?

민우 이 경우라면 소송도 가능하지 않나요? 행운국수의 부정 경쟁 행위로 인해 사장님께서 그동안 입은 손해를 재판을 통해 보상받는 거죠.

　　내용 증명에 소송까지… 갑작스러운 이야기들에
　　행복 사장의 머리가 복잡해진다.

영우 행복국수라는 이름으로 가게 문을 다시 여신다면 지금이라도 상표 등록을 하시면 좋겠습니다. 이 부분 역시 한바다의 '지식 재산권 팀'이 도와드릴 수 있습니다.

수연 앞으로는 직원이 행복국수의 조리법을 외부로 유출하는 행위도 막을 수 있어요. 조리법을 영업 비밀로 보호해두면 되거든요.

행복 사장　영업 비밀이요?

민우　코카콜라 만드는 방법을 우리가 알 수 없는 건 코카콜라 회사가 그걸 영업 비밀로 묶어놨기 때문이잖아요? 고기국수 조리법도 마찬가지예요. 물론 절차는 좀 까다롭죠. 직원들의 서약서도 받아야 하고요. 이 과정도 한바다의 전문가들이 도와드릴 수 있습니다.

짜기라도 한 듯 합을 맞춰 상담해주는 신입 변호사들의
모습에 "오올~" 하며 감탄하는 그라미와 민식.
명석도 신입 변호사들을 대견하게 바라본다.

행복 사장　이렇게… 방법이 다 있는 줄 몰랐습니다. 법으로 구제받을 수 있다는 건 생각도 못 하고 그저 내 마음만 다스려야 하는 줄 알았어요. '어머니가 알려주신 국수 만드는 비법을 나는 지켜내지도 이어가지도 못했구나.' 싶어서 너무 괴로웠는데… (울컥하는 거 참고) 고맙습니다.

눈시울이 붉어진 행복 사장의 얼굴에
희망 어린 미소가 떠오른다.

S#36.　행복국수 (내부/낮)

한바다와 털보네 사람들만을 위해 임시로 문을 연
행복국수. 한동안 장사를 하지 않았던 흔적이 곳곳에
엿보이는 식당 안에 사람들이 모여 앉아있고,
행복 사장이 고기국수가 든 쟁반을 들고 나온다.

명석	저희 때문에 급하게 가게 문까지 열어주시고… 정말 감사합니다.
행복 사장	곧 서울 가신다면서요. 그 전에 국수 한 그릇씩은 해드려야죠. 조만간 제가 사건 의뢰하면 곧 다시 뵙게 될 수도 있겠지만요.
명석	네. 생각해보시고 연락 주십시오.

방금 만들어 뜨끈뜨끈한 고기국수를 식탁 위에
내려놓는 행복 사장. 근처 분식집에서 사온 김밥 포장을
펼치는 영우 앞에도 한 그릇을 내밀며,

행복 사장	고기국수 진짜 안 드세요? 국물 맛이라도 좀 보시라고 만들어왔는데.
영우	아닙니다. 저는 괜찮습니다.
민식	그럼 그것도 제가…

민식이 영우 몫의 고기국수를 자기 앞으로

441

스윽 끌어당긴다. 드디어 만난 고기국수의 푸짐한 자태에
영우를 뺀 모두가 침을 꼴깍 삼킨다.

명석   먹어볼까요?

준호   맛있게 드세요.

수연   잘 먹겠습니다!

민식   와 — 국물에 기름이 자글자글 올라오는 게 엄청 맛있겠습
        니다!

누구는 국물 먼저, 누구는 면 먼저… 각자의 방식대로
고기국수를 먹어보는 사람들. 누린내 하나 없는
베지근한 맛에 모두가 행복해진다.

명석   진짜 맛있네요!

활짝 웃는 명석의 얼굴.
이를 보는 영우의 마음이 비로소 편안해진다.

S#37.   **비행기** (내부/낮)

서울로 돌아가는 비행기 안.
조금 늦게 비행기에 탄 준호가 자신이 앉아야 할 자리를
보고 망설인다. 영우 바로 옆자리라 불편한 마음이 든 것.

문득 이를 본 수연이 준호의 기분을 알아채고 다가간다.

수연 제 자리에 앉으세요. 승무원한테 자리 바꿔 달라고 얘기할
게요.

준호 아, 네.

잠시 후, 영우 옆자리로 와 털썩 앉는 수연.
영우가 의아하게 쳐다보자,

수연 너네 깨졌다며. 같이 앉으면 불편할 거 아냐.

그 말에 영우가 뒤를 돌아본다.
민우 옆 원래 수연의 자리였던 곳에 앉아있는 준호와 눈이
마주치자 준호가 먼저 시선을 피해버린다. 아직 채우지 않
은 안전벨트를 만지작거리는 영우. 마음이 무겁다.

뒤이어, 영우가 부르는 '제주도의 푸른 밤'이 BGM으로 깔
린다. 맑고 담담한 영우의 목소리가 제주도 여행을 마치고
서울로 돌아가는 제각각의 마음들을 위로한다.
위암 3기 진단을 뒤로하고 떠난 제주도에서 그동안 자신
이 놓치고 살아온 게 뭔지를 깨닫게 된 명석, 앙숙인 줄만
알았던 사이에 싹튼 새로운 감정이 혼란스러운 수연과 민
우, 그토록 보고 싶었던 삼팔이, 춘삼이, 복순이는 보지 못
한 채 이별한 뒤 돌아오는 영우와 준호, 충격적으로 맛있

었던 행복국수의 고기국수에 대해 생각해보는 민식과 그
새 잠들어 민우와 무인도에 간 꿈을 꾸고 있는 그라미…

S#38. EPILOGUE : 선영의 사무실 (내부/밤)

저녁 시간이라 어두운 사무실.
선영이 자신의 책상에 앉아 컴퓨터로 TV 뉴스를 본다.
영상 속의 **기자**(30대/여)가 서울 고등 검찰청 앞에서
뉴스를 보도한다.

기자   태수미 법무부 장관 후보자 국회 인사청문회가 한 달 앞으
로 다가왔습니다. 태 후보자는 오늘 서울 고등 검찰청 청
사에 마련된 인사청문회 준비단 사무실로 출근하며 본격
적인 준비에 돌입했습니다.

수미가 차에서 내려 검찰청 건물을 향해 걷는 장면이
보인다. 미리 기다리던 수많은 취재진들이 수미에게
우르르 다가간다.

기자   이번 인사청문회에서는 태 후보자의 법무법인 대표직 세
습 논란과 아들의 원정 출산 논란, 남편이 회장으로 있는
강천 그룹과의 유착 관계 등 주로 태 후보자의 신상에 관
한 여러 논란을 두고 여야가 격렬하게 대립할 전망입니다.

수미가 기자들 앞에 서서 짧은 인터뷰를 한다.
언제나처럼 우아하게 미소 짓는 얼굴이 아름답다.

수미　　　인사청문회는 국민 여러분들이 생방송으로 지켜보시는 자
　　　　　리니까요. 철저하게 준비했습니다. 바른 자세로 성실히 임
　　　　　하겠습니다.

영상 속 수미를 보는 선영의 얼굴에 불쾌감이 감돈다.
그때, 선영의 **비서**(40대/여)가 노크한 뒤 사무실 안으로
들어온다. 선영이 뉴스 재생을 멈춘다.

비서　　　대표님, 정의일보 이준범 기자님 오셨습니다.
선영　　　들어오시라 해요.

알고 보니 이름이 **이준범**이었던 정의일보 기자가
들어온다. 준범은 제8, 9, 10화에 등장해 영우 출생의
비밀을 조사했던 기자다.
준범과 선영이 응접용 소파에 마주 앉는다.

준범　　　대표님! 잘 지내셨습니까? 오랜만에 저 불러주셨네요.
선영　　　기자님도 건강하셨죠? 태수미 딸은 찾으셨어요?
준범　　　네?
선영　　　태수미가 혼외로 낳은 딸 찾으신다고, 기자님이 조사 많이
　　　　　하셨던 것 같은데.

곧장 본론으로 들어가는 선영의 말에,
넉살 좋게 웃으며 인사하던 준범이 진지해진다.

준범   아, 네. 여러 가지 정황상 친딸로 의심되는 사람이 하나 있
었는데…

선영   누구요?

준범   대표님도 아시려나 모르겠네요. 여기 한바다에서 일하는
우영우 변호사라고… 심증은 가는데 확실한 한 방이 없어
서 기사로 내지는 못하고 있었습니다.

선영   맞아요.

준범   네?

선영   우영우 변호사가 태수미 딸 맞다고요.

준범   그럼… 처음부터 알고 뽑으신 겁니까? 태수미는요? 태수
미도 이 사실을 알고 있나요?

모든 걸 받아 적을 기세로 서둘러 수첩을 꺼내 드는 준범.
선영이 씨익 웃으며 페이스를 조절한다.

선영   기자님 궁금하신 것들 천천히 다 알려드릴게요. 대신 조건
이 있어요.

기자   조건이요?

선영   기사 나가는 타이밍을 태수미 인사청문회 직전으로 해주
세요. 바로 반박할 수 없게.

기자   아, 네. 데스크와 이야기해봐야겠지만 가능할 것 같습니다.

여기 온 김에 혹시, 제가 우영우 변호사도 만나볼 수 있을
까요?

선영이 잠시 생각해보더니 대답한다.

선영 우선은 저랑 먼저 이야기하시죠. 우영우 변호사한테 질문
하는 건 좀 기다려주시고요. 기사 나가기 전까지만이라도.

준범 아, 네.

준범을 보며 살짝 미소 짓는 선영의 눈빛이
서늘하게 반짝거린다.

〈끝〉

"동료를 위해서, 옳다고 믿는 일을 위해서,

처세며 정치며 잠깐 내려놓고

바보처럼 용감해질 수는 없냐고요."

15화

묻지 않은 말,
시키지 않은 일

S#1.   **PROLOGUE : 라온 사무실 (내부/밤) - 과거**

6개월 전.

유명 온라인 쇼핑몰인 '라온'의 서울 본사 건물 내 사무실.

이용자 수가 무려 4천만 명이나 되는 대형 전자 상거래 기

업답게 넓고 쾌적하며 비교적 자유롭고 창의적인 분위기

의 공간이다.

밤 12시에 가까운 늦은 시간이지만 DB 관리자인 **최진표**

(30대/남)를 포함한 몇몇 직원들은 야근을 하고 있다.

졸린 듯 눈을 비비며 하품을 하는 진표.

잠깐 쉴 겸 자신의 업무용 컴퓨터로 개인 이메일을 확인한다.

남동생인 **최진호**(20대/남)가 보낸 '형 말대로 자소서

다시 썼어! 함 봐줘.'라는 제목의 이메일.

진표가 그 이메일을 열어 첨부된 '자소서.doc' 파일을 다

운로드해 연다. 그러자 워드 창에 다음과 같은 안내 문구가 뜬다. 'Macro Office와 관련이 없는 응용 프로그람을 사용하여 작성된 문서. 문서를 보시려면 도구바의 "콘텐츠 사용"을 클릭하세요.'

이에 진표가 잠깐 멈칫하더니 도구바에 뜬 '콘텐츠 사용'을 누른다. 하지만 워드 창엔 아무런 글씨도 나타나지 않는다. '뭐지?' 싶어 고개를 갸웃하는 진표. 하지만 곧 대수롭지 않게 여기며 핸드폰과 짐을 챙겨 퇴근한다.

S#2.   PROLOGUE : 라온 건물 밖 거리 (외부/밤) - 과거

밤 12시가 넘은 시간.
라온 본사 건물 밖으로 나와 거리를 걷는 진표.
진호에게 전화를 건다.

진호   (소리) 어. 형. 왜?

진표   너 자소서 보낸 거, 파일 안 열려. 다시 보내. 형이 집 가서 봐줄게.

진호   (소리) 나 자소서 안 보냈는데?

진표   안 보냈다고?

진표가 놀라 제자리에 우뚝 멈춰 선다. 그러다 뭔가 생각난 듯 전화를 끊더니 헐레벌떡 다시 회사로 뛰어간다.

S#3.   PROLOGUE : 라온 사무실 (내부/밤) - 과거

너무 급하게 달려간 나머지 퇴근하기 위해 사무실 밖을
나오는 **직원**(30대/여)과 세게 부딪힌 진표.
직원이 아파 날카롭게 소리를 지르는데도 진표는 미안하단
말도 없이 허둥지둥 자기 자리로 돌아가 컴퓨터부터 살핀다.
이를 본 라온의 공동 대표이자 CTO(최고기술책임자)인
김찬홍(46세/남). 진표가 왜 그러는지 몰라 의아한
얼굴로 묻는다.

찬홍   진표 씨, 왜 그래요?

대답도 바로 못한 채 새하얗게 질려버린 진표의 얼굴.
찬홍이 진표에게 다가간다.

진표   대표님, 저… 당한 거 같습니다.
찬홍   뭘요?
진표   스피어 피싱이요.

그 말에 찬홍의 얼굴이 심각해진다.

TITLE :

〈이상한 변호사 우영우〉

S#4.　한바다 1층 로비 (내부/낮)

6개월 뒤 현재.

영우가 로비에 있는 벤치에 앉아 출근하는 한바다 사람들을 지켜본다. 사귀지 말자고 먼저 말은 했지만 여전히 준호가 보고 싶은 마음에 제11화에서 그랬던 것처럼 출근하는 준호의 모습이나마 보려고 기다리는 것.

준호가 회전문을 통해 빌딩 안으로 들어와 승강기를 타러 걸어간다. 그 모습을 보는 영우의 마음이 복잡하다.

영우의 시선 때문인지, 문득 준호가 고개를 돌려 영우 쪽을 쳐다본다. 이에 깜짝 놀란 영우. 머리만 감추는 꿩처럼 양손으로 얼굴을 덮어 가린다. 그 모습은 보는 준호의 마음이 복잡하다. 영우가 양손으로 얼굴을 가린 채 일어나 빌딩 밖으로 살금살금 나간다. 준호가 한숨을 쉰다.

S#5.　병원 복도 (내부/낮)

병원 수술실 앞 복도.

명석이 환자용 침대에 누워 수술실로 들어갈 차례를 기다린다. **간호사 2명**(모두 30대/여)과 함께 명석 옆에 서있는 **명석의 어머니**(60대/여, 이하 '명석 모'). 어머니의 얼굴에 근심이 가득한 걸 보자 명석의 마음도 무거워지는데 저 멀리에서 꿩처럼 도망쳤던 영우가 나름대로 빠르게 걸어온다.
이를 보자 반가우면서도 의아한 명석.

명석   우영우 변호사? 여긴 어떻게 왔어요?
영우   지하철을 타고 왔습니다.
명석   아니, 왜 왔냐고. 회사에 있어야 될 시간에.
영우   아, 정명석 변호사님이 보고 싶어서 왔습니다. 만약 수술이
        잘못돼 사망하게 되면 다시는 보지 못하니까요.

영우의 말에 명석 모와 간호사들이 놀란다.

명석 모   (기분 나빠) 뭐… 뭐라고요?
명석   (수습) 엄마. 괜찮아요. 우영우 변호사가 나쁜 뜻으로 한 말
        아냐. (영우에게 얼른) 여기, 인사해요. 우리 어머니.
영우   안녕하십니까? 제 이름은 우영우입니다. 똑바로 읽어도 거
        꾸로 읽어도 우영우. 기러기 토마토 스위스 인도인 별똥별
        우영우.
명석 모   (왠지 더 기분 나빠) 네?
명석   엄마, 내가 말씀드렸죠? 위암 치료는 한국이 세계 1등이라
        고. 수술하고 나서 살 확률이 70%가 넘는대요. 걱정 마.
영우   그건 위암을 조기에 발견한 환자들의 경우를 모두 포함했
        기 때문입니다. 정명석 변호사님처럼 위암 3기인 경우에는
        수술 후 5년 생존율이 30~40%밖에는…
명석   (말 끊으며) 나 이제 들어간다!

454

영우의 팩트 폭격이 계속되기 전에 다행히 수술실 문이
열린다. 간호사들이 명석의 침대를 끌고 수술실 안으로
들어간다.

명석 모   명석아, 잘하고 와. 엄마 여기 있을게.
영우   꼭 살아서 돌아오십시오.
명석   응응! 이따 봐요!

눈시울이 붉어진 명석 모와 무덤덤한 표정의 영우를 향해
명석이 밝은 표정으로 경쾌하게 손을 흔든다.

S#6.   병원 수술실 (내부/낮)

수술실 문이 닫히자 그제야 아들 역할, 상사 역할을
다 내려놓고 혼자가 되는 명석. 몰려오는 두려움에
지지 않으려고 조용히 기도한다.

명석   나무… 관세음보살.

S#7.   병원 복도 (내부/낮)

눈을 감은 채 양손을 모으고 수술실을 향해 간절하게 기도

하는 명석 모. 그 옆에 덩그러니 서있는 영우에게 전화가
온다. 수연이다.

영우   여보세요.

수연   (소리) 우영우 어디야? 17층 회의실로 와. 우리 새로 배정된
            사건, 의뢰인 미팅 잡혔어.

영우   나 지금 회사 밖인데…

수연   (소리) 뭐해, 그럼? 잽싸게 튀어와야지.

영우   아, 응!

영우가 전화를 끊고 회사를 향해 나름대로 잽싸게 튀어간다.

S#8.   한바다 17층 회의실 앞 (내부/낮)

헐레벌떡 회의실 앞에 도착한 영우.
가쁜 호흡을 가다듬으며 노크를 하려고 손을 든다.

S#9.   한바다 17층 회의실 (내부/낮)

회의실 안에는 승준과 민우, 수연이 라온의 공동 대표들과
마주 앉아있다. CTO인 찬홍과 CEO인 **배성열**(46세/남).
라온을 함께 창업한 동갑내기 친구임에도 찬홍과 성열의

외모는 딴판이다. 힙합 하는 사람이라고 해도 믿을 만한 복장에 수염까지 기른 찬홍과 달리 성열은 유명 기업의 최고경영자답게 고급스러운 정장 차림이다.

승준   한바다에 잘하시는 분들 많죠. 그래도 기업사건, 특히 IT 쪽은 제가…

승준이 한참 자기 자랑을 하고 있는데 똑똑 한 박자 쉬고 똑. 영우의 노크 소리가 들려온다. 이에 모두의 시선이 문가로 쏠리자 방해받은 기분에 불쾌해진 승준. 들어오라는 말도 없이 가만히 문을 노려본다. 수연이 승준의 눈치를 살피며 대신 상황을 수습한다.

수연   담당 변호사가 한 명 더 있는데 지금 왔나 봅니다. (문 밖을 향해) 얼른 들어와.

그러자 영우가 문을 열더니 눈을 감고 속으로 '하나 둘 셋' 센 뒤 입장한다. 성열과 찬홍이 이 모습을 의아하게 쳐다본다.

승준   빨리빨리 들어오지 왜 그러고 서있어요? 손님들도 와계시는데.

승준이 '왜 그러고 서있느냐'고 물었기에 영우가 왜 그랬는지 대답을 한다.

영우 저한테는 한 공간에서 다른 공간으로 넘어가는 충격이 너무 크게 느껴지기 때문입니다. 속으로 '하나 둘 셋'을 세며 숨을 고른 뒤 들어가면 그 충격이 조금은 완화됩니다.

대답을 마친 뒤 수연 옆자리로 가 앉는 영우.
찬홍이 재미있다는 듯 웃는다.

찬홍 저도 가끔 그럴 때 있어요. 공간이 갑자기 휙 바뀌면 불편하잖아요. (영우 보며) 저분 용감하시네. 난 남들이 이상하게 볼까 봐 불편해도 안 불편한 척 꾹 참는데.

성열 너는 지금 이 상황에… 그런 게 재밌냐? 웃음이 나와? 하여간 학교 다닐 때나 지금이나 달라진 게 없어요. 맨날 나만 심각하지, 나만.

한심하다는 듯 한숨까지 쉬며 찬홍을 타박하는 성열.
찬홍이 머쓱해 입을 꾹 다문다.

승준 두 분, 같은 대학 나오셨습니까?

찬홍 아, 저는 대학 안 다녔습니다.

성열 우리는 고등학교 동창이에요. 저는 '하나대' 나왔고요.

승준 (놀라) 하나대요? 형! 아니, 선배님! 저 하나대학교 00학번입니다!

성열	(반가워) 아? 나는 97!

'이때다!' 하고 민우가 끼어든다.

민우	저는 하나대학교 13학번입니다.
성열	13학번? 아이고, 애기네. 애기!
수연	애기요?

수연이 쿡! 놀리듯 웃는데도 민우는 아랑곳하지 않고,

민우	저 대학 다닐 때 배성열 선배님께서 학교로 오셔서 특강해 주셨어요. 무척 감명 깊었습니다. '전 국민이 애용하는 온라인 쇼핑몰을 우리 학교 선배님이 만드셨다니!' 하고요.
영우	음… 전 국민은 아닙니다. 최근 조사된 라온의 이용자 수는 40,954,173명인데, 대한민국의 총 인구는 51,628,117명이니까요.
수연	(영우에게) 그게 그거지. 전 국민의 80%가 라온을 이용한단 소린데. (성열과 찬홍에게) 정말 대단하세요.
성열	(씁쓸해) 대단하긴요. 이제 망하게 생겼는데.

성열과 찬홍의 표정이 어두워지자 승준이 말을 돌린다.

승준	우리 일 얘기 마저 할까요?
수연	라온의 데이터베이스 담당자가 해커의 이메일을 받았다는

이야기까지 해주셨습니다.

찬홍　　해커가 우리 DB 담당자랑 그 남동생 이메일을 해킹해서 두 사람이 평소에 나눴던 대화를 다 파악하고 있었어요. 남동생 말투까지 똑같이 흉내 내서 이메일을 보냈더라고요. 악성코드 심어 놓은 첨부파일 확장자가 설치 파일인 exe였으면 DB 담당자도 좀 더 경계했을 텐데 doc니까 별 의심을 안 했던 거죠.

민우　　저도 워드 파일로 악성코드를 유포할 수 있는지 몰랐습니다.

찬홍　　가능합니다. 특정 대상을 공격하기 위해 특별 제작된 악성코드라 백신에도 탐지되지 않고요.

영우　　해커는 잡혔습니까?

성열　　아니요. 경찰은 북한 정찰총국이 한 짓 같다던데 확실하진 않습니다.

수연　　북한 정찰총국이요?

찬홍이 자신의 노트북을 열어 변호사들에게 뭔가를 보여준다. 진표가 자소서.doc 파일을 열었을 때 화면에 떴던 안내 문구다. 'Macro Office와 관련이 없는 응용 프로그램을 사용하여 작성된 문서. 문서를 보시려면 도구바의 "콘텐츠 사용"을 클릭하세요.'

찬홍　　뭔가 좀 이상한 게 있죠?

영우　　음, '프로그램'이요?

찬홍	네. 북한 애들은 '프로그램'을 '프로그람'이라고 쓴대요. 뭐 이것만 가지고 북한 소행을 의심하는 건 아니겠지만 아무튼 수사 중이랍니다.
승준	북한 소행이면 해커를 잡기도 어렵겠네요. 정치적인 문제들이 엮여있을 테니까요.
성열	그보다 더 큰 문제는 방송 통신 위원회입니다. 저희한테 과징금을 무려 3천억 원이나 부과했어요. 그래서 저희가 변호사님들을 찾아온 거고요. 어찌 보면 저희도 북한의 해킹 공격에 당한 피해자인데, 이용자들 개인 정보를 못 지켰다고 3천억을 물어내라는 게 말이 됩니까?
찬홍	해커가 우리 DB 관리자의 PC에 침입했을 때 DB 서버 접속 터미널이 그대로 띄워져있었어요. 로그인이 된 상태로요. 그러니까 해커 입장에서는 서버에 접속하기 위해 DB 관리자의 아이디랑 패스워드를 탈취해야 하는 수고를 던 셈이죠. 방통위가 문제 삼는 게 이 부분입니다. DB 서버에 idle timeout 설정을 제대로 안 해놨다는 겁니다.
승준	그 idle timeout이라는 게, 최대 접속시간 제한 말씀하시는 거죠?
찬홍	네. 일정 시간이 지나면 접속이 자동으로 차단되게 하는 겁니다. 딱 필요한 시간만큼만 시스템에 접속할 수 있게요.
승준	라온의 DB 서버에는 그 설정이 안 되어있었던 거고요?
찬홍	네. 따로 안 했습니다.

CTO이기에 그 모든 게 다 자기 탓으로 느껴지는 걸까?

찬홍이 마음 무거운 듯 고개를 푹 떨군다.

승준   제 생각에는요…

일부러 뜸을 들이는 승준.
성열과 찬홍이 승준의 다음 말을 기다린다.

승준   방통위가 실수로 공을 몇 개 더 찍은 거 같습니다.

성열   네?

승준   몇 년 전에 '아하 닷컴'에서도 개인 정보 유출됐었죠. 그때 아하가 과징금으로 얼마를 냈는지 아십니까?

찬홍   모르겠습니다.

승준   2백만 건 정도 유출됐는데 7천만 원 냈습니다.

3천억 원에 비하면 터무니없이 적은 액수에
성열과 찬홍이 놀란다.

승준   'JP 커뮤니케이션'은 유출 규모가 훨씬 더 컸었죠. 거의 천만 건 가까이 됐으니까요. 그런데도 과징금은 고작 1억 원이었습니다.

성열   그럼 저희한테는 왜 3천억이나 내라는 걸까요? 개인 정보 유출 건수가 제일 많아서?

찬홍   하긴 4천만 건 넘게 유출됐으니… 4천만 건이면 거의 전 국민…(이라고 하려다가 영우 말 생각나)의 80%에 달하는 숫자 아닙니까?

승준   4천만 국민의 재산을 날린 것도 아니고 고작 개인 정보지 않습니까? 우리나라 사람들 대부분 온라인 사이트에 가입할 땐 개인 정보가 유출될 수 있다는 것 정도는 인지하고 있지 않나요?

성열   그럼 왜 우리한테만 이러는 걸까요? 방통위가 정말로 공을 잘못 붙일 리는 없지 않겠습니까?

승준   (웃음) 물론 그야 그렇죠. 제가 방통위 쪽에 아는 사람이 있으니까 분위기가 어떤지 파악해보겠습니다. 근데요, 지금껏 기업이 방통위랑 소송해서 진 적이 없습니다. 방통위는 정부 기관이라 로펌도 비싼 데 못 쓰거든요. 그러니 대형 로펌과 함께하는 기업에 항상 지는 겁니다. 이번에도 그럴 겁니다. 걱정 마십시오.

승준의 태도가 워낙 자신만만해, 성열과 찬홍의 표정도 조금 밝아진다. 한편 영우는 승준의 말이 못 미더운 듯 곰곰이 생각에 잠긴다.

S#10.   **한바다 구내식당 (내부/낮)**

수연이 구내식당 테이블에 혼자 앉아 밥을 먹는데 식판을 든 민우가 수연 쪽으로 다가온다. 제주도에서 '묘한 눈빛을 교환했지만 없었던 일로 하기'로 약속한 이후 민우를 대하는 게 불편한 수연. 민우가 맞은편에 앉으려고 하자 자기도 모르게 어색한 티를 낸다.

민우   왜요? 나 여기 앉지 마요?
수연   뭐. 다른 자리도 많은데 굳이…
민우   알았어요.

민우가 다른 자리를 찾아 쌩하니 돌아선다. 막상 그런 모습을 보자 또 조금 섭섭해지며 '이게 아닌가?' 싶은 수연.

수연   그냥 앉든가요. 전에도 밥은 같이 먹었잖아요.
민우   아이고. 이랬다저랬다, 장단 맞추기 어렵네.

민우가 툴툴거리면서도 수연 맞은편에 앉는다. 수연이 다시 밥을 먹으려는데 저 멀리 준호가 혼자 식판을 들고 빈 테이블에 앉는 것이 보인다. 늘 점심을 함께 먹던 영우 없이 외기러기가 된 준호가 안쓰러운 수연. 민우를 쳐다보며 말한다.

수연   아, 맞다. 영우랑 깨졌지… 준호 씨가 점심 혼자 먹을 걸 생각 못했네요. 우리라도 준호 씨 옆으로 가서 같이 먹을까요?

그러자 민우가 스윽 고개를 들어 준호를 돌아보더니 피식 웃는다.

민우   그럴 필요 없을 거 같은데요?

민우의 말에 다시 준호를 보는 수연. 그 짧은 사이에
여자 직원들 3명(모두 20대)이 준호 옆에 몰려들어있다.

직원 1   준호 씨, 오늘은 혼자 식사하시네요? 여기 앉아도 되죠?
준호   아, 네…
직원 2   준호 씨도 소시지 좋아하는구나? (준호 식판 가리키며) 많이
          푼 거 봐. 인간적이다.
직원 3   우리 밥 먹고 다 같이 커피 마시러 나갈까요? 날씨가 진짜
          좋던데!

준호 옆에서 하하 호호 마냥 행복한 여자 직원들과 그들의
하이 텐션이 부담스럽지만 또 적당히 맞춰주는 준호.
그 모습에 수연이 깨닫는다.

수연   맞네… 한바다의 인기 남이었지, 준호 씨.
민우   (웃음) 그러니까요. 지금 누굴 걱정한 거예요?

S#11.   영우의 사무실 (내부/낮)

늘 점심을 함께 먹던 준호 없이 외기러기가 된 영우.
점심시간임에도 사무실 책상에 홀로 앉아 광호가 싸준

우영우 김밥을 먹으며 컴퓨터로 신문 기사를 본다.
'개인 정보 70억 건 유출해도 과징금 1억 내면 끝'이라는
제목의 기사다.
그때, 똑똑 노크 소리와 함께 수연이 안으로 들어온다.
외로울까 걱정할 필요 없는 준호 대신 걱정해야 할
영우를 찾아온 것.

수연	으이구! 내가 이럴 줄 알았어. 청승맞게 혼자 밥 먹냐? 그 것도 사무실에 처박혀서?
영우	아, 일할 게 있어서…
수연	일할 게 있을수록 점심시간이라도 밖으로 나가야지! 너도 어? 다른 남자랑 밥도 먹고 커피도 먹고! 어? 오늘 날씨가 얼마나 좋은데!

여자 직원들에게 둘러싸여있던 준호와 달리 혼자인
영우가 안타까워 잔소리가 길어지는 수연.
하지만 영우는 수연이 갑자기 왜 이러는지 몰라 멍해진다.

수연	(조심스럽게) 너 준호 씨랑은… 왜 그런 거야?
영우	뭐가?
수연	너가 사귀지 말자고 했다며. 왜 그랬냐고.
영우	음…

대답할 말을 생각하느라 우물쭈물하는 영우.

기다림의 시간이 길어지자 수연이 답답하다.

수연	너 준호 씨한테도 제대로 설명 안 했지?
영우	응.
수연	뭐야? 우영우! 똥 매너야, 뭐야? 그만 만나자고 폭탄을 던 져놓고 아직까지 이유도 말 안 해줬어?

수연의 질문이 계속될수록 도망치고만 싶은 영우.
궁리 끝에 나름대로 도망칠 근거를 찾아낸다.

영우	근무시간에 이런 사적인 이야기를 나누는 건 적합하지 않 은 것 같아.
수연	지금 점심시간이거든?
영우	그럼 고래 이야기할까? 원래 점심시간은 고래 이야기를 나 누는…
수연	(영우 말 끊고) 아니. 싫은데? 묻는 말에나 대답해.

호락호락하지 않은 수연의 태도에 영우가 시계를 본다.
다행히 점심시간이 1분도 채 남지 않았다.
영우가 다 먹지도 않은 김밥 도시락을 착착 정리하더니
가만히 시계를 쳐다보며 점심시간이 지나가길 기다린다.

수연	너… 뭐해?
영우	(시계 보다가 점심시간이 끝나자 기쁘게) 이제 점심시간 끝났어.

다시 근무시간이야. 사적인 이야기 금지.

영우가 책상 위에 놓인 서류 몇 개를 챙기더니 사무실 밖으로 나간다. 남의 사무실에 덩그러니 남게 된 수연이 당황해 외친다.

수연   야! 우영우! 어디 가?

S#12.   승준의 사무실 (내부/낮)

똑똑 한 박자 쉬고 똑. 영우가 승준의 사무실 문을 노크한다. 사무실 안에서부터 "네~" 하는 느긋한 목소리가 들려온다. 영우가 문을 열고 눈을 감은 뒤 속으로 셋을 세고 안으로 들어간다. 책상 의자와 소파 어디에도 승준의 모습은 보이지 않는다.

승준   무슨 일입니까?

사무실 구석에서 들려오는 목소리에 깜짝 놀라는 영우. 돌아보면, 승준이 거꾸리에 탄 채 물구나무를 서고 있다. 제3화에서 명석과 승준이 그랬던 것처럼, 180도 엇갈린 자세로 마주 서서 대화하는 영우와 승준의 모습이 이상하다.

영우	장승준 변호사님, 방송 통신 위원회가 라온에게 3천억 원의 과징금을 부과한 것은 실수가 아닙니다.
승준	뭐요?
영우	방송 통신 위원회가 실수로 공을 몇 개 더 찍은 것이 아니라고요.
승준	(기가 막혀 헛웃음) 그럼 뭔데요? 방통위가 왜 그랬는지 어디 정답이라도 찾았습니까?

영우가 들고 있던 서류를 승준에게 보여주려고 다가가지만 승준의 머리가 아래쪽에 있으니 어떻게 해야 좋을지 몰라 머뭇거린다. 결국 허리를 굽혀 승준의 얼굴 바로 앞에 서류를 들이미는 영우. '개인 정보 70억 건 유출해도 과징금 1억 내면 끝' 기사를 출력한 서류다. 영우가 암송하는 부분이 형광펜으로 칠해져있다.

영우	(허리 굽혀 서류 내민 상태에서 암송) '지난 10년간 기업에서 유출된 개인 정보가 70억 건에 이르지만 솜방망이 처벌만 이루어졌다. 집단 소송제 도입과 징벌적 배상 확대 등 처벌 강화가 필요하다.'

무슨 생각을 하는지 도통 알 수 없게 무표정한 승준.
영우가 몸을 일으켜 설명을 이어간다.

영우	이와 유사한 기사들이 많습니다. 개인 정보 유출에 관한

여론이 기업에 대한 처벌을 강화해야 한다는 쪽으로 바뀌고 있는 겁니다.

승준 그래서? 방통위가 신문 기사 몇 개 읽고 전에는 1억씩 부과하던 과징금을 난데없이 3천억으로 올렸다?

영우 정보통신망 법은 수시로 개정됩니다. 방송 통신 위원회가 아하 닷컴과 JP 커뮤니케이션에게 각각 7천만 원과 1억 원의 과징금을 부과했던 때, 법은 과징금의 상한액을 1억 원으로 규정하고 있었습니다. 하지만 현행법에 따르면 위반 행위와 관련된 매출액의 3% 이내로 과징금을 부과할 수 있습니다. 그래서 3천억 원이라는 액수가 가능해진 겁니다.

영우의 열띤 설명에도 여전히 별 반응이 없는 승준. 조용히 거꾸리의 버튼을 누른다. 위잉― 느린 기계음과 함께 승준의 몸이 바로 세워진다.

승준 (혼잣말처럼) 거, 더럽게 건방지네.

영우 (잘 안 들려) 네?

승준이 거꾸리에서 내려와 영우 앞으로 몇 걸음 뚜벅뚜벅 걸어온다. 못마땅함이 가득 담긴 눈빛이 위협적이다.

승준 우영우 변호사, 나랑 일 처음해보죠? 앞으로 우변이 지켜야 될 규칙은 딱 하나예요. '묻지 않은 말 하지 않고 시키지 않은 일 하지 않기.' 알았습니까?

영우가 잠시 머뭇거린다.

영우   두 개 아닙니까?

승준   (빠직) 뭐요?!

영우   묻지 않은 말 하지 않기 하나, 시키지 않은 일 하지 않기
            하나. 이렇게 두 개…

승준   (영우 말 끊고 호통) 하나든 둘이든! 내 말 알았냐고요?

영우   네, 알았습니다.

알았다고는 했지만 영우로서는 처음 경험해보는 권위적인
상사의 모습. 영우의 얼굴에 난처한 기색이 역력하다.

S#13.   병실 (내부/밤)

큰 수술을 받은 후라 지친 명석이 1인용 병실 침대에 힘없
이 누워있고 영우와 그라미, 민식이 병문안을 와있다. 민식
이 귀여운 보자기에서 반찬이 담긴 밀폐용기들을 꺼낸다.

민식   정명석 변호사님 어머니 좀 드시라고 반찬 몇 개 싸왔어
            요. 주점하는 털보라 반찬들이 어째 다 술안주 느낌이긴
            합니다.

그라미   술이랑 먹으면 되지. 맨 정신으로 간병하기 빡센데.

명석   (웃음) 그러게요. 우리 어머니까지 챙겨주시고… 감사합니다.

민식	감사하긴요. 수술 잘 끝나서 그저 다행입니다. 반찬은 여기 냉장고에 넣어둘게요.

민식이 밀폐용기들을 냉장고에 넣는 사이, 명석이 아까부터 걱정 가득한 얼굴로 멍하니 서있는 영우를 본다.

명석	우영우 변호사, 왜 그래? 무슨 고민 있어요?
영우	네. 고민 있습니다.
명석	뭔데?
영우	변호사의 비밀 유지 의무 때문에 자세한 건 말씀드릴 수 없습니다.
그라미	그럼 두루뭉술하게 말해. 자세하게 말하지 말고.
영우	음…

영우가 어떻게 두루뭉술하게 말할지 잠깐 고민하더니,

영우	사건을 함께하는 선배 변호사가 제 말을 들어주지 않으면 어떡해야 합니까?
명석	사건을 함께하는 선배 변호사가 누군데?
영우	장승준 변호사님입니다.

장승준이라는 말에 한숨이 절로 나오는 명석.
영우를 대하는 승준의 모습이 대충 그려져 심란하지만,
방법을 생각해본다.

명석	우변 개인의 처세를 위해서라면 몸을 낮춰서 장승준한테 맞추는 것도 방법이겠지만⋯

명석의 말에, 진지한 표정으로 실제 몸을 낮춰보는 영우. 이를 본 그라미가 한심하다는 듯 영우를 툭! 친다.

그라미	어우, 진짜로 몸을 낮추라는 뜻이겠냐?
명석	그러니까. 우변이 그게 될 리가 없잖아? 몸을 낮추라는 말도 못 알아듣는데.
영우	(낮췄던 몸 벌떡 일으키며) 그럼 어떡합니까?
명석	우변한텐⋯ 동료들이 있잖아. 동료들하고 얘기해요. 선배하고 말이 안 통하면 동료들끼리라도 의논 많이 해야 돼.

'동료들?' 명석의 조언에 영우의 생각이 깊어진다.

S#14. 법정 (내부/낮)

첫 변론기일.
머리카락 한 올의 흐트러짐 없이 반듯하게 가르마를 탄 **재판장**(60대/남)과 **배석 판사 2명**(모두 30대/남)이 판사석에 앉아있고, 원고 쪽엔 성열과 찬홍, 원고 대리인인 승준과 신입 변호사들, 피고 쪽엔 피고인 방송 통신 위원회를 대표해서 온 **직원**(40대/남)과 피고 대리인인 변호사 **김윤주**(30대/여)가 앉아있다. 방청석에는 많은 **기자들**이 와있다.

승준이 일어나 변론한다. 자신만만 하다못해 거들먹거리는 태도가 꼭 미드에 나오는 변호사 같다.

승준   (영어 나올 때마다 원어민 발음) Spear Phishing. 특정 개인이나 기관의 약점을 교묘하게 겨냥해 spear, 말 그대로 작살을 던지듯 하는 해킹 공격을 뜻합니다. 라온의 DB 관리자인 최진표 씨가 당한 공격이 바로 이 Spear Phishing이죠. 해커는 Spear Phishing을 통해 최진표 씨의 컴퓨터에 악성코드를 감염시킨 후 라온에 APT 공격, 다시 말해 Advanced Persistent…

재판장   (승준 말 끊고) 원고 대리인, 친절한 설명은 감사하지만 여기 원고, 피고, 판사들 모두 APT 공격이 뭔지 아니까 설명은 생략할까요?

승준   (당황) 네…? Advanced Persistent Threat가 뭔지 아신다고요?

재판장   (살짝 한숨 쉬며 빠르게) 목표 대상을 향해 지능적이고 끈질기게 공격한다는 뜻이잖아요. 국민 참여 재판이었다면 자세한 설명도 필요하겠지만 지금은 우리끼리고, 방청하시는 분들도 대부분 기자들이신 거 같으니 이만 본론으로 넘어가시죠.

승준   아, 네.

재판장의 말에 윤주가 피식 웃는다. 준비한 게 다 꼬여버린 승준은 어디서부터 말해야 할지 생각하느라 버벅댄다.

승준   이와 같이… 그러니까… (다시 자신만만하게) 해킹의 피해자
       이기도 한 라온에게 무려 3천억 원이라는, 한 회사를 도산
       시킬 만한 거액의 과징금을 부과한 것은 방송 통신 위원회
       의 재량권 일탈이며 남용입니다.

윤주   재량권의 일탈도 남용도 아닙니다. 정보통신망 법에 따르
       면, 피고는 원고에게 위반 행위와 관련된 매출액의 3% 이
       하에 해당하는 금액을 과징금으로 부과할 수 있습니다. 라
       온의 전년도 매출액은 30조 3천억 원이었습니다. 피고는
       원고에게 9천억 원의 과징금을 부과할 수도 있었으나, 원
       고의 사정을 참작해 상한선보다 훨씬 적은 3천억 원만을
       부과한 것입니다.

승준   아하 닷컴과 JP 커뮤니케이션이 개인 정보를 유출했을 때,
       피고는 각각 7천만 원과 1억 원을 과징금으로 부과했습니
       다. 그런데 법이 개정됐다는 이유만으로 동일한 사안에 갑
       자기 3천억 원이요? 형평성에 어긋나도 지나치게 어긋납
       니다!

윤주   라온의 부주의로 유출된 개인 정보가 무려 4천만 건입니
       다. 전 국민의 개인 정보를 유출해놓고…

재판장 (윤주 말 끊으며) '전 국민'은 아니지요. 대한민국 인구는 5천
       만 명이니까요. '전 국민의 80%'라고 말씀하시는 게 맞겠
       습니다.

지난 회의 때 영우가 했던 것과 똑같은 지적을 하는 재판
장의 모습에 한바다의 변호사들이 흠칫 놀란다.
윤주도 당황한 것을 애써 숨기며 변론을 이어간다.

윤주   아, 네. 재판장님. 시정하겠습니다. (다시 톤 강하게) 전 국민
의 80%의 개인 정보를 유출해놓고 그럼 얼마를 내야 형평
성에 맞겠습니까?

윤주의 질문에 승준의 말문이 막힌다.

윤주   이번 라온 사태로 유출된 개인 정보는 기본적인 신상 정보
만이 아닙니다. 4천만 국민들의 민감한 신용 정보와 금융
거래 정보가 전부 다 노출됐어요. 그래놓고 매출액의 1%밖
에 안 되는 과징금이 너무 많아 부당하다고요? 이러한 태
도 자체가 이용자들의 개인 정보에 대한 라온의 낮은 인식
수준을 보여주는 것입니다!

윤주의 열띤 변론에 재판장이 살짝 고개를 끄덕이고, 방청
석에 앉은 기자들의 손놀림도 바빠진다. 이에 성열과 찬홍
이 한숨을 내쉬고, 한바다 변호사들의 표정도 어두워진다.

S#15. 한바다 17층 회의실 (내부/낮)

승준과 신입 변호사들이 찬홍, 진표와 마주 앉아있다. 성열
도 회의에 참석한 듯 앉은 자리에 소지품이 놓여있지만 잠
시 회의실 밖으로 나가 자리를 비운 상태다. 첫 번째 재판
이 라온에게 불리하게 진행됐던 터라 승준도 거드름 피우
던 지난 회의 때와는 달리 바짝 긴장해있다.

승준   지금 상황에서는 인과관계가 중요합니다. 과태료랑 과징
금이랑 다른 거 알고 계시죠?

찬홍   아니요. 잘 모릅니다.

승준   idle timeout을 설정하지 않은 것 자체는 과태료 처분 대상
입니다. 기껏해야 3천만 원 이하예요. 그런데 이 idle time-
out 미설정이 개인 정보 유출이라는 결과를 야기했다면 그
때부터는 과징금 처분 대상입니다. 금액도 관련 매출액의
3%까지로 커지고요.

찬홍   네.

승준   그래서 말인데요. 만약 라온 서버에 idle timeout 설정이 되
어 있었다면 개인 정보 유출을 막을 수 있었다고 보십니
까?

찬홍   음, '만약 대문이 잠겨있었다면 도둑이 집 안 물건을 훔치
지 못했을까?' 그런 질문이네요. 해커의 능력에 따라 다를
텐데… 우리는 해커가 누군지 모르지 않습니까? 아직 잡히
지 않았으니까요.

승준	그래도 전문가시니까, 한번 추측해보신다면요? 3천만 원짜리 과태료냐, 3천억 원짜리 과징금이냐가 달린 문제입니다.

승준의 말에 찬홍이 곰곰이 생각해본다.

찬홍	진표 씨 PC에 깔린 악성코드 중에 '키로거'도 있었지?
진표	아? 네! 있었습니다.
수연	키로거요?
찬홍	키로거를 깔면 PC 주인이 키보드로 입력하는 텍스트를 도청할 수 있습니다. 진표 씨가 서버에 접속하려고 아이디랑 비번을 치면 그것도 알아낼 수 있는 거죠. 해커 입장에선 시간이 좀 더 걸릴 뿐이에요.
민우	그럼 idle timeout 설정을 해놨더라도 결국 해킹은 막지 못했을 거란 말씀입니까? 그 둘 사이에는 인과관계가 성립하지 않는다?
찬홍	그렇죠.

찬홍의 대답에 변호사들의 표정이 밝아진다. 그때, 성열이 회의실 안으로 허겁지겁 들어온다. 끔찍한 소식이라도 들은 것처럼 얼굴이 새하얗게 질려있고, 핸드폰을 든 손은 벌벌 떨린다.

성열	방금 전화 받았는데요. 우리 고객들이… (말하기도 힘들어 숨 고르며) 공동소송을 준비 중이랍니다. 개인 정보 유출에 대

한 손해 배상을 청구하겠다고요.

수연 (놀라) 공동소송이요?

승준 (역시 놀라) 그걸… 어느 로펌에서 진행한대요? (생각할수록 열 받아) 어느 할 일 없는 로펌이 그 골치 아픈 일을 하겠다고 설치는 거지?

성열 법무법인 태산이랍니다.

민우 태산이요?

공동소송 소식도 충격인데 하필이면 한바다의 라이벌이자 업계 1위인 태산이 대리한다니, 회의실 안의 모두가 충격에 빠진다.

성열 인터넷 카페 통해서 지금 소송인단 모집 중이라고 합니다.

수연이 노트북으로 성열이 말한 인터넷 카페를 찾아낸다.

수연 (노트북 보며) 말씀하신 카페 찾았는데요. 와, 빠르네요. 카페 개설한 지 한 달도 안 됐는데 벌써 백만 명이 모였습니다. 피해자 한 사람당 10만 원의 손해 배상금을 청구할 계획인 것 같습니다.

성열 (승준 보며 절박하게) 변호사님, 어떡하면 좋습니까? 지금 과징금 3천억이 문제가 아니에요. 한 달도 안 돼 백만 명이면 4천만 명 되는 것도 시간문제일 텐데… 4천만 명이 10만 원씩 청구하면요, 4조 원입니다. 그러면 우린 끝이에요. 라

479

온은 도산하게 될 겁니다.

성열의 말에 찬홍과 진표가 암담해 한숨을 쉬고, 변호사들의 마음도 무겁다. 승준이 잔뜩 흥분한 성열을 진정시키고자 차분하게 말을 꺼낸다.

승준   대표님, 이럴 때일수록 침착하셔야 합니다. 개인 정보 유출 사건은 원래 이래요. 과태료나 과징금을 무는 공법('공뻡'이라 발음)적 책임뿐만 아니라, 민사 소송을 통한 사법('사뻡'이라 발음)적 책임까지 같이 물게 되어있거든요. 이제는…

영우   (참으려 했지만 못 참고 승준 말 끊으며) 사… '뻡'입니다.

영우의 끼어들기에, 회의실 안에 일순 정적이 감돈다.
승준이 서서히 끓어오르는 화를 참고 영우에게 묻는다.

승준   뭐요?

영우   '사법적 책임'이 아니라 '사뻡적 책임'이라고 발음해야 합니다. 공법('공뻡'이라 발음)에 대립하는 개념인 사법('사뻡'이라 발음)은 '사뻡'으로 발음합니다. 입법 및 행정과 더불어 국가 작용의 한 축을 맡는 '사법('사법'이라 발음)'과 한글 표기는 같으나 발음이 다릅니다.

승준   (고함) 우영우 변호사! 그게 지금 나한테 할 소립니까!?

승준의 고함 소리에 움찔 놀라는 영우. 큰소리로부터 스스로를 보호하려고 눈을 꼬옥 감는다. 이 모습을 본 승준이 더 열 받아 한마디 하려는데, 여러 생각으로 머리가 복잡한 성열이 먼저 끼어들어 승준에게 말한다.

성열　　장승준 변호사님, 저 좀 잠깐 보실까요? 따로 나가서 얘기 하시죠.

승준　　아… 네.

'따로 나가서 무슨 이야기를 하려는 거지?' 공동 대표인 찬홍이 궁금한 눈빛으로 성열을 쳐다보지만 성열은 찬홍을 쳐다보지도 않은 채 승준과 함께 회의실 밖으로 나간다.

S#16.　　한바다 17층 복도 (내부/낮)

멀리 나갈 마음의 여유도 없는 성열.
대충 회의실 앞 복도에 승준을 세워두고 은밀하게 묻는다.

성열　　제가 알아보니까… 하나대학교 총동문회 활동을 오래 하셨더라고요.

승준　　누가요?

성열　　우리… (목소리 더 낮춰) 재판장님이요.

승준　　(그런 줄 몰랐지만 알았던 척) 아? 네네! 하나대. 네.

성열　　그런 걸 이용할 수는 없습니까?

승준	네?
성열	사업하는 사람들끼리는 서로 접대하는 문화가 있습니다. 법조계도 크게 다르지 않다면… 조금이라도 효과가 있을까 해서요.
승준	아…

그제야 성열의 말뜻을 이해한 승준.
하지만 뭐라 선뜻 대답하기 어려워 주춤거린다.

S#17.　선영의 사무실 (내부/낮)

선영이 자기 책상에 앉아있고, 그 맞은편에는 승준이
서있다. 인터넷 기사를 소리 내 읽는 선영의 심기가
매우 불편해 보인다.

선영	'4천만 고객의 개인 정보를 지켜내지 못한 라온이 매출액의 1%에 불과한 과징금에 불복해 소송을 제기했다. 이러한 사실 자체가 고객의 개인 정보에 대한 라온의 형편없는 인식 수준을 보여준다.' 세상에… 이런 내용의 기사가 지금 몇 개나 떴는지 알아요? 이러면 의뢰인 욕 먹으려고 재판한 꼴이잖아.
승준	죄송합니다.
선영	댓글들은 더 심해요. '30조씩 번다면서 3천억이 많다고 징

징거리냐?' '전 국민 개인 정보 유출시켜놓고 해킹 당했다고 피해자 코스프레…'

아니, 변론 방향을 어떻게 잡았기에 여론이 이렇습니까?

승준   유사한 사안에서 1억 원을 넘지 않았던 과징금이 이번에만 갑자기 3천억 원으로 뛰었습니다. 그래서 방통위의 재량권 일탈 및 남용을 지적하고 형평성 문제를 제기한 건데… 다른 방법을 찾아보겠습니다.

선영   다른 방법, 뭐요?

승준   방통위의 처분 사유와 해킹 사이에 직접적인 인과관계가 없음을 주장할 생각입니다.

선영   더 중요한 2차전은 태산이 준비한다는 그 공동소송인 거 알죠?

승준   네, 알고 있습니다.

선영   이번 소송에 꼭 이겨야 공동소송도 유리하게 끌고 갈 수 있어요. 태산이 4천만 국민을 대리하겠다고 나서는 꼴도 보기 싫은데 그 싸움에서 우리가 진다? (상상만 해도 화나) 하아… 우리 진짜 그런 상황은 만들지 말자.

승준   네, 대표님. 그런 상황 절대로 만들지 않겠습니다. 무슨 수를 써서든 이기겠습니다.

S#18.   **한바다 휴게실** (내부/낮)

영우, 수연, 민우가 휴게실에 둘러앉아있다.

수연	사법이든 사뻡이든 뭣이 중헌디? 어? 뭣이 중허냐고.
영우	어…?
민우	(웃음) 어우, 최수연 변호사 사투리 잘하네요.
수연	(놀리지 말라는 의미로 민우 한번 노려보고) 발음이야 어떻든 알아만 들으면 됐지. 왜 자꾸 긁어서 부스럼 만드냐? 정명석 변호사님이랑 일할 때랑은 상황이 다르다고!
영우	상황이 달라?
민우	다르죠. 정명석 변호사님은 우변한테… (뭐라 표현할지 생각하더니) 너그럽잖아요. 이상한 소리 해도 그냥 넘어가고 다 받아주고.
영우	(한숨 쉬며 혼잣말처럼) 묻지 않은 말 하지 않고 시키지 않은 일 하지 않기.
수연	그래! 잘 아네! 딱 그렇게 하라고.

그때, 민우에게 전화가 온다. 핸드폰 화면에
'장승준 변호사님'이라고 뜬 걸 수연이 본다.

민우	(통화) 네, 변호사님. (사이) 아, 네. 알겠습니다.

민우가 전화를 끊더니 슬쩍 자리에서 일어선다.

수연	어디 가요?
민우	아, 잠깐 보자시네요.
수연	권민우 변호사만 따로요?

민우	네.
수연	왜요?
민우	모르죠. 가봐야 알지.

더 이상의 질문을 피할 겸 민우가 서둘러
휴게실 밖으로 나간다. 수연이 의심스러운 눈빛으로
민우의 뒷모습을 본다.

S#19. 한정식 식당 (내부/밤)

고급 한정식 식당 내 어느 칸막이 방.
밑반찬 정도가 차려진 식탁 한편에 성열과 승준, 민우가
나란히 앉아있다. 셋 다 긴장한 상태지만 특히 성열은
초조해 얼굴에 핏기가 없을 정도다.

성열	한정식 정도로 진짜 괜찮을까요? 룸을 잡았어야 하는 거 아닌지…
승준	에이~ 시작은 가볍게 해야죠. 취향에 따라서는 룸 잡고 그러는 거 싫어하시는 분들도 있습니다.
성열	그럼 이것도… 오늘 당장은 안 드리는 게 나을까요?

성열이 옆에 놔둔 '이것'을 집어 들더니 승준 앞에 뚜껑을
열어 보인다. 와인 한 병이 들어갈 만한 선물 상자 안에 5만

원짜리 지폐가 가득 들어있다. 이를 본 민우의 눈이 휘둥
그레진다.

성열   3천만 원입니다.
승준   네. 일단 분위기 봐서…

그때, 칸막이 방의 문이 열린다. 성열이 와인 선물 상자의
뚜껑을 얼른 닫아 다시 옆에 둔다.
짜기라도 한 듯 동시에 벌떡! 자리에서 일어서는 성열, 승
준, 민우. 승준의 지인이자 재판장의 후배인 **남자**(50대)가
먼저 방 안으로 들어오고, 뒤이어 재판장이 들어오려다가
성열과 승준, 민우를 보고 멈칫한다. 곧 상황을 파악한 재
판장. 순식간에 격노한 얼굴로,

재판장   (버럭) 이게 지금 뭐하는 짓입니까?
남자   (당황) 아, 판사님! 제가 말씀드렸듯이…
재판장   (말 끊으며) 사정 딱한 하나대 후배가 있다면서요. 가볍게
       법률 상담 해주는 자리라고 하지 않았습니까? 도대체 나를
       뭐로 보고 이따위 짓을 꾸밉니까?

성열이 다급하게 재판장 앞으로 달려가 무릎을 꿇는다.

성열   선배님! 저! 사정 딱한 하나대 후배 맞습니다! 딱 5분만이
       라도 좋습니다. 제발… 제 얘기 좀 들어주세요.

절박하고 간절한 나머지 성열의 눈에 눈물이 고인다.
이 모습을 보자 재판장도 마음이 약해져 분노를 좀
가라앉힌다.

재판장   이거, 엄연한 부정 청탁 시도입니다. 내가 문제 삼지 않는
걸 다행으로 알고, 다시는 이런 짓 하지 마세요.

재판장이 뒤돌아 저벅저벅 자리를 뜬다. 남자가 승준을 향
해 '어쩌면 좋냐?'는 느낌으로 난처한 표정을 짓더니 곧
"재판장님!" 하며 재판장 뒤를 따라간다.
성열은 여전히 무릎을 꿇은 상태로 일어서지도 못한 채,

성열   하아… 이제 저는 어떡합니까? 네? 어쩌면 좋습니까?

하며 몹시 괴로워한다.
이를 보는 승준과 민우의 마음이 무겁다.

S#20.   법정 (내부/낮)

두 번째 변론기일.
이번에도 많은 기자들이 방청석에 앉아있다.

재판장   원고, 더 주장하실 것 있습니까?

성열과 승준, 민우를 보는 재판장의 시선이 곱지 않다.
이를 느낀 승준이 자기가 변론하려다가 생각을 바꾼다.

승준 이번에는… (영우와 수연 번갈아 보고) 최수연 변호사가 해보
세요.

수연 (처음엔 놀랐지만 곧 마음 다잡고) 아, 네.

수연이 자리에서 일어선다.

수연 원고가 서버에 idle timeout 즉 최대 접속시간 제한을 설
정하지 않은 점은 인정합니다. 하지만 이것은 단순한 절차
위반으로 최대 3천만 원 이하의 과태료 처분 대상이지 3
천억 원이나 되는 과징금 처분 대상이 아닙니다. 왜냐하면
idle timeout 미설정과 해킹 사이에는 인과관계가 없기 때
문입니다.

재판장 흠, 인과관계가 없다고요?

수연의 말에 집중하며 질문하는 재판장.
반면 이런 반박을 예상한 걸까? 윤주는 차분해 보인다.

수연 네, 재판장님. 해커가 최진표 씨의 컴퓨터에 설치한 악성코
드 중에는 키로거가 있었습니다. 해커는 이 키로거를 통해
최진표 씨가 키보드로 입력하는 모든 텍스트를 도청할 수
있었을 테니, 서버에 접속하기 위한 아이디와 비밀번호를

알아내는 것도 시간 문제였을 것입니다. 결국 원고가 서버에 최대 접속시간 제한을 설정했더라도 이용자들의 개인 정보 유출을 막을 수는 없었던 것입니다.

재판장   피고는 원고의 주장에 대해 어떻게 생각하십니까?

여전히 차분한 태도로 자리에서 일어서는 윤주.
'왜 저렇게 침착한 거지?'
수연과 한바다 변호사들이 조금 불안해진다.

윤주   최대 접속시간 제한 설정과 개인 정보 유출 사이에 인과관계는 없어도 무방합니다. 인과관계가 있든 없든, 라온은 여전히 과징금 처분 대상입니다.

수연   네?

재판장   없어도 무방하다? 왜 그렇습니까?

윤주   해커가 라온의 서버에 침입해 고객들의 개인 정보를 유출한 날인 2022년 1월 19일, 정보통신망 법이 일부 개정되었기 때문입니다.

'정보통신망 법 개정?'
영우가 머릿속에 저장된 정보통신망 법을 기억해낸다.

윤주   정보통신망 이용 촉진 및 정보 보호 등에 관한 법률 제64조의 3 제1항 제6호. 개정 전에는 다음과 같았습니다.

윤주가 준비한 서류를 들고 해당 법조문을 읽으려는데
영우가 자기도 모르게 한발 앞서 대답한다.

영우   '개인 정보의 보호 조치를 하지 아니하여 이용자의 개인
      정보를 분실·도난·유출·위조·변조 또는 훼손한 경우.'
윤주   잘 아시네요. 그럼 어떻게 개정되었는지도 알고 있습니까?
영우   '이용자의 개인정보를 분실·도난·유출·위조·변조 또는
      훼손한 경우로서 개인 정보의 보호 조치를 하지 아니한
      경우.'
승준   뭐가 달라졌다는 겁니까? 구절의 순서가 바뀐 것뿐이잖습
      니까?
윤주   아닙니다. 개정 전에는 '개인 정보의 보호 조치를 하지 아
      니하여('아니하여' 강조해 읽음) 이용자의 개인 정보를 유출한
      경우에는 과징금을 부과한다.'고 함으로써 '미조치'가 '유
      출'의 원인이 되어야 한다는 뜻이 명확했습니다. 반면 개
      정된 법조문은 이용자의 개인 정보를 유출한 경우 중('중'
      강조해 읽음) 개인 정보의 보호 조치를 하지 아니한 경우에
      는 과징금을 부과한다.'는 내용입니다. '유출'이라는 결과
      와 '미조치' 행위가 인정되기만 하면 둘 사이의 인과관계
      는 필요 없는 것입니다.

'아… 내가 왜 이걸 놓쳤지?'
영우가 후회하는 사이 곰곰이 생각에 잠기는 재판장.

| 재판장 | 피고 대리인의 지적이 맞네요. 재판부도 법조문 해석에 더욱 신중을 기하겠습니다. |

재판장의 말에 성열과 찬홍, 한바다 변호사들의 표정이 어두워진다. 특히 몰려오는 좌절감과 분노, 절박함을 가눌 수 없는 성열. 벌떡 일어서 소리친다.

성열	재판장님! 매일 수백만 명의 고객이 라온을 탈퇴하고 있습니다. 공동소송을 준비하는 카페에는 벌써 천만 명이 넘게 모였다고 하고요. 고객은 줄고 손해배상금은 늘어나는데 과징금 3천억까지… (생각할수록 숨 막혀 힘들어하며) idle timeout 설정 하나 안 한 것이 그렇게 큰 잘못입니까? 정말로 이 정도의 대가를 치러야 하나요?
재판장	일단 진정하시고…
성열	(말 끊으며) 재판장님! 라온 만큼 고객 만족을 위해 최선을 다한 회사는 없습니다. 작정하고 쳐들어오는 해커를 무슨 수로 막습니까? 전 국민의 개인 정보를 유출했다는 오명을 쓰고 이렇게 무너지기에는…(울컥) 억울합니다! 진짜 너무 억울합니다!

갑자기 허리춤에 달린 작은 주머니에서 알약 캡슐 하나를 꺼내는 성열. 누가 말릴 틈도 없이 두 눈을 질끈 감더니 그대로 캡슐을 삼켜버린다.

| 재판장 | (놀라) 원고! 지금 뭐하는 겁니까? |

성열의 돌발 행동에 법정 안이 소란스러워진다.
법원 **경위**(30대/남)가 성열에게 달려가고
찬홍도 놀란 나머지 벌떡 일어나 성열을 잡고 흔든다.

| 찬홍 | 배성열! 뭐야? 너 지금 뭐 삼켰어? |

하지만 아무런 대답도 하지 않는 성열.
호흡이 거칠어지더니 곧 정신을 잃고 바닥으로 쓰러진다.

| 찬홍 | 성열아! 배성열! |

성열이 흰 거품을 토하며 전신에 경련을 일으킨다. 제13화
때 명석에 이어 이번엔 성열까지… 자신의 눈앞에서 연이
어 사람이 쓰러지는 광경에 불안해진 영우. 오른손으로 왼
손 손등을 꾸욱 누르며 혼자 진정하려 애쓴다.
준호가 이 모습을 보고 영우에게 다가가려다가 이제 그러
면 안 되는 사이라는 생각에 멈칫한다. 힘들어하는 영우를
보면서도 괜찮냐는 말 한마디 할 수 없는 준호. 답답한 마
음에 한숨만 내쉰다.

병원 중환자실 (내부/밤)

어느 병원의 중환자실.
여전히 의식이 없는 성열이 산소 호흡기를 낀 채 환자용
침대에 누워있고 성열 옆에는 찬홍이, 그 맞은편에는 **의사**
(40대/여)가 서있다. 성열 걱정에 한바탕 울기까지 한 듯 눈
가가 부어있는 찬홍. 의사가 이것저것 성열의 상태를 확인
하더니 찬홍에게 말한다.

의사　　당장 필요한 처치는 했으니까요. 환자분 상태 계속 지켜보
　　　　겠습니다.

찬홍　　저는 여기 조금만 더 있어도 될까요? 성열이 부모님도 아
　　　　직 안 오셔서 성열이만 혼자 두고 가버리기가 좀 그러네요.

의사　　(웃음) 저랑 간호사들도 환자분 주변에 같이 있는데요, 뭘.
　　　　아직 면회 시간 남았으니까 물론 더 있다 가셔도 됩니다.

의사가 중환자실 밖으로 나간다. 성열을 물끄러미
바라보는 찬홍의 얼굴에 걱정이 가득하다.

S#22.　　**중환자실 앞 복도 (내부/밤)**

의사가 중환자실 밖으로 나오자 복도에서 기다리고 있던
한바다 변호사들과 준호가 의사에게 다가간다.

승준	배성열 씨 상태는 좀 어떻습니까?
의사	아, 환자분 담당 변호사들이라고 하셨죠? 일단 해독제 투여했고요. 근데 워낙 많은 양의 청산가리를 삼키셔서 회복 정도는 좀 더 지켜봐야 될 것 같아요. 더 자세한 건 가족분들 오시면 말씀드릴게요.

의사가 자리를 뜬다. 성열의 상태가 썩 좋지 않은 듯해
변호사들의 마음이 무겁다.

승준	준호 씨, 밖에 기자들 많이 와있다고 했죠?
준호	네.
승준	그럼 준호 씨가 먼저 나가서 차 좀 정문 앞으로 빼와야겠다. 기자들한테 안 붙잡히고 바로 차 탈 수 있게.
준호	네, 알겠습니다.

준호가 주차장을 향해 먼저 뛰어가고 승준과
신입 변호사들도 병원 밖을 향해 걷기 시작한다.

S#23. 병원 1층 로비 (내부/밤)

병원 정문을 향해 걷는 변호사들. 유리문 바깥으로
꽤 많은 수의 **기자들**이 서있는 것이 보이자 주춤한다.

수연	저 기자들 다… 우리 기다리는 거예요?
민우	우리라기보단 라온 CEO 생사에 대한 소식을 기다리는 거겠죠.
영우	이럴 때는 어떻게 해야 합니까?
승준	어떻게 하긴 뭘 어떻게 해. 입 꾹 다물고 아무 소리 하지 말아야지. 자, 갑시다!

승준의 재촉에 신입 변호사들이 용기를 내 다시 전진한다.

S#24.   병원 정문 앞 (외부/밤)

영우, 수연, 민우가 정문 밖으로 나가자 기자들이 우르르 몰려든다. 승준은 몰래 한 걸음 물러나 병원 건물 안에 숨지만, 기자들의 질문 세례에 정신이 없는 신입 변호사들은 이를 깨닫지 못한다.

기자 1	라온 담당 변호사시죠? 배성열 씨 상태는 어떻습니까?
기자 2	재판은 언제 재개되나요?
기자 3	배성열 씨가 독극물을 삼킨 게 확실합니까? 법정에 독극물을 어떻게 반입했죠?

쏟아지는 질문에도 입 꾹 다물고 아무 소리 하지 않는 신입 변호사들. 하지만 쉽게 놓아주지 않는 기자들 때문에

오도 가도 못하는데, 저 앞에 준호가 승합차를 몰고 와 벌
컥! 차 문을 열고 외친다.

준호   타세요!

그러자 혼자 숨어있던 승준이 부리나케 달려가
승합차에 타 문을 닫는다.

S#25.   승합차 (내부/밤)

승준   준호 씨! 출발!
준호   네? 저 변호사님들은…
승준   저 변호사들은 이미 틀렸어! 뭐해요? 출바알!

준호가 하는 수 없이 승준만 태운 채 승합차를 출발시킨다.

CUT TO :
다시 병원 정문 앞.
차가 떠나는 것을 본 신입 변호사들이
기자들 틈바구니에 끼어 아우성친다.

수연   뭐야? 우리는? 우리는요?!
민우   장승준 변호사님! 이준호! 야!!!

영우   치사합니다! 배신입니다!

S#26.   털보네 요리주점 (내부/밤)

기자들에게서 간신히 도망친 영우, 수연, 민우. 넋 나간 패잔병들처럼 멍하니 털보네 요리주점 안 테이블에 둘러앉아 있다. 테이블 위에는 영우를 위한 김초밥과 민우, 수연을 위한 안주들이 있고, 그라미가 맥주를 갖다 준다.

민우   (그라미에게) 근데 왜… 손님이 우리밖에 없어요?

그러자 주방에 있던 민식이 그라미가 답할 세라
먼저 말한다.

민식   세 분 편하게 이야기하시라고! 단골손님을 위한 털보만의
         배려랄까?
그라미   (차갑게) 원래 손님 없어요. (영우 가리키며) 얘밖에.
민우   이상하다. 다 맛있는데? 특히 이 어묵탕…
그라미   (뜨겁게) 헐? 털보 사장! 소리 질러! 어묵탕 맛있대요!
민식   (신나) 예—에이! 어묵탕 서비스! 본 메뉴보다 더 푸짐한
         서비스!

주방에서 하이파이브까지 하는 그라미와 민식의 모습에

피식 웃는 민우. 수연이 그런 민우를 슬쩍 보며 물어볼 타이밍을 찾다가,

수연	그나저나 장승준 변호사님은 뭐래요? 권민우 변호사만 따로 불러서?
민우	아, 저번에요? 뭐, 아무것도 아니었어요.
수연	진짜요? 난 또 하나대끼리 모여서 검은 음모라도 짜는 줄 알았네.
민우	와— 최수연 변호사 진짜 편견 쩐다. 서울대끼리 모여서 쿵짝거리는 건 괜찮고 하나대가 모이면 검은 음모예요?
수연	쿵짝거리긴 누가 쿵짝거려요?
영우	(불쑥) 인과관계는 법의 대원칙이야.

자신의 눈앞에서 민우와 수연이 한참을 티격태격하는데도 전혀 듣지 않은 채 사건 생각에만 빠져있던 영우가 말한다.

수연	사건 얘기하는 거야?
영우	'형법 제17조. 인과관계. 어떤 행위라도 죄의 요소되는 위험발생에 연결되지 아니한 때에는 그 결과로 인하여 벌하지 아니한다.'
수연	그건 사실 형법만 그런 게 아니라 민법도 마찬가지지.
영우	그렇다면 행정 처벌 또한 그래야 해. 라온의 행위와 개인정보 유출 사이에 인과관계가 없는데도 과징금으로 무겁게 처벌하는 건, 법의 대원칙에 부합하지 않아.

민우   근데 우리가 그렇게 주장해봤자, 상대 변호사가 '이 재판
      은 정보통신망 법의 합리성을 논하는 자리가 아닙니다!'
      해버리면 더 할 말이 없어요. 위헌 법률 심판 제청 신청을
      할 것도 아니고.

수연   그러게, 그 해커는 왜 하필 그날 해킹을 해가지고! 하루만
      일찍 했어도 과태료 처분으로 끝날 텐데.

영우   음… 하루만 일찍?

좋은 생각이 떠오르는 듯 영우의 눈빛이 반짝거린다.

INSERT :

고래 한 마리가 푸른 바다 위로 힘차게 뛰어오른다.

CUT TO :

다시 털보네 요리주점.
영우가 뭔가 깨달았다는 것을 눈치챈 수연과 민우도
영우의 말에 집중한다.

영우   정보통신망 법 제64조의 3 제1항 제6호는 2022년 1월 19일
      에 개정되었어. 해커가 라온의 서버에 침입해 고객들의 개
      인 정보를 훔쳐간 것 또한 2022년 1월 19일이고.

수연   (다음 말이 궁금해 다급하게) 응. 근데? 그래서?

영우   해커가 최진표 씨에게 이메일을 보낸 것은 며칠이지?

그로써 영우의 말뜻을 이해한 수연이 관련 정보를
찾으려고 가방에서 서둘러 노트북을 꺼낸다.
하지만 영우의 기억이 더 빠르다.

영우   2022년 1월 18일 오후 11시 14분이야. 최진표 씨가 이메일
　　　　　을 확인해 첨부파일을 다운로드한 시간은 1월 18일 오후
　　　　　11시 48분이고.

민우   (이제야 깨닫고) 잠깐만, 그러면…

영우   해킹이 시작된 건, 정보통신망 법이 개정되기 하루 전이었
　　　　　던 겁니다!

S#27.　승준의 사무실 (내부/낮)

승준이 책상에 앉아있고, 맞은편에는 영우, 수연, 민우가
서있다. 영우의 아이디어를 들은 승준이 퉁명스럽게 대꾸
한다.

승준   그게 무슨 애들 장난 같은 소립니까? 가뜩이나 재판장이
　　　　　우리 별로 안 좋아하는데, 말 같지도 않은 궤변까지 늘어
　　　　　놓으라고요?

영우   말 같지도 않은 궤변이 아닙니다. 행정기본법 제14조 제1
　　　　　항에 따라 위반 행위 당시의 법에 근거해 처분해달라고 요
　　　　　청할 수 있습니다.

승준	(답답) 나도 행정기본법 14조 아는데… 그건 새로운 법 시행 전에 '완성되거나 종결된 사실 관계'에 대해서만 적용하는 거잖아요. 라온의 경우, 해킹이 시작된 건 새로운 법 시행 전일지 몰라도, 개인 정보 유출 행위는 새 법 시행 후에 종료된 거 아닙니까? 안 그래요?
영우	그럼에도 여전히 다퉈볼 여지는 있습니다. 행정기본법 제14조 제3항에 따르면, 개정 전의 법을 적용해야 하는 경우라도 새로운 법에 의해 제재 처분이 가벼워진다면 새 법을 적용하도록 하고 있습니다. 라온의 경우, 개정 전의 법령을 적용하는 것이 원고에게 훨씬 유리하기 때문에 재판장님의 판단에 따라 조율 가능한 부분이…
승준	(참다 참다 말 끊으며 버럭) 거, 참! 그만하라고!

승준의 고함 소리에 영우가 놀라 움찔하고,
수연과 민우도 당황한다.

| 승준 | 우영우 변호사! 니가 법을 그렇게 잘 알아요? 건방지게 누가 누굴 가르치려고 드는 겁니까? 그렇게 잘났으면 너 혼자 하세요! 오늘부로 우영우 변호사는 이 사건에서 제외입니다. |

제외라는 말에 얼빠진 사람처럼 멍하게 서있는 영우.
그 모습을 보자 승준이 더 화가 난다.

승준	아, 뭐하고 섰어? 나가요! 당장!

영우가 승준에게 꾸벅 인사한 뒤 사무실 밖으로 나간다.

수연	저기, 장승준 변호사님.
승준	(아직도 화 안 풀려) 뭐요! 뭐!

영우를 위해 승준에게 뭔가 한마디 하려는 수연.
이를 눈치챈 민우가 아무 말 하지 말라는 의미로
수연의 팔을 잡아당기며,

민우	아무것도 아닙니다. 저희들도 이만 나가보겠습니다.

민우가 수연을 억지로 끌고 사무실 밖으로 나간다.

S#28. 승준의 사무실 앞 복도 (내부/낮)

사무실 안 승준에게 말소리가 들리지 않을 거리까지
수연을 끌고 가는 민우. 수연이 민우의 손을 뿌리친다.

수연	왜 이래요? 그렇게 아부하고 싶으면 혼자 해요! 왜 나까지 말도 못 꺼내게 이래요?
민우	앞으로 우리가 함께 일하게 될 선배들이 다 정명석 변호사님 같지는 않아요. 스타일 따라 맞추는 법도 배워야죠.

수연	권민우 변호사나 배워요! 영우가 말도 안 되는 이유로 쫓겨났는데…
민우	(수연 말 끊으며) 우영우 변호사랑 우리는 다르다는 거, 아직도 모르겠어요?
수연	(자폐에 관한 얘기일까 봐 날카롭게) 뭐요?
민우	우영우 변호사는… 천재예요. 제멋대로 굴다가 저렇게 튕겨 나가도 사람들은 괴팍한 천재의 고집 정도로 여기고 이해해준다고요. 우리는 달라요. 우변이랑 똑같이 굴다가는 선배 비위 하나도 못 맞추는 부적응자, 같이 일하기 까다로운 후배 취급만 받는다고요.

듣고 보니 맞는 말에, 수연이 잠시 잠잠해진다.

수연	맞는 말인데. 재수 없을 정도로 다 맞는 말인데. 한순간만이라도 그냥… 좀 바보 같을 수는 없어요?
민우	바보…?
수연	동료를 위해서, 옳다고 믿는 일을 위해서, 처세며 정치며 잠깐 내려놓고 바보처럼 용감해질 수는 없냐고요.
민우	(피식) 아니, 내가 왜 그래야 되는데요?
수연	왜냐하면! 나는 그런 남자를 좋아하니까요.

수연의 말속에 담긴 뜻에 민우가 할 말을 잃는다. 서로를 마주 보는 두 사람의 눈빛이 강렬하면서도 혼란스럽다.

S#29. 골목길 (외부/밤)

늦은 밤.
퇴근하는 영우가 헤드셋을 낀 채 걷다가 집 근처 골목길에
준호가 서있는 것을 보고 멈칫한다. 그냥 지나치지도, 가까
이 다가가지도 못한 채 그 자리에 서있는 영우.
준호가 다가오자 헤드셋을 벗는다.

준호   변호사님.

영우   네.

준호   우리는 왜 안 되는 거예요?

대답 없이 그저 땅만 쳐다보는 영우.
준호가 답답해 말을 이어본다.

준호   도대체 왜 헤어져야 하냐고요. 계속 생각해봤는데 이유를
       모르겠어요.

영우   제가… 이준호 씨를 행복하게 만들어줄 수 있는 사람인지
       모르겠습니다. 이준호 씨가 보살펴야 하는 사람인 것만 같
       아요.

어디서 들어본 적 있는 표현.
준호가 기억을 되짚어본다.

준호	혹시 누나가 저한테 한 말을 들으신 거예요? 그것 때문이었어요? 변호사님, 저는요! 같이 있기만 해도 행복해요. 제가 행복해지려면 변호사님이 있어야 된다고요!
영우	하지만 저와 함께 있을 때 외로운 적 없었습니까?

없었다고는 답할 수 없는 갑작스러운 질문에
준호가 잠시 멍해진다.

영우	내 안은 나 자신으로 가득 차있어서 가까이 있는 사람들을 외롭게 만듭니다. 언제 왜 그렇게 만드는지도 모르고, 어떻게 해야 안 그럴 수 있는지도 모릅니다. 저는 이준호 씨를 좋아하지만⋯ 이준호 씨를 외롭지 않게 만들 자신이 없습니다.

영우의 진심 어린 대답에 준호가 할 말을 잃는다.

S#30. 17층 복도 (내부/낮)

세 번째 변론기일이 있는 날.
법원에 가기 위해 사무실 밖을 나선 수연.
영우의 사무실 앞을 지나려니 영우만 빼놓고
재판에 가는 게 마음에 걸려 머뭇거린다.
그때 민우가 자신의 사무실에서 나와 수연을 본다.

민우	뭐해요? 거기 서서?
수연	영우한테… 인사라도 하고 가려고요.
민우	(피식) 인사? 너 빼놓고 우리끼리 재판 간다는 인사요?
수연	(빠직) 아, 가던 길이나 가요! 남이야 인사를 하든 말든.
민우	빨리 나와요. 괜히 꾸물거리다가 늦을라.

민우가 수연을 지나쳐 저벅저벅 걸어간다.
수연이 영우의 사무실 문을 노크한다.

S#31. 영우의 사무실 (내부/낮)

책상 앞에 앉아 일하고 있던 영우가 노크 소리에 대답한다.

영우	네.

빼꼼 문이 열리고 수연이 고개를 내민다.

수연	우영우. 나 갔다 올게. 오늘 라온 재판 있잖아.
영우	(그걸 왜 말하는지 몰라 어리둥절하면서도) 어? 어.
수연	올 때 뭐 좀 사올까? 오늘은 우영우 김밥 대신 최수연 김밥?
영우	최수연 김밥이란 건 없잖아.
수연	없지. 나 간다.

영우   어.

수연이 문을 닫는다. 혼자 남겨진 영우가 잠시 멍하게 있
더니 제11화에서 했던 것처럼 사무실 창문으로 가 블라인
드를 벌려 준호를 본다. 그렇게라도 준호를 보고 싶은 마
음을 달래보는 영우. 책상에 앉아 일하던 준호가 문득 영
우 쪽으로 시선을 돌린다. 그러자 들킬세라, 얼른 블라인드
를 닫아버리는 영우. 표정이… 슬프다.

S#32.   법정 (내부/낮)

세 번째 변론기일.
성열이 병원에 있느라 참석하지 못한 것을 제외하면 방청
석을 가득 메운 기자들까지 지난 기일 때와 비슷한 풍경이
다. 승준이 또 미드에 나오는 변호사처럼 자신만만하게 최
종변론을 한다.

승준   게다가 피해자들이 대규모 손해 배상 청구 소송을 준비 중
이라는 사실 또한 원고에게는 감당하기 힘든 정신적 부담
입니다. 물론 공법('공뻡'이라 발음)적 책임과 사법('사법'이라
발음)적 책임을 함께 져야 하는 개인 정보 유출 사건의 특
성상…

재판장   (승준 말 끊고) 사… '뻡'입니다.

승준	네?
재판장	공법('공뻡'이라 발음), 사법('사뻡'이라 발음)할 때 사법('사뻡'이라 발음)은 사뻡이라고 발음해야죠. 사법('사법'이라 발음)은 완전히 다른 뜻이잖습니까?
승준	(민망) 아, 네.

'전 국민의 80%'에 이어 이번에도 영우가 했던 것과 똑같은 지적을 하는 재판장. 이에 수연이 곰곰이 생각에 잠긴다.

재판장	계속 하시죠.
승준	네. 음, 잠시만요. 제가 어디까지…

승준이 버벅거리자 찬홍이 한숨을 쉬고, 윤주와 방통위 직원의 표정은 밝아진다. 이대로 가면 재판에 질 거라는 생각에… 결국 수연이 벌떡 일어선다.

수연	재판장님, 정보통신망 법 제64조의 3 제1항 제6호는 2022년 1월 19일에 개정 및 시행되었습니다. 해커가 원고의 서버에 침입한 것도 같은 날이었고요. 하지만 해커가 DB 관리자인 최진표 씨에게 악성코드를 심은 이메일을 보낸 것은, 그 하루 전인 2022년 1월 18일입니다.
재판장	그래서요? 지금 무슨 소리 하는 겁니까?
수연	해킹이 시작된 건 정보통신망 법이 개정되기 하루 전이었다는 뜻입니다.

그제야 재판장이 수연의 말뜻을 알아듣고 멈칫한다. 윤주 역시 수연의 말이 사실인지 찾아보느라 갑자기 바빠진다.

수연   '새로운 법은 그 법의 효력 발생 전에 완성되거나 종결된 사실 관계에 대해서는 적용되지 아니한다.'는 행정기본법 제14조에 근거하면, 원고는 개정 전 정보통신망 법에 따라 과징금이 아닌 과태료 처분 대상이 됩니다.

승준이 수연을 끌어 앉힌다.

승준   (작게) 최수연 변호사! 지금 뭐하는 겁니까? 나 최종변론 중이었던 거 안 보여요?

민우   (작게) 그만해요. 이런다고 우변이 좋아할 거 같습니까?

수연   (작게) 영우 때문이 아니에요. 내가 해야 될 것 같아서 하는 거예요.

그사이 기록을 찾아본 윤주가 벌떡 일어나 반박한다.

윤주   재판장님, 해킹의 시작일은 1월 18일이었을지 몰라도 개인 정보 유출이 일어난 것은 1월 19일이었습니다. 개정된 정보통신망 법이 시행된 후인 것입니다!

수연   (끌어 앉혀진 상태에서도) 피고 대리인은 어디까지가 해킹이고, 어디까지가 개인 정보 유출 행위인지 무슨 기준으로 구분합니까? 도둑이 집 안에 침입한 순간부터 절도 행위는 시작된 것 아닌가요?

승준 (작게) 최수연! 앞으로 한 마디만 더 하면 이 사건에서 제외
입니다. 알겠어요?

윤주 재판장님, 원고 대리인이 반박 근거로 제시한 행정기본법
제14조는 새로운 법이 시행되기 전에 '완성되거나 종결된
사실 관계'에 대해서만 적용할 수 있습니다. 해킹이 시작
된 시점이 아닌 개인 정보 유출 행위가 종료된 시점을 기
준으로 삼아 판결해주십시오.

수연이 반박을 위해 일어서려 하자
민우가 수연의 팔을 잡아당기며 말린다.

수연 (작게) 놔요!

수연이 민우의 손을 뿌리친다.
그러자 민우가 벌떡 일어서더니,

민우 행정기본법 제14조 제3항에 따르면, 개정 전의 법을 적용
해야 하는 경우라도 새로운 법에 의해 제재 처분이 가벼워
진다면 새 법을 적용하도록 하고 있습니다. 본 사건의 경
우, 개정 전의 옛 법을 적용하는 것이 원고에게 유리합니
다. '의심스러울 때는 피고인의 이익으로'라는 격언은 비단
형사법에만 적용되는 원칙이 아닐 것입니다. 재판장님의
넓은 아량으로 원고의 사정을 헤아려주시길 부탁드립니다.

민우가 재판장을 향해 90도로 인사한다. 민우의 예상치 못한 행동이 놀라우면서도 내심 기분이 좋은 수연.

재판장   음, 흥미로운 지적이네요. 숙고해서 판결하겠습니다.

이로써 수연이 자신의 최종변론을 가로챈 것으로 모자라 민우가 마무리까지 해버린 상황. 승준이 기가 막혀 화도 못 내고 허탈하게 웃지만 수연과 민우는 아랑곳하지 않고 반짝이는 눈빛으로 재판장을 바라본다.

S#33.   우영우 김밥 (내부/밤)

영업이 끝난 뒤라 아무도 없는 분식집에
광호와 선영이 마주 앉아있다.

선영   한바다 직원용 회원권으로 이용할 수 있는 리조트들이 전국에 몇 군데 있어. 가고 싶은 곳 어디든 골라서 영우랑 한두 달 푹 쉬다 와. 유급 휴가다, 생각하고.

광호   진짜로 꼭 이렇게 해야겠어?

선영   지금이야 내가 막아줄 수 있지만 일단 기사 나가고 나면 우변한테도 기자들이 몰려들 거야. 잠잠해질 때까지만 숨어 있어. 그다음에 한바다로 복귀하면 되잖아.

광호   복귀? 태수미 혼외자식이라는 게 온 세상에 알려진 다음에 한바다로 복귀하라고? 그런 꼬리표를 달고 영우가 일을 제대로 할 수 있겠어?

선영 　(버럭) 아니, 한 번은 허락한다며? 태수미 잡으려고 우변 써먹는 거, 한 번은 허락한다고 했잖아! 한바다에 취직시켜준 대가라더니 왜 말을 바꿔?

광호 　다른 방법은 없어? 언론에 터트리는 것 말고는 방법이 없냐고?

선영 　(다시 톤 가라앉히고) 나도 생각 많이 했어. 지금으로서는 이게, 내가 우변이랑 선배한테 해줄 수 있는 최대한의 배려야.

선영의 단호함에 광호의 얼굴이 어두워진다.

S#34.　　EPILOGUE : 상현의 방 (내부/밤)

컴퓨터 모니터에서 TV 뉴스가 재생된다.
영상 속 **아나운서**(30대/남)가 소식을 전한다.

아나운서 　해킹을 막지 못해 4천만 건의 개인 정보를 유출했던 온라인 쇼핑몰 라온이 방송 통신 위원회를 상대로 제기한 3천억 원의 과징금 부과 처분 취소 소송에서 승소했습니다. 서울 행정 법원은 라온이 개인 정보 처리 시스템에 최대 접속시산 제한 조치를 하지 않은 등 접근 통제를 소홀히 한 사실은 인정되나 그것이 개인 정보 유출의 직접적인 원인이 아닌 점을 들어 원고 승소 판결을 내렸습니다.

무표정한 얼굴로 컴퓨터 앞에 앉아 뉴스를 보는 **최상현** (17세/남). 전형적인 '이과 천재 소년' 같은 눈빛과 분위기를 가진 와중에도 독특한 머리 스타일과 옷차림 등에서는 자기만의 고집이 분명하게 느껴진다.

아나운서   한편 재판 중 독극물을 삼킨 라온의 공동 대표 배성열 씨는 병원으로 옮겨져 치료를 받고 있으나 현재까지도 의식이 없는 것으로 확인됐습니다. 배성열 씨는 지난 재판에서 "라온만큼 고객 만족을 위해 최선을 다한 회사는 없다. 작정하고 쳐들어오는 해커를 무슨 수로 막느냐?"고 소리치는 등 억울함을 호소한 뒤…

법정에서 알약 캡슐을 먹고 쓰러진 남자의 모습을 그린 일러스트와 환하게 웃고 있는 실제 성열의 사진이 연달아 뜨는 뉴스 화면. 이를 보는 상현의 표정이 심각해지더니 초조한 듯 오른손으로 왼손 손등을 꾸욱 누르며 진정하려 애쓴다.
결국 영상 재생을 멈추고 어딘가에 전화를 거는 상현. 상대방이 전화를 받지 않아 음성 사서함으로 넘어간다. 상현이 음성 메시지를 남긴다.

상현   형. 방금 뉴스 봤는데… 성열이 형은 아직도 의식이 없어?

나한테는 깨어났다고… 이젠 괜찮다고 그랬잖아. 형. 전화
좀 받아요. 내가 형 위치까지 해킹하게 만들지 마…

그때, 똑똑 노크 소리가 들리더니 누군가 방문을 연다. 상현
이 놀라 핸드폰을 던지듯 내려놓고 아무렇지 않은 척한다.

상현   어. 왜?

수미   왜는~ 엄마 모처럼 일찍 퇴근했어. 같이 저녁 먹자. 나와.

무뚝뚝한 10대 아들을 향해 활짝 웃는 다정한 엄마는,
바로 수미다.

〈끝〉

"제 삶은 이상하고 별나지만,

가치 있고 아름답습니다."

16화

이상하고
별나지만

$$\textcircled{16}$$

S#1.   **PROLOGUE : 지난 이야기**

제15화의 내용이 요약된 지난 이야기.
해킹을 당해 4천만 이용자들의 개인 정보를 유출하게
된 라온, 방송 통신 위원회에 과징금 부과 처분
취소 소송을 제기해 승소한다.
승소를 위한 핵심 의견을 내고도 승준에게 밉보여
사건에서 쫓겨난 영우와 승준의 반대를 무릅쓰고
영우의 의견을 재판장에게 전달한 수연과 민우.
재판 중 독극물을 삼키고 쓰러진 성열과
성열에 대한 죄책감에 시달리는 수미의 아들이자
영우의 이부동생인 상현…

TITLE :

〈이상한 변호사 우영우〉

S#2.   상현의 방 (내부/낮)

재벌가 자식인 덕분에 넓고 고급스러운 상현의 방.
책상에는 고성능 데스크탑과 노트북들,
여러 대의 모니터가 세팅돼있고 책장에는 컴퓨터
프로그래밍과 수학, IT 관련 책들이 꽂혀있다.

수면용 안대를 쓴 상현이 침대에 누워있다.
맞추다 만 루빅스 큐브 옆에 놓인 탁상시계가
아침 7시를 알리자 상현이 일어나 안대를 벗고
귓속에 든 귀마개를 뺀다.

무표정한 와중에도 귀엽고 잘생긴 얼굴이…
영우와 닮았다. 상현은 자폐인이 아니지만 자폐적인
성향이 있고, 아버지는 다르지만 남매인지라
이부누나인 영우와 닮은 특성도 많은 것이다.

S#3.   수미의 집 거실 (내부/낮)

교복으로 갈아입은 상현이 거실로 나온다.
주방에서 일하던 **가사 도우미**(40대/여)가
엄마처럼 상현을 반긴다.

가사 도우미	일어났니? 상현이 좋아하는 김밥 했어. 얼른 먹어.
상현	네.

식탁에 앉아 가사 도우미가 차려둔 김밥을 보는 상현.
영우가 그렇듯, 상현도 젓가락을 들더니
김밥을 반듯하게 정렬한다. 상현이 김밥을 먹으며
거실 소파에 앉아있는 수미를 쳐다본다.
홈웨어 차림으로 TV 뉴스를 보고 있는 수미.
그 옆에는 수미의 집으로 출근한 듯
정장 차림인 비서가 앉아있다.
TV에서는 한 **아나운서**(30대/남)가 태산이 라온을
상대로 공동소송을 시작했다는 소식을 전하고 있다.

아나운서	대한민국 사법 역사상 최대 규모의 공동소송이 개시될 예정입니다. 온라인 쇼핑몰 라온의 고객들이 개인 정보 유출에 대한 손해 배상을 청구한 것인데요. 공동소송인의 숫자만 3천만 명이 넘고, 청구 금액도 3조 원에 달합니다. 태수미 법무부 장관 후보자가 속한 법무법인 태산이 라온의 이용자들을 대리해 서울 중앙 지방 법원에 소를 제기했습니다.

뉴스가 마음에 들지 않는 듯 수미의 표정이 좋지 않다.
비서가 수미의 눈치를 살핀다.

아나운서	한편 라온의 창립자이자 대표인 배성열 씨는 개인 정보 유출로 인한 과징금 액수를 두고 방송 통신 위원회와 재판을 하던 중, 스스로 독극물을 삼켜 아직까지 의식이 없는 상태인데요. 3조 원이라는 거액의 손해 배상 청구로 인해 국내 최대 규모의 전자 상거래 기업인 라온이 도산하지는 않을지, 우려의 목소리가 커지고 있습니다.
수미	뉴스들 보도 방향이 다 왜 이래? 한바다에서 손이라도 쓴 거야? 우리 홍보팀은 뭐하고.

수미가 살짝 짜증을 내며 TV를 꺼버린다.
비서가 긴장해 수첩을 척 꺼내든다.

비서	지시 사항 알려주시면 홍보팀에 전달하겠습니다.
수미	힘센 태산이 불쌍한 라온을 망하게 만드는 일처럼 보이면 안 돼요. 지금 한바다가 원하는 게 그거잖아. 그래서 자꾸만 내 이름 엮어대고. 라온 대표가 쓰러진 거 강조하고. 안 그래요?

비서가 수미의 말을 수첩에 받아 적으며 고개를 끄덕인다.

| 수미 | 태산은 주로 기업들이랑 일하는데 소비자 편에 서서 소송한다는 것 자체가 사실은 큰 용기잖아. 기존 고객들을 공격하는 것처럼 보일 위험까지 무릅쓰고, 3천만 국민들을 대리하는 일이란 걸 홍보해야죠. |

상현   엄마, 나 할 말 있어.

식탁에 앉아있다가 어느새 수미 곁에 와 서있는 상현.
꺼내기 힘든 말을 용기 내 하려는 듯 잔뜩 긴장한 표정이다.

수미   엄마 지금 일하는 중이니까…
상현   (수미 말 끊으며) 내가 했어. 라온 해킹.

상현의 말에 비서가 놀라고,
수미도 멈칫하며 상현을 돌아본다.

S#4.   상현의 방 (내부/낮)

시간이 조금 흐른 뒤 상현의 방.
자신이 라온을 해킹해 고객들의 개인 정보를
유출했다는 걸 털어놓은 상현.
말하는 동안 조금 운 듯, 눈에 눈물이 그렁그렁하다.
한편 수미는 상현의 고백에 충격을 받았으면서도
최대한 침착하려 애쓴다.

수미   엄마한테 솔직하게 말한 건 잘했어. 이제부터는 아무한테
        도 말하면 안 돼. 엄마가 다 알아서 할 테니까.
상현   (여전히 눈물 그렁그렁) 어떻게 할 건데? 나랑 경찰서 갈 거야?

수미	아까부터 경찰서는 무슨 경찰서야? 너 말대로 경찰서 간다고 치자. 그럼 그 뒤에 어떻게 되는 줄 알아? 법적 처벌을 받는다는 게 얼마나 무섭고 괴로운 일인지 아냐고.
상현	엄마, 난 지금도 너무 무섭고 괴로워. 내가 벌 받아서 조금이라도 상황이 나아진다면 그렇게 할래. 내가 그런 거잖아. 나 때문에 라온이 망하고 성열이 형이 저렇게 된 거잖아.
수미	최상현! 너 엄마 생각은 안 해? 지금이 엄마한테 얼마나 중요한 시기인지 몰라? 엄마 인사 청문회가 코앞이야!
상현	그게 무슨 상관인데? 엄마 설마⋯ 나 때문에 장관 못 될까 봐 그래?
수미	그래! 엄마가 장관 되려고 얼마나 애쓰고 있는지 아는 애가 이런 짓을 해? 그것도 하필이면 지금 이때? 엄마가 너한테 많은 거 바랬니? 공부 잘하라고 한 적 있어? 태수미 아들로서, 그냥 좀 착하게 커주길 바란 거! 그거 하나밖에 없잖아!
상현	그러는 엄마는 착하게만 살았어? 내가 모르는 줄 알아?
수미	뭐?
상현	(화가 나 버럭) 우영우! 내가 모르는 줄 아냐고!

'우영우?' 수미가 놀라 상현을 뚫어지게 쳐다본다.

S#5.   한바다 17층 회의실 (내부/낮)

똑똑. 노크 소리와 함께 회의실 문이 열리고,
수연과 민우가 안으로 들어온다. 영우도 함께 왔지만,
눈을 감고 속으로 셋을 세느라 혼자만 늦는다.
회의실에 먼저 와 앉아있던 승준이 그 모습을
못마땅하게 노려본다. 수연과 민우가 눈치를 보며
승준 맞은편에 앉고, 영우도 어색하게 수연과 민우
옆에 앉는다.

승준   거 빨리빨리 들어올 순 없어요?

영우   아, 다음부터는 하나 둘 셋을 조금 더 빨리 세도록…

승준   (말 끊으며) 반성은?

영우   네?

승준   반성들은 좀 했냐고? 셋 다.

무슨 반성을 말하는지 몰라 영우와 수연이 머뭇거리자
민우가 재빠르게 나선다.

민우   깊이 반성했습니다. 앞으로는 규칙과 절차를 무시하고 멋
         대로 의견을 내는 일 없도록 하겠습니다.

승준   (민우 말에 기분 풀려) 그래요. 내가 신입들이 의견 내는 거 가
         지고 뭐라 그러는 게 아니잖아? 나 그렇게 꽉 막힌 사람 아
         니에요.

영우	음, 하지만 지난번에는 '묻지 않은 말 하지 않고…'

영우가 승준의 말에 토를 달려는 위험한 순간,
마음 급한 노크 소리와 함께 회의실 문이 열리더니
선영이 들어온다.

승준	대표님, 오셨습니까?

선영이 올 걸 미리 알고 있었던 승준과 달리
어리둥절해하는 신입 변호사들. 선영이 회의 테이블로
걸어와 앉으며 신입들에게 설명해준다.

선영	라온 소송, 앞으로 나도 같이 할 거예요. 첫 재판 얼마 안 남았지? 우리 작전은 뭐예요?
승준	우선 지난 방통위와의 소송 결과를 충분히 강조하려고 합니다. 저번 재판에서 라온의 idle timeout 미설정 행위가 개인 정보 유출의 직접적인 원인은 아니라는 게 명백히 밝혀졌으니까요.
선영	그래요. 앞선 재판에서 이겼기 때문에 이번 소송도 우리가 유리한 상황에서 시작할 수 있는 거지. 언제나 그렇지만 우리 장승준 변호사, 참 든든해요. 정보통신망 법 개정 전에 해킹이 시작됐다는 주장 같은 건, 사건 기록을 열심히 들여다봐야만 찾아낼 수 있는 디테일이잖아? 고생했어요.

선영이 칭찬하는 그 디테일은 승준이 아닌 영우가
찾아낸 것이기에, 수연이 순간 어색해져 영우를 쳐다본다.
하지만 영우는 그저 무표정할 뿐,
어떤 기분인지 알 수 없다.
민우 역시 승준이 엉뚱한 칭찬을 받고 있다는 걸 알지만,

민우　장승준 변호사님께 저희도 항상 많이 배웁니다.

승준　(기분 좋아) 아핫! 그래요? 그렇다면 다행이네!

선영　배성열 대표는 좀 어때요?

승준　아직까지도 의식이 없는 상태라 라온 이사회에서 김찬홍
　　　대표를 각자 대표로 임명할 것 같습니다. 배성열 대표가
　　　부재한 상황에서도 김찬홍 대표 혼자 100%의 의사 결정권
　　　을 갖게 하려고요.

선영　김찬홍 대표도 참, 회사가 가장 힘들 때 무거운 책임을 맡
　　　게 됐네.

찬홍의 처지가 안쓰럽게 느껴지는 듯
선영이 가볍게 한숨을 쉰다.

S#6.　　**라온 회의실 (내부/낮)**

라온의 이사회가 거의 끝나가는 상황.
기다란 회의용 테이블 가운데 대표 이사인 찬홍이

앉아있고, 라온의 **남녀 이사들 12명**이 서로 마주 보고
앉아있다. 찬홍 가까이 앉아있는 **이사 1**(40대/남)이
말한다.

이사1 그럼 라온 이사회 결의에 따라, 공동 대표 이사 제도를 폐
       지하고 배성열, 김찬홍 각자 대표 이사 체제로 변경하겠습
       니다. 김찬홍 대표님, 한 말씀 하시겠습니까?

찬홍   성열이… 아니 배성열 대표와 라온을 창립하고, 지금까지
       큰일이든 작은 일이든 언제나 함께 결정해왔습니다. 그런
       데 라온에 위기가 닥치고 성열이도 아픈 이 때, 이렇게 각
       자 대표가 되어 더 큰 책임을 지게 되었네요. 부담스러운
       것도 사실이지만 배성열 대표 몫까지 해보겠습니다. 이사
       여러분, 라온은 반드시 이 위기를 극복할 겁니다!

       이런 자리에서 대표로 말하는 것은 언제나 성열의
       몫이었기에 처음에는 어색한 듯 작은 목소리로
       쭈뼛거리던 찬홍. 하지만 멘트 후반부가 되자 자신감을
       되찾아 당당하게 외친다. 이사들이 박수를 친다.
       박수를 받는 찬홍의 표정이 묘하다.

S#7.   **병실** (내부/낮)

       민우와 수연이 똑똑 노크하며 명석의 병실 안으로

들어간다. 얼굴에 마스크 팩을 붙인 채 침대에 앉아있던
명석. 지수일까 봐 흠칫 놀랐다가 민우와 수연인 걸 보고
안도한다.

명석	아이고, 병문안 와준 거야? 두 사람 바쁠 텐데.
수연	더 일찍 못 찾아봬서 죄송해요.
민우	몸은 좀 어떠십니까?
명석	괜찮아. 수술도 잘 됐고 천천히 회복하고 있어요. 권민우 변호사, 미안한데 나 거기 빗 좀 주워줄래요?

명석이 바닥에 떨어진 빗을 가리키자 민우가 주워 준다.

명석	고마워. 이걸 몇 시간째 못 주워서 머리를 못 빗고 있었네.
민우	계속 혼자 계셨어요? 간병인은 따로 없으시고요?
명석	아, 오늘은 간병인 대신 어머니가 와주시는 날인데 내가 그냥 집에서 쉬시라 그랬어요. 전처가 오기로 했거든.
수연	설마… 그래서 팩 하시는 거예요?
명석	응. 예쁘게 보이려고.

명석이 멋쩍게 웃으며 얼굴에 붙은 마스크 팩을 떼어낸다.

민우	예쁘십니다. (말하고 보니 좀 이상해) 그러니까… 촉촉하세요.
명석	그래요. 두 사람도 지금부터 건강 관리해야 돼. 젊다고 밥 먹듯이 밤새고 정작 밥은 안 먹고 그러잖아? 40 되기가 무

섭게 병이 찾아와요. 우리 회사에 나 말고도 시들시들하니
병든 변호사들 많잖아.

수연   안 그래도 김지용 변호사님, 구안와사 오셨대요. 스트레스로.

민우   신승재 변호사님도 아프셨어요. 계속 과로하시더니 메니
에르 병에…

그때, 지수가 명석의 병실 안으로 들어온다.
마스크 팩까지 하며 기다렸음에도 정작 지수를 보자
살짝 멍해지는 명석. 민우와 수연이 멍한 명석 대신
상황을 정리한다.

수연   아, 그럼 저희는…

민우   이만 가볼까요?

명석   벌써? 방금 왔잖아.

수연   다음에 또 올게요.

민우   두 분 말씀 나누십시오.

민우와 수연이 지수와 목례를 나눈 뒤 서둘러 퇴장한다.

지수   얼굴… 괜찮아 보이네.

명석   그래? 나 촉촉해?

명석이 촉촉한 얼굴로 환하게 웃으면서도 미처 빗지
못한 머리가 생각나 손으로 머리를 슬쩍 빗어 넘긴다.

지수가 무덤덤한 표정으로 명석을 바라보더니,

지수   이거나 봐.

하며 가방에서 태블릿 PC를 꺼내 명석에게 내민다.

명석   이게 뭔데?
지수   '순풍 산부인과.'
명석   순풍 산부인과?
지수   좋아했잖아. 전 회차 구매해놨어. 고화질로.
명석   고마워. 웃을 일이 생겼네.

명석이 태블릿 PC를 꼬옥 쥐더니… 용기를 낸다.

명석   지수야. 나 퇴원하면 우리 제주도 갈래?

'뭔 소린가?' 싶어 대답 없이 명석을 보는 지수.
그 눈빛에 명석이 변명하듯 덧붙인다.

명석   행복국수라고 고기국수 진짜 잘하는 데 있어. 같이 가자.
            내가 고기국수 사줄게.
지수   젊고 건강할 때는… 회사 일에 미쳐서 나는 뒷전이더니 지
            금 와서 왜 이래? 늙고 병든 다음에?
명석   미안해. 그래도 나 돈은 꽤 벌어놨어. 늙고 병들도록 일만

한 덕분에.

명석이 활짝 웃는다.
그 모습에 지수도 피식, 따라 웃는다.

지수 그럼 회사 그만둘 수 있어?

명석 어?

지수 퇴원하고 한바다로 돌아가면 아무것도 달라지지 않을 거
야. 업무량, 업무 강도, 그런 걸 오빠 혼자만 줄일 순 없잖
아. 워라밸 지키며 일할 수 있는 데로 옮겨야지.

변호사가 된 이후 줄곧 한바다에서만 일해 온
명석으로서는 지수의 말에 선뜻 대답하기가 쉽지 않다.
명석의 머뭇대는 모습에 지수가 실망한다.

지수 그렇게 큰 병까지 얻어놓고도 회사 그만두는 건 생각도 안
해봤나봐? 오빠도 참 오빠다.

명석 (다급하게) 이제부터 생각해볼게. 정말로 필요하다 생각되
면… 한바다 그만둘게. 나 달라질 테니까 우리 함께하자.

지수를 향한 명석의 눈빛이 간절하다.

S#8. 병원 앞 거리 (외부/낮)

병원에서 나온 민우와 수연이
한바다로 돌아가기 위해 함께 걷는다.

수연   정명석 변호사님은 언제쯤 복귀하실 수 있을까요?

민우   (심드렁하게) 글쎄요.

수연   요새 장승준 변호사님이랑 일하다 보니까 정명석 변호사
       님 빈자리가 더 크게 느껴지는 거 같아요.

민우   (동의 못한다는 듯) 음…

수연   뭐야? 왜 또 삐딱해요?

민우   아니, 정 변호사님이 뭐 꼭 그렇게 좋은 선배이기만 한가?
       나는 잘 모르겠어요. 겉으로 보기엔 착한 멘토 같지만 사실
       공정하지 못할 때도 많으시잖아요. 우변 편애하시는 것만
       봐도 그렇고. 난 차라리 어떤 면에선 장승준 변호사님이…

수연   (말 끊으며) 그렇게까지 생각하시는 분이 병문안은 왜 왔대?
       마음에 안 드는 선배라도 일단 아부는 해놓고 본다, 이건
       가?

민우   최수연 변호사가 오자고 했잖아요, 병문안. 그래서 온 건
       데?

수연   하이고? 참 나, 내가 하자고 하면 뭐든 다 할 것처럼 얘기
       하시네.

민우   다 할 거예요. 웬만하면.

수연   네? 뭐요?

수연이 놀라 발걸음까지 멈추고 민우를 쳐다본다.
민우도 따라 멈춘다.

민우 　최수연 변호사가 하자고 하는 건 웬만하면 다 해볼 거라고
　　　요. 지난번 재판에서도 장승준 변호사님한테 찍힐 각오하
　　　고 최변 편든 거 보면 모르겠어요?

수연 　(당황해 혼잣말처럼) 뭐야… 생색내는 건가.

　　　민우의 말에 놀란 나머지 혼잣말을 중얼대며
　　　다시 걷기 시작하는 수연. 하지만 민우는 바로 따라가지
　　　않고 그 자리에 가만히 서있다.
　　　몇 걸음 앞서 걷던 수연이 슬쩍 멈춰 뒤를 돌아본다.

수연 　그때는 뭐… (작다 못해 안 들릴 정도로) 고마웠어요. (다시 원래
　　　크기로) 힘이 되긴 했네요, 아무리 권민우 변호사라도.

　　　민우가 수연을 보고 피식 웃는다.

S#9.　　법무법인 태산 휴게실 (내부/낮)

　　　제8화에 등장했던 대형 커피숍 같은 분위기의
　　　태산 사내 휴게실. 수미와 민우가 마주 앉아있다.

수미	오랜만이에요, 권민우 변호사. 하고 싶은 말이란 게 뭐예요?
민우	만약 제가 우영우 변호사라면… 저는 지금 한바다를 그만 두고 싶을 것 같습니다.
수미	그래요? 왜?
민우	잘해주던 멘토가 병으로 회사에 없고, 새로 일하게 된 선 배 변호사는 우변을 싫어합니다. 사내 연애를 하던 친구와 도 최근 헤어졌고요.
수미	사내 연애? 우영우 변호사가 연애를 했어요?
민우	네.
수미	어머, 그렇구나…

친모 아니랄까 봐 영우의 연애 이야기에 부쩍 흥미를
보이는 수미. 민우가 수미의 관심을 다시 원하는
방향으로 돌려놓는다.

민우	아무튼 우영우 변호사가 한바다를 그만두게 만들려면 지 금이 적기일 것 같습니다. 그 말씀을 드리려고 왔습니다.
수미	음… 결국 직접 해내지는 못한 거네?
민우	네?
수미	권민우 변호사, 우변이 한바다를 그만두게 만들겠다고 했 었잖아요. 스스로 그만두든, 아니면 잘리든. 그게 우리 약 속이었던 거 같은데?
민우	맞습니다. 제가 결국 해내지 못한 것도 맞고요.
수미	포기하는 거예요?

대답을 잠시 망설이는 민우. 곧 결심한 듯 입을 연다.

민우   네. 이제 그만하려고 합니다.

수미   왜?

민우   앞으로는… 바보같이 살아볼까 해서요.

수미로서는 알 듯 모를 듯 아리송한 민우의 대답.
하지만 대답을 마친 민우의 얼굴빛이 한층 밝아지는
것을 보자 더 이상 질문하지 않기로 마음먹고 조용히
미소 짓는다.

S#10.　골목길 (외부/밤)

늦은 밤. 영우의 집 근처 골목길.
영우가 퇴근하길 기다리며, 하고 싶은 말을
중얼중얼 정리해보는 준호.

준호   변호사님 뜻은 잘 알겠지만… 나는 변호사님을 많이 좋아
하고… 좋아하니까… 좋아하기에…

그때 준호의 눈에, 저 멀리 헤드셋을 낀 채 걸어오는
영우의 모습이 보인다. 준호가 긴장하며 영우를 보고
있는데 길가에 세워져있던 검은색 차에서 정장 차림의

남자(20대)가 내리더니 영우를 부르는 것이 아닌가?

남자   저기요!

영우가 헤드셋을 끼고 있어 남자의 소리를 듣지 못하자
남자가 영우를 향해 성큼성큼 걸어간다.
이 모습에 준호가 놀라 남자에게 다가간다.

남자   우영우 변호사님?

남자가 영우의 어깨에 턱! 손을 얹자
영우가 소스라치게 놀란다. 동시에, 준호가 남자의
팔을 낚아채 영우의 어깨에서 떼어낸다.

준호   뭡니까, 당신?
남자   당신은 뭔데요?

남자가 불쾌해하며 준호의 손을 뿌리친다.
영우가 헤드셋을 벗고 준호와 남자를 본다.

남자   우영우 변호사님 맞으시죠? 전할 말씀이 있어서 기다렸습
니다.

남자가 영우에게 들고 있던 서류 봉투를 내민다.

봉투에는 '법무법인 태산'이라는 이름과 로고가
박혀있다.

준호   (봉투 보고) 법무법인 태산? 전할 게 있으면 사무실 통해서
하지 이 밤에 변호사님 집까지 와서 뭐하는 겁니까? 진짜
태산 직원 맞아요?

남자   아까부터 누구신데 참견이에요? 이분 보호자라도 됩니까?

준호   나는… (머뭇)

영우   (남자에게) 전할 말씀을 전하십시오. 이준호 씨와 함께 듣겠
습니다.

영우가 서류 봉투 안에 든 서류를 꺼내본다.
제10화에서 수미가 광호에게 준 태산의 미국 보스턴
사무소 홍보 책자다.
남자가 하는 수 없이 준비한 말을 꺼낸다.

남자   우영우 변호사님, 미국 보스턴에 있는 태산의 해외 사무소
에서 일하지 않으시겠습니까?

남자의 말에 영우와 준호가 놀란다.

남자   미국에서 아버지와 함께 사실 집은 물론이고, 미국 변호사
시험에 합격하실 때까지 필요한 학비와 생활비 모두 태산
에서 지원하겠습니다. 연봉도 현재 한바다에서 받으시는

것 두 배 이상으로 인상될 겁니다. 특별히 우영우 변호사님을 위해서는…

남자가 잠시 머뭇거리더니 이어서 말한다.

남자	전문 상담사를 소개해드리고, 그 상담 비용 또한 태산에서 지불하겠습니다.
영우	전문 상담사요?
남자	자폐 스펙트럼을 전문 분야로 하는 상담사 말씀입니다.
영우	아…
남자	우영우 변호사님, 미국 보스턴은 다양한 종류의 자폐인 커뮤니티가 활성화된 지역이라고 합니다. 업무 이외의 생활 면에서도 지내기 외롭지 않으실 겁니다.
준호	그런데 왜 이런 식으로 하세요? 스카웃 제안을 집 앞에서 몰래 기다렸다가 하는 경우는 처음 보네요.

준호의 말에 머뭇거리며 대답하지 못하는 남자.
이에 짐작 가는 바가 있는 영우가 묻는다.

영우	태수미 변호사님이 제안하신 건가요?
남자	아, 네. 그렇습니다.
준호	태산 인사팀도 아니고… 태수미 변호사님이요? 그분이 왜 우영우 변호사님한테 이런 제안을 하시는 거죠?

왜인지 알 것 같지만 설명하기 곤란해 한숨만 쉬는 영우.
그런 영우의 표정에, 준호는 둘 사이에 뭔가 있다는 걸
짐작한다.

남자 봉투 안에 제 명함이 있습니다. 생각해보시고 언제든 연락
    주세요.

    남자가 영우에게 꾸벅 인사한 뒤
    세워둔 차를 향해 돌아간다.

영우 이준호 씨도 저에게 하고 싶은 말이 있습니까?
준호 네? 아…

    수미의 화려한 제안을 듣고 나자
    '연인이 되어 함께하자'는 자신의 제안이
    문득 초라하게 느껴지는 준호.

준호 다음에 말씀드릴게요. 여러 가지로 복잡하실 텐데 들어가
    서 쉬세요.

S#11. **영우의 집 거실 (내부/밤)**

    영우가 집 안 거실로 들어온다.

소파에 멍하니 앉아있던 광호가 영우를 반긴다.

영우   다녀왔습니다.

광호   왔어? (소파 가리키며) 영우야, 여기 앉아볼래? 아빠랑 얘기 좀 하자.

영우가 소파에 앉자 광호가 어렵게 입을 뗀다.

광호   며칠 전에 선영이가 찾아왔었어.

영우   선영이?

광호   너희 한선영 대표 말이야. 태수미 인사 청문회 직전에 언론에다 밝힐 거라고 하더라. 태수미 혼외자식이… 영우라고.

놀란 걸까? 아니면 아무렇지 않은 걸까?
영우의 표정이 덤덤해 속마음을 알 수 없다.

광호   그렇게 되면 세상의 관심이 태수미뿐 아니라 영우한테도 쏠리겠지. 기자들이 찾아와서 귀찮게 굴기도 할 거고. 그래서 한선영 제안은… 시골 리조트 같은 데 가서 잠잠해질 때까지 숨어있으라는 거야. 유급 휴가 삼으라는 거지.

영우가 방금 받은 태산의 보스턴 사무소 홍보 책자를 꺼낸다. 광호가 이를 알아보고 놀란다.

광호	태수미한테 받았니? 언제?
영우	태산의 직원한테 받았습니다. 방금 전에요.
광호	미국 가라는 태수미 제안도 아직 유효한가 보구나…
영우	아버지는 이미 알고 계셨습니까?
광호	응. (한숨) 태수미 하자는 대로 하는 게 아빠는 너무 싫지만… 지금은 차라리 그게 더 나을지도 모르겠네. 태수미 딸이라는 꼬리표 달고 법조계 온갖 뒷얘기 견디면서 일하는 것보다는 그냥 미국으로 떠나버리는 게… (답답해 한숨 쉬며) 영우는 어떻게 생각해?
영우	모르겠습니다. 지금까지 제 삶은 태수미 변호사와 아무런 상관도 없었는데 왜 갑자기 제가 숨어야 하고 미국으로 가야 하는지… 잘 모르겠습니다.
광호	미안하다. 아빠가 다 너무 미안해…

몰려오는 여러 고민에 영우의 표정이 어둡다.
이를 보는 광호의 마음도 안타깝다.

S#12.   법정 (내부/낮)

첫 변론기일.
판사석에 **재판장**(50대/여)을 포함한 판사 3명이 앉아있고
원고석엔 3천만 명의 공동 원고들 중 대표인 **선정 당사자**
(30대/남자)가, 그밖에 재판을 참관하러 온 다른 **공동**

원고들은 방청석에 가득 앉아있다.

선정 당사자 옆에는 원고들을 대리하는 태산의 변호사 **박병서**(40대/남자)와 다른 **변호사 2명**(30대, 20대/남자, 여자)이 있다. 피고 측엔 피고인 라온의 각자 대표인 찬홍과 라온을 대리하는 승준 및 신입 변호사들이 앉아있다.

병서 재판장님, 피고는 4천만 명이 넘는 이용자들의 개인 정보를 관리해야 하는 대형 전자 상거래 기업임에도, 그에 적합한 보안 시스템을 구축하지 않았습니다. 서버에 최대 접속시간 제한 설정조차 하지 않아 방통위로부터 3천만 원의 과태료 처분을 받았을 뿐더러…

승준이 이에 대해 뭐라 반박하려는데,
병서가 무시하며 변론을 이어간다.

병서 개인 정보 유출 후의 대처 또한 형편없었습니다. 개인 정보 보호법 제34조에 따르면 개인 정보 처리자는 개인 정보 유출을 알게 되었을 때 지체 없이 유출 사실을 알리고, 신고해야 합니다. 하지만 피고는 2022년 1월 19일에 해킹 사실을 인지했으면서도 7일 뒤인 1월 26일에야 경찰에 신고했습니다. 라온 홈페이지를 통해 이용자들에게 해킹 사실을 공지한 시점은 사건 발생 한 달이 지난 2월 20일이었습니다. 피고의 안일한 대응이 사건의 조속한 해결 및 수습을 막은 것입니다!

병서의 선동적인 말투에 방청석의 공동 원고들이 반응한다.
"옳소!" "책임져!" "물어내라!" 등등,
순식간에 법정 안이 소란스러워진 것.

재판장　　법정 내 좌석 관계상 방청석에 앉아계시지만 공동 원고들 아닙니까? 소송 당사자로서 재판이 원활하게 진행될 수 있도록 정숙해주세요.

재판장의 말에 공동 원고들의 원성이 잦아들지만,
적대적인 법정 분위기에 찬홍이 긴장하고,
한바다 변호사들의 마음도 무겁다.

S#13.　　영우의 사무실 (내부/낮)

영우가 책상에 앉아 일하고 있는데
노크 소리와 함께 영우의 담당 비서가 안으로 들어온다.

비서　　우영우 변호사님의 동생이라는 분이 변호사님을 뵙고 싶다는데요.

영우　　동생이요…?

비서　　네. 동생이라고 하면 변호사님이 아실 거라네요. 이름은 말해줄 수 없다고 하고요. 뵙는 건 어렵다고 할까요?

영우　　(곰곰 생각해보더니) 아니요. 만나보겠습니다.

비서   네, 알겠습니다.

비서가 사무실 밖으로 나가고, 잠시 후 상현이 들어온다.
누구인지 몰라 눈만 끔벅끔벅하는 영우를 한번 스윽
쳐다보더니 영우 책상 맞은편 의자에 묻지도 않고 털썩
앉는 상현. 아무 말도 없이 주머니에서 루빅스 큐브를
꺼내 맞추기 시작한다.

영우   누구십니까?
상현   최상현. 태수미 아들.

영우가 놀라 상현을 뚫어지게 쳐다본다.
하지만 상현은 여전히 고개를 푹 숙인 채
큐브만 만지작거리고 있다.

영우   왜 나를 찾아온 겁니까?
상현   자수하고 싶은데 방법을 모르겠어요. 내가 라온을 해킹했
       거든요. 찬홍이 형이 부탁해서.
영우   네?

큐브를 다 맞추자 고개를 드는 상현.
한숨을 한 번 푹 쉬더니 자신의 지난 이야기를 들려준다.

상현   찬홍이 형이랑은 해킹 방어 대회에서 만났어요. 내가 1등

544

했던 해에 찬홍이 형이 심사위원이었거든요. 그때 친해져서 대회 끝나고 나서도 자주 만났어요. 형이 밥도 사주고, 재밌는 얘기도 많이 해주고, 라온 구경도 시켜주고 그랬어요. 성열이 형이랑도 한 번 같이 만났고요. 근데 찬홍이 형이 어느 날 나한테 그러는 거예요. 라온을 해킹해서 이용자들 개인 정보를 훔칠 수 있겠냐고.

영우   김찬홍 씨가 최상현 군에게 라온을 해킹해달라고 했다는 말입니까? 본인이 대표인 회사를… 왜요?

영우의 질문에, 상현이 찬홍과의 대화를 떠올린다.

FLASHBACK:

S#14.   **PC방 (내부/밤) - 과거**

몇 달 전.
상현과 찬홍이 PC방 컴퓨터 앞에 나란히 앉아 게임을 한다.

찬홍   배성열, 정신 차리게 해주고 싶어서.
상현   성열이 형? 왜?
찬홍   그 새끼, 초심을 잃었어. 라온은 개발자 둘이 만든 회사야. 개발자 정신이 이 모든 비즈니스의 근간이라고. 성열이는 지금 그런 거 다 까먹고, 완전 그냥 장사꾼이야. 물건 팔아 돈 버는 거에만 관심 있지 소프트웨어 개발이나 보안 쪽에

는 전혀 투자할 생각이 없다니까? 이번 기회에 우리가 일

깨워주자, 개발자 정신.

상현   어떻게?

찬홍이 게임을 멈추더니 누가 엿듣지는 않나

주위를 둘러본다. 상현도 게임을 멈추고 찬홍의 말에

귀를 기울인다.

찬홍   상현이가 라온을 해킹해서 고객들 개인 정보를 전부 빼내

면 어때? 그럼 내가 성열이를 설득할게. "거 봐라, 보안 쪽

에 투자 안 했더니 이렇게 당하지 않냐?"

상현   너무 위험하지 않아? 해킹 당한 게 알려지면 경찰도 수사

를 할 텐데.

찬홍   형이 많이 알아봤어. 개인 정보 유출은 괜찮아. 벌금 1억

정도 내고 홈페이지에 사과문 올리면 끝나더라고. 다른 기

업들도 다 그랬거든.

CUT TO :

다시 현재. 영우의 사무실.

상현   그래서… 했어요. 북한이 해킹한 것처럼 보이게 단서를 좀

흘려 놓고 라온 이용자들 개인 정보를 훔쳤어요.

영우   그 훔친 개인 정보들은 어떻게 처리했습니까?

상현   찬홍이 형이 달라고 해서 줬어요. 전부 암호화해서요. 근

데… 형이 자꾸 암호를 풀어달라고 하더라고요.

영우   왜요?

상현   몰라요. 라온 고객 꺼가 맞는지 확인하고 싶다는 둥 이상한 소리를 해서 그냥 안 풀어줬어요. 형이 어디다가 팔기라도 하면 안 되니까.

영우   계획 하에 해킹을 해놓고 왜 갑자기 자수를 하려고 합니까?

상현   성열이 형이… 자살 시도를 했잖아요. 그렇게까지 힘들어할 줄 몰랐어요. 찬홍이 형이 벌금 조금만 내면 끝난다고 해서 한 거지, 성열이 형을 저렇게 만들고… 라온을 망하게 하려고 한 게 아니에요.

내내 무표정했던 상현의 얼굴이 순간
괴로움으로 가득 찬다.

영우   자수하려면 경찰서에 가야 하지 않습니까? 왜 나를 찾아온 거죠?

상현   엄마한테 얘기했는데… 화를 냈어요. 가만히 있으라고요. 경찰서에도 가 봤는데 경찰이 엄마랑 통화하더니 제 말은 듣지도 않았어요. 우리 엄마는 힘이 세요. 사람들은 다 엄마가 시키는 대로만 해요. 그래서 여기 왔어요. 누나는… 엄마가 시키는 대로 안 할 것 같아서.

영우   누나?

상현   아빠는 다르지만 엄마가 같잖아요. 그러니까 누나죠.

영우   내가… (말하기 어색해하면서도) '누나'라는 걸 어떻게 알았습니까?

상현 　엄마가 아빠랑 결혼하기 전에 낳은 자식이 있다는 소문은 들은 적 있어요. 그냥 헛소문인 줄 알았는데 한동안 엄마가 좀 이상했어요. 방에서 혼자 뭐 보다가 내가 들어가면 깜짝 놀라고. 그래서 엄마 폰이랑 컴퓨터를 해킹했죠. 그랬더니 누나에 대해서 엄청 찾아봤더라고요. 할머니랑 누나 얘기한 문자도 봤고요. 그래서 알았어요.

너무 많은 정보에 혼란스러운 영우.
가까스로 마음을 다잡고 입을 연다.

영우 　내가 최상현 군을 어떻게 도와주길 바랍니까?

상현이 주머니에서 뭔가를 꺼내 영우에게 내민다.
루빅스 큐브 열쇠고리에 달린 USB다.

상현 　내가 해킹했다고 자백한 거, 영상으로 찍었어요. 라온 재판 때 누나가 이걸 증거로 쓰면 어때요? 그러면 경찰이 조사를 시작하지 않을까요? 엄마도 더 이상 막지 못할 거고요.

영우 　김찬홍 씨는 제 의뢰인입니다. 그렇기 때문에 저는 김찬홍 씨가 최상현 군을 시켜 해킹 자작극을 벌였다는 사실을 밝힐 수 없습니다. 제 의뢰인의 이익에 상충되는 행위니까요.

영우의 말을 듣긴 한 걸까?

상현이 자기만의 생각에 빠져 딴소리를 한다.

상현   엄마는 어떤 사람일까요?

영우   네?

상현   사람들이 금수저는 처벌 받지 않는다고 생각하잖아요. 마
           약이건 음주운전이건 폭행이건 무슨 짓을 해도 다 빠져나
           가니까. 우리 엄마는 달랐어요. 내가 잘못을 하면 진짜로
           혼을 냈거든요. 근데 정말로 큰일이 생기니까 엄마도 그
           냥… 똑같네요. 뉴스에 나오는 구린 부자들처럼… 그렇게
           하네요.

           수미에 대한 실망감과 혼란스러움이 가득 묻어나는
           상현의 얼굴. 이를 보는 영우의 머리가 복잡해진다.

S#15.   병실 (내부/밤)

           명석이 환자용 침대에 앉아있고,
           침대 옆 의자에는 영우가 앉아있다.

영우   정명석 변호사님은 언제 한바다로 복귀합니까?

명석   글쎄. 모르겠는데? 복귀 안 할지도 모르고.

영우   (놀라) 네? 복귀를 안 할지도 모른다고요?

명석   그냥… 여러모로 생각 중이에요. 내 복귀는 왜요?

영우	아, 물어보고 싶은 게 있을 때마다 병원으로 와야 하니 번거롭습니다.
명석	우변은 나를 걱정하는 건지 이기적인 건지 참 헷갈린단 말이야? 물어보고 싶은 게 뭔데요? 어차피 (영우 흉내) "변호사의 비밀 유지 의무 때문에 자세한 건 말씀드릴 수 없습니다." 이럴 거 아니야?
영우	음… 그렇긴 합니다.
명석	그럼 두루뭉술하게 말해봐요.
영우	의뢰인의 범죄 행위를 알게 되었습니다. 범죄에 연루된 또 다른 사람은 자수하고 싶어 하지만, 만약 제가 그를 도와 자수하게 된다면 의뢰인의 이익에는 반하는 일입니다.
명석	'진실을 밝혀 사회 정의를 실현할 것이냐? 아니면 의뢰인의 이익에 충실할 것이냐?' 변호사라면 피해갈 수 없는 딜레마지. 우변이 계속해왔던 고민이기도 하고. 이화 ATM 사건 때나 미르생명 사건 때. 기억 나죠?
영우	네.

명석이 영우를 잠시 물끄러미 보더니 말한다.

| 명석 | 한바다에서 14년 넘게 일한 정명석 변호사는 언제나 의뢰인의 이익을 우리 사회의 정의보다 우선시해요. 누가 날 '법 기술자'라고 부르면서 손가락질해도 딱히 반박할 말이 없어. 사실이니까. 하지만 우영우 변호사는 정명석 변호사가 아니잖아? 나랑은 완전히 다른 사람인데 내가 무슨 조 |

언을 하겠어요? 나는 그저… 우영우 변호사의 결정이 궁금
할 뿐이에요. 우변은 '그냥 보통 변호사'가 아니니까.

명석의 말에 더 혼란스러워진 영우.
명석이 그런 영우를 보며 피식 웃는다.

S#16.   한바다 17층 회의실 (내부/낮)

선영과 승준, 신입 변호사들이 USB에 들어있던
동영상을 본다. 상현이 자기 방에서 카메라 앞에 앉아
찍은 짧은 영상으로, 상현의 무표정한 얼굴과
무덤덤한 목소리가 화면 속에 담겨있다.

상현   제 이름은 최상현입니다. 고1이고요. 2022년 1월 18일 밤
부터 19일 새벽까지 저는 라온을 해킹해 40,954,173개의
개인 정보를 빼냈습니다. 라온의 대표인 김찬홍 형이 저한
테 그렇게 해달라고 부탁해서요.

무슨 말을 더 해야 할지 생각하는 걸까?
영상 속 상현이 잠깐 머뭇거리더니
곧 짤막하게 덧붙인다.

상현   잘못했습니다. 자수합니다.

상현이 카메라를 향해 꾸벅 머리를 숙여 인사하고 난 후 영상이 멈춘다. 영상을 본 승준, 민우, 수연이 얼떨떨하다. 한편 선영의 머릿속은 여러 가지 계산으로 바쁘게 굴러간다.

선영	(혼잣말처럼) 태수미 아들이 우변을 찾아와서 이 영상을 증거로 써달라고 했다?
승준	왜 하필 우변이지? (영우에게) 둘이 뭐 아는 사이예요?
영우	아는 사이… 아닙니다.
승준	대표님, 저 영상은 우리한테 유리한 증거가 아닙니다. 저 얘기가 사실인지 아닌지도 모를 뿐더러 만약 사실이라면 정말 큰일입니다. 김찬홍 대표는 형사 처분을 받게 될 테니까요. 의뢰인을 감옥에 보내는 로펌이 될 수는 없지 않겠습니까?
민우	맞습니다. 지금도 태산은 라온이 개인 정보 유출에 직접적인 책임이 있다고 주장하는데, 해킹이 라온 대표가 꾸민 짓이었다는 것까지 밝혀지면 더 많은 손해 배상금을 청구할지도 모릅니다.
영우	하지만 변호사에게는 사건의 진실을 은폐하지 않을 의무가 있지 않습니까? 공익상의 이유가 충분하다면 의뢰인에 대한 비밀 유지 의무는 꼭 지키지 않아도 됩니다.
민우	(피식) 너무… 순진한 이야기 아니에요? 여기가 로스쿨도 아니고.
수연	여기가 로스쿨이든 아니든 나도 찝찝해요. 저 영상이 사실

이라면 자기 회사를 상대로 해킹 자작극을 벌인 사람이 뻔 뻔하게 라온을 대표하고 있다는 거잖아요. 그런 사람의 이익을 위해서 해커의 정체를 알면서도 숨기는 게 썩 내키지는 않습니다.

선영   태산이 라온을 상대로 공동소송을 벌이는 바람에 태산한테 실망한 기업들이 한바다로 여럿 넘어왔어요. 이럴 때일수록 기업들한테 좋은 인상을 심어줘야지, 우리가 앞장서서 라온 대표를 처벌받게 하면 안 되는 건 맞아. 그런데 나는… 저 영상이 너무 좋다?

선영이 멈춘 영상 속에 아직도 떠있는 상현을 바라본다.
영우를 제외한 모두가 선영의 시선을 따라 화면을 본다.

선영   저 영상에는 힘이 있어. 부적절한 사람이 법무부 장관이 되는 걸 막을 수 있잖아. 아들이 4천만 국민의 개인 정보를 해킹했는데 그 어머니가 어떻게 법무부 장관이 되겠습니까? 안 그래요?

수미를 무너뜨릴 생각에 선영의 눈빛에 생기가 돈다.
이를 본 승준의 머릿속도 바쁘게 돌아간다.

승준   역시 대표님! 몇 수 앞을 내다보시는군요! 저 영상이 공개된다면 태산이 지금 라온 고객들을 대리하고 있는 것도 국민들한테는 상당히 기만적으로 비춰질 것 같습니다.

선영	문제는, 이 두 마리 토끼를 어떤 순서로 잡느냐 하는 거예요. 의뢰인의 이익을 지키면서도 사건의 진실을 밝히려면…
영우	(선영 말 끊으며) 그게 두 마리 토끼가 아니라면요?
선영	응?

좋은 생각이 떠오른 듯 영우의 눈빛이 반짝거린다.

INSERT:

고래 한 마리가 푸른 바다 위로 힘차게 뛰어오른다.

CUT TO:

다시 회의실.

영우	의뢰인의 이익을 지키는 것과 사건의 진실을 밝히는 것이 두 마리 토끼가 아니라 한 마리 토끼라면요?
수연	그게 무슨 말이야?
영우	살아있는 생명체인 인간 김찬홍과, 인간 김찬홍이 대표하는 주식회사 라온은 서로 다른 주체입니다. 우리는 라온이라는 법인을 대리하는 것이지 자연인 김찬홍을 대리하는 것이 아닙니다. 따져보면, 라온의 이익은 사건의 진실과 충돌하지 않습니다.
민우	그래요? 그 두 개가 어떻게?
영우	최상현 군은 해킹을 통해 훔친 개인 정보를 김찬홍 씨에게 주었지만, 전부 암호화해서 줬기 때문에 아무도 그 개

인 정보를 보거나 이용할 수 없었습니다. 개인 정보 유출로 인한 손해는 아직 발생하지 않은 겁니다!

S#17.　　**한바다 17층 복도 (내부/낮)**

회의실에서 나온 선영.
본인의 사무실로 돌아가며 준범과 통화를 한다.

선영　　기자님, 저번에 말씀드린 그 기사 말인데요.

준범　　(소리) 태수미 혼외자식에 관한 기사 말씀입니까?

선영　　네. 그거 잠깐 홀드할 수 있을까요?

준범　　(소리) 아… 왜요?

선영　　제가 훨씬 더 좋은 걸 드릴 수 있을 것 같아서요.

그때 선영의 눈에,
복도 저쪽에 영우가 지나가는 것이 보인다.
선영이 핸드폰을 손으로 막고 외친다.

선영　　우영우 변호사!

영우가 멈춰 선영을 본다.

선영　　휴가 가지 마세요.

영우	네?
선영	아버지한테 들었죠? 휴가 얘기. 근데 그거, 가지 말라고. 우변이 할 수 있는 더 좋은 일이 생겼으니까.

멍한 표정의 영우를 향해 선영이 싱긋 웃는다.

S#18.　**법정** (내부/낮)

두 번째 변론기일.

재판장	피고 대리인, 영상 증거 신청하셨죠? 비공개 심리를 요청하셨고요.
승준	네, 재판장님. 영상 속 증인은 만 19세가 되지 않은 미성년자입니다. 증인이 본 사건과 관련된 범죄 사실을 자백하고 있는 만큼 증인의 신변 보호를 위해 영상 재생 시 방청객 퇴정을 요청합니다.

승준의 말에 찬홍이 놀라
옆자리 신입 변호사들에게 묻는다.

찬홍	(작게) 뭡니까? 누가 뭘 자백한다는 거예요?
영우	(뭐라 말해야 할지 고민돼) 음…
수연	(작게) 이제 곧 알게 되실 거예요.

재판장	알겠습니다. 사건 관계인이 아닌 방청객 분들은 잠시 퇴정 해주십시오. 공동 원고들 중에서는 선정 당사자만 법정에 남도록 하겠습니다.

방청석에 앉아있던 공동 원고들과 기자들,
일반 방청객들이 밖으로 나간다.
사건 관계인들만 남은 법정 안 스크린에서 영상이
재생된다. 영상 속에 등장한 상현의 모습에 찬홍이 놀란다.
상현이 수미의 아들이라는 것을 아는 병서도 긴장한다.

상현	제 이름은 최상현입니다. 고1이고요. 2022년 1월 18일 밤 부터 19일 새벽까지 저는 라온을 해킹해 40,954,173개의 개인 정보를 빼냈습니다. 라온의 대표인 김찬홍 형이 저 한테 그렇게 해달라고 부탁해서요. 잘못했습니다. 자수합 니다.

영상이 멈추자 찬홍이 벌떡 일어나 소리친다.

찬홍	이게 지금… 뭣들 하는 짓입니까? (한바다 변호사들 보며) 나 랑 상의 한마디 없이 이런 걸 멋대로 제출해요? 당신들! 내 변호사잖아!

그때, 준호가 법정 안으로 들어와
한바다 변호사들에게 쪽지를 건넨다.

영우	우리는 김찬홍 씨의 변호사가 아니라… 라온의 변호사입
	니다.
찬홍	내가 곧 라온이야! 내가 대표라고!
민우	(준호의 쪽지 보며) 더 이상은 아닙니다. 방금 전 라온 이사회
	가 김찬홍 씨를 해임했거든요.
찬홍	뭐라고?

S#19. **라온 회의실 (내부/낮)**

두 번째 변론기일과 같은 시간에 열린 라온의 이사회.
휠체어에 탄 성열을 중심으로 라온의 이사들이 마주
앉아있다. 성열은 그사이 많이 수척해졌지만 회의에
참석할 만큼은 회복된 상태다.

이사1	덮고 가는 게 맞을 수도 있습니다. 김찬홍 대표가 미성년
	자 해커를 사주해 라온을 해킹했다는 사실이 알려지면…
	회사 이미지가 어떻게 되겠습니까?
이사2	이미지 구기는 정도로 끝나면 다행이죠. 이거 주주들이 알
	면 회사에 손해 배상을 청구할 수도 있는 문제입니다!
이사3	그렇다고 저 인간을 그냥 저렇게 둬요? 지금 해킹 소송에
	도 김찬홍이 대표 자리에 떡하니 앉아 재판을 받고 있어
	요. 이게 말이 됩니까? 당장 해임해야죠!
이사1	(한숨) 배성열 대표님 생각은 어떻습니까? 덮는 게 좋을지

아니면…

성열   (말 끊으며) 덮으면 안 되죠. 찬홍이가 그런 짓을 했다는 게
사실인지 아닌지 밝혀내려면 절대 덮으면 안 되죠. 만약
사실이라면… 해임으로 끝나지 않습니다. 내가, 아니 라온
이 할 수 있는 모든 법적 조치를 다 해서 반드시 김찬홍 무
너뜨릴 겁니다.

오랜 친구이자 동업자였던 찬홍에 대한 배신감으로,
성열의 두 눈에 강한 분노가 서려있다.

CUT TO :

다시 법정.

승준   재판장님, 피고 라온을 상대로 한 김찬홍 씨의 범죄 사실
이 제보됨에 따라 피고는 이사회 결의를 통해 김찬홍을 대
표 이사 직에서 해임하고 배성열 단독 대표 이사 체제로
변경했습니다. 이에 피고는 당사자 표시 정정 신청을 할
예정입니다.

찬홍   재판장님! 억울합니다! 어디서 저런 영상을 구했는지 몰라
도 사실이 아닙니다! 제가 저 애를 시켜 해킹을 했다는 증
거가 어디 있습니까? 그리고 이사회가 절 해임했다는데,
저는 이사회 소집 통지도 받은 적 없습니다!

승준   피고는 정관에 따라 대표 이사가 긴급하다고 판단할 경우
이사들에게 회의 30분 전까지 이메일로 소집 통지를 하고

그날 바로 이사회를 소집할 수 있습니다. 그것이 오늘 일어난 일이고, 김찬홍 씨에게도 이사회 소집 통지를 했습니다.

승준의 말에 황급히 핸드폰을 확인하는 찬홍. 성열이 30분 전에 보낸 이메일에서 아래와 같은 내용을 본다.
'라온의 긴급 이사회를 아래와 같이 개최하오니 참석하여 주시기 바랍니다.
일시: 2022. 8. 3. 14:00
장소: 주식회사 라온 21층 대회의실
부의안건: 대표 이사 김찬홍 해임의 건'

병서　　재판장님, 저희는 저 영상을 증거로 인정할 수 없습니다. 정식 수사 기관을 통해 녹화된 신빙성 있는 진술이 아닐 뿐더러 저희는 영상 속 증인에게 질문조차 할 수 없지 않습니까? 공동 원고들의 반대 신문권을 제한하는 증거입니다.

모두가 간절히 "재판장님!"을 불러대는 상황에 재판장이 한숨을 쉰다.

재판장　　하나씩 정리하겠습니다. (승준을 쏘아보며) 먼저 피고 대리인이 벌인 깜짝쇼에도 불구하고, 재판부는 라온의 대표 이사 변경을 지금 곧바로 인정할 수는 없습니다.

찬홍의 얼굴에 한 줄기 희망의 빛이 솟아오른다.

반면 한바다 변호사들의 표정은 어두워진다.

재판장 　그렇지만 피고와 법무법인 한바다 사이의 위임 계약이 무효라고 볼 근거도 없으니, 일단은 한바다가 피고의 대리인이라는 전제에서 사건을 계속 진행하겠습니다. 피고는 등기 사항 증명서 등 소명 자료를 첨부해서 정식으로 당사자 표시 정정 신청을 하기 바랍니다.

이에 다시 억울해진 찬홍이 뭐라 말하려는데
재판장이 말을 이어간다.

재판장 　두 번째로, 김찬홍 씨의 억울함은 이 재판에서 다룰 문제가 아닙니다. 수사 기관의 조사를 통해 진실이 밝혀져야 할 부분이지요. 끝으로, 방금 본 영상의 증거 능력은…

온몸에 힘이 풀린 찬홍이 털썩 주저앉는다.
한편 태산과 한바다 변호사들 얼굴에는 긴장감이 감돈다.

재판장 　인정하지 않겠습니다.

재판장의 말에 희비가 교차하는 태산과 한바다 변호사들.

재판장 　원고 대리인의 지적이 맞습니다. 저 영상만으로는 증언에 신빙성이 있다고 보기 어려워요. 증인이 이 자리에 없으니 원고들이 반대 신문을 할 수 없다는 지적도 타당하고요.

승준   그렇다면 최상현 씨를 본 재판에 증인으로 소환해주십시오.

재판장   기각합니다.

승준   네?

재판장   저 영상만으로는 최상현 군에 대한 추가 증거 조사가 반드시 필요하다고 확신할 수 없습니다. 장난 제보일 수도 있지 않겠어요? 피고 대리인이 최상현 군의 출석 의사를 확인해 증인 신청을 한다면 그건 받아들이겠습니다. 하지만 재판부가 먼저 구인할 일은 없을 겁니다.

재판장의 단호한 말에 태산 변호사들이 안도하고
한바다 변호사들의 표정은 어두워진다.

S#20. 한바다 대회의실 (내부/낮)

이른 아침부터 회의실에 모인 선영과 승준,
신입 변호사들과 준호. 영우가 보낸 문자에 상현이
답장하기만을 기다리고 있다.
드디어 문자가 온 듯 영우의 핸드폰이 진동한다.
모두들 긴장해 영우를 쳐다본다.

승준   왔어요? 최상현 답장?

영우   (문자 확인 후) 아니요. '만지작'이라는 모형 업체에서 귀신고래 피규어를 새로 출시했다는 광고 문자입니다. 귀신고래의 몸에는 고래 빈대와 따개비가 잔뜩 붙어있는 경우가 많지 않습니까? 그런 부분까지 표현했을지 궁금하니 얼른 예약 구매 신청을…

그때, 영우에게 또 다른 문자가 온다. 문자를 본 영우.
귀신고래 피규어 살 생각에 들떴던 표정이 어두워진다.

수연	이번엔 최상현 맞지? 뭐래?
영우	(덤덤하게 상현의 문자 낭독) '누나, 저 증언은 못할 것 같아요. 이제 연락도 안 될 거예요. 미국 가게 돼서 지금 공항이에요.'
민우	갑자기 미국?
선영	뻔하지, 뭐. 태수미가 보내는 거야. 아들 증언 못 하게 막으려고.

모두가 답답해하는 와중, 결단을 내린 선영이 말한다.

선영	여론전으로 갑시다.
승준	여론전이요? 최상현 영상을 언론에 풀자는 말씀입니까?
선영	아무리 태수미가 대단해도 여론이 먼저 움직이면 경찰도 수사를 할 수밖에 없어요. 최상현도 국내로 다시 소환될 거고. (시계 보고) 이제 조금 있으면 태수미 인사 청문회 시작이잖아? 터트리려면 지금 해야 돼. 태수미가 반격하지 못하는 동안 여론을 조성할 시간이 생기니까. 내가 정의일

영우	보 기자한테 얘기할게요. 여러분은…
영우	(선영 말 끊으며) 안 됩니다. 그렇게 하면 안 됩니다.
선영	안 돼…?
승준	우영우 변호사! 조용히 안 합니까? 대표님한테 감히 지금…
영우	(승준 말 끊으며) 진술 영상을 언론에 넘기면, 최상현 군은 자수할 기회를 영원히 빼앗기게 됩니다. 최상현 군이 저를 찾아온 건 자신의 잘못을 스스로 밝히고 상황을 바로잡기 위해서였습니다. 그런 사람을 해외에 도주하려다 경찰에 붙잡힌 금수저로 만들 수는 없습니다. 뉴스에 나오는 구린 부자들처럼요.
승준	우리가 최상현 변호사입니까? 정신 차려요! 누나, 누나 하니까 진짜 동생이라도 되는 줄 아나봐?

상현이 영우의 진짜 동생이기도 하다는 사실을 아는
선영, 민우, 영우가 승준의 말에 순간 어색한 표정을
지으며 잠시 조용해진다.
그 모습에 어리둥절해하는 수연과 영우와 수미 사이에
뭔가 있음을 한 번 더 확신하게 되는 준호.

영우	제가 설득해보겠습니다.
선영	설득? 최상현을?
영우	아니요. 태수미 변호사를요.
승준	(어이없어) 우변이 태수미를 어떻게 설득합니까? 인사 청문회 앞두고 있는데 만나주기나 한대요?

승준의 말과 달리 어쩌면 만나줄 수도 있겠다는
생각이 드는 선영과 민우.
이번에도 잠시 조용해진 채 각자 생각에 잠긴다.

영우   만나주지 않을지도 모르지만 해보겠습니다. 태수미 변호
사를 만나 최상현 군이 법정에서 증언하는 걸 허락해달라
고 요청하겠습니다.

선영   그러세요. 태수미 모자한테 기회를 한 번 줘보지, 뭐.

승준   (놀라) 네?

선영의 허락이 떨어지자 준호가 기다렸다는 듯
벌떡 일어선다.

준호   제가 우영우 변호사님과 함께 국회로 가겠습니다. 태수미
변호사님 만나실 수 있게요.

S#21.   차 (내부/낮)

조수석에 영우를 태운 채 인사 청문회가 열릴
국회를 향해 운전하는 준호.
빨리 가려고 서둘러 차를 몰아보지만 도로에는
차들이 많아 길이 막힌다.
준호가 수미의 비서와 통화를 한다.

준호의 핸드폰이 차 안 스피커에 연결되어 있어
영우도 통화 내용을 듣는다.

준호   인사 청문회 직전이라 바쁘신 거 저희도 잘 알고 있습니다.
       그만큼 긴급한 용건이에요. '우영우 변호사님'이라고 전달
       만 해주세요. 그럼 태수미 변호사님도 만나주실 겁니다.

비서   (소리) 상황 봐서 말씀드리겠습니다. 하지만 후보자님께서
       워낙 바쁘시니 양해해주십시오.

준호   '상황 봐서'가 아니라… (전화 끊긴 듯해) 비서실장님?

       준호가 불러보지만 비서는 이미 전화를 끊은 상태.
       그러는 사이 신호등이 빨간 불로 바뀌고 준호와 영우가
       탄 차도 멈춰 선다. 영우가 시간을 확인한다.
       어느덧 9시 반이 다 되어간다.

영우   인사 청문회는 10시에 시작하는데… 태수미 변호사님이
       만나준다고 해도 제때 도착할 수 있을지 모르겠습니다.

준호   어떻게든 될 거예요. 걱정 마세요.

       스스로도 초조해 핸드폰과 차 바깥 상황을 계속
       확인하면서도 영우에게만은 듬직한 위로를 전하는 준호.
       영우가 문득 그런 준호에게 고마운 마음이 들어,

영우   감사합니다. 도와주셔서.

준호   아까 변호사님이 대표님 앞에서 태수미 변호사님을 설득
       해보겠다고 용감하게 말하실 때, 마음먹었어요. 저도 용감
       하게… 말해보기로요.

영우   무엇을… 말해본다는 말입니까?

       준호가 긴장한 얼굴로 영우를 쳐다보더니
       용기 내 말해본다.

준호   변호사님을 향한 제 마음은요. 꼭 고양이를 향한 짝사랑
       같아요.

영우   고양이를 향한 짝사랑이요?

준호   고양이는 가끔씩 집사를 외롭게 만들지만 그만큼이나 자
       주 행복하게 만들어요. 변호사님이랑 점심 먹으면서 고래
       이야기 들을 때, 변호사님이 짠 이상한 데이트 목록을 하나
       씩 수행할 때, 변호사님과 57초 이내로 손을 잡고, 이빨을
       부딪치며 키스할 때, 좋은 생각이 떠올라 반짝거리는 눈을
       볼 때, 불안해하는 변호사님을 끌어안아 진정시킬 수 있을
       때… 나는 행복해요. 그러니까 우리, 헤어지지 말아요.

       준호의 고백에 정신이 아득해지는 영우.
       그때, 신호등이 초록 불로 바뀌고 비서에게 전화가 온다.
       준호가 차를 출발시키며 전화를 받는다.

비서   (소리) '국회4문'으로 오세요. 제가 나가겠습니다.

준호   아! 네!

준호가 서둘러 차를 몰아 국회4문을 향해 속도를 높인다.

S#22.   국회4문 (외부/낮)

국회 본관과 가까운 출입문인 국회4문.
준호가 차를 세우자 창밖으로 비서가 걸어오는 것이
보인다.

준호   변호사님, 내리세요. 공무 차량이 아니면 국회 안에 주차할
          수 없어서요. 저는 근처에서 기다리고 있겠습니다.

영우가 차에서 내리려다가 준호를 돌아본다.

영우   고양이를 향한 짝사랑이라는 말은 부적절합니다. 고양이
          도… 집사를 사랑하니까요.
준호   아… 네.
영우   그러니까 우리, 헤어지지 말아요.

영우가 차에서 내린다.
비서를 향해 비틀비틀 걸어가는 영우의 뒷모습.
이를 보는 준호의 눈가가 촉촉해진다.

S#23.   후보자 대기실 (내부/낮)

인사 청문회 시작 전 후보자가 대기하는 대기실.
평소에는 법제 사법 위원회 자문관실로 쓰이는 곳이라
국회 공무원의 향기가 물씬 풍기는 딱딱하고 보수적인
공간이다. 수미가 대기실 안 응접용 소파에 앉아
인사 청문회 준비단 **직원 2명**(모두 30대/남자)과 이야기를
나누고 있다.

그때, 비서가 똑똑 노크한 뒤 문을 연다.
비서 뒤에 서있던 영우가 눈을 감고 속으로 셋을 센 뒤
입장한다. 수미가 그런 영우의 모습을 가만히 쳐다보더니
비서와 직원들에게,

수미   자리 좀 비켜주실래요?

비서   (나가려 하면서도 걱정되어) 후보자님, 인사 청문회 곧 시작합
니다. 시간이 많지 않으세요.

수미   네. 알고 있어요.

비서와 직원들이 대기실 밖으로 나간다.
영우가 수미가 앉아있는 소파 근처로 와서 선다.

수미   무슨 일이에요? 설마 미국 가겠다는 말을 하려고 갑자기
나타난 건 아닐 테고.

영우	네. 미국에는 가지 않을 겁니다.
수미	왜? 한바다에서 지내기 힘들지 않아요? 잘해주던 멘토는 아프고 선배 변호사는 괴롭히고. 사내 연애도 깨지고.

영우가 상현 때문에 온 것을 짐작하고 있으면서도
'나 너에 대해 다 알고 있다'는 것부터 보여주며
기 싸움을 하는 수미.
하지만 영우의 대답은 수미의 예상을 벗어난다.

영우	저는 흰고래 무리에 속한 외뿔고래와 같습니다.
수미	외뿔고래요⋯?
영우	위턱에서 앞쪽으로 길게, 나선형으로 뻗은 엄니가 있어서 외뿔고래라고 부릅니다. 그 모습이 마치 유니콘의 이마에 난 뿔처럼 보입니다.
수미	지금 무슨 얘기하는 거예요?
영우	길 잃은 외뿔고래가 흰고래 무리에 속해 함께 사는 모습을 본 적이 있습니다. 어느 다큐멘터리에서요. 저는 그 외뿔고래와 같습니다. 낯선 바다에서 낯선 흰고래들과 함께 살고 있어요. 모두가 저와 다르니까 적응하기 쉽지 않고 저를 싫어하는 고래들도 많습니다. 그래도 괜찮습니다. 이게 제 삶이니까요. 제 삶은 이상하고 별나지만, 가치 있고 아름답습니다.

자신의 제안을 끝내 거절한 셈인데도 영우의 대답을

들은 수미의 기분은… 그리 나쁘지만은 않다.
심지어 '잘 살고 있는 것 같아 대견하다'는 생각마저
드는 걸 애써 물리치며 수미가 시계를 본다.

수미 가야겠어요. 못다 한 이야기는 다음에 합시다.

자리에서 일어나 영우를 지나쳐
대기실 밖으로 향하는 수미.
영우가 수미를 향해 돌아서며 다급하게 말한다.

영우 최상현 군이 법정에서 자신이 저지른 일을 증언하도록 도
와주세요.
수미 (무슨 말인지 알지만 모른 척) 자신이 저지른 일이라니?
영우 라온을 해킹해 40,954,173건의 개인 정보를 유출한 일 말
입니다.

수미가 한숨을 쉬며 돌아서려는데,
영우가 수미의 등에 대고 먼저 말한다.

영우 최상현 군은 태수미 변호사님이 좋은 엄마라고 믿고 있습
니다. 자식이 잘못을 저지르면 제대로 혼을 내고 합당한
처벌을 받게 하는 그런 어머니라고요. 자신의 이익을 위해
서, 나의 엄마는 좋은 사람이라는 자식의 믿음을 저버리지
마십시오. 그렇게 하면… 최상현 군은 상처 입을 겁니다.

그 상처는 무척 아프고 오랫동안 낫지 않아요.

상현에 대한 이야기와 스스로에 대한 이야기가
뒤엉켜있는 영우의 말.
이를 듣는 수미의 마음이 아프다.

영우   저에게는 좋은 어머니가 아니었지만 최상현 군에게만큼
                 은… 좋은 엄마가 되어주세요.

그때, 노크 소리와 함께
대기실 밖에서 비서가 말하는 소리가 들린다.

비서   (소리) 이동하실 시간입니다.

수미가 심호흡을 하며 표정을 관리한다.
마음 약해진 눈가를 다시 차갑고 강하게 만든 뒤
영우를 돌아보지 않은 채 대기실 밖으로 나간다.
홀로 남겨진 영우의 눈가가 촉촉해진다.

S#24.   **인사 청문회장 (내부/낮)**

법무부 장관 후보자 인사 청문회 풍경.
국회의원들이 각자의 자리에 앉아있고 그 뒤로

취재진이 서있다. 법제 사법 위원회 **위원장**(50대/남)이
마이크에 대고 말한다.

위원장　　국무위원 후보자 법무부 장관 태수미 인사 청문회를 상정
　　　　합니다. (의사봉 세 번 친 후) 후보자께서는 발언대로 나오셔
　　　　서 오른손을 들고 선서문을 낭독해주시기 바랍니다.

　　　　후보자석에 앉아있던 수미가 일어나 발언대로 간다.
　　　　취재진의 카메라 플래시가 쉴 새 없이 터진다.
　　　　영우의 말에 눈시울이 붉어졌던 대기실에서의 모습은
　　　　온데간데없이 우아하면서도 여유로운 표정으로 오른손을
　　　　든 채 선서한다.

수미　　　선서. 공직 후보자인 본인은 국회가 실시하는 인사 청문회
　　　　에서 양심에 따라 숨김과 보탬이 없이 사실 그대로를 말할
　　　　것을 맹세합니다. 공직 후보자 태수미.

S#25.　　**한바다 대회의실 (내부/낮)**

　　　　선영, 승준, 신입 변호사들이 회의실 책상 한쪽에
　　　　나란히 앉아있다. 딱딱하게 굳은 표정인 병서와
　　　　다른 태산 변호사 2명이 회의실로 들어와
　　　　한바다 변호사들 맞은편에 앉는다. 한바다와 태산이

마주 앉은 책상에 팽팽한 긴장감이 감돈다.

선영   뭐, 어떻게 마실 거라도…

병서   됐습니다. 증인 신문 시 유의 사항만 전달 드리고 바로 나
        갈 겁니다.

선영   (싱긋 웃으며) 전달해주세요, 그럼.

병서   첫째, 최상현 군은 나이 어린 학생입니다. 법정에서 증언하
        는 것이 불편할 수 있으니 위협적인 분위기를 조성하거나
        감정을 자극하는 질문은 삼가시고, 무엇보다 범죄자를 취
        조하듯 신문해서는 안 됩니다.

선영   물론이죠. 저희도 그 정도 매너는 있습니다.

병서   (선영 말 자르듯 바로) 둘째, 태수미 변호사님과 관련된 그 어
        떤 질문도 불가합니다. 최상현 군이 먼저 이야기를 꺼내더
        라도 한바다 변호사들은 태수미 변호사님에 대한 추가 질
        문을 해서는 안 됩니다.

        이번에는 곧장 대답하지 않는 선영.
        미소 띤 얼굴로 잠시 가만히 있는데,
        병서의 말이 이어진다.

병서   셋째, 최상현 군의 증인 신문은 우영우 변호사가 맡습니다.

        병서의 말에 영우를 포함한 한바다 변호사들이 놀란다.
        그중 가장 놀란 승준이 불만스럽게 대꾸한다.

승준	뭐라고요?
병서	세 가지 유의 사항 중 단 하나라도 따르지 않으시면 최상현 군은 증언하지 않을 겁니다.
승준	(기분 나빠) 당신들, 최상현 변호사예요? 대체 무슨 자격으로 증인 신문할 변호사까지 지정합니까?
선영	(승준 말 자르듯 바로) 그렇게 하겠습니다.
승준	(어이없어) 네? 대표님?
선영	최상현 군 증인 신문은 우영우 변호사가 맡죠. (병서에게) 세 가지 유의 사항 모두 지킬 테니까 걱정 마시고요.

화를 삭이려고 애쓰지만 자기도 모르게
얼굴이 붉으락푸르락해진 승준.
한편 영우는 증인 신문할 생각에 벌써부터 긴장되는 듯
작게 한숨을 쉰다.

S#26. 법정 (내부/낮)

세 번째 변론기일.
피고석에는 찬홍 대신 휠체어에 탄 성열이 앉아있다.

재판장	증인, 앞으로 나오세요.

방청석에 앉아있던 상현이 일어나 증인석으로 간다.

법정 안 모두의 시선이 상현에게 쏠린다.

상현   양심에 따라 숨김과 보탬이 없이 사실 그대로 말하고 만일
           거짓말이 있으면 위증의 벌을 받기로 맹세합니다.

재판장   피고 대리인, 증인 신문하세요.

재판장의 말에 일부러 헛기침하며 먼 산을 보는 승준.
반면 수연과 민우는 잘하라는 응원의 눈빛으로 영우를
쳐다본다.

수연   (작게) 우영우! 잘해!

영우   (작게 반향어처럼) 우영우. 잘해.

영우가 자리에서 일어나 증인석 앞으로 간다.
그때, 수미가 **수행원 2명**(모두 20대/남자)과 함께
법정 안으로 들어온다. 최대한 눈에 띄지 않으려고
고개를 살짝 숙인 채 들어와 조용히 방청석에 앉지만,
수미를 알아본 사람들이 수군거린다.
영우가 수미와 눈이 마주친다.
수미의 무표정한 얼굴만으로는 수미가 지금 어떤
감정인지 알 수 없다. 영우가 다시 고개를 돌려
상현을 본다. 긴장한 듯 고개를 푹 숙인 채
루빅스 큐브 대신 옷자락을 만지작거리는 상현.

영우	증인, 자기소개 부탁합니다.
상현	최상현. 열일곱 살이고… (뭘 더 말해야 할지 생각하다가) 고1 입니다.
영우	지난 2022년 1월 18일 밤부터 19일 새벽까지, 증인은 라온을 해킹해 40,954,173건의 개인 정보를 빼낸 사실이 있습니까?
상현	네.

상현의 말에 법정 안이 술렁거린다.
알고는 있었지만 직접 듣게 되니 괴로운 듯
성열의 표정이 굳어진다.

영우	왜 그랬습니까?
상현	찬홍이 형이 저한테 그렇게 해달라고 부탁해서요.
영우	'찬홍이 형'이라면 라온의 공동 창립자이자 전 공동 대표였던 김찬홍 씨 말씀입니까?
상현	네. 찬홍이 형이랑은 해킹 방어 대회에서 만났고… 저한테 잘해주던 형이었는데 어느 날 그런 부탁을 했습니다. 라온을 해킹해서 성열이 형을 놀라게 하면, 성열이 형이 소프트웨어 개발이나 보안 시스템 구축에 더 많은 돈을 쓰게 될 거라고요.
영우	해킹으로 유출한 40,954,173개의 개인 정보는 어떻게 처리했습니까?
상현	전부 암호화해서 찬홍이 형에게 줬습니다. 형이 암호를 풀

어달라고 했지만 풀어주지 않았습니다. 형이 다른 데다 팔지 못하게요.

영우   김찬홍 씨가 스스로 암호를 풀었을 가능성은 없을까요?

상현   없습니다. 제가 아는 형의 실력으로는 어렵습니다.

영우   증인은 법적 처벌을 받게 될 것입니다. 해킹을 해 라온 이용자들의 개인 정보를 훔쳤으니까요. 이 사실을 알고 있습니까?

무덤덤한 나머지 냉정하게 느껴지는 영우의 말투.
상현이 경직된 표정으로 영우를 물끄러미 쳐다본다.
병서 역시 영우가 상현을 범죄자로 몰아가는 것일까 봐
긴장한다.

상현   네. 알고 있습니다.

영우   그런데 왜 본인의 범죄 사실을 자진해서 증언하는 겁니까?

상현이 고개를 푹 떨군다.
방청석에 앉아있는 수미의 마음도 무겁다.

상현   잘못했으니까요. 성열이 형한테도 미안하고… 라온 이용자 분들한테도… 죄송합니다.

겨우 말을 끝맺는 상현의 눈에 눈물이 맺힌다.
이를 보는 성열이 한숨을 내쉬고,

공동 원고들의 표정도 착잡하다.

영우   이상입니다.

영우가 자리로 돌아가기 위해 뒤를 돌았다가
수미와 또다시 눈이 마주친다.
이번에도 수미의 표정은 담담해 어떤 감정인지
짐작할 수 없다.

S#27.   법원 앞 (외부/낮)

재판이 끝난 뒤, 수미가 법원 앞 계단에 서서
기자회견을 한다. 수많은 취재진과 공동 원고들이
수미를 둘러싸고 있다.

수미   인사 청문회가 끝난 직후, 저는 제 아들이 라온을 해킹해
고객들의 개인 정보를 유출했다는 사실을 인지했습니다.
부끄러웠습니다. 자식을 잘못 키운 줄도 모른 채 감히 나
라와 국민을 위해 일하는 법무부 장관이 되고자 했고, 제
자식이 저지른 짓인 줄도 모른 채 제가 속한 법무법인 태
산이 라온의 이용자들을 대리해 소송하는 것을 지켜보았
습니다.

그때, 영우와 한바다 변호사들이 법정 밖으로 나와
수미의 기자회견을 본다.

수미   제 아들은 자신의 죄를 깊이 뉘우치고 있습니다. 앞으로
       이루어질 경찰 조사에도 성실히 임해 합당한 처벌을 받을
       것입니다. 저는 오늘… 법무부 장관 후보직을 내려놓습니
       다. 깊이 반성하고 자숙하며, 비록 부족한 아들이지만 그동
       안 하지 못했던 어머니로서의 역할도 충실히 하겠습니다.
       국민 여러분들께 진심으로 사과드립니다.

       수미가 허리를 숙여 인사하자
       취재진의 카메라 플래시가 쉴 새 없이 터진다.
       이를 보는 영우의 표정이 묘하다.

       CUT TO :
       한편 법원 앞 도로에 세워진 차 안에 탄 채,
       수미를 보고 있던 선영. 기자회견이 끝나자
       차의 창문을 닫으며 조용히 중얼거린다.

선영   이번엔… 봐줬다.

S#28.   털보네 요리주점 (내부/밤)

언제나 사람이 없던 털보네 요리주점이 북적거린다.
민식이 주방에 서서 일하는 동안 테이블에 둘러앉은
그라미, 영우, 준호, 수연, 민우는 김초밥 및 술과
안주를 먹으며 TV를 보고 있다.
TV에서는 **아나운서**(여자/30대)가 라온 사건에 대한
뉴스를 보도한다.

아나운서　　라온의 전 대표 김찬홍 씨가 경찰 조사에서 태수미 전 법
　　　　　　무부 장관 후보자의 아들에게 해킹을 사주한 사실을 시인
　　　　　　했습니다. 경찰은 김찬홍 씨의 집에서 암호화된 개인 정보
　　　　　　40,954,173건을 발견해 압수했으며, 김찬홍 씨가 이를 외
　　　　　　부로 유출한 정황은 없다고 밝혔습니다.

　　　　　　TV 뉴스 속 자료 화면으로, 고개 숙인 찬홍이 경찰들의
　　　　　　손에 이끌려 경찰서 안으로 들어가는 모습이 나온다.

아나운서　　한편 라온 이용자들이 라온을 상대로 제기한 손해 배상 청
　　　　　　구 소송에서, 서울 중앙 지방 법원 민사부는 유출된 개인
　　　　　　정보가 수사 기관에 의해 압수됨에 따라 개인 정보 유출로
　　　　　　인한 정신적 손해가 발생하지 않았다고 판단해 원고들의
　　　　　　청구를 기각했습니다.

아나운서의 보도에 주방에 있던 민식이 묻는다.

민식   '원고들의 청구를 기각?' 손님들이 이겼다는 얘기죠?

테이블에 앉아있던 준호가 활짝 웃으며 대답한다.

준호   네! 패소했으면 무려 3조 원을 배상했어야 하는 건데요. 변
        호사님들 덕분에 이겼습니다!

그라미   건배! 3조 원 아꼈으니까 건배!

그라미가 술잔을 번쩍 들자 모두가 웃으며 건배한다.
그때, 명석이 지수와 함께 주점 안으로 들어온다.

민식   어서 오세요! 정명석 변호사님 오신다고 해서 제가 전복죽
        을 한 사발 끓여놨습니다.

명석   아이고, 고맙습니다.

명석과 지수, 전복죽을 들고 온 민식이 테이블에
둘러앉는다. 명석이 신입 변호사들을 보며,

명석   라온 재판 소식 들었어요. 아주 대승을 거뒀던데? 세 사람,
        신입 티 내며 어리바리하던 모습이 엊그제 같은데! 감개가
        무량하다!

수연   감사합니다.

민우	덕분입니다.

의젓하게 대답하는 수연, 민우와 여전히 어리바리한 영우.
명석이 세 사람의 모습을 흐뭇하게 바라본다.

영우	정명석 변호사님은 한바다로 복귀하실 겁니까?
명석	음… 글쎄?

명석을 빤히 쳐다보는 지수.
명석이 자기도 모르게 지수의 눈치를 보며,

명석	아직 고민 중.
지수	세 분은 한바다에서 일하는 거 좋아요?

지수의 질문에 수연과 민우가 멈칫하는 사이
영우는 곰곰이 생각에 잠긴다.

명석	에이~ 뭘 그런 걸 물어. 내 앞에서 그럼 좋다고 하지 싫다고 하겠어?
영우	음… 좋습니다. 정명석 변호사님 앞이 아니라도… 좋습니다.

눈망울을 초롱초롱 빛내며 대답하는 영우의 진심에
준호가 영우를 사랑스럽다는 듯 바라보고,
명석은 피식 웃는다.

| 명석 | 다행이네. |
| 그라미 | 건배! 다행이니까 건배! |

그라미가 또다시 술잔을 번쩍 들자
다들 즐겁게 건배한다. 모두에게 행복한 밤이다.

S#29. 우영우 김밥 (내부/낮)

이른 아침.
출근 복장의 영우가 우영우 김밥으로 들어와
늘 앉는 자리에 앉는다.

| 영우 | 우영우 김밥 하나 주세요. |
| 광호 | 네네~ 준비해뒀습니다! |

광호가 영우에게 미리 만들어둔 김밥을 갖다 주며
맞은편에 앉는다. 서툰 젓가락질로 김밥을 반듯하게
정렬한 뒤 먹기 시작하는 영우.

영우	'사람의 마음' 포스터에 새로운 감정을 추가해야 할 것 같
	습니다.
광호	새로운 감정? 뭐?
영우	음… 오늘 아침 제가 느끼는 이 감정이 정확히 무엇인지

	잘 모르겠습니다. '만족'도 아니고 '즐김'도 아니고 '기쁨'도 아닌데…
광호	어떤 기분인데?
영우	저는 오늘부터… 법무법인 한바다의 '정규직' 변호사 우영우입니다. 똑바로 읽어도 거꾸로 읽어도 우영우. 기러기 토마토 스위스 인도인 별똥별 우영우.
광호	정규직? 우리 영우 재계약된 거야, 그럼?
영우	네.
광호	아이고! 잘 됐다! 아빠한테 왜 진작 말 안 했어?
영우	지금 말하고 있지 않습니까?
광호	그래! 그래! 우리 영우 너무 장하다! 근데 영우가 지금 느끼는 감정은 '기쁨'이 아니야? 아빠는 이렇게나 기쁜데?
영우	기쁘지만… 그게 전부는 아닌 것 같습니다.
광호	그래? 그럼… '자랑스러움?'

김밥을 우물거리며 '자랑스러움'이 맞는지
생각해보는 영우. 하지만 그 또한 정확한 감정은 아닌 듯
고개를 도리도리한다.

영우	아닌 것 같습니다.
광호	'기특함?'
영우	아닙니다.
광호	'대견함?'
영우	아닙니다.

광호	'내 딸이 한바다의 어엿한 정규직 변호사라니 아빠는 이제 죽어도 여한이 없음?'
영우	제가 찾는 정답과 점점 더 거리가 멀어지고 있습니다.

영우의 진지한 말에 광호가 피식 웃는다.
영우가 다 먹은 젓가락과 그릇을 착착 정리한 후
자리에서 일어난다. 광호가 영우의 가방에 도시락을
넣어주고, 영우는 헤드셋을 꺼내 쓴다.

영우	그럼 다녀오겠습니다.

영우가 분식집 밖으로 나간다.
멀어지는 딸의 뒷모습을 바라보며
광호가 나직하게 말한다.

광호	다 컸네, 우리 딸.

S#30.   지하철 (내부/낮)

출근 시간이라 사람들로 가득한 지하철.
지하철 내 의자에 앉은 영우가 헤드셋을 낀 채
눈을 감고 있다. 그동안 매일 지하철을 타고 다닌 덕에
제1화 때보다는 한결 편안해진 모습.

헤드셋에서는 혹등고래의 노랫소리가 흘러나오고,
첫 출근 날 영우를 바래다주었던 혹등고래가
이번에도 창밖에 나타난다. 등지느러미가 휘어진
범고래와 남방큰돌고래들도 영우의 출근길을 함께한다.

S#31.　　법무법인 한바다 (외부/낮)

영우가 한바다 빌딩 앞에 도착한다. 첫 출근 때와는 달리
이날은 입구의 여닫이문이 열려있지만,
영우는 오랜만에 회전문을 통과해보기로 마음먹는다.
후왕— 후왕— 무섭게 돌아가는 거대한 회전문.
하지만 영우는 제1화 때 준호의 가르침을 떠올리며,

영우　　쿵 짝짝. 쿵 짝짝.

발을 굴러 리듬 타는 연습을 한 뒤
회전문을 향해 돌진한다. 내릴 때를 놓쳐
한 바퀴 더 돌지만 그래도…
두 번째에는 무사히 빌딩 건물 안에
내리는 데 성공하는 영우.

S#32.   한바다 1층 로비 (내부/낮)

준호   우영우 변호사님!

먼저 출근해 로비에 있던 준호가 방금 막 회전문을
통과한 영우를 발견하고 반갑게 다가온다.

영우   (다짜고짜) '뿌듯함!'
준호   네?
영우   오늘 아침 제가 느끼는 이 감정의 이름은 바로… '뿌듯함'
       입니다!

       준호는 영우가 무슨 말을 하는지 알 수 없지만
       이 순간 영우의 표정이 너무나 '뿌듯함' 그 자체여서
       별말 하지 않고 그냥 씨익 웃는다.
       그런 준호를 보며 뿌듯하게 마주 웃는 영우의 얼굴이
       사랑스럽다.

                                                         〈끝〉

1. 대본집을 출간하는 소감 부탁드립니다.

대본이란 그저 영상화를 위한 도구로써, 드라마가 완성되고 나면 더 이상 필요 없어지는 것이라 여겨지기도 하는데요. 이렇게 '대본집'이라는 말쑥한 모습으로 독자 여러분들을 새롭게 만날 수 있다니, 공들여 쓴 대본이 다시 태어난 것 같아 기분이 좋습니다. 《이상한 변호사 우영우 대본집》의 독자가 되어주셔서 감사합니다. 16개의 대본을 읽으시는 동안 우영우 변호사와 함께 즐겁고 재미있는 시간 보내시길 바랍니다.

2. 주인공 '우영우'라는 이름은 어떤 과정을 거쳐 정해졌나요?

이 드라마를 구상하던 3년 전 어느 날, 길을 걷다가 문득 떠올랐습니다. '주인공 이름을 '우영우'라고 하면 좋겠다! 똑바로 해도 거꾸로 해도 '우영우'잖아? 기러기 토마토 스위스처럼!' 하고요.

이 드라마는 예민한 소재들을 여럿 다루고 있기 때문에 대본을 쓰는 내내 바짝 긴장하고 무척 조심했어야 했습니다. 영감에 몸을 맡긴 채 자유롭게 창작하는 '예술가의 글쓰기'가 아니라, 살얼음판 위에서 스스로를 끊임없이 의심하는 '검열관의 글쓰기'였다고나 할까요?

그래서인지 어느 날 문득 머릿속에 떠오른 대로 자유롭게 지은 '우영우'라는 이름과 "제 이름은 똑바로 읽어도 거꾸로 읽어도 우영우입니다. 기러기 토마토 스위스 인도인 별똥별 우영우."라는 자기소개가 저는 참 좋습니다. 자기 검열로 가득한 대본에서 작게나마 뻥 뚫린, 숨 쉴 구멍처럼 느껴져서요.

3. '악역이 없는 드라마'라고 입소문이 났습니다.
캐릭터 설정에 있어 선악이 분명히 나뉘지 않도록 의도한 건지 궁금합니다.

이 드라마에서 주인공 우영우를 방해하는 것은 특정 인물로 표현된 '악역'이라기보다 매 화 새롭게 맞닥뜨리는 '장애물들'이라고 생각했습니다. 어느 화에서는 영우가 가진 자폐 스펙트럼 장애 자체가 장애물이고, 어느 화에서는 자폐인에 대한 우리 사회의 편견이 장애물이며, 어느 화에서는 동료 변호사의 질투가, 또 다른 화에서는 의뢰인의 거짓말이 장애물인 것처럼요. 그런 이유로 뚜렷한 악역 캐릭터를 만들기보다 매 화 다양한 장애물을 등장시키려고 노력했습니다.

4. 가장 고심하며 집필했던 대사는 어떤 부분인가요?

마지막 화인 16화에서 영우가 어머니에게 자신의 삶에 대해 설명하는 대사를 쓸 때 가장 고심했습니다. 잘 쓰려고 고심했다기보다는, 제 스스로가 그 대사를 너무 잘 쓰려고 해서 그걸 워워 시키느라 힘들었습니다. '명대사 같은 거 쓰려고 폼 잡지 말고 담백하게 쓰자, 담백하게!'라고 스스로 되뇐 후, 결국 "제 삶은 이상하고 별나지만, 가치 있고 아름답습니다."라는 대사를 썼습니다.

5. 집필하면서 배우가 실제로 연기하는 모습을 상상하며 작업하였는지 궁금합니다. 또한 박은빈 배우 캐스팅과 관련해 배우 측에서 한 차례 고사했지만 기다렸다는 언급이 있던데, 어떻게 설득이 이루어졌는지도 궁금합니다.

대본을 쓸 때 머릿속으로 배우가 연기하는 모습을 상상하면서 쓰기는 하는데, 실제로도 그렇게 할 거라고 생각하지는 않습니다. 오히려 제가 상상했던 것보다 훨씬 더 풍부하게, 진짜처럼, 심지어 어떤 부분은 완전히 새롭게 만들어주기를 기대하는 것 같아요. 그런 면에서 저는 박은빈 배우가 지구 최강의 연기력으로 아름답게 표현해낸 우영우를 정말로 좋아합니다.

박은빈 배우를 설득하기 위해 유인식 감독님과 많은 말들, 자료들, 진심 어린 마음들 같은 걸 준비했습니다. 박은빈 배우가 토끼를 좋아한다는 말에, 첫 만남 때는 왼쪽 가슴에 토끼가 수놓아진 셔츠를 입고 갔습니다. 너무 작은 토끼여서 배우님은 눈치채지 못한 것 같았지만, 그 작은 토끼의 기운이라도 빌려보고 싶었습니다.

6. 영우의 내면을 시각적으로 표현하는 '고래'의 탄생기가 궁금합니다.

유인식 감독님께서 영우의 내면을 시각적으로 표현할 수 있는 소재가 있으면 좋겠다고 하셔서 '퍼즐, 퀴즈, 대칭, 동물, 고래, 자동차 바퀴' 등의 후보를 놓고 고민하다가 고래로 정했습니다. 고래는 생김새부터가 아름답고 멋있어서 드라마의 미장센을 풍부하게 만들어줄 거라는 기대가 컸습니다.

마지막까지 고래와 견주어 최종 후보에 올랐던 대상은 '퀴즈'와 '대칭'이었습니다. 퀴즈와 대칭에 대해서도 각각 꽤 많은 양의 자료조사를 해 대본을 수정해보기까지 했으니까요. 하지만 퀴즈의 경우에는 매 화 사건 내용에 딱 맞는 퀴즈를 찾아내기가 어려웠고, 대칭의 경우는 너무 수학적으로 흘러가 내용이 어렵게 느껴진다는 반대가 있었습니다. 그렇게 돌고 돌아 결국 고래가 되었는데, 9화에서 영우가 법정 안으로 들어온 범고래와 마주 보는 장면을 쓸 때는 고래로 정하길 정말 잘했다고 생각했습니다.

7. 많은 시청자의 사랑을 받으며 드라마와 관련된 갖가지 반응과 해석이 쏟아졌는데, 기억에 남는 내용이 있으신가요?

저에게는 '드라마가 재미있다'는 시청자 반응이 가장 반갑습니다. 창작자로서 내가 만든 무엇인가를 다른 사람들이 재미있어 한다는 것이 얼마나 이루기 어려운 일인지 잘 알기 때문입니다.

8. 앞으로도 작품을 만들며 계속 지니고 싶은 마음가짐이 있다면 어떤 것인가요?

한때는 그런 꿈이 있었습니다. 제가 열세 살 때 영화 〈그랑블루〉를 보고 그랬던 것처럼, 누군가 제가 만든 작품을 보고 '아, 나도 뭔가 저런 걸 만드는 사람이 되어야겠다!'고 생각할 수 있으면 좋겠다고요.

지금은 그런 꿈을 꾸기보다는 다짐을 합니다. 매번 반가운 손님을 초대하는 마음으로 작품을 만들겠다고요. 제가 정성껏 만든 세계 속에서 손님들이 즐거운 시간을 보내다 집으로 돌아가실 때 '아, 오늘 정말 재밌었다!'고 생각하실 수 있으면 좋겠습니다.

만든 사람들

극본 문지원
연출 유인식
출연 박은빈, 강태오, 강기영, 전배수, 백지원, 진 경, 하윤경, 주종혁, 주현영, 임성재
제작 에이스토리, kt StudioGenie, 낭만크루

[에이스토리]

제작 이상백
제작 총괄 이영화
제작 프로듀서 김민지, 이세원
라인 프로듀서 김수현, 왕 휘
글로벌 콘텐츠 비즈니스 총괄 한세민
콘텐츠 사업 하야시 유카, 박여주, 우예리
경영지원실 이현진, 배애영
마케팅/OST 제작 박인정, 전희진
경영전략 김용수

촬영감독 홍일섭, 한상욱
포커스풀러 이증복, 장성욱
촬영팀 차도영, 이건주, 김형민, 유호연,

송성호, 김정현
DIT [오온] 김미경, 김은지
촬영장비 [DMC필름] 김유식
조명감독 손윤희
조명팀 이형우, 전창규, 신진수, 장민준,
　　　　김형준, 유현규
발전차 임동민
동시녹음 허준영
동시녹음팀 박경수, 김주현
그립 [무빙이미지서비스] 김광훈
그립팀 전강진, 이상원
드론 [팀꾸러기]
캐스팅 [제이엔에이전트] 정치인, 노하은
아역 캐스팅 [티아이] 노태민, 정유민,
　　　　김석호

보조출연 [한강예술] 김진태, 이대영,
  한중연
미술 [스튜디오현]
미술감독 김소연
미술팀장 이유빈, 이진주
미술팀 박윤정, 오희민
세트 [아트인]
세트 총괄 이용직, 박승현
제작 김승리
공무 이홍식, 최지성
세트 지원 문동녘, 정민교
작화 이승엽, 이상택
장식 김기현, 조행복
행정 남궁윤, 고경민
대도구 진행 김태훈
소품 [Deco LAB] 정화연
소도구팀 진행 실장 허경두
소도구팀 서조이, 서보균
인테리어 팀장 정대호
소도구팀 지원 서연란, 홍하영, 손지원,
  김다해
푸드스타일리스트 강민희
페이퍼크래프트 최서영
분장 미용 [케이워크] 김봉천, 김란희,
  곽민경, 김예아
의상 [더스타일] 김보배, 유데레사,
  임지현, 김예지
특수효과 [디엔디라인] 도광섭, 도광진,
  변세윤
무술감독 [베스트스턴트] 강 풍, 임승묵
소품특수차량 [인아트웍] 박민철, 허성두,
  최견섭, 이영현

스태프버스 김영태
보출버스 [동백미디어]
봉고 [바로바로스토리]
연출 봉고 하순만
제작 봉고 허남철
카메라 봉고 김상섭, 장동욱
소품차량 정윤성
의상차량 최재범
세트장 임대 [글로벌 미디어],
  [썬샤인아이 스튜디오]
편집 [쿨미디어] 조인형, 임호철
편집 보조 최효석, 정다영, 남보라, 황유정
음악 슈퍼바이저 노영심
음악 김정배, 나하은
매니지먼트 재뉴어리
음악감독 김성율
음악 유종현, 조남욱, Daniel Lee, KOOW,
  박정인, 최재원
음악 오퍼레이터 김동수
사운드 [레인메이커]
Supervising Sound Designer 유석원
Sound Designer 김병구, 배상국, 허정현,
  김수남
VFX [WESTWORLD] 손승현, 허동혁,
  황진혜, 양영진, 김수동, 서덕재,
  노민영, 황보민경, 정미라, 이아현,
  문수빈, 여진희, 김서영, 정창현,
  공태인, 오지연, 이대희, 전영빈,
  김수빈, 민경환, 황한울, 김준택,
  황영선, 이선주, 신서영
Digital Intermediate [U5K Imageworks]
Colorist 엄태식, 김민정

Assistant Colorist 김린하, 오다빈

DI Producer 손민경

Technical Supervisor 서중권

Image Mastering 최우석

종합편집 [DH Media Works Lab]

Director 이동환

Image Mastering 이한슬

Assistant 김혜정

Data Management 박주현, 김재겸

홍보 대행 [피알제이] 박진희, 이미송,
　　　　　　최보미

스틸 최다현

메이킹 [리비에르픽처스] 유가람, 배희진

포스터/소타이틀 디자인 [피그말리온]
　　　　　　　　　　이유희, 박재호,
　　　　　　　　　　이서연, 박인혜

포스터/소타이틀 사진 이승희

티저/예고 [나인컨셉] 최준구, 김은진,
　　　　　　김현진, 김두한, 황윤정

로고/캘리그라피 전은선

[대본 자문]

법률 관련
　[법무법인(유한)태평양] 윤지효 변호사
　[법무법인 호암] 신민영 변호사,
　백나눔 변호사
자폐스펙트럼 관련
　[나사렛대학교] 김병건 교수

정신건강의학 관련
　[푸르메재단 넥슨어린이병원]
　김수연 과장

[에피소드 원작]

신민영
《왜 나는 그들을 변호하는가》
조우성
《한 개의 기쁨이 천 개의 슬픔을 이긴다》
신주영
《법정의 고수》
지 향
《나는 그렇게 생각하지 않습니다》

[인용]

안도현
〈연탄 한 장〉,《외롭고 높고 쓸쓸한》
문학동네(1994)

대본인쇄 [슈퍼북]
스토리보드 강 숙
일러스트 협조 [KT Y] 정5, 정다은, Cez,
　　　　　　　　유보라

[kt StudioGenie]

기획 김철연
책임프로듀서 이주호
프로듀서 김은선, 김영하
제작전략/마케팅 총괄 정지현
제작전략 김승민, 강은교, 천주원, 김은비
마케팅 최시정, 정은녈, 김도원
사업 총괄 오기제
국내사업 권영민, 정연실, 박석희
해외사업 송현정, 김중균

[낭만크루]

공동 제작 이상민

[ENA]

채널 총괄 오광훈
편성 총괄 신재형
편성 백수연, 김혜림, 이슬비
운행 천지현, 이현지
홍보 마케팅 김지현, 함초롱, 용금주,
　　　　　　이주원
온라인 마케팅 이정민, 정우성, 민윤정,
　　　　　　유현승
OAP 김동준, 백민정, 김지원
디자인 김재희
IMC 김재영, 정민우
광고 기획 박철민, 강예리
광고 운행 김지명, 지현희, 김나영, 김소연
방송 심의 김현호

마케팅 총괄 [킹스마케팅그룹] 주지성,
　　　　　　임형섭, 김승우
장소 섭외 [로케이션 이음] 이손영, 고도연,
　　　　　　이휘동, 김민수
보조 작가 김도하
SCR 장정윤, 하현정
FD 김명식, 김대남, 김진경, 김유미
조연출 고은호, 이광문, 심유나

우영우의 세계를 함께 탐험해주셔서
감사합니다 ♡ 사랑합니다 ♡

2022

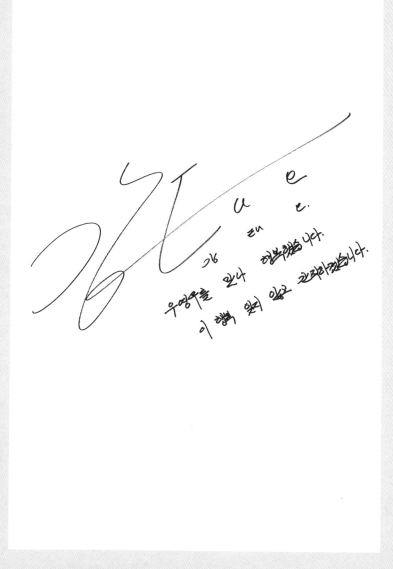

우영우를 만나 행복했습니다.
이 행복 잊지 않고 간직하겠습니다.

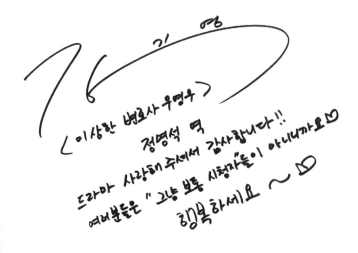

＜이상한 변호사 우영우＞
정명석 역

드라마 사랑해 주셔서 감사합니다!!
여러분들은 "그냥 보통 시청자들이 아니니까요♡
행복 하세요 ～♡

하늘경

넘치는 사랑 줘서서 감사합니다 !!

여러분의 앞날에 '봄날의 햇살' 같은 순간이 가득하길 ..:◡:

건강하고 행복하세요 ♡ - 하 윤경

주 종 혁

2022

〈이상한 변호사 우영우〉를 만나 제 인생에 기적이 일어났습니다.
너무 소중한 2022년도를 만들어 주셔서 너무 감사드립니다!
사랑합니다♥ - 권 민 우 -

우리 모두에게
봄날의 햇살 같은 나날들이 펼쳐지길..
- 2022. 8. 19 동그라미 주현영 -